기로에서

"역사는 산맥을 기록하고
나의 문학은 골짜기를 기록한다."

지리산 2

이병주

한길사

이병주전집 편집위원

권영민 문학평론가 · 서울대 교수
김상훈 시인 · 민족시가연구소 이사장
김윤식 문학평론가 · 서울대 명예교수
김인환 문학평론가 · 고려대 교수
김종회 문학평론가 · 경희대 교수
이광훈 경향신문 논설위원
이문열 소설가
임헌영 문학평론가 · 중앙대 교수

1권 잃어버린 계절
병풍 속의 길
하영근
1939년
허망한 진실

지리산 2권 기로에서
젊은 지사의 출발 | 7
회색의 군상 | 71
기로에서 | 97
하나의 길 | 149
바람과 구름과 | 223

3권 작은 공화국
패관산
화원의 사상
선풍의 계절
기로

4권 서림西林의 벽
빙점하의 쌍곡선
먼짓빛 무지개
원색의 봄
폭풍 전야

5권 회명晦明의 군상
운명의 첫걸음
피는 피로
비극 속의 만화
어느 전야

6권 분노의 계절
허망한 정열

7권 추풍. 산하에 불다
가을바람. 산하에 불다
에필로그

작가후기
지리산의 사상과 「지리산」의 사상 • 김윤식
작가연보

젊은 지사의 출발

1940년 7월 중순 어느 날 오후 두 시쯤—.

경도역의 플랫폼은 출정 군인과 전송객들로 붐비고 있었다. 차양이 돼 있긴 했으나 그 그늘이 무색할 정도로 경도 특유의 더위는 플랫폼을 푹푹 찌는 시루로 만들고 있었다. 붐비는 군중과 찌는 듯한 더위가 상승해서 만들어내는 그 답답하고 지겹고 지루한 분위기에 지친 규는, 이제 곧 그 플랫폼을 향해 들어올, 태영을 태운 열차에 대한 기대로 한 가닥의 생기를 띠고 있었다.

이규는 군중과 떨어진 곳의 기둥에 기대 서서 무관심한 눈으로 군중들을 바라보았다. '축 출정, 기 무운장구'라고 굵다랗게 쓰인 장막들이 일장기의 파도 위에 군데군데 솟아 있었다. 어느덧 규의 눈에 일장기의 파도가 하잘것없는 물거품같이 보이고, '축 출정'의 '축'자가 기괴한 의미를 띠고 규의 심상 위에 새겨졌다. '축'祝자가 '주'呪자로 보였다. '축하한다'는 아름다운 글자가 때와 상황에 따라 '저주한다'는 뜻으로 된다는 발견은 신기했다.

규는 지금 이 순간 일본 전국의 정거장마다에 저주의 뜻일 수밖에 없는 축祝이란 글자가 범람하고 있다고 생각했다.

'축祝과 주呪……. 죽음의 마당으로 나가는 사람을 축하한다는 것은 바로 그 사람을 저주한다는 뜻이 아닐까!'

그런데 또 그들이 부르는 노래가 야릇하다.

"죽어서 돌아오리 맹세를 하고
용감하게 고향을 떠난 이 몸이
생명을 아낄 수가 있단 말인가……."

어느 계절이고 규 자신도 대열에 끼여 무심코 불러온 노래였다. 무심코 불러온 그 노래가 그만한 거리를 두고 들으니 참으로 어처구니없는 넋두리가 되었다.

'어떤 쓸개 없는 놈이 저런 가사를 만들고 거기 곡을 붙이고 했단 말인가……. 그리고 또 그걸 노래라고 부르는 놈들은…….'

그러고부턴 그 노래가 규의 귀엔 노래로 들리지 않았다. 자포자기한 푸념을 그저 부르짖고 있는 것으로 느껴졌다. 사실 그랬을지도 모른다. 가만히 앉아 있기도 지겨운 더위 속에 전쟁터로 나가는 사람을 전송하러 와서 무슨 신명으로, 무슨 감동으로 노래 같은 노래를 부를 수 있겠는가. 그저 악을 쓰고, 버릇처럼 중얼댈 것이다.

노래가 끝나면 만세를 부른다. 당장 내일 모레 죽어 없어질지도 모르는 인간의 입이 만세란 웬 말인가. 축祝, 기祈, 무운武運, 장구長久, 만세……. 인간들이란 어처구니없는 말들을 무수히도 만들어놓았다.

열차가 도착했다. 노랫소리가 경기를 일으킨 어린애들의 울음소리처럼 광기를 띠었다. 만세 소리가 섞였다. 소란과 소음의 도가니가 되었다. 절망과 허무가 엮어내는 한 폭의 그림이라고도 할 수 있는 그 장면을 헤치고 박태영이 검은 얼굴에 하얀 이빨을 드러내고 걸어 나오지 않는가.

"태영이!"

하고 규는 달려가 태영의 손을 잡았다. 그리고 태영이 들고 있는 보스턴백을 빼앗아 들었다.

"그동안 많이 컸구나."

하고 태영이 싱글벙글 웃었다.

태영은 하얀 무명으로 만든 양복을 입고 하얀 등산모를 쓰고 있었다. 어느 모로 보나 촌스러운 그 모습이, 그런데도 경도역 플랫폼에서 가장 실감 있는 모습이었다. 모두들 버릇과 타성과 더위 속에 자기를 잃고 있는데, 박태영만은 자기의 개성을 당당하게 주장하고 있는 것이다.

무명베 양복과 무명베 등산모……. 학생복의 태영만을 알고 있던 규에겐 그 차림만으로도 커다란 놀람이 되었다.

규와 태영이 계단을 내려가려는데 뒤에서 왁자지껄 소리가 일었다.

"하늘을 대신해 불의를 친다. 충용무쌍한 우리 황군은……."

박태영이 그 노랫소리의 방향을 돌아보고 씩 웃으며 한 마디 했다.

"미친놈들, 웃기는구만. 하늘을 대신해서 불의를 친다?"

역에서 빠져나와 내리쬐는 햇볕을 받고 역 앞 광장을 걸었다.

"경도의 더위는 보통이 아니란다. 분지가 돼서 그렇대. 덥지?"

"더위쯤이 어디 문제가."

태영은 얼굴에서 흘러내리는 구슬땀을 닦으려고 하지도 않고 웃으며 말했다.

"그보다, 방학인데 널 집에도 못 가게 붙잡아서 미안하다."

"쓸데없는 소리 하지도 마라. 난 여름 방학엔 집에 안 가기로 미리 작정하고 있었다."

이렇게 말하고 규는 다이마루 백화점大丸百貨店 밀크 홀로 태영을 안

내하고 빙수 둘을 주문했다. 오래간만에 태영과 마주 앉아 빙수를 마시니 규는 흐뭇하기 이를 데가 없는 심정이었다. 태영도 똑같은 감정인 모양으로 빙수를 맛있게 먹곤,

"경도의 첫맛이 이렇게 시원하고 달콤한 걸 보니, 경도가 과히 나쁜 곳은 아닐 것 같은데……."

하고,

"애, 언젠가 너하고 아이스케이크 마흔다섯 개 먹은 적이 있지? 그때를 기억하나?"

하며 웃었다.

"기억하고말고."

그때란 태영과 규가 중학교 2학년이었던 해의 여름이었다. 진주에 아이스케이크란 것이 처음으로 등장한 해이기도 했다. 교련 시간을 마지막으로 집으로 돌아가는 길에 태영과 규는 어느 아이스케이크 가게에 들렀다. 20센티미터 길이에 손가락 세 개 합친 것만한 부피의 아이스케이크였는데, 오렌지 빛깔의 것도 있고, 딸기물을 섞은 것도 있고, 팥고물을 넣은 것도 있었다. 규와 태영은 그와 같은 것을 이것저것 실컷 먹고 보니 마흔다섯 개를 해치운 것이다. 웃으면 보조개가 양 뺨에 깊이 새겨지는 소녀 점원이 놀란 표정으로

"이왕이면 열 개쯤 더 자시지예."

하고 빈정대는 말을 했었다.

"고 나쁜 년, 지금 같았으면 혼을 냈을 긴디, 그땐 되게 부끄럽기만 해갖고 말이제……."

박태영이 깔깔대며 말하자,

"우리 한번 또 그렇게 묵어볼까? 여기선 아이스케이크라고 안 하고

아이스캔디라고 하더라."

하고 규가 말했다.

"아이스케이크건 캔디건, 지금은 어림도 없다. 바로 그저께 기차를 기다리는 동안 묶어뒀더니 다섯 개가 고작이더라."

"그만큼 우리가 어른이 됐단 말인가?"

"넌 인자 어른이 됐는지 몰라도, 나야 벌써부터 어른 아니가."

"실없는 소리 작작 해라."

"아, 그런디 너 왜 잘 하는 얘기 안 있나. 아이스케이크 사가지고 간 느그 동네 구장 얘기 말이다."

태영이 엉뚱한 회상을 꺼냈다.

그 얘기란 다음과 같은 것이다. 규의 동네 구장이 자전거를 타고 진주에 갔다. 일을 보고 아이스케이크 가게에 들러 몇 개를 사먹었다. 구장은 그걸 자기 아이들에게 갖다 줄 요량으로 서른 개를 샀다. 신문지에 야무지게 싸서 자전거의 짐판에 꽁꽁 묶어 실었다. 50리쯤 되는 길을 달려 집에 도착해보니, 아이스케이크가 녹아 없어진 지 이미 오래일 뿐만 아니라, 녹았다는 흔적도 모를 만큼 말쑥이 말라붙어 있었다. 하도 꽁꽁 묶어놨기 때문에 아이스케이크에 끼운 나무 꼬치만 앙상한 신문지 속에 소복이 남아 있었다. 그걸 보고 구장이 투덜댔다.

"제기랄, 읍내 놈이란 이처럼 무섭다니까. 꽁꽁 묶어놨는데도 나무 꼬치만을 두고 알맹이는 죄다 빼가는 기술을 부렸으니까 말이다. 하여간 읍내 놈들은 산 사람 눈깔 빼먹는 놈들이랑께."

규와 태영은 이 얘기를 되뇌고 다시 한바탕 웃었다. 웃으니 눈물이 날 지경이다. 생각하면 규와 태영은 지난 4년 동안 어지간히도 많이 웃었다. 그런 웃음을 규는 경도에 온 후론 잊고 있었다. 그런데 다시 그

웃음을 찾았다 싶으니 기뻤다. 반가웠다. 웃음을 거두고 태영이 물었다.

"그런디 그 구장 잘 있나? 아직도 구장 노릇 하나?"

태영이 묻는 바람에 기억이 났다. 그 구장의 아들은 규의 보통학교 선배였는데, 지원병으로 나갔다가 북지北支에서 전사했다. 아들의 전사 통지를 받고 구장은 실성한 사람이 되었다. 규가 경도로 올 무렵엔 사람을 몰라볼 정도로 되어 있었다. 그러니 물론 구장 노릇은 못 하게 된 것이다. 지금 어떻게 돼 있는진 모른다. 얘기를 듣더니 태영은

"그 문제의 아이스케이크도 그 아들 먹이려고 산 길 낀데, 그자?"
하고 암울한 표정을 지었다.

규는 화제를 빨리 바꿔야겠다고 생각했다.

"그런 것보다, 너 옷차림이 그 뭐꼬?"

"왜, 이 옷차림이 안됐나."

"아냐. 안됐단 말은 아니다. 하두 기발해서 물어보는 것 아니가."

"학생이 아니니 학생복을 입을 수 있나. 다른 옷을 사 입자니 원통 국방색이고……. 국방색 옷은 죽어도 나는 안 입을 게고……. 그런디 마침, 어머니가 짜놓은 무명베가 있데. 그래 맞춰 입은 기다. 남은 것으로 모자를 만들고……. 저 트렁크에 새까맣게 물들인 게 한 벌 더 있다. 여름 겨울 할 것 없이 씻고 벗고 갈아입을 수 있을 게다. 의식주 가운데 의 문제는 당분간 해결한 셈이다."

규는 아까 플랫폼에서 느낀 감상을 말했다. 모두가 타세에 휩쓸려 자기를 잃어가는 흐름 속에서 태영만은 자기의 개성을 주장하고 있는 것 같더라고…….

"봐주어서 고맙구나."

태영은 호기 있게 웃었다. 규는
"빙수 하나 더 할래?"
하고 물었다.
"빙수를 또? 안 하겠다, 난. 어린애도 아니고……. 느그 학교에나 한번 가보고 싶다."
"언젠가 구경할 때가 있겠지."
"언젠가가 아니고 지금 곧 가보고 싶단 말이다."
"학교엔 천천히 가도 안 되나."
"아니다. 미룰 필요가 없다. 하숙으로 가는 길에 그리로 돌아가면 될 꺼 아니가."
"성질도 급하지."
규는 태영의 엉뚱한 버릇을 알고 있어서 순순히 그 의향에 따르기로 했다. 다이마루에서 나와 요시다로 가는 전차를 탔다.

방학에 들어간 교정은, 한 곳에 한여름의 태양을 집중시켜놓고 짙은 숲 그늘에서 위엄 있는 정적을 안고 있었다. 세월의 이끼가 낀 교사校舍의 짙은 수음樹陰을 곁들여 그야말로 고색창연한 기품을 나타내고 있다는 규의 감회였는데, 박태영의 심상에 엮어지는 인상은 어떨까 하고 돌아보았더니, 박태영은 정문으로 들어서자 일부러 뙤약볕이 내리쬐는 곳을 골라 거기 떡 버티고 서서 교사의 전경을 둘러보고 있었다. 규는 눈앞에 나타난 대로 건물을 설명했다. 그러자 태영은
"느그 교실로 가보자."
라고 했다. 규는 문과 1년 병류丙類만 쓰는 교실로 태영을 안내했다.
"너 앉는 책상이 어디고?"

정해놓은 책상은 없지만 대개 여기에 앉는다고 규가 말했더니, 태영은 뚜벅뚜벅 그곳으로 가서 그 자리에 앉았다. 그리고 한참 동안 무언가를 생각하는 듯하더니 이런 말을 했다.

"이게 자네 책상이라면 내 책상은 바로 저기쯤 있어야 하는 긴디, 인생은 그렇지가 못하니 거북하지."

규는 갑자기 센티멘털한 기분이 되었다.

"꼭 그런 생각이라면 너도 명년에 이 학교에 들어오너라. 내가 한 해 낙제하면 같은 반이 안 되나. 네 실력이면 문제 없을 끼다."

"실력이 어디 문제가."

규의 센티멘털한 감정에 찬물을 끼얹는 듯한 싸늘한 말투로 태영이 이렇게 말하고 교사를 한 바퀴 돌아보자고 했다. 규는 태영을 데리고 이곳저곳을 헤매다가 기숙사가 있는 곳까지 갔다. 기숙사엔 아직 학생들이 남아 있었다. 벌거벗고 창틀에 앉아 있는 학생도 있고, 근처의 나무 그늘에 누워 있는 학생도 있었다. 어디선가 노랫소리가 들려왔다.

"가만 있어. 저거 삼고의 기숙사 노래지? 한번 들어보자."

태영이 그늘을 찾아 앉으며 말했다. 매미 소리가 한창인데, 그 매미 소리를 반주로 하고 더위에도 지치지 않는 젊음이 힘차게, 그리고 애상적인 가락으로 기숙사 노래를 부르고 있었다.

"진홍빛 불타는 듯 동산의 꽃이여

새파랗게 황홀한 언덕의 빛이여

경도의 꽃 계절에 노래를 읊으면

달빛은 그윽하다 요시다야마……."

태영이 툭툭 털고 일어서며 말했다.

"삼고의 노래가 일고의 것보다 훨씬 좋구나. 일고의 노래엔 잠꼬대 같은 의미가 있지만, 삼고의 노래엔 그런 의미가 없다. 의미는 없고 청춘의 기분만 있는 노래……. 그러니까 노래가 아닌가. 삼고의 노래는 참 좋다."

삼고 교문을 나서더니 태영이 이번엔 경도제대에 가보잔다. 말을 내놓으면 하고야 마는 태영의 성미를 잘 아는 규는 태영을 순순히 안내할 수밖에 없었다. 그런데 경도제대의 구내엔 규도 처음 와보는 터여서 같이 돌아다닐 뿐으로 설명이니 안내니 할 건더기가 없었다. 경도제대에 관해선 되레 태영이 아는 게 많았다.

"철학은 동경제대보다 이 대학이 훨씬 세다던데……."

하기도 하고,

"뼈대 있는 교수들이 이 대학에 많이 있다더라."

라는 말도 했다. 그리고

"앞으로 일본의 이론 물리학은 이 대학 출신이 선구적 역할을 할 거라는 말이 있던데……."

하면서 유가와 히데키湯川秀樹와 도모나가 신이치로朝永振一郎의 이름을 들먹였다. 유가와 도모나가 얘기는 규도 듣고 있었다. 둘 다 삼고 출신이기도 해서, 이과에 다니는 학생들이 입버릇처럼 이 두 선배의 이름을 들먹이며 뽐내는 자리에 규는 몇 번이고 부딪친 적이 있었던 것이다.

경도제대까지 돌고 나니 시간이 벌써 여섯 시가 넘어 있었다. 더위 탓도 있어 규는 약간 지쳤다. 그러나 태영은 조금도 지친 빛이 없었다. 규가 빙수 가게를 찾아들려고 하니,

"또 빙수야?"

하고 웃기만 하는 것이다.

"하여간 좀 쉬었다 가자."

규는 애원하듯 했다.

마지못하는 듯 태영이 빙수 가게에서 규의 맞은편에 앉더니 한다는 소리가,

"빙수는 너만 먹어라. 나는 냉수나 마실란다. 그 대신 빙수값은 내가 낼 낑께 그리 알아라."

"돈이야 누가 내건 너도 한 잔 먹어라."

"난 안 먹어. 난 그렇게 나를 단련하기로 했다."

규는 어이가 없었다.

"태영아, 사람은 지독하면 못쓴다더라. 이퇴계 선생의 일화를 같이 들은 적이 안 있나. 사람은 지독하면 못쓴다고, 보통이래야 한다고……."

"나는 몹쓸 놈이 될 작정을 했다. 그러니까 지독하게 살 참이다. 쓰고 못 쓰는 건 사회의 통념이 아니겠나. 나는 그 통념에 반항할 끼다. 그러기 위해선 지독해야 된다고 생각한 기다. 어느 정도로 지독할 수 있느냐, 그게 문제다. 지독한 놈 옆에 있다가 벼락 맞는다는 말이 있지. 나는 네가 내 곁에 있다가 나 때문에 벼락 맞을까봐 그것까지도 걱정하고 있다. 그래 네겐 조금도 화가 안 미치도록 할 작정도 세워놓고 있다."

"태영이 너 변했구나."

태영이가 안 시켰기 때문에 빙수는 하나만 왔다. 규가 거북해하는 눈치를 보이자 태영이 말했다.

"내겐 앞으로 일절 신경을 쓰지 마라. 그렇게 하는 훈련이다 생각하고 너만 먹어라. 나는 냉수가 좋다."

"별놈 다 보겠네."

하고 규는 빙수를 마셨다. 얼떨떨한 맛이었다. 그래 그대로 말했다.

"이 빙수 얼떨떨한 맛인데."

"얼떨떨할 것 없어."

태영은 냉수를 한 모금 마시고 빙그레 웃으며 다음과 같은 말을 했다.

"규야, 오늘 나는 삼고를 졸업하고 경도제대를 졸업했다. 졸업장을 주고 안 주고는 즈그 사정이고, 내 사정으론 졸업했단 말이다. 6년이 걸려야 고등학교부터 대학까지 졸업한다는 건 즈그 사정이고, 세 시간 남짓한 시간으로도 졸업할 수 있는 건 내 사정이다. 이미 나는 내 일생의 경륜에 일본 교육 제도에 의한 학력을 관계시키지 않기로 작정했다. 그런데 그 교육의 잔재라고나 할까, 아련한 미련이 있었던 거다. 그 미련을 오늘 말쑥이 씻었다. 쉽게 말하면 고등학교와 대학에 대한 나의 미련을 졸업했다는 뜻이 되겠는데, 그건 어디까지나 상식인의 해석이고, 내 요량으로선 당당히 졸업을 했다, 이 말이다."

규는 태영의 그 말을 이해할 수 있을 것 같았다. 그런데 엊그제 받은 편지 가운데도 9월 전검 시험專檢試驗을 칠 예정이라고 했었는데, 그러면 그 방침을 태영이 변경했다는 것일까 하는 의혹이 남았다. 그러나 규는 물어보지 않기로 했다. 저절로 풀릴 문제일 테니까.

규와 태영은 목욕을 하고 저녁 식사를 끝냈다. 무더위가 가실 때까지 바람을 쐬자고 규는 태영을 묘심사로 데리고 갔다. 낙락落落한 거목, 시원스런 잔디……. 묘심사의 밤 경색은 언제나 마음을 차분하게 한다. 규는 사람들이 없는 후미진 곳을 찾아 자리를 잡았다.

"묘심사 좋지?"

"조용해서 좋구나."

때마침 둥근 달이 나뭇가지 사이에 걸려 있었다. 숲 사이로 비켜 나온 듯한 달빛이 규와 태영의 몸 언저리에 그윽한 무늬를 놓았다.

"아아, 달이다. 달 좋지?"

규는 감동을 이기지 못해 중얼거렸다. 태영은 빙글빙글 웃기만 했다.

"그 웃음 이상한데? 왜 그렇게 웃노?"

규가 겸연쩍어 물었다.

"태양도 달도 별도 꽃도 감동적으로 보지 않기로 했다, 난."

태영이 조용히 말했다.

"그 무슨 소리고? 좋은 것은 좋은 대로, 아름다운 건 아름다운 대로 봐야지."

"아무리 좋은 것이라도 좋지 않다고 보면 그렇게 되고, 아무리 아름다운 것이라도 아름답지 않다고 보면 그만 아니가."

"그거 궤변인데?"

"궤변? 온 세상이 궤변으로 돌아가는데 우리만 궤변을 피해야 하나? 들어봐, 규. 나는 내 주위에 있는 모든 좋은 것, 아름다운 것을 어느 시기가 올 때까진 외면하고 살 방침이다. 애를 써서라도 말이다."

"어디 그렇게 되나? 저 달만 해도 그렇지 않나. 저 아름다움을 어떻게 외면할 끼고."

"체호프의 작품에 이런 구절이 있다. 막막한 초원 위에 펼쳐진 하늘에 달이 걸렸는데, 그 달이 얼마나 신비스럽겠나. 그런데 체호프는 그 달을 푸른 벽지로 발라놓은 벽에 꽂힌 동그란 압핀 같다고 해치웠더라. 어때, 체호프의 눈에 걸리면 수십만의 시인들이 눈물을 흘릴 정도로 감격하는 신비로운 달도 보잘것없는 압핀이 되어버린단 말이다. 그런 필법이면 저 나뭇잎에 군데군데 가려진 달을 똥 묻은 걸레쪽 같다고 할 수도 안 있겠나……. 뿐만 아니라, 체호프는 장엄하고도 공포증을 자아내는 뇌성雷聲을 장난꾸러기 아이들이 양철 지붕 위를 달리는 소리로 비유해놓기도 했거든…….”

규는 태영의 말이 썩 재미있다고 생각했으나, 그 재미있다는 감정보다도 그렇게 뒤틀려진 태영의 사고방식이 안타까웠다.

“체호프는 작중인물의 권태롭고 허무적인 기분을 나타내느라고 부러 그렇게 꾸몄겠지. 체호프 자신이 자연의 아름다움, 신비로움을 그렇게 느꼈을 리가 있나.”

“규야, 네 말이 옳다. 나는 그 체호프의 작중인물을 닮았단 말이다. 아니, 닮으려고 한다는 얘기다.”

규는 당분간 잠자코 있어야겠다고 생각했다. 태영의 입으로부터 억지소리가 나오기 시작하면 끝 간 데를 모른다. 그런데 태영도 그 이상 말을 하지 않았다. 밤매미 소리가 들리고, 풀벌레 소리도 섞였다. 너무도 조용한 시각이었다.

“태영아, 맥주나 한 병 사올까?”

“맥주는 또 왜? 너 술 마시나?”

“아니.”

“그런데 맥주는 왜?”

“어쩐지 그런 기분이 돼서……. 그윽한 달빛 아래 옛 친구와 만나 한 잔……. 넌 그런 기분이 안 드나?”

태영이 조용히 웃었다. 그리고 말했다.

“나는 앞으로 술도 담배도 안 할 끼다. 어느 시기까진…….”

“아까부터 넌 '어느 시기, 어느 시기' 하는데, 도대체 그 시기란 뭐꼬?”

“우리나라가 독립될 때까지…….”

태영이 차분하게 말했다. 규는 정면으로 또 물을 수가 없었다.
"우리나라가 독립할 날이 있을지……."
규는 한숨을 섞어 중얼거렸다.
"내 주위에 있는 사람은 백 사람 가운데 한 사람도 독립의 가망이 있다고 생각하는 사람은 없었다. 아냐, 단 한 사람 있지. 그 사람은 규, 너도 아는 하영근 씨다. 그런데 그 하영근 씨도 마음으로 독립의 가망을 믿고 있는 것은 아니다. 하영근 씨의 독립 가능설엔 언제나 '면'자가 따라온다. 일본이 망하면, 국제 정세가 묘하게 돌아가면, 미국이 서둘면, 중국이 전쟁에 승리하면……. 그렇게 무수한 '면'자가 들면 독립할 수도 있을 것이다. 이것이 하영근 씨의 의견이다. 이런 의견이나마 우리에겐 아쉽다. 우린 그런 소리도 들어보지 못했으니까. 들어보지 못했을 뿐만 아니라, 독립이란 문자 자체만을 들먹이는데도 모두들 겁을 먹고 있으니까. 어디선가 독립운동을 하는 사람들이 있다고 들었지만, 우리의 주변을 말하면 모두들 철저하게 노예근성에 사로잡혀 있는 꼴이란 말이다. 나는, 일본놈들이 우리를 정복한 것이 아니라, 우리 스스로가 그들의 노예 되길 자청한 것이라고 판단한다. 그 노예근성을 없애지 않는 한, 하영근 씨가 아무리 '면'자를 들먹여봤자, '면'자가 실현되어봤자, 절대로 독립은 불가능할 끼다. 설혹 그런 기회가 주어진다고 해도, 독립할 생각은 안 하고 다시 상전을 찾아 날뛸 것이 뻔한 것 아닌가. 나는 그런 꼴을 견딜 수가 없다."
규는 태영의 정열과 신념을 그대로 긍정할 수 있었다. 그러나 너무도 요원한 얘기라고 느꼈다. 태영은 하늘의 별을 따려는 것인데…….
"그럼 어떻게 하겠다는 말인가."
이건 물음이 아니고 규의 신음이었다.

"만의 하나의 가망이 없으면 나는 백만의 하나의 가능을 창조할 참이다. 우선 나는 결단코 왜놈의 노예가 되지 않을 끼다. 철저하게 왜놈과 싸울 끼다. 그들이 하는 전쟁에 어떤 의미로든 협력하지 않을 끼다. 그리고 앞으로 2년, 우리나라가 어떻게 하면 독립할 수 있을 것인가를 연구하고, 동시에 어떤 체제, 어떤 규모, 어떤 내용의 나라가 되어야 할 것인가를 모색하고, 그것을 한 권의 책으로 만들 작정이다. 우리나라엔 손문孫文 선생의 삼민주의에 필적할 만한 책도 없지 않은가."

규가 만일 태영 아닌 다른 사람으로부터 이런 이야기를 들었더라면 허파를 움켜잡고 웃었을 것이다. 독립의 방법을 연구하겠다는 것도 뭣한데, 국가의 체모를 밝힐 책을 쓰겠다는 것이니, 그것도 18세 소년의 말이고 보니, 어이없는 망상으로 돌릴 수밖에 없었다. 그러나 태영이 하는 말이니 규는 그것을 귓전으로 스쳐버릴 수가 없었다.

"하지만 너무도 막연한 얘기다."

"막연해도 할 수 없고, 공상이라고 해도 할 수 없다. 죽으면 죽었지 노예가 되어선 안 된다는 부르짖음을 남겨놓는 것으로 끝나도 좋다. 나는 내가 하는 일을 릴레이 경주의 한 주자의 일이라고 생각할 따름이다. 횃불을 끄지 않고 다음 주자에게 넘겨주면 그만이다. 내 인생은 짧건 길건 그 역할을 하는 것만으로 족하다고 생각한다……."

태영은 말을 끊고 한동안 가만히 있었다. 규는, 태영이 끓어오르는 정열을 어떻게 표현해야 좋을지 망설이는 자세라고 느꼈다.

"내가 경도로 온다니까 하영근 씨가 앞으로 학비 걱정은 말라고 하면서 우선 쓰라고 돈 2백 원을 내놓지 않겠나. 나는 그 돈을 앞에 놓고 복잡한 심정이 되었다. 그 돈만 있으면 앞으로 일 년은 걱정이 없다는 생각, 할아버지와 아버지가 몇 달 동안 동분서주해서 내게 만들어준 돈이 백 원도 채 안 되는 80원이고, 그나마 이밖에 집에서 돈이 나오리란 생각은 말라는 다짐까지 하면서 내놓았는데, 하영근 씨로부턴 그렇게도 수월하게 2백 원이란 돈이 나올 수 있을까 하는 생각, 언젠가 겨울, 소작료 두 섬을 감해달라고 어떤 노인이 찾아왔는데, 그런 것을 왜 나보고 말하느냐, 동네의 마름한테 가서 말하라고 박절하게 내쫓은 그분이 어떻게 내겐 벼 스무 섬 값이나 되는 돈을 서슴없이 내미는가 하는 생각, 고맙다는 생각과 그 돈을 받아선 안 된다는 생각이 내 마음속에서 한동안 소용돌이치지 않겠나? 나는 그 돈을 두고 마음에 소용돌이를 일으킨 나 자신이 미워졌어. 그래 '이 돈은 못 받겠습니다.' 하고 거절했지. 하영근 씨가 놀라드만. 공부할 땐 돈 걱정 않고 차분히 해야 한다면서, 그리고 학업을 닦은 후 갚아도 되니 순순히 받아두라고 타이르기도 하드만. 그래도 나는 받지 않았어. 앞으론 돈을 받아가며 일본놈 밑에서 공부하지 않겠다고 했지. 최소한의 돈은 들겠지만, 그건 내 힘으로 벌어서 쓰겠다고도 했지. 그래도 하영근 씬 굳이 그 돈을 가져가라고 우기지 않겠어? 그때 나는 이렇게 말했어. 언제 그런 날이 올지 모르지만, 내가 독립운동을 본격적으로 시작할 때 독립운동 자금을 대달라고……. 하영근 씨가 독립운동 자금은 자금이고 이 돈은 돈이 아니냐고 다시 강요하는 걸, 뒤도 돌아보지 않고 뛰쳐나와버렸다. 나는 하영근 씨를 고마운 분이라고 생각하지만, 한편 밉기도 해. 내가 독립운동을 하겠다고 말했을 때 그 말을 진정으로 들어주지 않고 어린애의 어리광처럼 듣더란 말이다. 사람이 폐부에서 우러나오는 말을 하는데 어찌 그럴 수 있어?"

규는 태영의 말에 조금이라도 불신하는 척하는 태도로 대응해선 안 되겠다고 마음먹었다.

"하영근 씨는 너의 뜻을 잘 알고 있을 끼다. 네가 지나친 오해를 한 기다. 너를 가장 잘 이해할 사람은 그분 아니가."

"그러니까 부아가 뒤틀린단 말이다."

"태영아, 흥분하지 말고 계획이나 이야기해봐라."

규는 이렇게 달랠 수밖에 없었다.

"네겐 밝힐 필요가 없다고 생각한다. 너는 너의 길을 걸어라. 가만 보니까 사람은 두 가지로 나눌 수 있더라. 순경順境에서 순경으로 자라가는 사람, 역경을 헤치고 역경을 이겨나가야 될 사람……. 규야, 너는 전자에 속하는 사람이다. 너는 누구의 비위도 거스르지 않고 만 사람의 축복을 받으며 커나갈 사람이다. 그런 사람은 내가 걷는 길을 걸으려고 해선 안 된다. 다만 말하고 싶은 건, 네가 열심히 공부하면 언젠간 내가 걷는 길과 일치할 것이란 나의 믿음이다. 나는 네가 내 친구라는 것을 자랑으로 안다. 너는 나와 같은 길을 걷지는 않아도 나의 적이 될 방향으로 가진 않을 사람으로 안다."

"고맙다. 나는 너를 내 친구로 한 것을 가장 큰 자랑으로 안다."

규와 태영은 서로 손을 잡았다.

"그런데 규야."

하고 태영이 나직이 말했다.

"지금이 1940년 아니가. 10년이 지나면 1950년이 된다. 1950년에 무슨 일이 일어날지 상상해봐라. 최근 내가 생각한 최대의 수확이 10년 앞을 전망해보자는 아이디어다. 그때가 되면 지금 우리가 상상도 못 할 국면이 벌어질 것이다. 10년 후면 너는 27세의 청년이고 나는 28세의 청년이다. 그때부터 인생을 본격적으로 시작하기로 하고, 그동안 우리는 기초 작업을 하잔 말이다. 나는 독립운동의 투사로서 기초 작업을 하고, 너는 세계적인 대학자가 될 기초 작업을 하고……. 그러자면 넌 위험한 골목을 피해 걸어야 하고, 나는 위험한 고비만을 노려, 그 고비를 이겨 남아야 한다."

"기초 작업이라면서 하필이면 위험한 고비만을 찾아다닐 께 뭐꼬?"

투덜대는 투로 규가 말했다.

"위험한 고비를 찾아다니고 그러면서 그것을 이겨 남는 노력이 혁명가의, 또는 독립운동가의 기초 작업이란다."

"그래도……"

"걱정 마, 규야. 내겐 자신이 있다. 어떤 위험도 이겨 남을 자신이 있다. 만일 실패하면 그뿐이야. 아까도 말했듯, 횃불 켜진 바통을 다음 주자에게 넘겨주면 되니까. 나 개인은 뭣이 되느냐구? 수천만의 인간이 노예의 오욕 속에서 살고 있는 가운데 이 박태영이 오직 스스로의 주인으로서 행세하다가 주인으로서 죽었다— 그것만으로도 영광이 아니가……. 먼 훗날, 내 가장 존경하는 친구 이규 씨가 한 토막의 추억담이라도 남겨줄 것이고……"

10년 앞을 바라보자는 박태영의 말은 강력한 박력을 가지고 규의 심상을 뒤흔들어놓았다. 그것은 계시와도 같은 귀중한 교훈이었다.

'3년이 지나면 대학에 갈 것이다. 또 3년이 지나면 대학을 졸업할 것이다.'

하는 생각 외에 규는 미래를 전망해본 적이 없었다.

"태영아, 10년 앞을 바라보라는 사상은 참으로 훌륭하다."

"훌륭할 것까진 없지. 당연한 마음가짐이다. 그러나 10년 앞을 바라보고 계획을 세워본다는 건 중요한 일인 줄 안다. 어쩌면 그때쯤은 일본이 거꾸러져 있을지 모를 일 아닌가. 그때 당당하기 위해서 지금 비굴하지 말아야 할 것 아니가. 역사의 물결에 휘말려 허덕이는 것보다, 그 행방을 미리 짐작하고 준비한다는 것이 얼마나 영광스러운 일이겠나. 10년. 그렇다, 10년이다."

태영은 이어, 곽군과 정군이 만주로 갔다는 얘길 꺼냈다.

"그들은 거기서 독립운동을 하겠단다. 끼일 수만 있으면 마적단 틈에 끼여 일본놈들과 싸워보겠단다. 그래 내가 말했지. 너희들은 러시아 말과 중국말을 잘 익혀두라고. 규는 프랑스어를 하고, 나는 독일어를 하고, 그리고 영어는 문제없이 잘할 수 있으니까, 우리 다섯이 모이면 그로써 세계의 지식을 다 모을 수 있는 셈이 안 되느냐……. 곽군과 정군은 둘 다 야무지니까 무슨 일이건 해내고 말 끼다."

규는 태영의 말을 듣고 있으니 꿈의 세계에서 노는 것 같은 느낌이 들었다. 프랑스어의 동사 변화에 쫓기는 나날을 보내고 있는 자기가 너무나 초라하게 느껴지기도 했다.

"그런데 규야."

태영이 어조를 바꿨다.

"응, 왜?"

"난 내일부터 일자리를 찾아 나서야겠다."

"일자리라니?"

"난 내일부터 일을 해야겠어. 노동자들 사이에 뛰어들어 봐야지. 그러나 군수 공장이나 그와 관계되는 곳엔 안 간다. 군수 공장 직공을 일으켜 세워 스트라이크라도 할 수 있는 입장이 될 때까진……."

"일자리를 그처럼 수월하게 구할 수 있을까, 군수 공장 말고?"

"공사판 막일꾼 노릇이라도 할 작정이다. 한 달쯤 일을 하고 9월에 가서 전검專檢을 쳐야 하니까."

"전검을 볼 생각인가? 난 포기한 줄 알았는데…….."

"왜 포기하겠노."

"아까 대학을 졸업한 걸로 치겠다고 하잖았나. 대학을 졸업한 놈이 전검 시험은 치러서 뭣하노?"

"대학에 가기 위해 전검을 치려는 것이 아니다. 언제 어느 때 학생이란 신분으로 위장해야 할지 모르니까 그 준비로 해두자는 기다."

"그렇다면 9월이 곧 다가오는데 내 하숙에서 그 시험 준비나 하라몬."

"전검을 치려고 준비를 해? 평균 60점이면 된다는 시험을 치려고? 광물이니 동물이니 식물이니 하는 책만 조금 훑어보면 되겠지 뭐."

"너의 학력은 비상하지만, 시험이라고 하면 또 다르다. 너무 안심하다가 창피 볼라."

"그런 걱정은 말고 내일 나하고 같이 일자리나 찾아 나서자. 하루만 같이 돌아주면 경도 시내의 지리를 대강 알 수 있을 테니까, 모레부턴 나 혼자 나설게."

"성미도 급한 놈."

이라고 말했지만 규는 내일부터 태영을 데리고 다녀야 할 것이란 각오를 했다.

촉촉이 젖어오는 이슬이 피부에 느껴졌다. 말쑥이 더위가 가시고 냉기가 돌았다. 규는 태영을 일으켜 달빛에 물든 묘심사의 경내를 걸어나오면서 하늘을 우러러보았다.

"박태영이 너가 무슨 소리를 해도 오늘 밤의 달은 아름답다."

"오늘 밤만은 규의 눈에 동의한다. 참으로 아름다운 하늘이고 달이고 이 밤이다."

둘은 어깨동무를 했다.

"삼고의 기숙사 노래 가르쳐줄까?"

"그래, 가르쳐주게."

규가 나직이 노래를 불렀다.

"진홍빛 불타는 듯 동산의 꽃이여, 새파랗게 황홀한 언덕의 빛이여……."

여태까지의 언동으로 보아 반발함직도 한데 젊은 지사 박태영은 규를 따라 그 노래의 가락을 더듬었다.

"출생과 더불어 인생은 각기 독특한 형식과 내용을 갖추어나가게 마련이다. 그런데 인생이 진행되는 과정엔 무수한 갈림길과 고빗길이 있다. 이 갈림길과 고빗길을 우연에 우롱당한 채, 또는 타성에 휘말린 채 걷는 사람도 있고, 스스로의 의지력으로 선택한 길을 강행군하는 사람도 있다. 나는 그 결과가 어떻게 되건 우연의 작용을 내 의지로써 조절하고 타성을 극복해서, 내 인생을 스스로의 힘으로 만들어갈 작정이다. 실수가 있을지 모르나 그것은 나의 책임이고, 패배가 있을지 모르나 그것도 나의 책임이니, 줄잡아 아쉬움 없는 인생은 될 것이다."

그러기 위해서 태영은

"일본 한복판을 용광로로 하여, 우리 민족을 위한 강철로 단련하겠다."

하고, 신문의 구인 광고를 보고 찾아다니기 시작했다. 처음 이틀은 규의 안내를 받더니, 그다음부턴 단독 행동을 하겠다는 것이었다. 그리고 일주일 후, 그는 대판 근교에 있는 모리구치란 곳에 우유 배달원으로 직장을 구했다고 했다.

경도가 아닌 모리구치에 직장을 정한 이유를 태영은 다음과 같이 말했다.

"바로 이 경도에서 내가 그런 일을 하고 있으면 그만큼 자네의 신경에 부담이 갈 께고, 그렇다고 해서 너와 너무 떨어져 있기는 싫고, 대판이나 경도에 비해 공기가 맑고……. 경도와 모리구치는 게이한 전차京阪電車로 한 시간이면 갈 수 있는 거리다."

태영이 가게 된 그 우유 가게는, 주인 부부와 일곱 사람의 배달원이 있는 조그만한 가게라고 했다.

"띄엄띄엄 집들이 서 있는데, 좌우나 뒤는 풀밭이고, 그 풀밭 가운데 끼인 이층집인데, '아사히 우유점'朝日牛乳店이란 간판이 걸려 있더만. 가까이 가본께 문간에도 패를 달아놨대. '배달원 모집'이라고……. 덮어놓고 들어가봤지. 아무도 없어 큰 소리로 불렀더니, 낮잠을 자다가 깬 듯한 중년의 사나이가 눈을 비비며 나오드만. 나를 보더니 우유 배달을 할 작정이냐고 묻더라. 그렇다고 했지. 그랬더니 그자, 내 이름도 묻지 않고 됐다는 기라. 하두 어이가 없어서, 이름도 본적도 물어보지 않고 어떻게 그리 쉽게 말하느냐고 했더니, 이름이나 본적은 언제든지 알 수 있지 않겠느냐고 웃는단 말이다. 월급은 얼마 줄 끼냐고 물었지. 먹여주고 재워주고 한 달에 35원 주겠다드만. 그래 나도 됐다고 했지."

규는 그 말을 듣고, 신중히 인생의 기점을 선택할 것이라고 했는데 너무 조급하게 서두르지 않았느냐고 물었다.

"상대방이 수월하게 나오면 이편도 수월하게 결정해야 하는 기다. 말만 아니라 그 주인의 인상이 좋았지. 새까만 얼굴인데 마음은 까맣지 않을 것 같애."

"너보다 더 검더냐?"

규가 빈정댔다.

"이 사람아, 나는 거기 대면 백인이다, 백인."

태영보다 더 검다는 그 우유 가게 주인은 아프리카의 토인 같은 얼굴일 것이라고 규는 웃었다.

"그런데 또 걸작이 있어. 나는 조선 사람인데 그래도 좋으냐고 물었지. 그랬더니 또 한다는 소리가 이래. 필요한 건 우유 배달원이지, 특수한 인종이나 인격이 아니라는 기라."

"어지간히도 일손이 모자랐던 모양이구만."

"그럴지도 모르지."

규는, 하필이면 우유 배달을 생각했느냐고 물어보지 않을 수 없었다.

"집중적으로 서너 시간이면 해치울 수 있으니 책을 읽을 여유가 있을 것 같고, 아침 일찍 일어나 아침 동안에 하는 일이니 운동이 될 것도 같더라. 게다가 우유라는 영양물을 배달하는 건 인류의 건강을 위하는 일이니 떳떳한 직업의식을 가질 수도 있잖나."

그리고 태영은 목소리를 낮추어 다음과 같이 말했다.

"울 아부지 월급이 말이다. 십 년 가까이 군청에 다니고 있는데 35원밖에 안 된다. 먹고 자고는 공짜로 월급을 35원 받는다면, 난 울 아부지보다 많이 받게 되는 셈이다. 중등 학교를 나와 십 년을 근속하고 있는 사람의 수입이, 하루 세 시간 일하면 되는 우유 배달 수입만도 못하다니 말이 되나. 식민지의 말단 관리란 그처럼 비참한 기라."

규는 태영을 따라 그 우유 가게에 가보고 싶었다. 그러나 태영은 완강히 거절했다. 고등학교에 다니는 친구를 가지고 있다는 사실을 그곳 동료들이 알면, 그 사실만으로도 자기가 이질 분자異質分子 취급을 받는다는 것이다. 그 대신 열심히 편지를 쓰겠다고 했다. 할 수 없이 규는 시조 오하시四條大橋에 있는 역까지만 전송하겠다고 나섰다.

그날도 경도는 찌는 듯한 더위였다. 역에 도착하기까지 온몸이 땀투성이가 되었다. 시조 오하시의 플랫폼엔 강바람이 불어오는 듯했지만, 비린내가 섞인 후텁지근한 바람이어서 차라리 바람이 없는 것만도 못했다. 그런 더위 속에서 우유 배달을 하겠다고 떠나는 태영의 모습을 보고 규는 형언할 수 없는 감상에 빠져 들어가는데, 당사자인 태영은 늠름했다. 때 묻은 등산모 밑의 검은 얼굴을 싱글벙글하면서,

"어때, 인생을 새 출발하는 내 모습이? 코르시카에서 프랑스로 떠나는 나폴레옹의 모습을 닮은 데가 있지?"
하고 익살을 부렸다.

"나폴레옹이 때 묻은 등산모를 썼을까?"
규는 이렇게 빈정댔다.

"등산모를 썼는가 어쨌는가는 몰라도, 그때의 나폴레옹은 지금의 나만큼이나 초라했을 끼다."

초라하다는 말을 쓰면서도 티끌만큼도 초라한 기색이 없는 태영을 보며 규는

'태영이야말로 때와 장소를 얻기만 하면 나폴레옹 이상의 인물이 될지도 모른다.'
라고 생각해보았다.

"하여간 태영이, 우유 배달도 좋고 뭣도 다 좋지만, 전검 시험은 꼭 보도록 해라. 이번 시험은 9월 5일이다. 그 날짜 잊지 마라."

규는 진지하게 말했다.

"걱정 말게. 그 시험만은 볼 테니까."

"원서 마감이 8월 20일, 그것도 잊지 말고……."

"걱정 말라니까."

대판으로 가는 전차가 들어왔다. 시발역이어서 전차는 텅텅 빈 칸을 덜커덕거리며 플랫폼에 섰다. 손님들이 우르르 그리로 몰렸다. 박태영도 그리로 발을 떼어놓으려다 말고,

"다음 전차로 가지."

하고 방금 빈 벤치로 가 앉았다. 규도 그 옆에 앉았다.

"오늘 안으로 가기만 하면 되니까."

중얼거리듯 하는 태영의 말에 잠깐 동안이나마 더 오래 자기와 같이 있고 싶어하는 마음먹이와 우정을 규는 느꼈다.

떠나버린 전차의 자리가 다시 공간이 되고, 그 공간은 강물과 강 저쪽의 풍경으로 펼쳐졌다. 역청瀝靑의 빛깔로 무겁게 흐르는 강물, 숲을 섞은 강변의 밀집된 건물 위로 한여름 한낮의 태양이 눈부시게 내리비치고 있었다. 이규는

'1940년 8월 1일 오후 두 시, 여기 일본 경도의 시조 오하시 플랫폼에 박태영과 이규가 이렇게 앉아 있다!'

라는 생각과 더불어

'이 시간의 의미가 뭘까?'

하는 상념이 떠올랐다.

이 한순간이 지나면 박태영은, 규로선 도무지 파악할 수 없는 미지의 세계로 들어서게 된다.

'그렇다면 이 순간이야말로 태영과 내가 따로따로 헤어지는 결별의 시간이 아닌가. 인생에 다소의 변화는 있어도 이때까진 같은 선상에 있었다. 그런데 이 순간부터 인생의 방향이 달라지는 것이다.'

태영도 자기 나름대로 감상에 젖은 모양이었다. 싱글벙글한 표정이 사라지고 침울하다고도 할 수 있는 그늘이 얼굴에 끼었다.

"내 인생을 우연의 장난에 맡겨둘 수는 없다. 내 인생을 타성의 흐름에 방치해버릴 수는 없다는 것이 나의 신념인데, 그 신념의 결과가 고작 우유 배달이라고 하면 우습다. 그자?"
하고 태영이 규를 돌아보았다. 규는 졸지에 뭐라고 대답할 수가 없었다.
태영이 자기의 생각을 달래려는 듯 조용히 말을 이었다.
"도스토예프스키의 『죄와 벌』 가운데 라스콜리니코프가 중얼거리는 대목이 있지 왜. '나폴레옹이 노파의 침대 밑에 기어들어갈까?' 하는……. 나는 문득 지금 그 대목을 생각했지. 나폴레옹이 나와 처지가 같게 됐다고 치면 우유 배달을 하겠다고 나설까? 이렇게 묻는 꼴을 보면 분명 나는 나폴레옹이 아닌 것 같다. 그럼 나는 라스콜리니코프를 닮았을까?"
규는 잠자코 듣고만 있을 수밖에 없었다.
"나는 결코 나폴레옹을 존경하는 사람도 아니고, 그런 사람이 되고 싶어하지도 않는다. 그러나 나폴레옹적인 인물과 라스콜리니코프적인 인물로 나누어 어떤 인간이 될 거냐고 선택을 강요하면, 나는 불가불 나폴레옹이 되어야겠다고 할 수밖에 없다. 아니, 나폴레옹적 인물이 되어야겠다고 고집은 못 할망정, 라스콜리니코프적인 인물이 될 수는 없지 않은가. 그러니까 나는 절대로 라스콜리니코프를 모방하지 않을 끼다. 우유 배달은 할망정, 노파의 침대 밑엔 기어들지 않겠단 말이다. 그런데 문제는 남는다. 나폴레옹이 우유 배달을 할까 하는 문제다."
태영의 가슴속에 부글부글 괴고 있는 상념의 소용돌이 같은 걸 규는 이해할 수 있었다. 그러나 그 생각들을 그대로 파악할 순 없었다.
"나폴레옹은 나폴레옹, 박태영은 박태영이니까."
"그거야 그렇다. 그러나 선악은 고사하고 사람다운 사람이 되자면 나폴레옹을 넘어서야 하는 거다. 그럴 때 나폴레옹을 넘어서야 하는 사람이 우유 배달을 할 수 있겠느냐 말이다."

태영은 규에게 묻는다기보다 자기 자신에게 묻는 말투로 중얼거렸다.

"우유 배달 아니라 똥을 푸는 인부라도 상관할 게 있겠나. 문제는 비굴하냐 그렇지 않냐에 있겠지."

규는 태영 자신의 사상을 그냥 반복해보았다. 태영은 빙그레 웃었다. 태영의 물음은 그러한 상식을 넘은 좀더 인생의 실상에 다가선 진실을 모색하는 갈정渴情 같은 것이라고 느껴졌다. 규는 자기의 안이한 대답이 부끄러워 얼굴을 붉혔다.

"그건 그렇고, 라스콜리니코프의 결점이 어디에 있는지 알겠나?"

태영이 다시 용기를 되찾은 듯 쾌활한 말투로 물었다. 이럴 때 규는 태영의 말을 기다리면 되었다.

"라스콜리니코프의 결점, 아니 그의 실수는 자기 자신에 대한 지나친 자만심에 있었다고 생각해. 그에게 있어서 가장 큰 문제는 자존심이었지. 누구에겐들 자존심이 없을까마는, 그 자존심의 도가 지나치고 그만큼 방향이 어긋나 있었지. 인류의 행복이니 궁극의 인생이니 하는 말을 들먹였지만, 그런 건 그에게 있어선 장식하기 위한 관념에 불과했단 말이다. 그러니까 그는 인류의 행복을 들먹이면서도 어떤 것이 인류의 행복인지를 성실하게 생각해보는 경우가 없었거든. 그저 막연한 기라. 자기에게 돈이 있고 힘이 있으면 당장 유토피아를 건설할 수 있다고 공상만 했단 말이다. 말하자면 자기가 나폴레옹이 되어야겠다고만 생각했지, 무엇을 하기 위해 나폴레옹이 되어야겠다는 사상도 없었고, 나폴레옹이 돼갖고 어떻게 하겠다는 목표도 없는 기라. 자존에의 망집妄執만 있는 기지. 이蝨와 같은 존재밖에 안 되는 노파쯤은 죽여도 무방하다고 생각하면서, 이 세상에 어떻게 해서 그런 노파가 존재할 수 있게 되었는가의 원인과 조건은 생각지도 않거든. 똑바로 생각을 하자면, 노파에게 도끼를 휘둘러야 할 게 아니라 그런 노파를 있게 한 사회의 불합리성에 도끼를 휘둘러야 할 게 아닌가. 노파 하나를 죽여 만 명을 구할 수 있다면 하나의 죄로써 만 명의 이득을 만드는 것이니 1대 만萬의 수학 문제가 아닌가 하고 문제를 설정하지만, 그 문제 설정이 틀린 기라. 그 노파 하나를 죽여봤자 수백만 가운데 하나를 죽인 셈인데, 남은 수백만을 그냥 두고 어떻게 만 사람의 이득을 마련할 수 있느냐 말이다. 그런 노파를 있게끔 한 원인은 외면하고 나타난 지엽말절枝葉末節만을 문제로 한 라스콜리니코프는 사람 구실을 못 하는 기라. 병적 인물의 표본이 될 뿐이지. 그래서 그는 우유 배달을 할 수 없었던 기라. 그러나 나는 그렇지 않다. 내게도 자존심이 있지만, 동시에 내겐 우리나라의 독립이란 이상이 있고 목표가 있다. 내겐 나폴레옹이 되어야 할 이유가 있고 목표가 있단 말이다."

이렇게 말하면서 태영은 눈 언저리를 붉혔다. 규의 반응이 어떨까 하는 의구심이 싹튼 증거라고 할 수 있었다. 규는 웃고만 있었다.

"그 목표를 위해, 아니 라스콜리니코프가 되지 않기 위해 나는 우유 배달을 6개월 동안 할 작정이다. 그러고 나서 목공장으로 간다. 거기서 반년쯤 기술을 배우고, 다음에 유바리 탄광夕張炭鑛으로 갈 끼다. 거기엔 우리 동포 노동자들이 많이 있다더라. 이렇게 여러 직장을 편력하면서 인생을 배우고, 나 자신을 단련시키고, 역경에 있는 우리 동포들에게 희망의 씨앗을 뿌리는 기라."

태영의 이런 말이 규에겐, 억지로 발돋움을 해서 실제 이상의 큰 키로 보이려는 아름다운 치기로 느껴지기도 했으나, 그 가슴에 불타오르는 포부의 진실엔 감동하지 않을 수 없었다.

서너 차례 그냥 보내고 난 뒤 박태영은 모리구치로 가는 전차를 탔다. 불과 한 시간이면 갈 수 있는 곳으로 태영을 보내면서 규는 영원한 이별을 하는 것 같은 슬픔을 느꼈다.

땀을 닦을 생각도 없이 플랫폼을 걸어 계단을 내려가면서 규는 태영의 애길 되뇌어보며 마음속으로 중얼거렸다.

'태영은 나폴레옹이 되기 위해 모리구치로 떠났다. 그런데 나는……?'

박태영의 일기초―.

8월 1일.
모리구치의 아사히 우유 가게에 오후 세 시 반 도착. 주인 부부와 인사를 했다. 주인의 이름은 오쿠라 소타로大倉宗太郎.

"이름으로 봐선 총리 대신도 할 수 있는데 꼴은 우유 가게 주인이란다."

주인은 얼굴의 근육 하나 까딱하지 않고 이렇게 말했다. 말투로 봐서 꽤 유머를 이해하는 사람 같다.

"전에 반도인 고학생 두 사람이 우리 집에 있었소. 모두 착한 사람이었어요."

순박한 시골풍의 부인인 안주인이 이런 말을 했다.

저녁 식사를 겸해 환영회가 있었다. 차례로 다음과 같이 모두 자기 소개를 했다.

"내 이름은 니무라 도루新村透. 시고쿠 다카마쓰四國高松 태생입니다. 내년에 나는 군대에 가게 되어 있습니다."

얼굴이 단정하고 눈망울이 부리부리한 청년이 말했다.

"내 이름은 가나야 헤이스케金谷平助, 바로 이웃 가와우치川內에서 부모님이 살고 계십니다. 나도 내년에 입대할 것이오."

이 청년은 키가 작은데, 그러나 야무지게 생겼다.

"난 사다케요."

소박한 시골티가 그냥 남아 있는 청년은 이렇게 짤막하게 말했다.

"사다케는 재판소 서기 시험을 보려고 열심히 공부하는 모범 청년이지."

가나야가 한 마디 거들었다.

"나는 야마모토 기요시山本淸라고 해요. 대판에서 굴러다니다가 이곳으로 왔소."

야마모토는 약간 사팔뜨기의 인상을 풍긴다.

"그도 내년이면 입대야."

가나야의 보충 설명이다.

"나는 히라타 미노루平田穗란 떠돌이 청년입니다. 잘 봐주시오. 나도 내년엔 입대해야 하오."

"나는 야기 히사지矢木久次다."

라고 말한 사람은 서른을 넘긴 듯했다.

"상등병으로 제대한 용사인데, 약간 근성이 있으니 특히 주의해야 할걸."

주인이 한 마디 끼웠다. 아닌 게 아니라 무슨 행티가 있는 것 같은 얼굴이다.

"나는 무나카와宗川다."

40세 가까이 되어 보이는 무나카와는 이렇게 말했는데, 그는 절름발이다. 몸 전체에 감돌고 있는 허무감 같은 것은 그가 불구인 탓인지 모른다.

나는 이러한 멤버로 구성된 사회에 끼이게 된 것이다. 필요 이외의 말은 일절 안 하기로, 그리고 남이 싫어하는 일은 나 스스로 솔선해서 할 것을 우선 마음속으로 다짐했다.

8월 2일.

새벽 세 시 반에 기상. 도매상에서 운반되어 온 우유를 한 홉들이 작은 병에 나눠 넣는다. 모두 3천 몇 개의 병이다. 그리고 나서 소독이다. 철사로 엮은 광주리에 병을 담아 전기 자비기煮沸器에 넣고 30분가량 열을 가한다. 다음에 각기 자기의 몫을 배달차에 싣고 떠난다.

나는 주인을 따라 나섰다. 먼저 있던 배달원의 몫을 주인이 맡아 하고 있었는데, 그 몫을 내가 이어야 하는 것이다.

네 시 반이면 여름의 아침이라도 어둡다. 그 어둠 속에서 길을 외고 문패를 분간해야 하니 비교적 어려운 일이다. 나는 주인을 따라가며 나름대로 지도를 머릿속에 그렸다. 내가 맡은 단골은 거의 4백 집. 그곳을 다 돌고 가게로 돌아오니 여덟 시다. 세 시 반부터 쳐서 꼬박 네 시간 반이 걸린 셈이다. 모리구치에서 대판이나 경도까지 출근하는 사람도 많으니 늦어도 일곱 시 반까지는 배달을 끝내야 한다는 것이 주인의 당부였다.

아침밥을 먹고 모두 한잠씩 자는 버릇이 있는 모양이지만, 나는 어둠 속에서 익힌 길과 집들을 밝을 때 확인하기 위해 밖으로 나왔다. 두 바퀴를 돌고 나니 길과 배달 대상인 집을 거의 파악할 수 있었다.

돌아오니 점심 시간. 점심을 먹고 빨래를 하고, 규에게 편지를 쓸까 했지만 긴장이 겹쳐 피로가 심해서 한잠 자기로 했다.

　이틀째의 밤이 되었다. 모두 어디로인지 놀러가 버리고, 이층의 합숙소엔 무나카와란 사람만이 남아 높이 베개를 베고 책을 읽고 있었다. 무나카와가 무슨 책을 읽는지 알고 싶었지만, 그런 호기심을 억눌러야 한다고 생각하고 나도 책을 펴 들었다. 매슈 아널드의 평론집이다. 아널드의 영어는 처음엔 버거웠지만 요즘엔 퍽 익숙하게 되어, 한 페이지에 두세 번 사전을 찾으면 수월하게 읽어나갈 수 있다. 아널드의 정연하면서도 인생과 사회의 기미機微를 꿰뚫는 듯한 견식엔 배울 점이 많다.

　8월 3일.

　새벽 세 시 반에 일어나기는 조금 고통스럽다. 그러나 그렇게 큰 고통은 아니다. 모두 아직 잠결에 있는데 자기만 깼다는 사실이 흐뭇하기까지 하다. 그런 뜻에서도 선각자의 자부는 있는 것이다.

　아침에 나는 적극적으로 작업을 도왔다. 트럭에서 우유가 든 드럼통을 끌어내리는 것도 효과적으로 도왔고, 작은 병에 나눠 넣을 때도 내 몫 4백 개는 내 손으로 해치운 것 같다. 소독할 때도 마찬가지다. 뜨거운 광주리를 꺼내는 것도, 미리 찬 물에 축여놓은 수건만 준비하면 간단한 일이다.

　"박군의 일 솜씨는 아주 익숙한 사람의 일 솜씨 같은데……."

　야기라는, 행티가 있어 보이는 친구가 이렇게 말하고,

　"너, 딴 곳에서 우유 배달을 하다가 온 사람 아니냐?"

라고 묻는다.

　"이 세상에 나서 처음으로 하는 일인데요."

라고 대답했더니, 아무래도 그는 석연찮은 모양이다.

배달차에 병을 싣고 차를 끌려고 했더니 주인이

"오늘 아침까지는 조수 노릇을 하며 길이나 익혀."

하고 배달차를 자기가 끌려고 한다.

"길거리와 집들은 어제 낮에 두 바퀴나 돌았기 때문에 환합니다. 오늘 아침부터라도 저 혼자 할 수 있습니다."

하고 나는 배달차를 끌기 시작했다. 한 홉들이 병이라도 4백 몇십 개를 싣고 보니 꽤 무거웠다. 그러나 바퀴가 구르기 시작하자 수월해졌다. 나 혼자 할 수 있다고 우겨도 주인은 따라왔다. 그리고 내가 조금의 주저도 없이 배달 대상자의 집을 찾아 우유를 넣는 것을 보고 놀란 듯 중얼거렸다.

"아무리 빨라도 4~5일은 걸려야 익숙해지는 법인데……."

8월 5일.

어느 한 군데 나무랄 데 없는 우유 배달원이 되었다고 나는 자부할 수 있다. 새벽 세 시 반에 깨는 것이 조금도 고통스럽지 않다. 배달차를 끌고 새벽길을 달리는 것이 유쾌하기까지 하다. 이 이상의 운동은 없을 것 같다. 덤으로 10여 병의 우유가 있어, 쉬는 곳에서 한 병쯤 마시고, 한 병쯤으로 얼굴을 씻는다. 남은 것은 달리 단골집을 만드는 데 필요하기도 하다. 그것으로 포켓 머니를 만들 수도 있다지만, 나는 그럴 생각은 없다. 우리 동포 가운데 가난하게 사는 사람이 있으면 발견되는 대로 그 집 아이들의 건강을 위해서 선물할 작정이다. 우유 배달은 내 인생을 시작하는 데 있어서 처음의 노동이고, 나라의 독립을 위해 출발한 긴 노정의 첫 부분이다. 사람은 시간마다, 날마다 승리해야 한다. 지금에 있어서의 승리란, 일과를 타이트하게 짜고 그 타이트한 일과를 완수하는 것이다. 우선 일과를 다음과 같이 짜보았다…….

8월 6일.

주인은 어느 모로 보나 수양이 되어 있는 사람이다. 우유를 엎질러도, 병을 깨어도 군소리 한 마디 없다. 니무라가 병을 곧잘 떨어뜨려 깨는데, 한두 개일 땐 아무 말도 없고, 세 개, 네 개 거듭되면

"잠이 부족하기 때문이겠지."

하고 니무라 대신 주인이 변명조로 중얼거린다. 나도 이날 아침 병 두 개를 깼다. 광주리에서 꺼낼 때 몸의 중심을 잡지 않은 탓에 한쪽이 기울었던 것이다.

"유리병도 오래 쓰면 약해지는 모양이야."

하며 주인은 부서진 유리 조각을 조심스레 모아서 쓰레기통에 넣었다.

조금만 잘못되어도 신경질을 내는 사람은 야기란 사람이고, 어떻게 되었건 전혀 말이 없는 사람은 무나카와다. 나는 8월 1일 이곳에 온 후로 자기소개를 할 때를 제외하고 무나카와가 말을 하는 걸 듣지 못했다. 낮엔 자거나 잠들지 않을 땐 언제나 책을 읽고 있다. 그런데 그 책은 일본어 책이 아니고 서양의 원서인 듯하다. 그러나 나는 호기심을 눌러야 한다.

초저녁엔 모두 어디인가로 나갔다가 열 시쯤 되어야 몰려오는데, 니무라, 히라타, 가나야, 야마모토 등이 오늘은 아무 데도 가지 않고 합숙소에서 화투놀이를 시작했다.

"놈들, 돈이 다 떨어진 모양이로구나."

야기가 헌 양말을 기우면서 이렇게 쏘았다. 야기는 시간만 있으면 내복이나 양말을 깁는 걸 취미로 하는 사람이다.

"남이사 돈이 떨어졌건 말건 무슨 참견이우."

히라타가 한 마디 했다.

"돈이 떨어지기 다행이지. 돈이 계속 있으면 너희놈들의 ×대가리가 녹아내리고 말 끼다. 조로카이(창부집)에 드나드는 것도 너희놈들처럼 심한 건 처음 봤다."

야기가 혀를 차며 말했다.

"전쟁터에 가면 몸뚱아리째 썩어 없어질 텐데, 제기랄 녹아 쓰러지 도록 실컷 조로카이나 했으면 좋겠다."

야마모토가 화투장을 내리치며 말했다.

"사다케 군 뿐이라도 봐요. 아직 군대에도 안 간 풋내기들이 벌써 못된 버릇을 배워가지고……. 게다가 어른이 말하면 잠자코 듣고 있을 일이지 말대답이 뭐야."

야기가 버럭 고함을 질렀다.

동시에 히라타가 화투장을 내던지고 야기 쪽으로 돌아앉았다.

"뭐라고? 어른이라고? 상등병이면 제일이가? 여긴 병영이 아니야. 조로카이를 해도 우리 돈으로 하고, 술을 마셔도 우리 돈으로 마신다. 참견이 무슨 참견이고? 듣자 듣자 하니 심하구만."

"이 자식이 사람을 몰라보고……."

야기의 얼굴이 잔인하게 찌푸려졌다.

그러고는 욕질이 시작되더니, 순식간에 때리고 맞고 하는 수라장으로 변했다. 그래도 사다케는 저쪽 벽을 향하고 공부를 하고, 무나카와 씨 역시 등을 돌린 채 책만 읽고 있었다. 장정 네 사람이 야기 한 사람에게 덤벼들어 치고 때리고 하는데, 나는 어쩔 줄을 몰랐다. 섣불리 말리려들다간 무슨 봉변을 당할지 알 수 없었다. 할 수 없이 나는 아래층으

로 내려가 주인 부부에게, 지금 싸움이 벌어졌으니 말려달라고 했다. 주인은 무표정한 얼굴로

"또 야기와 니무라 등이 붙은 게로구만."

했을 뿐, 움직이려고 하지 않았다.

"가만 둬요. 실컷 야단을 치다가 제 풀에 잠잠해질 테니까."

안주인도 이렇게 말할 뿐이다.

약간 무색한 생각까지 들어 밖으로 나가 바람을 쐬고 한참 만에 이층으로 올라갔더니, 아닌 게 아니라 싸움이 어느새 끝났는지 잠잠해져 있을 뿐 아니라, 그런 싸움이 언제 있었던가 하는 기분으로 모두들 베개를 나란히 하고 잠들어 있었다.

'참으로 묘한 인종이다.'

하는 생각이 들었다.

8월 8일.

니무라, 히라타, 야마모토, 가나야 등은 한 마디로 말해 순진한 청년들이라고 할 수 있다. 그런데 그들은 월급을 받기가 바쁘게 연일 창부집에 드나들어 3~4일 동안에 월급 전부를 탕진하고 만다. 그러고는 한 달 동안을 참다가 월급을 받으면 또 그 버릇을 되풀이하는 모양이다.

나는 그들의 나약한 행동의 원인이 내년이면 군대에 가야 한다는 사실에 있다는 것을 알았다. 말하자면 그들은 군대에 갈 날을 죽음을 기다리는 공포감으로 기다리고 있는 것이다. 집에서 뛰쳐나와 우유 배달을 하는 것은 장남이 아닌 처지도 있었지만, 군대에 가기까지의 한동안을 마음대로 지내야겠다는 속셈 탓도 있는 것 같다.

"나라를 위해 목숨을 바친다."

"천황 폐하를 위해 희생한다."
라고 흔하게 쓰이는 말들이 얼마나 공소하고 허무한가를 나는 그 청년들의 행동을 통해 짐작할 수 있다.

"총알이 말이다, 총알이 가슴팍을 뚫고 지나갈 때 참말로 '천황 폐하 만세' 하고 외칠 수 있을까."

니무라가 가나야를 보고 속삭였다.

"'천황 폐하 만세' 하고 죽는 건 육군 병원에서 죽는 사람들이래. 전쟁터에서 죽을 땐 모두 '어머니' 하고 죽는대."

가나야의 말이었다.

"내겐 부를 어머니도 없어."
라고 한 사람은 니무라.

"매독이나 그런 병에 걸리면 군대에 안 가도 된다던데……."

야마모토는 이렇게 중얼거렸다.

자기 자신의 생각과는 관계없이, 무엇을 위해 어떻게 하자는 자각도 목적도 없이 전쟁터에 죽으러 나간다는 것은 참으로 견딜 수 없는 일이다. 나는 그들을 이해하고, 지금 일본이란 국가가 국민에게 엄청난 악을 행하고 있다는 사실을 절실히 느낀다.

8월 10일.

무나카와 씨가 무슨 책을 읽는지 궁금하다. 종이로 표지를 싸버렸기 때문에, 시력이 꽤 좋은 나도 그 제목을 읽을 수 없다. 무나카와는 자물쇠를 채운 상자를 한 개 가지고 있다. 읽고 나면 책을 그 상자 속에 넣고 자물쇠를 채워버린다.

주변 사람들과 말 한 마디 없이 우유 배달을 끝내고 나면 자기의 세계로 들어가 도사려버리는 이 인물이 아무래도 나의 호기심을 끈다. 용기를 내어 말을 붙여보고 싶지만, 그 얼어붙은 듯한 차가운 얼굴을 대하면 용기가 시든다. 그래서 오늘 나는 빨래를 하다가 마침 곁에 있게 된 안주인을 보고 무나카와 씨가 어떤 사람인지 물었다.

"그 사람은 내 친정 쪽으로 먼 친척이 되는 사람이오."

대답은 그것뿐이었다.

무나카와와 주인집의 관계를 안 것은 큰 발견이지만, 내가 알고 싶은 것은 그런 것이 아니다. 그러나 그 이상 더 물어볼 순 없었다. 기회를 기다릴 수밖에…….

8월 11일.

전검 준비를 본격적으로 해야겠다고 생각하고 그 범위를 챙겨보니 막막하다. 말하기 쉽게 열두 과목이라고 하지만, 역사 가운데 서양사, 동양사, 일본사가 있고, 박물이라고 해놓고 식물, 동물, 광물, 생리 위생, 박물 통론 등 다섯 과목을 망라하는 판이니, 학교에서 배운 교과목으로 치면 스무 과목이 넘는다. 앞으로 한 달도 채 못 되는 시간이니 그 전부를 다 훑어볼 수는 없고, 역사와 지리, 그리고 박물에만 중점을 두고 한 번씩 책을 읽어보는 정도로 끝낼 수밖에 없다.

그러나저러나 꼭 전검 시험을 쳐야 할 까닭이 있는가 하고 생각해본다. 상급 학교에 갈 의사가 없으면 그 시험을 칠 필요는 전연 없는 것이다. 어떤 방편이 될지도 모른다는 이유는 있을 수 있지만, 무엇을 위한 방편이냐고 따지면 다시 시들해진다.

그런데 이다음 어떤 기회에 후배들을 설득하는 데 있어서 일종의 힘이 될지는 모른다. 보다도 이규 군과의 약속을 지키는 뜻에서 꼭 이 시험을 쳐야 하는 것이다. 고향에 있는 동기 동창생들보다 반년 먼저 학교를 졸업하는 셈이 되는 것도 의미가 될지 모르고, 나를 퇴학시킨 그 못된 교사들에 대한 보복의 뜻도 없지 않다. 일단 결정했으면 일로매진一路邁進이 있을 뿐이다. 당분간 시험 이외의 것은 생각 않기로 한다. 무나카와에 대한 호기심도 그때까지 보류한다. 가난한 동포를 찾는 것도 시험이 끝난 후의 일이다.

8월 초의 일요일, 박태영이 잠깐 경도에 들렀다. 전검 시험 원서를 내기 위해서였다. 전검 시험 원서래야 대단한 것이 아니다. 자필 이력서를 첨부해서 내면 되는 것이다. 다만 사진이 필요했기 때문에, 규의 하숙 이웃에 있는 사진관에서 사진을 찍었다. 그것을 찾아 경도부청에 제출하면 되었다. 그 일은 규가 맡아서 하기로 했다.

9월 5일과 6일, 양일에 걸쳐 경도일중京都一中 강당에서 시험이 있었다. 태영은 우유 배달을 하고 경도로 와서 시험을 치고 오후에 돌아갔다. 규는 학교에 가야 했기 때문에 시험장에 가보지 못했다.

그리고 한 달을 지냈다.

어느 날 학교에서 돌아온 규에게 하숙집 아주머니가 근심스럽게 말했다. 신문 기자라고 하는 사람이 박태영이란 사람에 관해서 알고 싶은 것이 있어 찾아왔더라는 것이다.

'신문 기자가 박태영을 찾아올 까닭이 있나! 경찰이 아니었을까? 박태영이 무슨 일을 저질렀을까?'

규는 불안한 마음으로 밤을 지냈다. 그 신문 기자라는 사람이 다시 찾아오겠다고 했다니, 그때를 기다릴 수밖에 없었다.

이튿날 아침 일찍 사람이 찾아왔다.

"어제 온 그 사람입니다."

하숙집 아주머니의 말이었다. 규는 현관으로 나가보았다. 30이 넘어 보이는 날카롭게 생긴 사나이가 넥타이를 맨 차림으로 서 있더니, 규에게 명함을 내밀며 정중하게 말했다.

"박태영이란 사람에 관해서 알고 싶은 일이 있어 왔습니다."

명함엔 경도일일신문京都日日新聞 기자 오노기 다케시小野木健志라고 적혀 있었다.

규는 자기 방으로 그 사람을 데리고 들어가 하나밖에 없는 방석을 그에게 내어주며 앉으라고 했다. 신문 기자는 자리에 앉자 종이와 연필을 꺼내 들고 묻기 시작했다.

"지금 그 사람이 여기에 없다는데 어디에 있습니까?"

규는 질문에 대답하기에 앞서 도대체 무슨 일이냐고 물었다.

"아직 모릅니까?"

기자는 의아한 표정으로 말했다.

"박태영 씨가 전검 시험에 합격했습니다."

'박태영이 시험에 합격했구나.'

규는 기뻤다. 그런데 다시 물어보지 않을 수 없었다.

"박군이 전검 시험에 합격한 것이 신문사의 관심거리가 될 만한 사건입니까?"

"보통 합격이면 관심거리가 될 까닭이 없죠. 그런데 그는 이번 시험에 일등으로 합격한 것입니다. 이번 시험에서만이 아니라 전검 시험 제도 창설 이래 최우수 성적이었답니다."

"어떻게 그런 걸 알았죠?"

"그저께 관보官報에 전검 시험 합격자 발표가 있었죠. 신문사는 관보 같은 덴 신경을 쓴답니다. 그래 경도부 관계의 사람을 찾았더니, 그 가운데 박태영이란 사람이 있었죠. 일단 경도부의 학무국에 가서 물어봤죠. 그랬더니 학무국 직원의 말이, 동경 문부성에서 그런 통지가 왔다고 합디다."

"경도에서 시험을 봤는데 동경에 있는 문부성이 어떻게 그런 걸 알았을까요?"

"시험은 각 지방에서 쳐도, 답안지는 전부 동경으로 보내진 뒤, 거기서 채점을 하는 모양이죠. 그래 가지고 합격자를 일괄 발표하고, 특수한 사정이 있는 사람에 관해선 시험을 실시한 곳의 학무과로 연락한답니다."

사정이야 어떻든 태영이 전검 시험에 일등으로 합격했다는 사실은 참으로 통쾌한 일이었다. 규는 기자가 묻는 대로 소상하게 대답을 했다. 모리구치에서 우유 배달을 한다는 사실도 빼놓지 않았다. 사진을 달라기에, 전검 시험용으로 찍은 사진이 남아 있기에 그걸 주었다.

박태영에 관한 이야기가 끝나자, 기자는 규의 방을 둘러보면서

"학생은 삼고에 다니시는 모양이죠? 학생도 수재구먼요."

하고, 자기는 삼고 시험에 세 번이나 낙방해서, 할 수 없이 동지사대학同志社大學으로 갔다는 얘기를 했다.

"아직 합격증이 안 왔으면 오늘 중에라도 올 겁니다. 합격 통지서를 보낼 곳이 이 주소로 되어 있습디다."

하는 말을 남겨놓고 그 기자는 자리를 떴다.

규는 학교로 가는 도중 우편국에 들러 태영에게 전보를 쳤다.

"전검 시험 일등 합격을 축하함."

오후, 규는 학교 문을 나서기가 바쁘게 경도일일신문을 샀다. 사회면

일각에 박태영의 사진을 곁들인 삼 단쯤의 기사가 '독학생의 등용문登龍門, 전검 시험에 일등 합격한 반도 청년'이란 타이틀 아래 다음과 같이 씌어 있었다.

"주소를 경도부 하나조노초 ×번지에 둔 박태영(18세) 군은 금년도 후기에 실시한 문부성 전검 시험에 경도에서 응시하여 12 전 과목을 한꺼번에 일등의 성적으로 합격했다. 문부성의 발표에 의하면, 금년도 후기 응시자는 전국에 걸쳐 5,680명, 그 가운데 전 과목 합격자는 130명이다. 박군의 성적은 평균 92점, 이는 금년도 후기의 최고 성적일 뿐 아니라, 전검 시험 제도 창설 이래 최우수 성적이라고 한다. 종전의 최고 성적은 평균 83점을 넘지 않았다. 당국자 한 사람은, 전검 시험에 평균 90점 이상을 얻는다는 것은 놀랄 만한 일이라고 말했다. 박군은 현재 대판부하大阪府下 모리구치의 아사히 우유 가게에서 우유 배달원을 하고 있다."

그리고 그 기자가 박태영을 직접 만나보고 쓴 양으로 태영 본인의 감상까지 덧붙여 있었다.

"……방문한 기자를 향해 박군은 다음과 같이 말했다. '그저 기쁩니다. 노력의 보람이라고 생각합니다. 앞으로 더욱 분발해서 훌륭한 사람이 되어 독학생들의 모범이 되도록 하겠습니다.'"

규는 기쁨에 겨워 전차 안에서 몇 번이고 되풀이해 그 기사를 읽으면서도, 한편 신문 기사라는 것의 정체를 본 듯한 느낌을 가졌다. 전연 허위랄 수는 없지만 사실과는 상당한 거리가 있는 것이라고…….

박태영의 재능에 새삼스럽게 놀랄 규는 아니었지만, 그래도 학교의 교과목으로 나누면 20여 개가 되는 전 과목에 92점이란 평균 성적으로 합격했다는 사실은 커다란 놀람이 아닐 수 없었다. 박태영은 자기를 퇴학시킨 학교에 보기 좋게 복수를 한 셈이 되었다. 규는 모교의 5학년에 아직도 재학 중인 친구에게 편지를 써야겠다고 마음먹었다.

하숙에 돌아와보니, 아침에 신문 기자가 말한 대로 합격 통지서인 듯싶은, 박태영 앞으로 된 한 통의 편지가 배달되어 있었다.

"알았다. 그러나 그뿐이다. 통지서는 네가 간수해둬라."
라는 전보가 날아든 것은 저녁 식사를 끝낼 무렵이었다. 그 전보로 인해, 내일 오후에라도 합격 통지서와 태영의 기사가 실린 신문을 가지고 모리구치로 갈 예정을 포기했지만, 가만 있을 수가 없어 저녁 식사를 끝내고 박두경을 학교로 찾아갔다. 박두경도 이미 그 기사를 읽고 있었다.

"나도 학교가 끝나면 형님을 찾아갈 작정이었어요."
하고 두경은 흥분한 투로 말했다.

박두경은 이른바 마늘 사건으로 부립이상을 그만두고 부립삼중의 야간부로 적을 옮겨놓고 있었다. 그렇게 한 덴 두경의 아버지를 설득하기 위한 규의 노력이 있었다. 두경은 낮엔 집안일을 돕는 한편 유도 도장에 나간다고 했다.

한 시간 더 수업이 남았다기에 규는 그동안 운동장에서 서성거리기로 했다. 어두운 밤의 교사校舍가 괴물처럼 웅크리고 있는데, 그 가운데 몇몇 교실이 불을 환히 켜놓고 있는 광경이 규에게 새로운 감동을 주었다.

'낮엔 일하고 밤엔 공부하고……'

힘겨운 인생이 그 교실에 있다는 생각, 그런데 그 보람이 무엇일까 하는 생각…….

'저 교실에서 소년들은 무엇을 생각하고 있을까!'

부모 덕택에 낮에 편안히 공부할 수 있는 아이들과는 의식의 바탕이 다르리란 짐작도 들었다. 반항을 익히는 아이도 있을 것이고 순종을 익히는 아이도 있을 것이다.

'박태영은 반항을 익혔다.'

이런 상념과 더불어 규의 회상은 태영과 자기가 똑같은 경험을 했는데도 그 반응은 달랐다는 사실에 맴돌기 시작했다.

하라다 교장의 고마운 말이 있었을 때, 규는 무조건 감동했다. 그 감동에서 이끌어낸 결론이 있다면

'그렇게 고마운 교장 선생님의 기대에 어긋나선 안 되겠다.'
라는 마음이었다.

그런데 태영은 그 고마움을 인정하면서도 고마움을 인정하는 스스로에게 반발했다.

"일본인의 고마운 행동은 가혹한 행동 이상의 독소를 가지고 있다. 그건 조선인의 뼈를 녹이는 작용을 하기도 한다. 그러니 경계해야 한다."

이와 같은 것이 박태영의 마음이었던 것이다.

하영근 씨에 대한 태도도 그렇다. 규는 하영근 씨의 따뜻한 애정을 언제든 그냥 받아들였다. 하영근 씨의 어떤 행동도 비판적인 눈으로 보지 않았다. 그런데 박태영은 자기를 위해 하영근 씨가 내놓은 거액의 돈에 대해서까지 반발했다. 그리고 그걸 받지 않았다.

전검 시험만 해도 그렇다. 보통 소년이면 그 시험을 한 단계로 치고 차츰 위로 올라가려는 바탕으로 삼을 것이다. 가능하면 사회에서 행세하기 수월한 길을 택하기 위한 수단으로 이용하려고도 할 것이다. 그러나 태영은 그렇지가 않다. 자기의 자존심을 만족시키기 위한 수단 이외의 어떤 생각도 어떤 의미도 전검 시험에 두지 않았다.

이런 생각을 하고 있는 사이에 어느덧 시간이 지났다. 종료를 알리는 벨소리가 났다. 소년들이 일어서는 것이 운동장에서도 보였다.

박두경이 달려왔다.

둘은, 드문드문 가로등이 있는 어두운 거리를 걷기 시작했다.

"고단하지 않나?"

"뭘요."

"상업학교와 야간 중학과, 기분이 어때?"

"이 학교 애들은 모두 온순해요. 장난도 하지 않고요."

"중학생 시절엔 실컷 장난도 해야 되는데……."

한동안 말이 없더니 두경이 불쑥 이런 말을 했다.

"태영 형님도 삼고로 오면 좋을 텐데……. 태영 형님이면 수월하게 들어갈 수 있을 테니 말입니다."

"나도 동감이다. 그러나 싫다니 어떡하나."

"권해보셨습니까?"

"권했지. 박군이 삼고로 올 작정이면 동기생이 되기 위해 내가 한 해 낙제를 해도 좋다고까지 했지."

"그래도 말을 안 들어요?"

"박군이 경도로 온 바로 그날 삼고와 경도제대의 구내를 한 바퀴 돌았지. 그러고 나서 하는 말이, 자기는 고등학교와 대학을 한꺼번에 졸업한 셈이란 거야. '이미 대학을 졸업한 사람이 고등학교에 들어가?' 이런 식이니 할 말이 없어. 허기야 태영에겐 학교가 필요없어. 옛날 우리 중학교에 구사마란 영어 선생이 있었는데 이런 말을 했어. '규는 꼭 일류 학교에 다녀야 하지만 태영인 어떤 학교에 가도 좋고 학교에 안 가도 좋다'고……."

밝은 거리로 나왔다. 규는 두경이 시장할 것이라고 짐작했다. 가까이에 있는 우동집으로 그를 데리고 들어갔다. 우동 한 그릇을 맛있게 먹고 나더니 두경이 물었다.

"태영 형님은 장차 무엇이 되겠다는 겁니까?"

"나폴레옹이 되겠대."

"나폴레옹? 저 프랑스의?"

"바로 그 나폴레옹 말이다."

두경이 이해할 수 없다는 표정을 지었다.

"요 다음 만나거든 두경 군이 직접 물어봐라."

"난 내일 그 신문을 들고 태영 형님 만나러 가볼까 하는데요."

"그래도 좋지."

"그럼 내일 가겠습니다. 아침 일찍 가면 하루 종일 같이 있을 수 있으니까, 내일 한번 물어봐야지."

규는 가벼운 불안을 느꼈다. 태영이 두경에게 독립운동 계획을 말할 거라는 짐작이 들어서였다. 그렇게 되면 단번에 두경의 가슴에 불이 붙을 것이다.

"하여간 굉장한 일 아닙니까."

규의 하숙과 두경의 집으로 갈라지는 길에 서서 두경이 중얼거렸다.

"뭣이?"

"전검 시험에 평균 성적 92점으로 합격했다는 일 말입니다."

"그렇지, 굉장한 일이고말고."

"그럼 내일 갔다 오겠습니다. 다음 일요일에 형님 하숙으로 갈게요."

두경과 헤어져 돌아오는 길에 규는 다시 한 번 아까의 불안을 되씹었다. 두경이 태영의 사상에 완전히 감염될 것이 명백했기 때문이다.

그러면서 그런 불안을 느끼는 스스로를 냉소했다.

'너는 뭐냐. 조국 독립 사상에 불안을 느끼는 너는 일본놈의 노예로

서 만족하겠다는 말이냐.'

  규가 태영에게 전검 시험 합격을 알렸을 때 태영은 규에게
  "알았다. 그러나 그뿐……."
이란 전보를 보냈다. 그러나 태영의 전검 시험 합격은 결코 그것뿐으로 끝나지 않았다. 경도일일신문의 기사를 통해서 알게 된 대판조일大阪朝日과 대판매일大阪每日 같은 전국지全國紙가 박태영 기사를 싣게 된 것이다. 이 두 신문은, 모리구치의 아사히 우유 가게에까지 박태영을 찾아가 그 간판 아래 서 있는 박태영의 사진을 찍어 동시에 게재했다. 그 기사에 나타난 박태영의 담화는

  "전검 시험 합격이 그렇게 대단한 일이라고 생각하진 않는다. 문제는, 앞으로 어떻게 사회에 유용한 인간이 될 수 있느냐에 있다. 계속 노력하겠다."
라고 되어 있었고, 우유 가게 주인의 이야기라고 해서 다음과 같이 씌어 있었다.

  "성실한 청년입니다. 공부를 하는 것같이 보이지도 않았고, 언제 그런 시험을 보았는지조차도 몰랐고, 본인이 말하지도 않았기 때문에 기자들이 찾아와서야 알았습니다. 하여튼 대단한 일입니다. 앞으로 박군에게 도움이 되는 일이라면 성의껏 협력할 생각입니다."

  우유 가게 주인의 이야기는 사실일지 몰라도, 태영의 말이라고 되어 있는 부분은 사실과 다를 것이라고 추측했다. 동시에, 박태영이 신문 기자들을 만나 무슨 소리를 했을까 하는 것이 궁금하기도 했다.

  그 뒤 들은 바에 의하면 박태영은 그때 이렇게 말했다는 것이다.

  "나를 독학생이라고 하는데, 그 말이 학교에 다니지 않는 사람을 뜻

한다면 나는 독학생이 아니다. 중학교에 4학년까지 다녔기 때문이다. 그리고 전검 시험 합격이 대단한 일이라고 생각하진 않는다. 중학교 졸업자격을 얻었을 뿐이 아닌가. 중학교 4학년까지 다닌 사람이 전검에 합격했다고 해서 무슨 대단한 일인가. 평균 92점이라고 하지만, 중학교를 우수한 성적으로 졸업한 학생이란 뜻과 똑같다. 그런 걸 가지고 문제로 한다는 건 우스운 일이다……."

그러나저러나 결과는 대단한 일이 되고 말았다. 아사히 우유 가게로 매일 수십 통의 편지가 날아들었다. 대부분이 독학하는 청소년들의 공부하는 요령을 가르쳐달라는 내용을 담은 편지였는데, 그 가운데는 반도 출신인 사람으로서 돈을 번 사람의, 태영이 원하기만 하면 앞으로 학비를 대어주겠다는 내용의 것도 있었다.

태영은 반도 출신인 사람들의 편지에 대해서만 답장을 썼다. 그 답장엔 한결같이 '전검이니 뭐니 하는 시험에 합격하는 것이 문제가 아니라, 조선인으로서 어떻게 하면 떳떳이 살 수 있는가를 연구하고 노력하는 것이 가장 절실한 문제'라는 점을 강조하는 글을 써 넣었다.

그는 그러한 청년 가운데서 앞으로 뜻을 같이할 일꾼을 발견할 수 있을 것이란 기대도 가졌던 것이다.

박태영이 김숙자金淑子라는 여학생으로부터 편지를 받은 것은 그 무렵이었다. 수백 통이 넘게 받은 편지 가운데 그가 가장 큰 감격을 느낀 것은 그 편지였고, 그것이 인연이 되어 김숙자는 박태영의 인생에 있어서 중요한 역할을 하게 되는데, 박태영이 김숙자로부터 처음 받은 편지의 내용은 다음과 같다.

"신문지상에서 당신의 이름을 알았습니다. 인사도 없는 사이인데 이런 편지를 쓰는 저의 실례를 용서해주십시오. 저는 조선 제주도를 고향으로 하는 조선인 소녀입니다. 아버지는 표기의 주소에서 고물상을 하고, 저는 부모님 덕택에 여자 상업학교 4학년에 재학하고 있습니다. 당신에 관한 기사가 신문에 난 것을 보고 우리 아버지는, 당신이 굉장한 수재인 것 같은데, 4~5년 후면 고등 문관 시험에 틀림없이 합격할 것이라고 말했습니다. 고등 문관 시험이 무엇이냐고 물었더니, 그 시험에 합격만 하면 판사나 검사 또는 군수가 될 수 있다는 것이었습니다. 저는 그 말을 듣고 당신께서 그런 훌륭한 벼슬을 할 수 있었으면 하는 희망을 가졌습니다만, 한편 그런 사람이 되지 말았으면 하는 생각도 가졌습니다. 그 이유를 설명해보겠습니다. 제 외사촌 오빠 되는 사람이 재작년 경찰에 붙들려 갔습니다. 주물鑄物 공장에서 일하는 동안 틈틈이 책을 읽는 독실한 청년이었는데, 그가 읽고 있는 책 가운데 불온한 것이 있었다는 것이고, 친구들과 종종 모여 불온한 이야기를 했다는 것입니다. 그때부터 경찰서 유치장에 있다가 작년 가을 재판이 있었습니다. 재판 결과 징역 3년의 언도를 받았습니다. 저는 재판이 있을 때마다 재판소에 방청하러 갔습니다. 그곳에 검사라는 사람과 판사라는 사람이 있었습니다. 재판하는 광경을 지켜보는 가운데 저는 오빠가 옳고 검사와 판사가 틀렸다는 사실을 발견했습니다. 오빠는 '내선 일체라고 하면서 실제엔 차별이 심하지 않으냐. 그 차별을 없애려면 어떻게 해야 하느냐'를 친구들과 의논을 했을 뿐이라고 했는데, 검사와 판사는 그러한 말과 태도가 틀렸다는 것입니다. 어떻게 해서 오빠의 말이 틀렸단 말입니까. 우리들은 일본 사람들 사이에 섞여 일본 사람들과 조금도 다름없이 일하며 살아가고 있는데, 경찰이 우리 조선인에게 하는 짓이 너무나 가혹합니다. 제가 다니고 있는 학교에서도 조선인 학생을 공공연하게 차별하고 있습니다. 그런 것은 좋지 못한 일 아니겠습니까. 오빠는 좋지 못한 일을 좋지 못하다고 하고 그 좋지 못한 일을 고쳐야겠다고 마음먹고 노력했을 뿐인데, 검사와 판사는 그러한 오빠에게 징역 3년을 언도한 것입니다. 검사와 판사는 굉장히 높은 지위라고 합니다. 당신이 독학을 해서 그런 높은 지위의 사람이 되는 건 반가운 일이지만, 선량하고 독실한 청년에게 벌을 주는 그런 사람이 된다는 건 슬픈 일입니다. 검사나 판사가 되어 우리 슬픈 동포를 위해 노력할 수만 있으면 그런 다행이 없겠지만, 지금의 사정으로선 그렇게 하기란 불가능하지 않을까 생각합니다. 그렇다면 모처럼 판사나 검사가 되어가지고 우리 동포를 괴롭히는 짓을 하게 마련이 아니겠습니까. 당신의 씩씩한 모습과 선량한 얼굴을 사진을 통해서 보고, 그런 사람이 되지 말았으면 하는 간절한 소원을 갖게 되었습니다. 우리가 자랑할 수 있는 수재가 동포를 괴롭히는 사람이 되지 말았으면 하는 간절한 소원을 외람됨을 무릅쓰고 편지로 쓰는 바이오니 넓은 양해 있으시길 바라고 건강하시길 빕니다."

김숙자의 주소는 대판부 '이카이노'로 되어 있었다. 태영은 그 편지를 읽자마자 그 김숙자란 여학생을 만나보고 싶었다. 그래 '이카이노'가 어떤 곳이냐고 주인에게 물었더니, '그곳은 대판 속의 조선이라고 할 만큼 조선 사람이 많이 사는 곳'이라고 주인이 말했다. 태영은, 찾아가는 것은 후일로 미루기로 하고 우선 답장을 썼다.

"편지 고맙게 읽었습니다. 먼저, 당신의 외사촌 오빠에 대해서 경의를 표합니다. 1년 전에 3년 징역을 받았다면, 2년 지나면 출옥하실 것이니 그때 뵙도록 하겠습니다. 그리고 당신이 내게 대해 하신 염려, 참으로 고맙습니다. 그러나 절대로 걱정하지 마시길 바랍니다. 나는 어떤 일이 있어도 일본의 판사나 검사 또는 군수는 되지 않을 겁니다. 뿐만 아니라 나는 내 육체에 있어서 손톱, 발톱, 머리칼 한 가닥, 세포 한 알에 이르기까지 우리 동포의 이익을 위해서 바칠 작정이며 내 정신에 있어서도 백 퍼센트 우리 민족을 위해 봉사할 각오입니다. 내가 전검 시험을 친 것은 출세하기 위해서가 아니라, 모처럼 중학교 4학년까지 다녔으니 그 과정을 일단 정리하고 싶어서였고, 내 친구 이규 군의 권고에 의한 것이지 그걸 가지고 달리 이용할 생각은 전연 없습니다. 당신도 나와 같은 뜻을 굳혀주면 얼마나 고맙겠습니까. 우리가 가는 길은 험난하고 거칠겠지만, 목표가 높고 착하고 아름다운 만큼 어느 길보다도 충실하고 향기로울 것이라고 믿습니다. 노예로서의 영광보다 주인으로서의 고난을 택하는 데 인간으로서의 위신이 있다고 확신합니다. 에이브러햄 링컨의 말을 선사드리겠습니다. '나는 굳이 주인으로서 군림할 생각이 없는 그만큼 노예 되길 원치 않는다.' 온건하고 부드러운 말 같으면서도 강철 같은 의지가 스며 있는 말입니다. 사람으로서 행세를 하려면 무엇보다도 먼저 노예의 신세에서 벗어나야 합니다. 그것도 자기 혼자만이 아니라 동포와 더불어 벗어나도록 해야 합니다. 당신의 편지는 내게 한량없는 용기를 주었습니다. 언젠가 만나뵐 날이 있겠지요. 그때 우리 실컷 얘기합시다. 참된 학문을 하실 것과 자중자애하실 것을 빌며 이만 줄입니다."

이것이 계기가 되어 박태영과 김숙자 사이에 사흘이 멀다 하고 편지가 오가게 되었다. 태영은 일본어로 쓴 김숙자의 편지가 단 한 개의 오자도 없이 단정한 필적으로 되어 있는 것이 더욱 마음에 들어 숙자의 모습을 갖가지로 상상해보았는데, 숙자로부터 만나자는 제안이 없는 것이 불만이었다. 어느 날 태영은 단도직입적으로 한번 만나보았으면 하는 희망을 편지에 써 넣었다. 그랬더니 이런 답이 왔다.

"……당신이 저를 만나면 기필 실망할 것입니다. 저는 못났기로 이 카이노 근처에 소문이 난 여자입니다. 전들 왜 만나보고 싶은 생각이 없겠습니까만, 만난 후의 당신의 실망을 생각하니 두렵기만 합니다. 저는 당신과의 우정이 길게 가질 소원하고 있습니다. 그러자면 편지로만 교제하는 것이 제일이라고 생각합니다. 저의 간절한 소원을 이해하시기 바랍니다. 먼 훗날 제 얼굴과 모습에 대해서 저 자신이 열등의식을 초월하게 될 무렵, 우리 서로 만나기로 합시다. 미안합니다."

태영은 곧,

"마음과 수양이 중요하지, 외모가 무슨 소용이 있습니까. 외모가 아름답고 마음이 추한 여자를 하얗게 칠한 무덤이라고 합니다. 얼굴만 가지고 말한다면 나 자신이 당신을 만나길 두려워해야 할 처지입니다."

라는 편지를 썼지만, 굳이 만나자는 제안을 되풀이할 수는 없었다. 그러나 김숙자는 먼빛으로라도 보고 싶어하는 마음은 자꾸만 더해갔다.

어느 일요일, 김숙자의 주소를 머릿속에 새겨 넣고 태영은 이카이노로 갔다. 이카이노에 들어서자마자,

'흔히 들었던 빈민굴의 실상이 이런 것이로구나.'

하는 실감을 갖게 되었다. 경도 시치조 오미야에 있는 박두경의 집을 찾았을 때, 그곳을 두경은 빈민굴이라고 했는데, 이카이노란 데에 와보니 시치조 오미야는 그야말로 문화 민족이 사는 거리라고 생각하지 않을 수 없었다.

지난 밤 비가 온 탓도 있어, 골목마다 뻘 구렁이 되어 발로 어디를 디뎌야 할지 몰랐고, 그 뻘 구렁이 메스꺼운 냄새를 풍기고 있었기 때문에 구토증이 자꾸 일었다. 사람이 살아가기 위해선 얼마라도 추하게 될 수 있다는 사실을 이미 알고는 있었지만, 집단적으로 이렇게 추하게 될

수 있다는 덴 정말 놀라지 않을 수 없었다.

'이렇게 추하게 살기 위해 바다를 건너 이 땅에 왔단 말인가.'

태영은, 이렇게 된 것이 일본인만의 책임은 아닌 것 같다는 생각을 했다. 우리 동포에게도 일말의 책임은 있다고 느꼈다. 완전히 굶어 죽을 상태에 놓이지 않았을 바에야, 동네에서 사는 사람들이 어떻게든 마음을 모아 최소한도의 환경 개선은 해야 할 것이 아닌가. 이곳엔 한 사람의 지도자도 없단 말인가. 이렇게까지 단결할 줄도 모른단 말인가. 사람이 모이면 자연히 거기 질서가 생기는 법인데, 태영이 본 바론 이곳에는 최소한도의 질서도 없는 것같이 느껴졌다.

태영은 슬그머니 울화가 가슴속에 몰리기 시작했다. 자기들이 살고 있는 환경을 최소한도나마 자율적으로 개선하려는 질서 의식마저 없다면 남의 멸시를 받아도 도리가 없다는 노여움마저 일었다.

'일본인의 차별대우를 이런 꼴을 해 가지곤 운운할 수 없다.'

라는 생각과 더불어,

'남에 대해 자기 주장을 하려면, 먼저 자기가 자기를 존중하는 증거를 보여야 할 것이 아닌가.'

하는 생각도 났고,

'돼지우리보다 더 추잡하게 살고 있으면서 인간으로서의 대우를 남에게 요구한다니 될 말인가.'

하는 반발 의식도 생겼다.

태영은 뭐라 형용할 수 없는 악취에 줄곧 메스꺼움을 느끼면서 뻘 구렁을 조심조심 걸어 어떤 잡화상 앞까지 갔다. 잡화 가게 안에서 불이 붙은 듯 어린아이가 울고 있었고, 어린아이를 때리며 울지 말라고 욕지거리를 하는 아낙네의 발악하는 소리가 울려 나오고 있었다.

태영은 김숙자의 외사촌 오빠라는 사람을 생각했다.

'그는 이런 환경을 배경으로 하고 일본인의 차별 대우에 항거하려고 했던가. 그러기 전에 그는 이 환경의 개선을 위해 동포들의 마음을 모으도록 했어야 하지 않았을까.'

태영은 김숙자의 집 근처까지 가볼 마음의 탄력을 잃고, 어린아이가 울고 있는 잡화 가게 앞에서 발길을 돌렸다. 그때, 2~3미터의 거리도 안 되는 건너편 길을 반장화半長靴를 신고 쉽게 걸어가고 있는 여학생을 보았다. 17~18세로 보이는 깨끗한 정복 차림의 그 여학생은, 지저분하기 이를 데 없는 골목에 어울리지 않는 청초함을 지니고 있었다. 여학생은 태영의 존재엔 별로 관심도 없이 지나쳐버렸는데, 얼굴의 천연두를 앓은 흔적이 살금 눈에 띄었다. 구슬의 티라고나 할까. 아니, 그 흔적이 있기 때문에 더욱 매력적이라고 할 수 있을 만큼 수로 보아서도 몇 개 되지 않는 살짝곰보라고 할 수 있었다. 얼굴 윤곽은 단정했고, 조금 가느다란 눈은 조용한 가운데 강한 정열을 간직한 듯한 인상을 주었다. 하여간 태영은 첫인상으로 그 여학생에게 사로잡힌 마음의 상태가 되었다.

'저렇게 아름다운 여자가 이카이노에 있다.'

라고 생각하니, 태영은 지금까지 느꼈던 메스꺼움이 가셔지는 것 같았다. 그러면서도 한편 그 여학생이 무슨 불행의 상징처럼 마음을 저리게 했다.

태영은 그냥 지나쳐버릴 수 없다고 생각하고 가까이에 있는 담뱃집 노인에게 염치불구하고 물었다.

"이제 막 요 앞을 지나간 여학생이 누구 집 딸입니까?"

"숙자 말인가배. 그 비바리 고물상집 비바리랑."

태영은 곤봉에 뒤통수를 얻어맞은 것 같은 충격을 느꼈다.
'그 여학생이 숙자!'
정신을 차리고 태영은 담뱃집 영감과 더 말을 계속하고 싶었지만, 영감이 심한 제주도 사투리를 써서 알아들을 수가 없었다.
태영은 김숙자를 보았다는 만족감을 안고 모리구치로 돌아왔다. 그리고
'그런 청초하고 단정한 얼굴과 몸매를 가지고 있으면서 숙자는 왜 그처럼 자기 비하를 하고 있을까?'
하고 생각했다. 아무래도 그 이유는 대여섯 개 되는 천연두 흔적이 얼굴에 남아 있다는 그 사실에 있을 것이라고 짐작했다. 태영은 편지를 쓰지 않을 수 없었다.
"놀라지 마시오. 그리고 용서하시오. 나는 지난 일요일 오후 두 시경, 이카이노에 가서 담배 가게 앞에서 당신이 지나가는 것을 보았습니다. 그 결과, 나는 고민하고 있습니다. '그처럼 청초하고 아름답고 단정한 얼굴과 몸매를 지니고 있으면서 어떻게 내겐 그런 거짓말을 할 수 있었을까?' 하고……. 그건 분명 내가 당신에게 접근하지 않도록 미리 당신이 경계선을 친 거라고 생각케 했습니다. 그럴 까닭이 무엇이죠? 왜 나를 경계하는 겁니까? 내가 당신에게 불측한 행동을 할까봐 겁을 낸 겁니까? 나를 그런 사람으로 봅니까? 나는 앞으로 우리 동포를 위해 육체와 정신 전부를 바칠 각오를 하고 그렇게 하겠다는 맹세를 당신에게 한 청년입니다. 그런 사람이 당신에게 이롭지 못한 짓을 할 것이라고 생각합니까? 아니면, 내가 거짓말을 하고 있다고 생각합니까? 나는 당신을 보고 곤봉에 얻어맞은 것 같은 충격을 받았습니다. 당신의 아름다움에 놀라서 그랬다기보다, 당신이 한 거짓말에 놀란 겁니다. 나는 당신을,

내가 본 어떤 여인보다 아름다운 여인으로 느꼈다는 사실을 솔직하게 고백합니다. 동시에 한없이 슬픕니다. '이 세상에서 가장 믿을 수 있는 친구로서 사귀려는 나에게 왜 거짓말을 했을까?' 하는 생각 때문입니다. 당신에게 나를 위한 한 가닥의 친절이 있다면 그 이유를 밝혀주어야겠습니다. 그러지 않으면 나는 앞으로 당신에게 절대로 편지를 쓰지 않겠습니다. 이카이노에 관해서도 할 말이 많지만, 우선 내게 있어서 가장 절실한 문제만을 썼습니다. 양해하시길 빌며, 당신의 친절 있기를 간절히 바랍니다."

아사히 우유 가게에 있는 사람들의 반응은 갖가지였다. 주인 부부는 박태영을 무슨 보물을 대하듯 했다. 그것도 그럴 것이, 박태영 때문에 신문에까지 소개가 되는 바람에 우유 주문이 거의 배로 늘어났기 때문이었다.

"박군은 대고로 가든 삼고로 가든, 어느 학교라도 전학을 해라. 학비는 내가 댈 테니."

주인 오쿠라의 말은 겉치레만이 아니었다.

재판소 서기 시험을 보려고 공부하고 있는 사다케는 박태영을 신주처럼 여기고, 모르는 것이 있으면 물으러 오곤 했다.

명년에 군대에 가기로 되어 있는 무리들도 박태영을 존경의 눈으로 보았다. 그 가운데서 니무라는 이런 말을 했다.

"박군은 장차 훌륭한 사람이 될 끼다. 그땐 우리도 뽐낼 수 있을 거라. 박군과 한때 한솥밥을 먹었다고 말야."

"뽐낼 세월이 있으면 얼마나 좋겠나. 박군이 훌륭하게 되었을 땐 우린 대륙의 두메에서 백골이 되어 있을걸."

야마모토가 받았다.

"반도인은 군대엘 안 가니까 부러워. 나도 제기랄 반도인으로 태어났으면 좋았을 텐데…….."

이건 히라타의 말이었는데, 모두 공감하는 눈치였다.

조선인 되길 원하고 조선인을 부러워하는 일본인이 있다는 건 그 이유가 야릇한 만큼 야릇한 일이라고 태영은 생각했다.

그 가운데 야기라는 놈만이 짓궂게 굴었다. 병을 씻을 때나 병에 우유를 넣을 때, 자기 편에서 일부러 몸을 부딪쳐놓고 고함을 질렀다.

"무슨 시험에 합격했다고 건방지게 굴지 말어."

어쩌다 태영이 양말을 빨아 이층 방 난간 같은 데 걸어놓으면, 야기는 그걸 슬쩍 건드려 아래로 날려 보내는 심술을 부리는 때도 있었다. 그렇게 해서 일부러 야기는 박태영에게 싸움을 도발하는 것이다. 그러나 태영은 언제나 한결같았다. 솔선해서 청소도 하고 일도 했다. 어떤 도발에도 응하지 않고 그저 침묵을 지켰다. 야기는 그런 태도가 더욱 비위에 거슬리는 모양으로, 어떤 때는 공공연하게 이런 말을 뱉었다.

"센진에겐 밸도 없는 모양이지? 비굴하고 엉큼하고……."

이런 모든 일보다 박태영에게 있어서 가장 중요한 것은 무나카와의 태도였다. 무나카와가 처음으로 박태영에게 말을 걸어온 것은, 우울한 마음으로 숙자의 답장을 기다리고 있을 무렵의 어느 날 오후였다. 그때 방엔 두 사람 외에는 아무도 없었다.

"시험에 일등 합격한 것이 기쁘지?"

무나카와가 물었다.

"그렇지도 않습니다."

"왜?"

"당연한 결과니까요."

"당연한 결과라!"

하고 중얼거리더니 무나카와는 다시 물었다.

"앞으로도 독학을 해서 또 무슨 시험을 칠 건가?"

"글쎄요. 공부야 하겠지만 시험을 칠 예정은 없는데요."

"그럼 앞으로 뭣을 할 작정인가?"

태영은 망설였다. 솔직한 마음을 털어놓을 수도 없고, 그렇다고 해서 마음에도 없는 소릴 하기도 싫었다. 그래

"뭐든 인류의 행복에 공헌하는 그런 일을 하고 싶습니다."

하고 말을 끄렸다.

"대단히 막연하구먼. 농부가 농사를 짓는 것도, 우리가 우유를 배달하는 것도 따지고 보면 인류를 위한 일인데……. 좀더 구체적으로 말해 보렴."

"차츰 구체화해갈 작정입니다."

무나카와는 담배를 꺼내 물고 한동안 연기를 뿜어내더니,

"내게만은 정직하게 말해도 좋다. 그러나 아직은 믿을 수가 없겠지."

하고 중얼거리고 나서 물었다.

"자네, 매슈 아널드의 책을 읽고 있던데, 그 책 이해할 수 있던가?"

태영은 대단히 실례되는 질문이라고 생각했지만 꾹 참고, 매슈 아널드의 책을 읽은 감상을 대충 말했다.

"잘 이해하고 있군. 그러나 그런 사람의 사상을 자칫 잘못 받아들이면 곤란한 점이 있어. 지금 일본 사정으로선 솔깃한 신선미랄까 그런 것이 있지만, 세계를 움직이는 사상의 조류에서 보면 위험한 독소 같은 게 있거든. 이를테면 영국은 귀족과 부르주아가 적당히 타협해서 오늘

과 같은 나라를 이루었는데, 귀족은 자기들의 세습적인 특권을 계속 누릴 수 있고, 부르주아는 자기들이 모은 재산으로 향락을 누릴 수 있도록 교묘하게 타협한 꼴이 영국의 실상이란 말이다. 그런 결과 골탕을 먹는 사람은 농민, 노동자, 식민지에서 사는 백성들이다. 매슈 아널드는 그러한 영국을 만들어내는 데 있어서 공적이 큰 이데올로그思想家다. 허울 좋은 소리를 하지만, 그가 속한 계급의 이익을 손상할 위험이 있으면 가장 무자비한 반동으로 화하는 그런 인물이고 사상이야. 자기들 내부의 계몽을 위해선 노력하지만, 인도와 같은 식민지의 해방을 위해선 손끝 하나 까딱하지 않는 위선적 사상가라고 할 수도 있지."

절름발이 기형인奇形人이라고만 보아 온 무나카와가 순간 커다란 인물의 중량을 가지고 태영 앞으로 다가서는 데 놀랐다.

'도대체 이 인물은 어떤 사람일까? 무슨 까닭으로 그만한 견식이 있는 사람이 우유 배달원 노릇을 하고 있는 것일까?'

억눌렸던 호기심이 일시에 솟아나는 느낌이 들어 태영은 가볍게 흥분했다. 대담한 질문을 해볼 수밖에 없었다.

"도대체 당신은 어떤 사람입니까?"

"어떤 사람?"

무나카와는 쓸쓸하게 웃고 말했다.

"절름발이 우유 배달원. 우유 배달을 하면서 뭔가를 기다리는 사람이라고나 할까."

그리고 이런 말을 했다.

"나도 한때 수재라는 말을 들은 사람이다. 그런데 '수재란 무엇인가?' 하는 문제를 생각해보자. 그저 기억력이 좋기만 하면 수재가 될 수 있다. 그러나 그런 수재란 기껏 일신 출세하기에 알맞은 속물일 뿐이다. 수재는 대재大才가 되어야만 비로소 보람을 가진다. 대재란 기억력만 가지고 되는 게 아니다. 문제의 본질을 꿰뚫어볼 줄 아는 판단력이 있어야 하고, 가장 중요한 문제가 무엇인가를 발견하는 직관력이 있어야 하고, 서투른 답안보다 필요한 문제를 만들어내는 능력이 있어야 한다. 그러자면 학문하는 방향이 옳아야 한다. 역사상 많은 사상가·철학자가 있는데, 그 가운데 누굴 선생으로 해야 하는가가 가장 중요하다."

태영은

"그런 문제보다 당신의 경력을 알고 싶습니다."

하고 졸랐다.

"차차 얘기할 기회가 있겠지. 아닌 게 아니라 무슨 말을 했느냐가 문제가 아니고, 어떤 경력을 가진 사람이 무슨 말을 했느냐가 문제다. 그런 뜻에서 박군의 질문은 옳다. 그러나 사람이 자기의 경력을 남에게 얘기한다는 건 보통 일이 아니고, 누구에게나 얘기해도 무방할 정도로 하는 경력 설명은 나와 박군 사이에 있어서는 필요하지 않을 거다. 그런 뜻에서도 우리는 좀더 시간을 필요로 할 것 같다. 단, 한 가지만 얘기해두지. 내가 절름발이가 된 것은 경찰의 고문을 못 이겨 이층 문초실에서 창밖으로 뛰어내려 다쳤기 때문이고, 내가 우유 배달을 하며 사는 것은 전과가 있는 요시찰인이기 때문에 달리 직장을 구할 수 없어서다. 물론 내가 절節을 굽히고 타협을 하면 쉽게 직장을 구할 수 있겠지만, 나는 나 나름대로 지조를 지키며 이렇게 숨어 살기로 했다. 내 생각으론 이렇게 숨어 살면서 어느 시기를 기다리고 있다. 그 '때'는 반드시 오고야 말 거다. 그때 꽃을 만발하게 하기 위해서 박군도 지금부터 씨를 뿌려라. 박군 같으면, 아까 자네가 말했듯이 인류의 미래를 장식할

꽃송이가 될 거다."

빨래를 마친 사다케가 들어오는 바람에 무나카와와 박태영의 제1차 대화는 중단되었지만, 태영은 자기 바로 옆에 있는 교사의 존재를 실감해보는 행복을 맛보았다.

그날 밤 일기에 태영은 다음과 같이 기록했다.

"10월 ○일. 지성으로 길을 찾는 사람에게 길이 열린다는 신념을 얻었다. 바로 이 우유 가게에 교사가 있다는 사실이 결코 우연일 수는 없다."

김숙자로부터 답이 없었다. 답이 없으면 편지를 쓰지 않겠다고 한 이상, 태영이 또 편지를 쓸 수는 없었다. 어쩐지 가슴이 텅 빈 것 같은 공허한 나날이 계속되었다. 태영은 규에게 김숙자에 관한 경위와 감정을 보고하고, 틈을 내어 김숙자를 찾아보라는 사연과 주소를 기록해 보냈다. 그 편지를 보낸 바로 그날 오후, 이층에서 책을 읽고 있는 태영을 우유 가게 안주인이 불렀다.

"이카이노에서 손님이 왔습니다."

태영은 벌떡 일어나 층계를 구르다시피 내려갔다. 현관에 서 있는 사람은 분명히 김숙자였다. 태영은 주춤 그 자리에 얼어붙은 채 입을 뗄 수가 없었다. 그러한 태영을 바라보는 김숙자의 눈의 그 이상한 광채……. 말없이 서 있는 두 사람을 보고 우유 가게 안주인은

"뭘 하고 있지? 보쿠상(박씨), 손님을 들어오라고 하지 않고……."

핀잔을 주며 응접실의 미닫이를 열고 숙자에게

"이리로 들어오세요."

하고 권했다.

응접실에 자리를 잡자, 김숙자가 먼저 머리를 숙여 인사했다.

"김숙자입니다. 갑자기 찾아와서 죄송합니다."

"난 박태영입니다. 반갑습니다."

안주인이 날라다 놓은 찻잔에 두 사람은 손도 대지 않고 한동안 묵묵히 앉아 있었다.

이윽고 김숙자가 입을 열었다.

"전 결코 거짓말을 한 것이 아닙니다. 저 자신이 그렇게 느끼고 있는 걸요."

태영은 당장 뭐라고 할 수 없어서

"제 편지가 너무나 지나쳤나 봅니다. 미안합니다."

하고 우물우물했다.

숙자의 말을 들으니 이해가 되었다. 숙자는 어릴 때, 제주도에서 천연두에 걸렸다. 그 결과 얼굴에 흔적이 남았다. 그 흔적은 결코 추한 인상을 남기지 않는 정도, 아니 오히려 매력을 돕는 보조개 같은 것인데도 철이 들면서 얻은 별명이 '곰보'였다.

부모들까지 숙자가 울음을 그치지 않을 땐

"곰보 고집이라더니, 애 고집도 보통이 아니다."

라는 말을 예사로 했고, 농담이겠지만 언니와 오빠들이

"우리 곰보는 시집도 못 갈 기라."

고 놀려댔다. 그런 까닭에 숙자는 어릴 때부터 자기는 못난 여자란 의식을 갖게 되었고, 커선 거울 공포증에 걸려 자기의 얼굴을 보길 꺼려왔다는 것이다.

그랬는데 태영으로부터 그런 편지를 받고 보니 한편 기쁘기 한이 없었지만, 한편 큰 죄를 지은 것 같아서 편지를 쓸 수도 없고, 그렇다고 해서 가만있을 수도 없어, 그날은 학교를 결석해버리고 아침부터 우유 가게 근처로 와서 서성거리다가 그때에야 용기를 내어 들어왔다고 했다.

"숙자 씨의 얼굴은 세계 제일입니다."

태영은 엄숙히 말했다. 그렇게 말하면서 태영은, 나이답지 않게 얼굴에 깊이가 있고 눈에 슬플 만큼 신비로운 광채가 돋아 있는 것은 어릴 때부터 내면에서 다져온 고민 때문일 것이라고 짐작했다.

서로의 오해가 완전히 풀린 뒤, 태영은 이카이노의 추한 모습을 보고 느낀 감상을 솔직히 털어놓았다. 김숙자는 자기도 그런 것을 느낀다면서 이렇게 설명했다.

"모두들 자포자기하고 있는 탓입니다. 조금 형편이 좋아지면 그곳을 뜨려고만 하고, 그곳 자체를 깨끗이 살기 좋은 거리로 만들려는 의욕이 전연 없습니다. 외사촌 오빠는 무척 노력했습니다. 그러나 이카이노 사람들은 바로 자기 자신을 위하는 일이 아닌 공동적인 일을 하는 것은 큰 손해나 보는 것처럼 그런 사고방식에 젖어 있어요. 또 시기심이 강해서, 그런 일을 선행함으로써 자기들을 이용해서 혼자 끗수를 올리려는 것이 아닌가 하는 생각도 하구요. 게다가 매일 사소한 이해관계를 가지고 서로들 싸움질만 하기 때문에, 환경 개선을 하자는 의견을 누가 제안할 겨를도 없답니다."

태영은 숙자의 말을 듣고,

'현재 조선 반도가 놓여 있는 사정의 축도縮圖가 바로 이카이노가 아닐까?'

하는 생각을 했다.

수금 나간 배달원들이 돌아올 무렵을 피해 태영은 숙자를 밖으로 데리고 나왔다. 이카이노까지 바래다주면서 얘길 할 작정이었다. 숙자와 나란히 걷는 태영은 가슴이 계속 설렜다. 마음은 황홀했다.

'이렇게, 조국의 독립을 바라보고 길고 험한 길을 같이 걸을 것이다.'

이런 말을 하고 싶었으나, 태영은 그 대신

"이 길이 영원히 계속되었으면 합니다."

하고 떨리는 소리로 말했다.

"나두요."

김숙자의 나지막하나마 힘찬 대답이었다.

회색의 군상

"박군, 독일어를 배워볼 생각 없나?"

무나카와가 갑자기 이런 말을 해왔다.

"그렇잖아도 독일어를 배울 생각입니다. 내년쯤 대판 시내로 가서 강습소에 다닐 참이죠."

"강습소에 갈 필요없다. 독일어를 배우고 싶으면 내가 가르쳐주지."

태영은 얼떨떨한 얼굴을 했다.

"내가 독일어를 가르쳐주겠다니 우스운가?"

그런 것은 아니었다. 태영은 무나카와가 매일처럼 읽고 있는 것이 독일어 서적이란 걸 알고 있었기 때문이다.

"아닙니다. 그런 폐를 끼쳐도 될까 해서죠."

"아냐. 상대가 박군이라면 아무리 힘든 일이라도 해보고 싶어."

태영은 그날부터 무나카와의 지도로 독일어를 배우기 시작했다.

그런데 무나카와의 교수법은 특이했다. 베개를 높게 베고 눈을 지그시 감고 누운 채 속삭이는 듯한 말투로 가르쳐나가는 것이다. 같은 방에서도 조금 떨어진 곳에서 보면 둘이 무슨 얘기를 하고 있는지 모를 그런 말투였다. 책이 필요없었다. 발음 원칙부터 시작해서 독일어 문법을 차례로 설명하는 것을 태영은 받아쓰면서 익히면 되었다. 무나카와는 문법을 설명하면서 적당한 문례를 들었다.

태영은 그것을 다음의 학습 시간에 외워 보여야 했다.

"이대로 가면 자넨 서너 달 후엔 독일어 원서를 사전을 찾아가며 읽을 수 있겠다."

라고 무나카와는 흐뭇해했다.

"꼭 독일어를 할 필요는 없지만, 우리는 지금 기다리는 사람들이 아닌가. 기다리는 동안엔 꼼짝도 하면 안 되네. 그렇다고 해서 죽은 모양으로 있어서도 안 되고……. 그런 뜻에서 외국어를 익혀두는 것이 제일이다. 언젠가는 쓰일 날이 있을 거니까."

이렇게 말하는 무나카와더러 물었다.

"당신은 무엇을 기다립니까?"

"살기 좋은 세상이 되는 것……."

"어떤 상태가 살기 좋은 세상이겠습니까?"

"전쟁이 없는 세상, 조선 같은 처지에 있는 나라가 아무런 속박도 제압도 받지 않고 독립할 수 있는 세상, 우리 일본으로 말하면 모두가 자기 스스로 주인 행세를 하고 살 수 있는 세상, 말하자면 불합리한 지배 관계가 없어지고 제각기 자기 주장을 하고 그 자기 주장의 조절이 가장 민주적으로 진행될 수 있는 세상……."

"그런 세상이 올까요?"

"그런 세상이 되도록 힘써야지."

"기다리는 것만으로 힘쓰는 게 되는 겁니까?"

"기다리는 것도 노력의 일부다. 지금은 하나의 체제가 붕괴돼가고 있는 과정이다. 이런 과정에선 꼼짝 않고 기다릴 수밖에 없지. 붕괴 직전의 상황에서 팽팽히 긴장하고 있으니까. 붕괴 직전에 있는 체제는 못 하는 짓이 없다."

그리고 무나카와는 명치유신을 통해 근대화 과정을 밟게 된 일본의 자본주의가 팽창하면서 겪는 시련의 갖가지를 설명했다. 한국을 병합한 것도 그 증거이며, 만주사변을 일으킨 것도, 그것이 일지사변日支事變의 원인이 된 것도, 지금 미국과 일촉즉발의 관계에 놓이게 된 것도 팽창하는 일본 자본주의의 자기 표현인 동시에 파멸의 과정이란 것을 요령 있게 설명하는 것이었다.

"미국의 자본주의가 일본 자본주의의 이러한 팽창을 용납할 까닭이 없지. 어떤 형태로든 미·일 간의 싸움은 불가피하다. 두고 보렴. 지금은 미국과 일본이 간접적으로 싸우고 있지만, 머지않아 직접적인 전투 상태로 들어가고 말 테니까. 말하자면 제국주의의 공식을 그대로 실현하는 것과 마찬가지다."

무나카와는 이어 제국주의라는 것에 관한 설명도 빼놓지 않았다.

독일어 공부도 보람이 있었지만, 무나카와와 더불어 하루 세 시간씩 같이 지내는 시간이 태영에겐 더할 나위 없이 고마웠다.

11월엔 프랭클린 루스벨트의 삼선三選이 결정되었다. 루스벨트 삼선까지의 미국의 정치 풍토, 이른바 뉴딜 정책에 관한 견식도 태영은 무나카와를 통해 얻었다. 소련의 사정, 중국의 사정 같은 것도 무나카와를 통해 알 수 있었는데, 똑같은 신문을 읽으면서도 알아차릴 수 없는 사실을 어떻게 무나카와는 그처럼 명쾌하게 풀이할 수 있을까 싶어 태영은 그저 놀랍기만 했다.

어느 날이었다. 무나카와는 읽고 있던 신문을 방바닥에 펴놓고 사진과 이름을 가리키며 뱉듯이 말했다.

"개자식 같으니라고……."

무나카와가 가리킨 지면엔 대정익찬회 기획부장 아카마쓰 가쓰로란 이름이 적혀 있었다.

"왜 그러십니까?"

태영은 의아한 표정을 지었다.

"이 사람이 1918년 동경제대에서 신인회新人會를 만든 사람이다. 그리고 그 후 일본 공산당을 창설한 멤버가 되었지. 그런데 얼마 안 가 민족주의자 행세를 하더니, 어느덧 사회 민주주의자로 변신하고, 지금은 국가주의자가 되어 익찬회의 기획부장 노릇을 하고 있단 말야. 이런 창부 같은 녀석이 날뛰는 세상이니 추하고 더럽단 말이다."

대정익찬회란, 국회를 초당적인 어용 단체로 만들기 위해 꾸며진 기구다. 무나카와는 다음과 같이 풀이했다.

"재벌들이 이때까진 정당을 통해 살쪄왔다. 민정당이 정권을 잡으면 미쓰비시三菱가 특혜를 받고, 정우회政友會가 정권을 잡으면 미쓰이三井가 특혜를 받고……. 그러니 재벌들이 정치 자금을 내가며 자기네의 지지 정당을 도와왔다. 그런데 그 정당 이용에 한계가 왔다. 국내의 시장을 거의 양분한 채 독점해버렸으니 발전의 여지가 없어졌다. 말하자면 정당 이용 가치가 없어진 것이다. 어떻게 하든 나라 밖의 새로운 시장을 개척해야 할 사정에 이르렀다. 이렇게 되니 재벌들은 정당보다 군벌과 손을 잡아야 할 필요를 느끼게 되었다. 군벌과 손을 잡으려면 정당이 방해가 된다. 그래서 정당을 없애는 방향으로 작용하기 시작했다. 그 결과 나타난 것이 대정익찬회다. 신체제니 뭐니 해도 허울 좋은 개살구다. 그 가운데서도 고노에近衛니 뭐니 하는 친구들은 실상을 알지도 못하면서 꼭두각시 노릇을 하는 놈들이지만, 이 아카마쓰란 놈은 죄다 알고 조종하는 놈이다. 그러나저러나 현재 일본의 체제를 빨리 무너 뜨리는 공로는 인정해줘야지."

"그런데 언제쯤 끝장이 나는 겁니까?"

태영은 흥미에 겨워 물었다.

"미국과 전쟁을 시작해서 패망하는 날 일단 끝장이 나지."

"그럼 선생님은 일본이 미국에 지는 것을 바라고 있구면요."

"일본이 지는 게 아니지. 일본의 현재 지배 계급이 지는 거지."

"그러나 그 패배의 대가는 일본 국민 전체가 치러야 할 것 아닙니까?"

"할 수 없지. 백성들이 무식해서 그놈들의 정책에 호응하고 있으니 그 어리석음의 대가는 치러야지."

"선생님은 대중을 사랑하지 않는 눈치네요."

"대중을 사랑해? 천만에. 일본의 대중은 좀더 호된 맛을 봐야지. 무엇이 옳고 그른가를 판단하게 되려면 좀더 경을 쳐야 해. 우리가 바라는 세상이 되려면 대중이 각성해야 되는데, 대중이 각성하기만 하면 지금이라도 사태를 바로잡을 수 있는데 그렇게 되기란 불가능하다. 가는 데까지 가보고서야 비로소 깨닫는 게 대중이니까. 그런 뜻에서 나는 대중을 위하는 방향을 취하기는 하지만 대중을 사랑하진 않는다. 대중을 사랑한다는 건 센티멘털리즘이다. 대중은 예로부터 자기들을 사랑하는 자를 배신하고 자기들을 억압하는 자를 도왔다. 대중을 위하자면 먼저 그들을 꼼짝 못 하게 하는 힘을 획득해야 한다. 십자가에 못박혀 죽은 예수 그리스도가 좋은 예다. 투르게네프의 『처녀지』란 소설에 마르케로프란 자가 있지. 농민을 위해 노력하는 마르케로프를 농민들이 붙들어 차르의 경찰에 넘겨주지 않더냐. 참으로 어려운 문제다, 대중이란."

이런 얘기가 오간 후의 일이다. 무나카와는 문득 생각이 났다는 표정으로 다음과 같은 얘길 했다.

"아카마쓰는 기막힌 수재였던 모양이다. 도쿠야마德山 중학 3학년 때 스트라이크를 지도한 탓으로 퇴학을 당했는데, 그는 곧 전검 시험에 합격해서 그 길로 삼고에 들어갔다. 동기생들보다 한 해 앞지른 셈이다. 박태영 군, 자네의 경우와 비슷하지 않나. 그는 동경제대 재학 중에 신인회를 창설했다. 이 신인회 창설만은 그의 커다란 공로로 평가해주어야 하지만, 그 뒤 그의 발자취는 아까 말했듯이 구역질이 난다. 그러니까 하는 소리다. 수재라는 것이 중요한 것이 아니라, 그 수재의 보람을 어떻게 나타내는가가 중요하다. 신인회의 경우를 보더라도 수재들이 범한 과오가 많았다. 이를테면 수재이기 때문에 그런 과오를 범했다고 할 수도 있다. 박군은 그야말로 비상한 수재다. 그 수재를 소중하게 가꾸어야 한다. 그러나 항상 경계해야 할 것은, 자칫 잘못하면 수재이기 때문에 욕된 과오를 범하기 쉽다는 점이다. 사람에겐 인격이란 것이 있고, 사상엔 지조라는 것이 있다. 설명을 해야만 상대방을 이해시킬 수 있는 인격은 인격이 아니고, 변명해야만 이해시킬 수 있는 사상은 지조의 사상이 아니다. 사상에 지조가 없으면 속물의 박식이 되고 만다. 속물의 박식을 갖고는 대중을 지도할 수도 없고, 인류를 진보시킬 수도 없다. 이건 박태영을 아끼는 내 노파심에서 말하는 것이다."

태영은 신인회에 관해 설명해달라고 졸랐다. 무나카와는 내키지 않는 표정이었으나,

"일본의 사회운동을 알기 위해선 필요할지 모르지."

하고 서두를 꺼내고 이와 같이 설명을 했다.

신인회는 1918년 동경제대 법과 학생인 아카마쓰, 미야자키, 이시와타 등이 신사상운동을 일으킬 요량으로 발기한 모임이다. 그런 만큼 이

모임은 당시 동경제대의 관료적 학풍과 일본 사회의 지배적인 사상 경향에 반역적 입장을 취하는 학생들로 형성되었다. 그들은 교수 가운데서 정치학의 요시노 사쿠조, 형법학의 마키노 에이이치, 경제학의 다카노이 와사부로만을 존경할 뿐, 다른 교수들은 경멸했다.

신인회가 출현한 무렵의 세계 정세는 제1차 세계대전 말기 세계적 규모에 있어서 구 지배 계급이 몰락하고 새로운 민주주의 세력이 등장하기 시작한 과도기라고 할 수 있다. 1917년 10월엔 러시아 혁명이 성공했고, 그 이듬해 1월엔 핀란드에 혁명이 파급됐고, 10월엔 오스트리아 혁명이 뒤이었고, 11월엔 독일에 공화 정권이 수립되었다. 이것이 5년 동안에 걸친 제1차 세계대전의 결말 현상 가운데 두드러진 사건들이다. 일본 국내의 사정을 말하면, 러시아 혁명과 그 이듬해에 있은 '쌀소동'이 노동자와 청년 학생들을 크게 자극하여 일종의 혁명 기운을 이루고 있었다. 신인회란 이런 기운을 타고 탄생한 그 시대 사정의 표현이라고 할 수 있다. 아카마쓰가 기초했다는 신인회 강령은,

  1. 우리들은 세계의 문화적 대세인 인류 해방의 신기운에 협조하고 이를 적극 촉진한다.

  1. 우리들은 현하 일본의 합리적 개조운동에 매진한다.

라고 되어 있는데, 당시의 지도 정신은 마르크시즘이 아니고 극히 소박한 사회주의 혁명주의였으며, 이론 체계랄 것도 조직 원칙이랄 것도 없는 순진한 집단이었을 뿐이다.

그러나 신인회는 날이 갈수록 유능한 회원이 모여드는 바람에 조직적으로나 사상적으로 크게 클로즈업되었다. 심지어는 동경제국대학에 입학하려는 것은 신인회에 입회하기 위해서라고 말하는 청년이 나올 정도로 신인회는 시대의 각광을 받았다. 이 신인회의 자극을 받아 1922

년 이래 학생운동은 전국적인 규모로 확대되어갔다. 동년 9월엔 1고, 3고, 7고, 사가고佐賀高, 우라와고浦和高, 니히가다고新潟高 등 7개 고등학교에 사회과학연구회가 생기고, 이 연합 체제로서 고등학교 학생 연맹이 결성되었다. 이어 11월엔 전국학생연합회가 생겨 신인회東大, 문화동맹早大, 칠일회明大 등이 참가했다. 물론 그 지도체는 신인회였다. 그런데 1925년 소비에트 노동조합 레프세 일행의 일본 방문을 계기로 해서 경도학련사건京都學聯事件이 발생하여, 경대京大, 동대東大를 비롯한 수개 대학의 학생 간부 38명이 치안 유지법의 첫 희생자로 검거되었다. 그리고 학생운동의 급진화에 위협을 느낀 정부는 1928년 4월 신인회에 해산령을 내렸다.

"신인회가 해산한 뒤 학생운동은 그로써 끝난 것입니까?"

태영이 물었다.

"끝나지 않았지. 그 후 신인회의 주류는 공산청년동맹으로 계승되었는데……."

무나카와는 말소리를 흐렸다.

"그리고 어떻게……?"

무나카와는 태영의 끈덕진 질문에 지쳤다는 듯 허무적인 웃음을 웃곤,

"모두들 변절해버렸지. 그들의 말을 빌리면 전향한 거지. 극소수를 제외하고는 말야. 지식인이란 건 못써. 조그마한 시련도 이겨낼 수 없으니……. 아카마쓰니 나베야마鍋山니 사노佐野니 모두 죽일 놈들이다. 사회운동을 시작한 건 좋았지만, 그 사회운동에 지울 수 없는 오점을 남겼거든……."

"변절한 사람들은 지금 뭘 합니까?"

"아카마쓰처럼 극우 단체의 간부 노릇을 하는 놈도 있고, 대의사代議

士가 된 놈도 있는데, 예외 없이 제국주의의 주구가 되었지"

"변절하지 않은 사람은?"

"감옥에 있든가, 병신이 되었든가, 누항의 어느 곳에 거지꼴을 하고 숨어 있든가……."

"선생님은 혹시 신인회의 멤버가 아니었습니까?"

"내가?"

하는 무나카와의 표정은 굳어 있었다. 그리고 허탈한 투로 말했다.

"사람의 과거를 그처럼 꼬치꼬치 캐묻는 게 아냐. 자넨 독일어 공부나 열심히 하게."

해가 바뀌었다.

정월에 들기가 바쁘게 주변의 공기가 보다 무겁게 느껴졌다. 비가 오기 전에 저기압이 서리는 것 같은 그런 기분의 나날이 계속되었다. 태영의 독일어는 장족의 진보를 했다. 무나카와와 같이 하이네의 시집과 에세이를 수월하게 읽을 수 있는 정도까지 되었다.

"너 같은 놈, 처음 봤다."

태영이 하이네의 시를 읽고 유창하게 그걸 일본말로 번역해 보이자 무나카와가 발한 탄성이었다.

그러나 태영과 무나카와는 같이 오래 있을 운명이 아니었다. 어느 날 오후, 추운 날씨인데도 태영을 산책길로 끄집어낸 무나카와는 모리구치 역 앞 밀크홀 한구석에 앉아서 이런 말을 했다.

"지금 정부는 예방 구금법이란 법률을 만들려고 서둘고 있다. 예방 구금법이란 '저놈이 위험 사상을 가지고 있는 놈이구나' 하고 추측만 되면 그 추측만으로 사람을 잡아 가둘 수 있는 법률이다. 그 법률이 공포되기만 하면 제일 먼저 끌려갈 놈은 나 같은 놈이다. 나는 형무소에 있을 적에 전향서를 쓰지 않았다. 그래서 꼬박 형기를 다 채웠다. 그리고 직장을 얻을 수도 없었다. 그래 우유 배달을 하면서 지냈지만, 내 정신은 활달하고 내 의식은 청랑하다. 경찰의 감시는 받았지만 그런대로 아무 일 없이 지낼 수 있었다. 그러나 예방 구금법이 효력을 발생하게 되면 그럴 수가 없다. 나는 구치소 신세를 져야 한다. 그러니까 나는 그 법률이 발효되기 전에 어디론가 몸을 감추어야겠다. 도시도 안 되고 농촌도 안 된다. 나는 부득불 산속으로 기어들어가 풀 뿌리나 나무 열매를 주워 먹고 살아야겠다. 앞으로 몇 년이 될지 모른다. 그러나 나는 산속에서도 결코 죽지 않을 것이다. 내가 원하는 그날까지 철저하게 살아남아 기다릴 작정이다. 네 본적지 주소를 알고 있으니, 그날이 오면 편지하마. 나는 이 길로 떠나야겠는데, 이 쪽지에 적힌 책을 이 주소로 보내주고, 궤짝 속에 있는 나머지 책은 자네가 간수해라. 책 권수는 얼마 되지 않지만, 인생을 인간답게, 지식인의 지조와 사명감을 갖고 사는 데 결정적인 지침이 될 책들이다. 조금만 더 노력하면 자네의 독일어 실력으로 충분히 이해할 수 있을 거다. 만일 간수할 형편이 못 되거든 전부 불태워버려라. 그럼 나는 간다."

너무나 뜻밖이라서 태영은 어떻게 해야 좋을지 몰랐다. 기차표를 사는 무나카와에 이어 입장권을 사들고 플랫폼으로 나가서야,

"숨어 살려면 꽤 돈이 들 텐데, 제가 저금해놓은 돈이라도……."
하자,
"5년 동안 모은 돈이 여기 담뿍 들어 있어."
하고 무나카와는 가슴을 두드려 보였다.
"괜찮을까요?"

태영은 걱정스럽게 물었다. 그 말의 뜻을 알아차린 무나카와는

"현행범이 아니니 지명 수배를 하진 않을 것이다. 불심 검문만 피하면 된다. 그리고 나는 일찍부터 내가 숨어 살 관동 지방의 어느 후미진 산골짜기를 생각해놓았다. 경찰관 파출소까지 나오려면, 곰이나 원숭이밖에 다닐 수 없는 산과 계곡을 둘이나 넘어야 한다. 옛날 헤이케平家의 도망자들이 정착한 조그마한 마을인데, 거기까진 일본의 경찰도 손을 뻗치지 못한다. 좁은 일본이지만 그런 벽지도 있단다. 그곳에 가면 혹시 옛날의 동지를 만날 수 있을지 모르겠다. 그러나 동경서 이주일쯤 머물 작정이니까, 내일에라도 쪽지에 쓴 책이나 보내주게."

태영은 무나카와와의 이별을 참을 수가 없었다. 이 세상에 나서 처음으로 느껴본 이별의 슬픔이라고 해도 과언이 아니었다.

"선생님, 저를 데리고 갈 수는 없습니까?"

태영의 이 말은 진정이었다. 무나카와는 부드럽게 웃었다.

"박태영! 미리 몸을 피할 필요는 없다. 마지막이 될 때까지 살아보다가, 그런 뒤에 세상을 피하는 것이지, 싸워보기도 전에 피해버리면 조선 독립은 누가 할 거고."

무나카와는 '조선 독립'이란 말을 나직하게, 그러나 힘있게 발음했다.

전차가 들어왔다.

"그럼 박태영 동지, 잘 있게."

무나카와는 절름다리를 날쌔게 움직여 전차 안으로 들어갔다. 이윽고 전차는 떠났다.

'박태영 동지'라는 무나카와의 말이 태영의 귓전에 남았다. 우두커니 한참을 서 있다가 태영은 발길을 돌렸다. 어느덧 캄캄해진 들길에 세찬 북풍이 휘몰아치고 있었다. 그래도 태영은 추위를 느끼지 않았다.

우유 가게로 돌아와 태영은 주위의 동정을 살핀 뒤 주인 방으로 갔다.
"무나카와 선생은 떠났습니다."
주인은 놀란 빛으로 태영을 바라보다가 고개를 떨어뜨리며 중얼거렸다.
"가야 할 때도 되었지."
안주인이 차를 따라 태영의 무릎 옆에 놓으면서 말했다.
"학생이 쓸쓸하겠구나. 그렇게 잘 지낸 사인데……."
"박군!"
주인이 나직이 불렀다.
"예."
"무나카와가 어떤 사람인지 알았지?"
"대강 알았습니다."
"사가 고등학교를 수석으로 나와 동경제대의 독법과獨法科에 입학하자 신인회에 참가한 사람인데, 그 후 사상 사건에 걸려 감옥살이를 한 사람이다."
"그런 말은 못 들었는데요."
"무나카와의 사상은 이해할 수 없지만, 그런 사람이 활개를 펴고 살지 못한다고 해서야 말이 되겠나. 이 세상이 뭔가 잘못되어 있는 거라."
주인은 한숨을 쉬었다.
"어디로 간다던가요?"
안주인이 물었다.
"일단 동경으로 갈 작정인 것 같습니다만, 거기서 어디로 갈지는 말씀이 없었습니다."
"신인회 멤버였던 사람들은 전향만 하면 정부에서 좋은 자리를 알선

해주기도 했는데, 무나카와는 끝내 전향을 거부했지. 가장 옳다고 생각한 길에서 전향을 하면 어디로 갈 거냐는 것이 그의 대답이었는데……."

주인은 아무래도 마음이 편하지가 않은 모양이었다.

"아까운 사람 버려놓았지."

안주인도 한숨을 섞어 말했다.

"박군, 이런 얘기는 물론 무나카와 얘기도 아무에게도 하지 말게."

그것만은 쓸데없는 참견이었다. 박태영은 자리에서 일어섰다.

이튿날, 태영은 무나카와의 궤짝에서 쪽지에 적힌 책을 뽑아내어 동경의 주소로 보내고, 나머지는 김숙자를 찾아 맡겼다. 주인 부부도 무나카와의 책을 맡는 것을 꺼려했기 때문이다.

3월이 되었다. 무나카와의 예상대로 예방 구금법이 공포되었다. 그 보도와 함께 A신문은 그것에 관한 사설을 실었다.

"……일억 일심一億一心으로 국책의 수행에 총력을 다해야 할 이 마당에 비국민을 색출하는 동시 반역 분자를 경각하는 뜻에서 절대 필요한 법률이다……."

모리구치 서의 특고계 형사가 아사히 우유 가게를 찾은 것은 그로부터 일주일쯤 지나서다. 눈깔이 똘방똘방한 중년 형사 둘이 서슬이 시퍼렇게 나타나서 무나카와가 있느냐고 물었다.

"한 달 전에 떠났소."

주인이 이렇게 대답하자, 형사 하나가 버럭 고함을 질렀다.

"한 달 전에? 그래, 어디로 갔단 말이오?"

"모릅니다."

"모른다? 당신은 무나카와에 대해 경찰에 보고할 임무가 있는 사람

아뇨? 왜 그자가 떠날 때 보고하지 않았소?"

"내게도 아무 말 없이 떠난 걸 어떻게 보고합니까?"

주인은 시무룩하게 대답했다.

형사 하나가 무나카와가 거처한 방을 묻더니, 무나카와가 남긴 물건이 없느냐고 따졌다. 없다고 했더니,

"이 집에 있는 놈들은 전부 공범들이니 모조리 경찰로 연행해야겠다."

라고 위협적인 말을 했다. 이때 야노란 놈이,

"박군, 자네는 알 테지? 무나카와와 퍽 친한 사이였으니까."

하고 뚱딴지 같은 소리를 했다. 형사의 날카로운 눈초리가 박태영을 쏘았다. 주인이 갑자기 고함을 질렀다.

"친하기로 하면 야노 네가 더 친하지 않았나. 무나카와는 소년인 박군에게 약간 친절을 베풀었을 뿐이 아닌가. 그런데 자네가 모르는 일을 박군이 어떻게 안단 말인가. 친척 되는 내게도 아무 말 없이 떠난 사람이 어떻게 박군에게 얘기를 한단 말인가. 주책 없이 지껄이지 말라."

주인의 말이 그럴싸했던지 형사들은 주인만을 경찰서로 데리고 갔다. 주인은 밤과 낮 꼬박 24시간을 경찰서에서 지내고 돌아왔다. 돌아오자 넘어지듯 이불을 둘러쓰고 누워버리면서 중얼거렸다.

"아이구, 혼났다, 혼났어. 무나카와란 놈, 잘도 없어졌지."

그리고 주위 사람이 없어지자 박태영에게 말했다.

"자네도 오늘 밤 안으로 다른 곳으로 가게. 그 야노란 놈이 무슨 고자질을 할지 아나. 자넨 붙들려 가기만 하면 무슨 꼴을 당할지 모른다."

태영은 이층으로 올라가 짐을 꾸렸다. 짐이래야 고리짝으로 하나밖에 안 된다. 모두들 어리둥절한 눈초리로 바라보며 석별의 인사를 했으나, 박태영의 귀엔 들리는 둥 마는 둥 했다.

"이건 나의 성의다."

하며 주인은 돈을 넣은 듯한 봉투를 태영에게 쥐어주었다.

"두어 달쯤 딴 데 가 있다가 꼭 돌아오게. 그때쯤이면 추궁이 없을 거고, 자네가 없으면 야노란 놈도 고자질할 거리가 없어질 게니 말이다."

주인 부부의 호의를 생각하면 정말 떠나기가 싫었으나 할 수 없었다.

짐짝을 짊어지고 나온 박태영은 모리구치의 전차 정류장에서 망설였다.

'이규에게로 가나, 김숙자 집 근처로 가나.'

하고…….

드디어 태영은 일단 김숙자가 있는 이카이노 근처로 가기로 결심했다.

이카이노의 하숙집에 짐을 풀었다. 공장에 다니는 배은호裵殷鎬란 사람의 2층 방에 한 달에 5원 주기로 하고 들었는데, 달세 5원인 방이 신통할 까닭이 없었다. 미닫이의 종이가 다 떨어져 있고, 다다미는 새까맣게 때 묻어 어릴 때 같이 놀던 개구쟁이들의 발을 연상하게 했다. 그러나 태영은 실망하지 않았다. 종이를 사가지고 와서 벽과 미닫이를 바르고, 석 장밖에 안 되는 다다미를 자기 돈을 들여 새것으로 바꾸었다. 그리고 고물상에 가서 책상과 찬장을 사들여놓고, 새 이불까지 갖추고, 화로를 사서 숯불까지 피워놓고 보니 제법 아담한 방이 되었다.

그 방에서 태영은 규에게 편지를 썼다.

"……비로소 나는 일성一城의 주인이 되었다. 입방立方 6척의 작은 공간이지만 일본에 와서 처음으로 마련한 성이고 보니 도요토미 히데요시가 처음으로 성을 얻은 기분을 상상할 수 있다. 게다가 나는 가구를 장만하고도 거금 250원을 소유한 부호다. 250원이면 꼬박 1년을 놀고먹을 수 있는 돈이다. 나는 치사스런 소시민이 되지 않기 위해서 250

원이 모조리 없어질 때까진 노동을 하지 않을 작정이다. 이미 시작한 독일어 공부와 함께 본격적으로 위대한 미래를 설계하기 위한 기초 학문을 닦을 셈이다. 구체적으로 말하자면 지조 있는 사상을 익힌다는 뜻이다. 나는 다행하게도 스승 M씨를 만날 수 있었다. M씨와 헤어진 건 유감스럽지만, 그분을 통해 얻은 지조 있는 사상의 가능은 내 정신에 영원할 것이다. 앞으로 자주 네가 있는 곳에 가볼 수도 있을 것이고, 너를 내 성으로 초대할 수도 있을 것이다. 게다가 나의 용기를 북돋워주는 건 이카이노에 있는 동포 청년들을 내 능력껏 조직하고 싶다는 포부다. 이 포부의 실현을 위해서는 자네의 힘도 빌려야겠다. 아직 정확한 파악은 못 했지만, 이 이카이노에 우리 동포가 약 3만 명 살고 있다는 이야기니, 청년의 수가 줄잡아 5천 명은 넘지 않겠나. 이 5천 명이 지조 있는 사상을 나눠가지고 함께 뭉칠 수만 있다면 앞날을 위해 커다란 추진력의 모체가 될 수 있을 것이 아닌가. 그러나 걱정하지 말게. 나는 비겁한 방법은 취하지 않을 거니 말이다. 만반의 준비, 강인한 노력, 돌다리도 두드리며 건너는 신중함, 연구하고 또 연구한 끝에 얻어진 설득력, 모든 면에 있어서 솔선수범할 수 있는 근면과 실천력, 그리고 무상의 봉사, 대강 이러한 항목과 목록을 내 포부 실현을 위해서 계상計上하고 있단 말이다. 뿐만 아니라 나의 영광은 김숙자 양의 협조를 얻은 데 있다. 그분이야말로 나의 영광이다. 나는 그분과 더불어 이 세상 어떤 남녀도 이룩해보지 못한 새로운 사랑의 모럴을 건축할 참이다. 결혼보다 더 공고하고, 연애보다 더 숭고하고, 남녀간에 있기 쉬운 일체의 더러움을 말쑥히 배제한, 플라토닉 이상으로 신성하고 청결한 관계를 수립할 작정이다. 김숙자 양은 입방 6척인 나의 성을 만드는 데 절대적인 협조를 아끼지 않았다. 앞으로 내 인생에 있어서, 내 사업에 있어서, 우리의 궁극의 목적을 위해 그분의 헌신적인 협조를 기대할 자신도 있다. 김숙자 양이 외문外聞을 불구하고 내 방에 드나드니까, 그분의 아버지가 다음과 같은 충고를 했것다.

'과년한 처녀가 청년의 방에 드나들면 못쓴다.'

이에 대해 김숙자 양이 어떻게 대답했는지 상상해봐라.

'그분을 신뢰하지 못한다면 저는 이 세상에 살아 있을 필요를 느끼지 않습니다.'

규야, 어떠냐? 남아 20에 미평국未平國이면 어쩌고저쩌고 했다는 남이 장군의 시가 있다지만, 남아 20도 되기 전에 김숙자 양 같은 분의 절대적인 신뢰를 얻는다는 건 대단한 일이 아니고 무엇이냐 말이다. 김숙자 양의 아버지도 따님의 설득에 넘어간 모양인지, 엊그제 나의 관상을 보고 가더니 오늘 보약 한 제를 보내면서 전갈해 가로되

'신외무물身外無物이고 대인일수록 자중자애해야 한다.'

나. 그리고 그 철학이 또한 묘하더라.

'소인은 남의 일을 걱정하고 남을 위해서 봉사하고 노력해야 하지만, 대인은 자기 일만 걱정하고 자기를 위해서만 노력해야 한다.'

는 것이다. 그 까닭은, 소인은 남을 위해야만 비로소 보람을 나타내지만, 대인은 그 존재만으로 충분히 의미가 있기 때문이란다. 뭔가 착각하고 있는 것 같은 말인데, 케케묵은 세대인의 착각을 한꺼번에 시정할 수도 없는 일 아닌가. 당분간 나는 그 어른의 착각에 편승할 각오로 있네. ……M 선생의 말에 의하면, 우리는 기다려야 한단다. 그런데 기다리는 자세에도 훌륭한 자세가 있고 졸렬한 자세가 있단다. 그렇다면 우리는 최선을 다해 훌륭한 자세로 기다려야 할 것이 아닌가……"

세월은 순식간에 흘러갔다.

그해 12월, 일본과 미국은 교전 상태에 들어갔다.

무나카와의 말을 상기하고 태영은 일본이 와해 일보 직전에 다가섰음을 느꼈다. 흥분한 나머지 태영은 경도로 달려가 규를 만났다.

애국 행진곡이 거듭 되풀이되는 가운데 자못 웅장하고 엄숙하게 선전宣戰의 조칙詔勅을 라우드 스피커를 통해 거리에 흘려대고 있었으나, 무나카와에게 계몽당한 박태영의 귀엔 장송곡과 만사輓詞로밖에 들리지 않았다.

그러나 규는 어리둥절해하기만 했다. 태영이 아무리 설명해도 규는 일본의 와해라는 것을 이해할 수가 없었다. 그렇다고 해서 태영의 의견에 맞설 만한 이론과 마음의 근거를 가진 것도 아니었다. 시종 석연치 않은 얼굴을 하고 있는 규를 보고 박태영이 껄껄대며 말했다.

"아무래도 내 설득력이 부족한 것 같구나. 그러나 두고 보면 알 일이니, 기다리는 자세만은 무너뜨리지 말게."

이런 말을 태영이 남겨놓고 갔는데, 전세는 나날이 일본에 유리하게만 전개되어갔다. 결국 기다리는 자세를 가질 바에야 나날의 전황 보고에 신경을 쓸 필요가 없었지만, 규는 태영이 아무래도 희망적 관측으로 대세를 그릇 인식하고 있지 않은가 하고 걱정했다. 어느 곳을 보아도 일본이 와해될 것 같은 징후는 보이지 않았기 때문이다.

그 무렵 하영근 씨가 체포된 사건이 있었다. 예방 구금법에 의해 독립운동을 한 까닭으로 징역살이를 한 적이 있는 정치형과 남평우의 거처를 경찰이 추궁하고 있었는데, 그 두 사람을 하영근이 자기의 산정에 숨겨두고 있는 것이 발각되었기 때문이었다.

비행기를 한 대 헌납하기로 하고 두 달 만에 풀려 나오기는 했지만,

원래 병약한 몸이라 하영근 씨의 건강이 말이 아니란 소식을 들었다.

그 소식을 규가 태영에게 전했더니, 태영은 즉각 하영근 씨가 한 일에 반발하는 편지를 보내왔다.

"하영근 씨의 건강이 더욱 악화되었다니 걱정스럽다. 그러나 비행기를 헌납하고 풀려 나왔다니 그것이 될 말인가. 나라를 위해 목숨을 걸고 싸울 수는 없을망정, 일신의 잠깐 동안의 고통을 참지 못해 그런 비굴한 짓을 했다는 것은 무엇보다도 하영근 씨 자신을 위해 슬프게 생각한다. 넓은 교양, 훈훈한 인간성이 지조를 지키지 못한다면 무슨 소용인가. 교양이나 인간성이 치레로만 끝나선 안 될 일이다. 교양과 인간성을 액세서리로 아는 속물의 근성을 나는 미워한다. 보다도 나는, 비행기를 헌납한 스스로의 비굴함을 앞으로 하영근 씨는 어떻게 소화하고 살 것인지 심히 안타깝다. 하영근 씨는 이미 산송장이다. 그가 자기 자신을 더럽혔다는 뜻에서도 나는 그를 용서할 수가 없다……."

이 편지를 받은 규는 불쾌했다. 자기의 신념에 충실한 나머지 남의 행동을 멋대로 재단하는 건 결코 좋은 일이 아니다. 규는 다시금 태영과의 사이에 거리감을 느꼈다. 그 일이 아니라도 규는 태영의 독선적인 태도에 차츰 부담감을 느끼고 있었던 것이다.

다시 2년이 지났다.

규는 동경제국대학에 다녔다. 앞날을 평범한 중학교 교사로 지내기로 작정해놓고 서양 사학을 전공하고 있었다. 전세가 뜻밖의 방향으로 발전되고 있어 박태영의 의견을 떠올릴 때도 있었으나, 그렇다고 해서 일본의 패배를 확신할 정도에 이르진 못했다. 그러나 서양사를 전공하는 학생의 견식으로 대강 역사의 방향을 추측해볼 때 박태영의 꿈이 전혀 엉뚱하지는 않을 것이 아닌가 하는 생각을 가끔 했다. 그만큼 박태영의 사상에 압도당한 셈인데, 그럴수록 박태영이란 존재가 규에겐 거북했다. 박태영의 사상에 굽히는 게 정당한 태도라고 느끼면서도 한편 이에 반발하는 심정의 갈등이 규를 우울하게 했다. 그 무렵 박태영도 동경에 와 있었다. 잘못하면 징용에 끌려갈 염려가 있다면서 어느 사립대학의 전문부에 적만 붙여놓고 조토城東란 공장 지대에서 노동을 하며 독학하고 있었다. 가끔 만나는 일이 있어도 예전처럼 구김살 없이 웃고 떠들고 하는 분위기는 되살아나지 않았다. 태영은 결론 비슷한 말만 띄엄띄엄 뱉듯이 할 뿐 말이 적어졌고, 규는 규대로 태영에게 자기의 생각을 순진하게 털어놓을 수가 없었다. 태영도 규도 서로의 한계를 느끼고 남의 세계에 들어서기를 꺼려하는 그런 나이가 되어 있었던 것이다.

그 무렵 정선채는 요코하마 고공橫濱高工에, 최양규崔亮圭는 외국어학교에 와 있었다. 그 외에도 규의 중학 동기생이 7~8명 동경에 유학하고 있어 가끔 모임을 가졌는데, 박태영은 한 번도 그 모임에 얼굴을 나타내지 않았다. 술도 안 마시고 담배도 피우지 않고 언제나 세계의 큰 문제로 걱정하는 듯한 태영이 옛날의 동기생들에겐 벅찬 존재이기도 했기 때문에, 이편에서 태영을 찾는 경우도 없었다. 규는 태영의 고독을 이해할 수는 있었다. 그러나 동조할 수는 없었다.

반도의 청년들에게도 징병제가 실시되었다. 천황 폐하의 일시 동인一視同人한 갸륵한 정책이라고 떠들어댔지만, 규에겐 지옥의 문이 열린 것과 다를 바가 없었다. 그 징병제에 의하면 박태영이 1기에 해당되고 규는 2기에 해당됐다. 그해 3월, 일본군은 과달카날에서 철수하고, 6월엔 아쓰쓰에서 일개 여단 병력이 몰살되는 등, 대본영의 발표가 갖은

허세를 부려도 일본의 패색을 감출 수 없게 되었다. 독일은 스탈린그라드에서 패배하고 북아프리카 전선에선 항복을 했다. 그래도 규는 일본이 와해되리란 실감을 갖지 못했다. 다만 이러한 전국戰局인데도 언젠가는 일본의 병정으로서 참전해야 되게 되어 있는 자신의 장래에 대해 외포를 느끼고 있었다. 일본인 학생, 한국인 학생 할 것 없이 거의 학문할 기력을 잃고 있을 때이기도 했다.

여름 방학에 귀향한 규는 처음으로 동창회라는 모임에 나가보았다.

규의 동기생으로선 주영중과 김상태 등 5~6명이 참석했을 뿐이었다.

주영중은 만군사관학교滿軍士官學校의 정복을 입고 늠름한 모습으로 규에게 악수를 청했다. 그리고 뽐냈다.

"나는 오족협화五族協和 대동아 공영을 위해서 초석이 될 게다."

의학전문학교에 다니는 김상태는

"모두들 전쟁터에 가서 꺼꾸러질 긴데 의학을 배워 어디에 써먹겠노."

하고 자조적인 익살을 부렸다.

규는 그 자리에서, 이효근과 김달석이 지원병으로 나가고 이향석과 박석균이 경찰관이 되었다는 얘기를 들었다.

"정무룡과 곽병한의 소식은 들었나?"

하고 규가 물었다.

"그 녀석들은 편지 한 장 없어. 어디서 무엇을 하는지. 하여튼 이 비좁은 땅에 있는 것보다는 낫겠지."

김상태의 대답이었다. 김상태는 박태영의 안부를 물었다.

"나라와 민족의 걱정을 혼자서 도맡아 지금 열심히 고민하고 공부하고 있다."

하고 규가 말하자, 김상태는

"하여간 그놈은 별난 놈이다. 장차 뭣이 돼도 되고 말 긴데……. 그러나 사람이란 융통성이 있어야 하지 않겠나. 태영일 생각하면 골치가 아파."

하며 고개를 흔들었다.

상태는 이어 원두표 얘기를 했다. 원두표는 2만 석의 재산을 상속받은 당주當主다. 그런데 경찰서장을 하고 있던 아카기赤木란 놈의 꾐에 빠져 천 톤급 선박을 두 척이나 만들어 해운업을 시작했는데, 그 배를 해군에 징발당했다는 것이다. 뿐만 아니라 아카기는 지배인으로서 원두표의 도장을 맡은 것을 기화로, 원두표의 토지를 담보로 해서 거액의 돈을 융자받았는데, 그 돈의 행방이 모호해서 지금 원두표는 거의 알거지 상태가 되어 있다고도 했다.

그날 밤, 규와 김상태는 5~6명의 동기생과 함께 요정에서 주연을 베풀었지만, 하나같이 우울한 얘기만 되풀이될 뿐 자리에 흥이 돋아나지 않았다. 가무음곡을 금해버린 요정에서 초상집의 잔치처럼 술을 마셔야만 했다.

"앞으로 어떻게 될 끼고."

새삼스럽게 이런 말이 튀어나오곤 했다. 그러나 아무도 대답할 수가 없었다. 그러니까 더욱 답답하기만 했다.

"암담한 나날!"

참으로 암담한 나날이었다.

쌀이란 쌀은 죄다 공출해버리고, 비료로 쓰이는 대두박大豆粕을 식량으로 하고 있는 처지! 장정이란 장정은 징용이니 지원이니 해서 다 나가버리고 노인과 아녀자만이 쇠잔한 모습으로 꿈틀거리고 있는 처지!

차리리 보지 않은 것만 못했다. 규는 방학이 열흘이나 남았는데도 핑계를 만들어 동경으로 건너가버렸다.

졸업 일자를 9월 29일로 한다는 조치가 있더니, 10월 초에 학도 출진의 영이 내려졌다. 졸업생은 물론 재학생까지 적령適齡인 학생은 모조리 전쟁터로 나가야 되었다. 징병 연기의 특전이 전면적으로 취소된 것이다.

이어 10월 20일, 반도 출신인 학생에게도 지원병제를 실시한다는 영이 내려졌다. 규는 대학 1학년이고 징병 연령에 아직 도달하지 않았으니 자기만은 예외일 것이라고 생각했는데, 지원병일 경우는 18세 이상이면 무관하다는 해석이 내려졌다.

이광수니 최남선崔南善이니 하는 선배들이 동경으로 건너와서 학병에 지원하라는 권유 연설을 했지만 규는 연설회에 나가지 않았다. 병정으로 가든 안 가든 마음의 정리를 해두어야겠는데, 도무지 마음을 걷잡을 수가 없었다.

도코나미 야스코가 찾아와서 울었다. 기노시타 세쓰코가 애절한 편지를 보내왔다. 고향에서도 절박한 사연을 말해왔다. 동경에 와 있는 친구들이 매일처럼 규의 하숙으로 몰려와서 일치된 결론을 내려보자고 했지만, 매번 술이 있는 곳을 찾아보자는 의견의 일치를 보았을 뿐이었다. 태영으로부턴 소식이 없었다. 그런데 1월 초의 어느 밤이었다. 술에 취해 곤드레가 되어 자고 있는데, 요란하게 문을 두드리는 소리가 났다. 하숙집 주인이 문을 여는구나 하는 의식으로 다시 잠에 빠졌는데, 머리맡에서 소리가 났다. 눈을 떠보니 태영이 거기 서 있었다. 황급히 이불을 젖히고 일어났다. 태영의 등 뒤에 사람이 있었다. 자세히 보니 김숙자였다.

"일이 바쁘다."

하고 태영이 자리에 앉으며 말을 꺼냈다.

"내일 저녁차로 고향으로 돌아가야 하는데, 너 안 갈래?"

"가긴 가야지. 그런데 내일 꼭 가야 할 일이 뭔가?"

"빠를수록 좋아. 난 학병제 실시 명령을 알자마자 오쿠닛코奧日光 근처로 무나카와 씨를 찾아다녔는데 만나지 못했다. 그래 결심했어. 지리산에 가서 숨어버리기로……."

태영은 태연하게 말했다. 그러나 규는 태연할 수가 없었다.

"지리산에 숨다니, 그게 될 일인가?"

"되지."

"어떻게 된단 말인가?"

"되고 안 되곤 가봐야 할 게 아닌가. 가서 되도록 해야 할 게 아닌가. 호락호락 왜놈들 용병으로 끌려가서야 되겠느냐 말이다. 배수의 진을 쳐야 한단 말이다."

"나는 도무지 불가능할 것 같은데……."

하고 규가 솔직하게 말했다.

"불가능하다니, 왜놈 용병으로 끌려가서 치사스런 죽음을 당하는 건 가능하고, 지리산에 들어가 활로를 찾자는 건 불가능하단 말인가?"

태영의 말이 떨렸다.

"활로가 있을 것 같지 않아서 한 말이 아닌가."

"죽으면 또 어때? 왜놈 용병으로선 죽을 수 있어도, 끝내 왜놈에게 항거하다가 죽는 죽음은 싫단 말이지?"

"그런 건 아니다. 너무나 엉뚱한 얘기라서 얼떨떨해서 그렇다. 아무튼 생각해봐야 할 것 아닌가."

"생각하는 건 내가 충분히 했다. 그리고 그곳에 가서 살 수 있는 방법도 연구했고, 그러기 위한 대강의 준비도 했다. 이 이상 생각한다는 건 이렇게도 할 수 있고 저렇게도 할 수 있을 때의 일이지, 지금 우리가 당면하고 있는 처지는 절체절명이 아닌가. 이 길을 두곤 달리 도리가 없지 않은가."

태영이 고함이라도 지르고 싶은 충동을 억지로 참는다는 투로 말했다.

"이 선생님, 지리산으로 갑시다. 그 길밖에 없어요."

김숙자가 조용히 말하고 규를 봤다.

"잠옷 바람에 이거 실례합니다."

규는 그때에야 숙자에게 인사를 했다.

"실례고 뭐고 따질 필요도 없어. 어떻게 할 꺼고? 우리와 같이 지리산으로 갈래, 안 갈래."

"시간을 주게. 나도 생각해봐야겠다."

"그럼 내일 낮 열두 시까지 이곳으로 오든지 연락을 하든지 해라. 만약 연락이 없으면 넌 안 가는 걸로 치고 난 행동할 끼다."

태영은 주소가 적힌 쪽지를 규 앞에 밀어놓고 김숙자를 앞세우고 가버렸다. 규는 전송할 엄두도 내지 못하고 멍청하게 쪽지를 내려다보고 앉아 있었다.

이튿날 규는 태영을 찾지도 않고 연락하지도 않았다. 그리고 황폐한 마음의 공동에서 북풍이 회오리치는 느낌으로 며칠을 보냈다.

시모노세키의 소인이 찍힌 한 장의 엽서가 날아들었다. 서명은 없어도 태영의 필적임을 곧 알아차릴 수 있었다. 문면은 이러했다.

"규야, 너도 회색의 군상 속의 하나였구나. 그러나 나는 너를 탓하지 않겠다. 어느 곳에서 무엇을 하든 기다리는 자세만은 잊지 말아라. 기다리는 날을 위해 자중하고 자애하라. 서툴게 죽을 수야 없지 않는가.

나는 너를 그럴 사람으로 보진 않는다. 너는 언젠간 행복할 수 있는 권리를 가진 사람이라고 나는 믿는다. 그런데 내가 가는 곳엔 행복이 없다. 진리가 있을 뿐이고, 포부가 있을 뿐이다. 그 많은 회색의 군중들에게 나의 안부나 전해라."

규는 이 세상에 나서 처음으로 통곡을 터뜨렸다.

기로에서

1943년이 저물어갈 무렵—.

시모노세키는 관부연락선을 타기 위해 일본 각처로부터 흘러든 사람들로 붐비고 있었다. 호텔이란 호텔, 여관이란 여관은 연일 초만원을 이루었고, 대부분의 민가가 손님들을 수용하기도 했는데, 역 구내나 부두 근처엔 승선을 기다리는 손님들이 난민의 몰골을 하고 범람하고 있었다.

이른바 대륙을 경영하기 위해선 백만의 군대가 필요하고 이와 비슷한 수의 민간인이 필요했는데, 그것을 수송하는 배는 아침 저녁 두 척밖에 없었으니 시모노세키의 혼잡은 당연한 현상이었던 것이다.

박태영과 김숙자는 역 구내에서 하룻밤, 부두 근처에서 하룻밤을 지샜다. 그래도 언제 배를 탈 수 있을지 막연했다. 태영은 책임 있는 사람을 찾아,

"지금 당장 못 간다고 하더라도 언제쯤이면 배를 탈 수 있으리란 예정쯤은 말할 수 있을 것이 아닌가?"

하고 따졌다. 그랬더니 상대방은

"군대 수송에 관한 참모 본부의 계획을 사전에 알 수 없는 이상, 예정

조차도 밝힐 수 없다."
라는 쌀쌀한 대답이었다.

　때는 추운 겨울, 계속 바깥에서 지낼 수는 없었다. 태영과 숙자는 할 수 없이 시모노세키에서 완행열차를 타고 세 정거장을 야마구치 쪽으로 거슬러 올라가 나가토란 마을에 숙소를 잡았다. 거기서 매일 출근하다시피 시모노세키로 가보기로 했다. 미래에 대한 불안과 배를 타지 못하는 초조감이 얽혀, 박태영의 입에서 뱉어지는 말은 하나같이 저주고 독설이었다.

　"숙자 씨, 이런 걸 말기 증상이라고 하는 거요. 일본놈이 망하기 직전의 현상이란 말이오."

　"저렇게 많이 대륙으로 건너가서 뭣을 할지 아시오? 보나마나 중국인의 피를 빨아먹으러 가는 거요."

　"두고 봐요. 저 사람들은 모두 대륙으로 죽으러 갔다는 결과가 될 거니까."

　숙자는 태영의 말이 일일이 옳다고 생각했다. 그러나 그것이 문제가 아니었다. 태영이 조선으로 건너가기만 하면 지리산으로 들어갈 것이라고 했는데, 과연 지리산에서 몇 해, 아니 몇 달을 지탱할 수 있을지 그것이 걱정이었다. 태영은 숙자에게 대판으로 돌아가라고 매일처럼 성화였다. 숙자는 태영이 배를 타고 떠나는 것을 보고 돌아가겠다고 우겨놓긴 했지만, 속셈으론 자기도 같이 지리산으로 들어갈 작정을 세워놓고 있었다.

　나가토에 숙소를 정한 지 사흘째, 태영과 숙자는 여느 때와 같이 완행열차를 타고 시모노세키로 갔다. 기차가 플랫폼에 닿았을 때였다. 태영이 짐을 숙자에게 맡기고 건너편 플랫폼 쪽으로 뛰어갔다. 숙자는,

달려가는 태영의 모습을 잃지 않으려고 시선을 그쪽으로 돌린 채 플랫폼 위로 바쁘게 걸음을 떼어놓았다.

등산모를 쓰고 배낭을 멘 청년의 등 뒤에서 태영이 불렀다.

"하 선배……."

하 선배라고 불린 청년이 뒤돌아봤다.

"아아, 박군! 박군도 이 기차를 탔었소?"

"아닙니다. 전 4~5일 전에 벌써 이곳에 와 있었습니다."

"그런데?"

"연락선을 탈 수 있어야죠. 보통 일주일은 예사로 기다려야 한답니다."

하고 태영은 번호표를 내보이면서,

"이런 걸 받아놨지만 순번이 잘 안 돌아오는 걸 어떻게 합니까? 우선 번호표라도 받아놓으셔야지요."

하고 안내하려고 했다.

"거긴 이따가 가고, 우선 얘기나 좀 합시다. 다방에라도 가서……."

하 선배라는 사람의 말이다.

이때, 숙자가 그들 가까이 와 섰다.

"소개하겠습니다."

태영이 숙자에게 인사하라고 시키고 하 선배에게 말했다.

"출생이 제주돈데, 부모님들은 대판에서 살고 있습니다."

"김숙자라고 합니다."

"나는 하준규라고 합니다."

하준규는 눈이 부신 듯 숙자를 보았다.

세 사람은 개찰구로 빠져 나와 산양 호텔의 다방에 겨우 자리를 잡았다. 커피를 시켰다. 거무스레한 액체가 담긴 찻잔이 탁자 위에 놓였다.

하준규는 목이 말랐던지 찻잔을 입에 대고 한 모금 마셔보고 웃었다.

"이곳 커피도 역시 콩을 볶아 만든 대용 커피인 모양인데 설탕 맛은 제맛이구먼."

하준규는 키가 작고 몸집도 작은, 그리고 하얀 피부 빛깔, 가느다란 눈썹, 예쁘장한 코하며, 어느 모로 보나 여장을 하면 영락없이 여자로 보일 수 있는 그런 인상을 가진 청년이었다. 숙자는 속으로, 태영이 선배라고 불렀는데 선배라도 한두 살의 차이밖에 없을 것이라고 짐작했다.

그런데 준규가 태영을 대하는 태도는 비록 경어는 쓸망정 어른이 아이를 대하는 것 같아서 그것이 의아했다.

"하 선배는 지원을 안 하셨습니까?"

태영이 나직이 물었다. 준규의 눈이 일순 번쩍했다. 순간의 일이긴 해도 그 날카로운 눈빛이 범상한 인물이 아님을 숙자로 하여금 느끼게 했다. 그 눈빛으로 해서 숙자는, 준규가 태영을 어린아이 대하듯 하는 그 태도를 이해할 수 있을 것만 같았다.

준규는 태영의 물음에 대답하지 않고 되물었다.

"박군은 어떻게 했소?"

"전 안 했습니다."

준규는 박태영을 잠깐 지켜보는 듯하더니,

"여기선 얘기도 못 하겠군. 어디 조용한 데가 없을까?"

하고 주위를 두리번거렸다.

"그보다도 번호표를 받아두어야 합니다."

태영이 이렇게 말하자, 준규는 싱긋 웃고 말했다.

"언제 타도 한 번은 탈 수 있겠지. 연락선 타고 건너가봤자, 당장 무슨 반가운 일이 있는 것도 아닐 거고…….”

"그건 그렇지만…….”

태영은 그러나 번호표에 관심을 두지 않을 수 없었다.

"그럼 여기서 좀 기다려요. 내가 연락선 사무소까지 갔다 올 테니까.”

하준규는 륙색을 태영의 발 아래에 밀어놓고 일어서더니 다방 문을 나섰다. 그 동작이 퍽이나 민첩해 보였다. 준규의 모습이 사라지자, 태영의 설명이 시작되었다.

"저분은 나보다 4년 선뱁니다. 고향도 같고 중학교도 같죠. 중학교 시절에 유도가 2단, 검도가 2단이었고, 권투도 잘하고 당수도 잘했지요. 지금 가라테唐手는 아마 5단쯤 될 겁니다. 일본 학생 가라테로선 최고봉이니까. 전에 척식대학拓殖大學에 다닌다는 소릴 들었는데, 지금은 어느 대학인지 몰라. 그런 무술을 익히자니까 학문은 신통치 않겠지만, 하여간 보통 인물은 아닙니다.”

숙자는 고개를 끄덕였다.

태영은 이어, 하준규의 집이 굉장한 부자라는 것과 중학교 다닐 때 일본인 교사에게 어찌나 반항을 했는지 몇 번 퇴학을 당할 뻔했지만 학교에 큼직한 강당을 기부하는 바람에 특별 취급으로 졸업할 수 있었다는 것, 그밖에 갖가지 흥미 있는 일화를 얘기했다. 그리고 이렇게 중얼거렸다.

"저런 사람이 조국의 독립운동에 앞장서기만 하면 천군만마를 얻은 것과 똑같을 텐데, 워낙 부잣집 아들이고 보니 요즘의 의식 형태가 어떤지 알 수가 없어.”

"동경에선 만난 일이 없으세요?”

"얘기는 들었어도 만난 일은 없어. 나는 고학하는 사람이고 그는 호화롭게 유학하는 사람이니 어울릴 수가 있어요?"

태영은 쓸쓸하게 말했다.

하준규가 돌아왔다. 그리고 자리를 잡으며 말했다.

"내일 밤 배를 타기로 했어. 박군 것과 김숙자 씨 것도 주선했는데……."

하며 배표 두 장을 탁자 위에 놓았다.

"제겐 표가 있는데요."

"그 표는 다시 기차를 탈 때 써 먹기로 하고, 이 표를 가지고 현해탄을 건넙시다."

하준규는 아무렇지도 않게 말했다. 태영이 그 배표를 들어 보았다. 2등표였다.

"2등이면 내일 밤 탈 수 있다고 합디다. 그래 2등표를 부산까지 석 장 샀소."

하고 준규는 보충 설명을 했다. 듣고 보니 아무것도 아닌 일이었다. 그런데 나가토까지 가서 여관을 잡을 궁리는 하면서 2등표를 살 줄 몰랐다는 것은 천려의 일실이라 할 수 있었다.

"그리고……."

하고 태영이 망설였다.

"그리고 또 뭐요?"

하준규가 물었다.

"김숙자 씨는 연락선을 안 탈 건데요."

태영이 어물어물 말했다.

"아닙니다. 저도 탈 겁니다."

숙자가 단호하게 말했다.

"그렇지만 약속이……."

"하두 성화여서 안 가는 척했지만 보세요. 저도 배표와 번호표를 이렇게 준비하고 있어요."

하며 숙자는 번호표를 내보였다.

태영은 뭐라고 말하려고 했지만 장소가 장소여서 꾹 참기로 했다.

"하 선배님, 지금 시모노세키에선 여관을 잡지 못합니다. 저희들이 잡아놓은 숙소로 가서 하룻밤 자고 내일 오도록 하십시다."

하고 태영이 나가토에 숙소를 잡은 설명을 보탰다.

"그렇게 합시다."

하준규는 순순히 응했다.

나가토의 숙소에서 준규는 비로소 자기의 본심을 털어놓았다.

"아까 내게 지원을 했느냐고 물었죠? 내가 호락호락 일본놈의 용병 노릇을 할 놈으로 보입디까? 나는 죽으면 죽었지 학도병으로 지원하진 않을 거요. 죽는 게 겁이 나서 병정으로 안 가겠다는 것이 아니오. 죽어도 일본놈의 병정은 안 되겠다고 버티는 방향에서 죽을 작정이오."

"고맙습니다, 선배님. 저도 똑같은 각오입니다."

하고 박태영이 감격했다.

"고맙긴, 당연한 일인데……. 보다도 박군이 훌륭하오. 아직 어린 나이에 그만한 각오를 했다니 대단한 일이오."

하준규는 륙색에서 헌 신문을 꺼내더니, 태영이 잘 읽을 수 있도록 방바닥에 폈다. 고이소小磯 총독의 담화가 실려 있었다. 첫머리는,

'너희들이 취하려는 길은 장차 조선의 백년지계를 돕는 일이니, 오늘 너희들의 과오로써 원한을 천추에 남기는 일이 없도록 신중을 기하라.'

라고 되어 있고, 중간쯤엔

'너희들 가운데 혹시 나의 권고를 듣지 않는 자가 있다면, 그런 자들은 전부 징용으로 보내어 노역에 종사시키겠다.'
라는 문구가 있고, 끝은
'같은 교실에서 공부하던 동류가 빛나는 사관 후보생으로서 전지에서 공을 세우고 있을 때, 너희들은 보잘것없는 노역부로서 그들로부터 호령받고 멸시당할 수치를 생각하라.'
라고 되어 있었다. 그것을 다 읽었을 무렵,

"어때, 이게 명색이 총독이란 자가 할 수 있는 말야? 총독은 점잖게 권고만 하고 벌칙은 하부 관리가 발표하도록 해도 될 텐데 말야. 이건 이미 환장한 놈의 소리지, 지각 있는 사람의 말은 아니거든. 이건 발악이야. 명색이 최고 지도자가 이런 꼴이란 건, 일본 제국주의가 마지막 단계에 도달했다는 증거가 아뇨?"

"저도 그렇게 생각합니다. 그리고 시모노세키의 혼잡을 보고 일본 제국주의의 말기 증상 같은 것을 느꼈습니다."

태영은 하준규 같은 인물과 의기상투했다는 것이 그지없이 기뻤다. 광명이 바로 가까이에 왔다는 느낌에 가슴이 떨렸다.

준규는 학도 지원병령이 내려진 이래의 자기의 고충을 얘기하기 시작했다. 그는 되도록이면 동경에 있는 조선인 학생 전부가 의병을 거부하도록 운동을 펼 작정을 했다. 처음엔 그것이 성공할 것처럼 보였다. 각 대학에 연락원을 두고 긴밀하게 서로의 의사를 집약해서 거부의 방법, 그 뒤에 올 사태에 대한 대비책 등을 세우기로 했다. 그런데 조선장학회의 간부가 몇 사람의 학생을 앞잡이로 내세워 설치자 당장 각 대학의 연락망이 끊어져버렸다.

"사상적으로 단체적으로 훈련돼 있지 않은 놈들은 어쩔 수 없드만."

준규는 이 대목에서 혀를 차고 설명을 계속했다.

할 수 없이 뜻이 있는 사람만 모으기로 했다. 광범위하게 서둘 것이 아니라 극소수만으로 정예 조직을 구성하자는 것이었다. 천 명이 응해도 백 명의 정예가 반대하면 그로써 우리 청년의 기개는 발휘된다고 본 것이다. 그런데 자꾸만 탈락해버리고 십오륙 명이 남았다. 이 수만이라도 최후까지 버티자고 했다. 그러나 이것마저 무너져버렸다. 그리하여 하준규 혼자만 남은 것이다.

"경찰의 추궁이 심하지, 고향에서 부모 형제들이 볼모로 잡힌 기분으로 아우성이지, 정신적인 지주로 삼아오던 소위 명사들이 학병으로 나가라고 설치지……. 탈락한 사람들을 난 비난하진 않아. 각기 어쩔 수 없는 고민을 그렇게 해서라도 타개할 수밖에 없었을 거니까. 나 하나 희생하면 집안이 편해지고 마을이 평온하게 될 텐데 버티면 무엇하나 싶은 생각이 들 만도 하지. 자기 하나 희생시키기 싫어서 주위의 고통을 생각하지 않는 이기주의자로 보일까봐 겁도 나고 말야. ……그러니 그들의 심정을 이해는 해. 이해는 하지만 그들이 가는 길은 절대로 정당하지 못해. 사람이 이 세상에 나서 이성을 존중해야 한다는 것, 정의를 숭상해야 한다는 것, 진리에 충실해야 한다는 것을 배운 인간으로서, 어떻게 자기 스스로 납득할 수 없는 길을 걸어야 하느냐 말이오. 납득할 수 없는 길을 걸어서 설사 영광에 이르렀다고 해도, 그 영광은 자기의 것이 아닙니다. 하물며 그것이 죽음에 이르렀을 때 그 보상은 누가 해줄 겁니까. 만일 일본의 병정으로서 조국과 민족을 위해 싸우는 중국인을 죽였다고 합시다. 그것은 어떻게 속죄할 겁니까. 살아 돌아온 대도 일생을 바쳐 속죄 못 할 죄를 짊어지고 돌아오는 것이고, 죽는대도 노예로서 개만도 못한 추잡한 죽음이 아니겠어요?"

준규는 눈물을 흘리고 있었다. 그 눈물을 닦으며 하는 말이,

"나는 그들이 불쌍해서 웁니다. 아무리 생각해도 불쌍해요. 우리 학도들의 지각이 겨우 그런 정도인가 생각하니 슬퍼요. 지금 나는 한없이 고독한데, 이런 생각을 가진 내가 고독할 수밖에 없다는 게 슬퍼요."

"선배님, 우리는 고독하지 않습니다. 제겐 선배님이 있지 않습니까. 선배님껜 제가 있지 않습니까."

태영이 조용하게 말했다.

"저도 있어요."

김숙자가 초롱초롱 눈동자에 불을 켜고 말했다.

"그렇소. 우리는 고독하지 않소. 그리고 우리뿐만이 아니오."

하고 준규는, 동경 천지에 자기밖에 남지 않았다고 생각하고 있었는데 어느 날 노동자 틈에 끼여 중노동을 하는 친구를 만났다는 얘기를 했다.

"그 친군 이름을 노동식盧東植이라고 하는데, 중앙대학의 나와 같은 반이오. 부산이상을 나온 사람인데 성격이 깐깐해요. 내가 무사히 조선으로 건너가 거점을 잡기만 하면 연락하기로 돼 있소."

"그런데 선배님, 연락선에서 붙들리면 어떻게 하시렵니까."

태영은 우선 그것이 걱정이었다.

"박군은 어떻게 할 작정이오?"

준규가 되물었다. 태영은 모리구치의 아사히 우유 가게 주인이 만들어준 어떤 공장의 공원증을 내보였다.

"나도 그런 걸 가졌지."

하고 준규는, 본사를 만주에 두고 지점을 동경에 둔 만철 회사滿鐵會社의 사원증을 내보이며 말했다.

"이건 말짱 거짓말이지. 종이도 도장도 전부……. 내 하숙집 친척 되

는 청년이 인쇄소에 다니는데, 걱정을 하니까 이런 걸 만들어주드면."

준규와 태영은 유쾌하게 웃었다. 숙자도 따라 웃었다.

저녁밥을 먹자마자 다시 얘기가 계속되었다. 앞으로 어떻게 할 것인가의 문제가 주로 화제가 되었다.

"나는 지리산으로 들어갈 작정입니다. 집에 연락해서 쌀이나 몇 말 얻어 메고 화전민 속에 끼일 작정이죠. 그렇게 해서 기다릴 작정입니다."

이어 태영은 '기다린다'는 문제에 관해서 무나카와로부터 들은 얘기를 하고 무나카와에 관해 설명했다.

"좋은 분을 만났군."

준규의 말이다.

"참으로 좋은 분이었습니다. 그분이 오쿠닛코 근처에 숨어 살 거란 얘기를 들었기 때문에 그 근처를 헤매봤는데 알 수가 있어야죠. 할 수 없이 나는 지리산으로 가기로 했습니다."

"박군도 지리산을 잘 알겠지만, 나도 지리산을 잘 알고 있소. 아버지를 따라 사냥을 다닌 일도 있구요. 나도 물론 사정이 다급하면 지리산으로 갈 요량을 해봤지만……."

"그럼 선배님의 작정은 어땠습니까."

"나는 만주로 갈 작정을 했소. 숨어 살기도 만주가 편리할 것 같고, 앞으로 독립운동을 하기에도 편리할 것 같아서……."

"그것도 좋은 생각인 것 같은데요. 그런데 무나카와의 말은 되도록이면 만주와 중국을 피하라는 거였어요."

"이유는?"

"전쟁이 진행되면 아무래도 만주가 결전장이 될 것 같다는 얘기더먼요. 언젠가 소련이 참전하면 일본군, 중국군, 소련군의 각축전이 거기서 벌어진다는 것입니다. 그렇게 되면, 일본군으로부턴 기피자로 쫓기고, 사정을 모르는 소련군이나 중국군은 일본인 취급을 할 테니, 여러 가지로 복잡해지지 않을까 하는 것이 그분의 의견이었습니다."

태영의 말을 듣더니 준규는,

"일리가 있는 말인데……."

하면서 생각하는 얼굴이 되었다. 그리고 말했다.

"하여간 신중을 기해서 계획을 짜야 할 거니까 좀더 연구해봅시다."

이때 김숙자는 방에 없었다. 태영이 그 기회를 잡았다.

"하 선배님께 부탁이 있습니다."

"뭡니까?"

"숙자 문제입니다. 꼭 절 따라오려고 하는데, 그렇게 하지 못하도록 선배님께서 타일러주셔야겠습니다."

"……."

"죽는 날까지 같이 행동하겠다는데, 그것이 그렇게 쉬운 일입니까."

"그렇소. 그런데 김숙자와 박군은 어떤 관계죠?"

"동집니다."

"동지?"

"예, 평생을 맹세한 동집니다."

"결혼할 작정이오?"

"그런 건 아닙니다. 하여간 평생을 맹세한 동집니다."

"잘 이해를 못 하겠는데요."

"차차 알게 될 겁니다. 우리나라의 독립을 위해 같이 돕고 같이 싸우자고 서약한 사입니다."

"솔직히 물어도 좋소?"

"예."

"육체관계가 있는 것 아뇨?"

"천만의 말씀입니다. 우리는 순수한 동지라니까요."

"그럼 동지로서 말을 하면 되겠네요?"

"그렇습니다. 어디까지나 목적을 위하는 관점에서 말씀하시면 됩니다."

"알았소, 한번 해봅시다."

김숙자가 들어오자 태영은 밖으로 나갔다. 하준규가 타이를 기회를 주기 위해서였다. 준규는 망설임 없이 본론으로 들어갔다.

"숙자 씨는 태영 군을 따라 지리산에까지 갈 작정이라죠?"

"예, 그렇습니다."

"그럼 태영 군이 무슨 목적으로 지리산으로 가려 하는지 그 까닭을 잘 알고 계시지요?"

"잘 알고 있습니다."

"지리산이 어떤 곳인진 모르죠?"

"모릅니다."

"지리산은 험하기 짝이 없는 산입니다. 쫓기는 사람이 아니면 근처에 마을도 있으니 근근이 연명할 수는 있지만, 쫓기는 몸이라든가 경찰을 조심해야 할 처지에 있는 사람은 살아가기가 지극히 힘든 곳입니다."

"상상은 하고 있습니다."

"숙자 씨가 상상할 수 있는 정도가 아닙니다. 숙자 씨는 태영 군을 위해서라도 지리산엔 안 가는 것이 좋을걸요."

"박태영 씨가 지리산에서 견디어낼 수 있다면, 저도 견디어낼 자신이 있습니다."

"자신만 갖곤 안 됩니다. 가령 박군 혼자 같으면 화전민 사이에 비교적 수월하게 끼일 수 있을 겁니다. 그러나 숙자 씨와 둘이 되면 여간 힘들지 않을 겁니다."

"꼭 그렇다면 저 혼자 단독 행동을 하면 되지 않겠어요?"

"그럼 박군에게 정신적인 부담을 주게 되죠. 숙자 씨가 안전 지대에 있다고 생각하는 것과 지리산 어느 곳에서 고생하고 있다고 생각하는 것과 박군의 정신적 부담이 어떻겠습니까."

"……."

"그리고 박군은 지리산에 피해만 있는 것이 아니라 거기서 어떤 방식으로든 독립운동을 하자는 것 아닙니까."

"그래도 저는 작정했습니다. 혼자 하는 것보다 둘이 하는 게 나을 거라고 말입니다."

"그건 그렇게 안 됩니다. 지금 당장 독립 전쟁을 일으키자는 게 아니니까요. 보다도 숙자 씨는 후방에 있으면서 어떤 방법을 써서 박군을 뒷바라지해주는 게 효과적일 겁니다. 옷을 마련해 보낸다든가, 약을 보낸다든가, 책을 구해 보낸다든가……."

"……."

"만일 말입니다. 숙자 씨가 조국의 독립이니, 일제에 대한 항거니 하는 뜻 이외에, 박태영 군을 사랑하기 때문에 한시라도 떨어져 살 수 없다, 독립운동이야 어떻게 되건 같이 살 수만 있으면 그만이다 하는 생각이시라면 나는 절대로 만류하지 않겠습니다. 같이 가시도록 권하겠습니다. 어떻습니까."

"제가 같이 가는 게 독립운동에 방해가 될까요?"

숙자는 눈에 글썽하게 눈물이 맺혔다.

"그런 뜻이 아닙니다. 박군이 생존하고 활약하는 데 방해가 되지 않을까 하는 생각을 말한 건데요……."

"꼭 그렇다면 전……."

"만일 숙자 씨가 제 말을 순순히 들어주신다면 약속을 하지요. 나도 지리산으로 들어갈 거니까, 거기서 살아갈 수 있는 기반을 잡기만 하면 어떤 방법을 써서라도 숙자 씨를 모시도록 하겠습니다. 숙자 씨 같은 분을 모실 수 있도록만 되면 우린 일단 성공한 셈이 되니까요. 그런 정도의 상황을 만들기 위해서라도 우리는 더욱 노력할 겁니다."

"그럼 선생님도 지리산으로 가실 작정입니까?"

숙자의 눈이 빛났다.

"그렇습니다. 방금 결정했습니다. 숙자 씨와 이야기하는 도중에 그렇게 마음먹었습니다."

"그렇다면 좋아요. 전 연락이 있을 때까지 기다리겠어요. 선생님이 지리산으로 가신다면 안심이에요."

준규는 숙자의 자기에 대한 신뢰와 태영에 대한 애정을 골고루 느꼈다.

"그럼 그렇게 하기로 하고 앞으로의 계획을 짭시다."

준규는 후련한 마음으로 이렇게 말했는데, 숙자는 또 무슨 할 말이 있는 듯 망설이는 눈치를 보였다. 준규는 잠자코 기다렸다.

"선생님, 전 선생님 시키는 대로 하겠습니다. 그 대신 꼭 드릴 말씀이 있습니다."

숙자는 눈을 아래로 깐 채 꺼져갈 듯한 음성으로 말했다.

"말씀하십시오. 제가 할 수 있는 일이라면 뭐든 하겠습니다."

그러자 숙자는 조용한 목소리로 또박또박 말했다.

"태영 씨와 저의 결혼식을 올려주십시오. 오늘 밤에라도, 내일 밤에라도 좋습니다. 헤어지기 전에 말입니다."

숙자는 말을 끝내자, 준규의 대답을 기다리지 않고 밖으로 나가버렸다.

김숙자의 부탁도 당돌했거니와 박태영의 논리도 기묘했다. 준규의 입을 통해 숙자의 의사를 듣자, 태영은

"그거 이상한데요."

하고 고개를 갸우뚱하더니 말했다.

"결혼식은 부모님을 위해서 있는 것인데, 당자들만 있는 자리에서 무슨 결혼식이 필요합니까?"

"박군, 무슨 소릴 그렇게 하오."

"아닙니다, 선배님. 나와 숙자 씨로 말하면 결혼을 해도 좋고 안 해도 그만인 이를테면 밀접한 사이입니다. 그런데 꼭 결혼식을 올려야 한다면 그건 우리들을 위해서가 아니고 부모님의 동의를 얻었다는 그런 의미가 돼야 할 것이란 말입니다. 결혼식이라고 하는 인습적인 절차를 고집한다면 말입니다."

준규는 태영의 말을 듣자, 머리가 좋은 사람에게 있기 쉬운 이론벽理論癖이란 걸 느꼈다. 그런 까닭도 있어 웃으며 말했다.

"내가 생각하기론 이 마당엔 논리가 필요없을 것 같은데요. 이왕 두 사람은 밀접한 사이이고, 숙자 씨는 그렇게라도 해두어야 이별을 해도 안심이 되겠다 하는 심정인 것 같으니, 그 의사를 존중해서 오늘 밤에라도 결혼식을 올리도록 합시다. 내가 주례를 맡을 테니 말이오."

그렇게 해서 그날 기묘한 결혼식이 나가토라는 마을에서 이루어졌다. 그 결혼식을 결혼식답게 하기 위해서 그 시골 여관의 주인과 종업원

은 물론 같이 투숙하고 있는 손님들도 나름대로 성의를 피력했다.

그런데 신랑과 신부는 자기들이 적당하다고 합의를 볼 때까지 동침은 하지 않기로 결정한 모양이었다.

이 사실이 또 준규를 놀라게 했다. 태영과 숙자를 만만치 않은 의지의 소유자로 보았다.

피로연이라고 해서 여관집에선 배급받은 술을 준비했다. 그런데 준규와 태영이 원래 술을 좋아하지 않아서 그건 전부 손님 차지가 되었다.

그날 밤, 준규는 잠을 이루지 못했다. 장난 같은 결혼식을 장난처럼 주례했지만 치러놓고 보니 감회가 솟았다. 그들 젊은 부부는 앞으로 영원히 서로 만날 날이 없을는지 모른다고 생각하다가 얼른 그 생각을 지워버리긴 했지만, 생각할수록 첩첩 태산이 그들의 앞날에 가로놓여 있는 것 같았다. 준규는 자고 있는 태영을 깨워 다른 방에 있는 숙자 곁으로 보내고 싶은 충동이 일었지만, 오랫동안 같은 방에서 지냈으면서도 서로 육체관계를 삼갔다는 그들의 의지를 생각할 때 부질없는 노릇이라고 아니할 수 없었다.

태영의 잠은 건전했다. 사상이 건전한 사람은 잠도 또한 건전하다는 생각을 해보며, 갖가지로 고민하고 망설이는 자기의 태도는 그만큼 사상이 허약하다는 증거가 아닐까도 생각했다.

'지리산으로 간다! 그것은 일제에 대한 단호한 항거를 의미한다. 일제라고 하는 그 억척 같은 세력을 적으로 하고 고립된 힘으로 지리산 속에서 과연 몇 해, 아니 몇 달이나 지탱할 수 있을까. 지리산으로 가는 것은 무덤을 찾아가는 행위와 조금도 다를 것이 없는 게 아닐까. 그러나 일본 병정으로 끌려가 개죽음을 당하는 것보다는 나을 것이다. 그러나……'

한없이 되풀이되는 '그러나'였다. 그런데 박태영은 앞날에 대한 조금의 불안도 없는 것 같았다. 박태영에겐 모든 것이 명쾌한 것 같았다. 물론 고민도 없다. 지리산으로 가는 것을 소풍이나 등산을 가는 기분으로 가려고 하는 것이다. 준규는 박태영에게서 배워야겠다고 결심했다.

이튿날 밤, 태영과 준규는 부두로 들어가는 어귀에서 숙자와 헤어져 연락선을 탔다. 눈물을 흘리는 한 장면을 예상했는데 숙자는 태연했다.
즐거운 여행을 전송하는 애인의 태도로, 긴 골마루를 빠져 나가다가 돌아보는 태영과 준규에게 상냥하게 손을 흔들어 보이기조차 했다.
"박군은 행복한 사람이오."
준규는 짐짓 부러운 듯 말했다. 태영이 수줍게 얼굴을 붉혔다.
"인생의 출발 지점에서 그러한 반려를 만난다는 건 대단한 일이오."
준규는 거듭 말했다.
2등 선실도 입추의 여지가 없었다. 벽에 몸을 기댈 수 있는 자리를 잡은 것만도 다행이었다. 발을 뻗을 수가 없어 무릎을 안은 채 밤을 새웠다.
"다시 이 배를 탈 날이 있을까."
준규가 혼잣말처럼 중얼거렸다. 그러나 그러한 감상은 태영에겐 통하지 않았다. 준규는 기왕 6년 동안 이 연락선을 타고 열 몇 차례 현해탄을 넘나들었다. 그동안 무엇을 배웠을까 하는 생각이 인다.
'가라테?'
하고 준규는 쓴웃음을 웃었다. 가라테는 스포츠로선 일류에 속한다. 그러나 무술로선 성립되지 않는다. 한 알의 소총 탄환도 감당하지 못하는 것이 무슨 무술이냐 말이다. 그렇다고 치면 허망한 6년간이었다. 송두리째 무위無爲로 보내버린 청춘! 그리고 그 남은 청춘을 가지고 모두들 전지戰地로 갈 채비를 하고 있다. 무기력한 반도의 학생들이여!

태영은 숙자를 생각하고 있었다.

'지금쯤 대판으로 가는 기차를 탔을까. 1년 넘게 집을 떠나 있었던 숙자에게 부모들이 심한 꾸지람이라도 하지 않을까. 차라리 같이 지리산으로 들어가는 게 좋지 않을까. 나는 토끼를 잡고, 숙자는 칡 뿌리를 파고……. 허나 대판으로 보낸 건 잘했다. 열 번 잘했다. 잘했고말고…….'

그는 또 무나카와를 생각했다. 어떤 산골에서 어떻게 지내고 있는지. 그 부자유한 발을 절뚝거리며 땔나무를 줍는 모습이 눈앞에 선했다.

어느덧 잠에 빠졌는데, 깨어보니 부산에 도착할 것이라고 모두들 서성거리고 있었다. 연락선에서 무사히 내리면 일단 성공하는 것이다.

트랩을 내려가려고 줄을 짓고 서 있는데, 싸늘한 갯바람이 사정없이 얼굴을 스쳤다. 현실의 바람이란 느낌이 강하게 가슴에 울렸다.

"저기……."

하고 하준규가 태영의 귀에 입을 대고 말했다.

"이만갑이란 놈이 있소. 저자와 나는 연락선을 탈 때마다 번번이 싸웠기 때문에 내 얼굴을 외고 있을 텐데……."

"외고 있드래도 만철의 사원을 어떻게 하겠소."

"그건 그렇지."

이만갑은 수상서水上署의 형사다. 유학생을 괴롭히는 데 있어서 이름난 형사다.

그런데 2등에서 내리는 손님이라서 그런지 준규와 태영은 별로 트집을 잡히지 않고 내릴 수 있었다 공원工員 차림의 태영과 륙색에 등산모를 쓴 하준규를 대수롭게 보지 않은 탓인지도 몰랐다.

준규와 태영은 부산역 앞, 어느 허술한 여관에 들어 아침 요기를 했다.

식사가 끝난 후 준규는, 노동식이란 친구의 집을 찾아 노동식의 안부를 전해야겠다면서 나갔다.

두 시간쯤 후에 돌아온 준규는,

"한 달 안으로 나오라고 노동식에게 전보를 쳤소. 그 집 사람들도 노동식 때문에 되게 시달리는 모양인데, 보나마나 우리 집도 난리났겠어."

하고 앞으로의 계획을 짜자고 했다. 두 사람은 다음과 같이 결정했다.

하준규는 곧바로 서울로 가서 거기를 기점으로 하여 각 지방의 친구를 찾아보고 다시 부산으로 내려와 동경에서 노동식이 돌아와 있으면 그를 데리고 고향으로 돌아간다.

박태영은 진주로 가서 산에서 살기 위해 필요한 물건들을 대강 준비해 가지고 일단 집에 들렀다가 산으로 들어가 하준규가 오길 기다린다.

준규와 태영이 만날 곳은 둘 다 지리를 잘 알고 있는 덕유산 은신골로 정했다. 은신골은 이 태조의 스승 무학 대사가 일시 모함에 몰려 피신했다는 유서가 있는 곳이다. 첩첩산중이며 가장 가까운 마을과도 30리 이상 떨어져 있어서, 설혹 경찰이 알아차렸다고 해도 설불리 손댈 수 없다는 데 그곳으로 정한 이유가 있었다.

그리고 그곳은 하준규의 집에선 50리, 태영의 집에선 40리의 거리에 있어 불편하나마 연락을 취할 수 있다는 데 또한 이점이 있었다.

"힘들더라도 식량과 방한구는 여유 있게 준비해가야 되오. 나는 1월 20일 친구들이 떠나는 것을 보고 들어갈 테니까 그동안 너무 초조하게 생각지는 마소. 1월 25일경엔 꼭 은신골로 가리다. 수동에서 넘어가는 고개 근처에서 그날 기다려주면 좋겠소."

이 말을 남겨놓고 하준규는 서울행 기차를 탔다.

태영은, 서울행 열차에 오르는 하준규의 모습이 아직도 망막에 남아 있었다. 하준규와 더불어 자기 자신도 떠나버린 것 같은, 여기 이렇게 남아 있는 것은 자기 자신이 아니라 자신의 그림자일 수밖에 없다는 감상이 안타까웠다. 박태영은 왠지 모르게 고독감의 엄습을 받고, 아직 시간이 있는데도 대합실 한구석에 눌러앉아 진주행 기차를 기다릴 작정을 했다.

바로 엊그제 서로 흉금을 열어 보인 사이이고 불과 이틀을 같이 지냈을 뿐인데 하준규가 그처럼 가까이 느껴지는 것이 이상하기도 했다. 태영은 그것을 자기가 고독한 탓이라고 풀이했다. 아닌 게 아니라 이처럼 사람들이 붐비며 살고 있는데도 서로 마음을 털어놓고 의지할 수 있는 사람은 하준규밖에 없는 것이다. 김숙자의 존재는 태영의 마음을 따뜻하게 했으나, 그의 어두운 마음의 공동에 켜진 한 자루의 촛불일 뿐이었다. 그리고 빨리 잊어야 할 이름인지도 몰랐다.

태영은 또 동경에 남은 이규를 생각했다. 이규의 성격은 태영의 반발을 자아내는 요소를 모조리 지니고 있지만, 태영은 그만은 이해할 수가 있었다. 그의 우정만은 잃고 싶지 않았다. 그래서 이규가 일본 군대에 들어가지 않길 원했다. 어떻게 하든 이규가 일본 병정 노릇을 하지 않고 배길 수만 있었으면 하는, 비는 마음조차 솟았다.

"봉천행 열차의 개찰을 시작합니다."

라우드 스피커를 통해 들려오는 소리에 태영은 생각에 잠겼던 얼굴을 들었다. 국방복을 입은 사람, 바지를 입은 여자, 때 묻은 두루마기를 입은 노인, 그밖에 각양각색으로 치장한 남녀노소가 개찰구를 향해 열을 지은 채 움직이고 있었다. 저마다 보퉁이이며 가방이며를 지기도 하고 들기도 한 그 행렬의 움직임을 멍청히 바라보면서 태영은, 그들은 지금 각기 인생의 어느 시점을 통과하고 있는 것이라고 느꼈다.

'갈 곳이 있어서 간다. 가야 하니까 간다. 그러나 이르건 늦건 그 앞엔 죽음의 종착역이 있을 뿐 아닌가.'

그러고 보니 그 행렬은 죽음의 행렬인 것이다. 태영은 자기도 그 죽음의 행렬의 열외일 수는 없다는 마음과 더불어 자기의 죽음을 막연하게나마 예측해보았다.

'나는 과연 어떤 죽음을 맞을 것인가? 노예로 비참하게 죽진 않겠다는 것은 이미 작정된 일이다. 싸움터에서 죽을까? 내 죽음에 영광이 있을까? 외로운 죽음을 맞게 될까? 어떤 죽음을 맞건, 나는 나의 신념과 일치된 죽음을 맞아야 한다.'

그러나 자기의 죽음이란 것이 태영의 실감으로썬 구체화되지 않았다.

"죽기 전에 죽음을 알 수는 없다. 죽은 후에도 죽음을 알 수가 없다. 사람이란 죽음을 알 수 없는 것이다. 그러니 죽음에 대해서 생각한다는 건 시간의 낭비일 뿐이다."

어느 기회엔가 죽음이 화제에 올랐을 때 무나카와가 한 말이다. 이 말을 상기하면서 태영은 죽음에 관한 상념을 뇌리에서 추방하기로 했다. 그 대신, 봉천으로 갈 수도 있고 그밖의 곳으로 갈 수도 있는데 하필이면 진주로 가야 하는 의미를 생각하기로 했다. 태영에게 있어서 진주로 간다는 것은 고향으로 간다는 뜻이 아니고 지리산으로 간다는 뜻이다. 지리산으로 간다는 것은 일본의 지배에서 벗어난다는 뜻이다. 소극적이건 적극적이건 일본에 항거한다는 의미로 요약할 수 있다. 일본의 지배에서 벗어난다는 것은 영광스러운 탈출이라고 할 수 있다. 그러나 그건 패배와 죽음에의 길인지도 모른다. 몇 번이고 생각하는 것이지만, 이런 생각을 할 때마다 태영은 흥분한다. 흥분한 그의 눈은 주위의 군중을 흘겨보는 빛깔로 되고, 그의 마음의 소리는 메아리 없는 내심의 고함이 된다.

'여기 식민지의 어느 항구, 추잡하기 짝이 없는 정거장의 한구석에 장차 이 나라를 구할 영웅이 앉아 있다!'

소년의 객기를 벗어나지 못한 유치한 마음의 수작이란 걸 태영 자신도 모르는 바는 아니다. 그러나 이러한 상념이 태영의 자세를 지탱하는 정열의 원천이며, 그로 하여금 지리산으로 들어가게 하는 원동력인 것이다.

'마르세유 역마차 정거장의 한구석에서 나폴레옹도 지금의 나처럼 초라한 행색으로 웅크리고 앉아 있던 시절이 있었을 것이다.'

이와 같은 의식이 뇌리에 무늬를 새기게 되면 태영은 시름을 잊는다. 시간의 지루함도 모른다.

부산에서 진주로 이은 철도를 경전 남부선慶全南部線이라고 한다. 1943년 무렵, 장차 전라도 순천으로 이을 작정으로 지은 이름이긴 했지만, 그 철로는 진주를 종착역으로 하고 있었다. 기차는 진주와 부산에서 각각 새벽 네 시와 오후 다섯 시에, 그러니까 두 차례 출발한다. 새벽 기차는 통학 기차의 역할을 하고 있었기 때문에 다섯 시간 내외에 목적지까지 도착했지만, 오후 다섯 시에 출발하는 기차는 멋대로 늑장을 부려 어떤 때는 일곱 시간, 심할 때는 여덟 시간이 걸리는 경우도 있다. 그래도 객차를 두세 개, 화차를 한 개 달고 내왕하는 그 기차가 서부 경남의 오지와 부산과 서울을 잇는 유일한 교통 수단이며 문화의 이기

利器였던 것이다.

오후 다섯 시를 몇 분쯤 앞두고 태영은 기차에 오르면서, 8년 전 국민학교 6학년 때 처음으로 그 기차를 탔던 기억을 되살렸다. 연통에서 나는, 때론 검기도 하고 때론 희기도 한 뭉게 연기, 공기를 찢는 듯한 기적소리, 힘찬 피스톤의 박력, 철길을 마찰하며 굴러가는 바퀴 소리, 모두가 신기하기만 했다. 그때 태영은 스티븐슨이란 이름을 마음에 깊이 새겼고, 먼 훗날 자기도 스티븐슨 같은 사람이 되어야겠다고 다짐까지 했었다.

태영은, 스티븐슨을 꿈꾸던 소년이 자라 나폴레옹 꿈을 꾸게 된 스스로를 쓴웃음과 더불어 반성하며 화차 바로 앞의 칸 맨 뒤 구석에 자리를 잡았다. 태영의 좌석 근처는 생선 장수 아낙네들로 붐볐다. 그들이 갖고 들어온 생선 광주리에서보다 그들의 몸에서 풍겨내는 비린내가 더욱 강렬했다. 비린내와 더불어 아낙네들은 마구 지껄여졌다. 도매상에 대한 욕지거리, 경기가 좋지 못한 세상에 대한 불평, 동료에 대한 험담, 두서도 없이 차례도 없이 지껄여대는 아낙네들의 새살거림을 듣고 있노라니까 머리가 아플 지경이었다.

기차가 겨우 부산역을 떠났다 했더니, 몇백 미터도 채 못 가 초량역에 섰다. 거기서 또 손님을 잔뜩 태우고는 조금 달리다가 부산진역에 섰다.

부산진역에서 차는 입추의 여지가 없을 만큼 꽉 찼다. 통로에서 생선 장수 아낙네의 생선 냄새가 밀려올 뿐만 아니라, 생선 자국이 난 스웨터의 앞자락이 태영의 얼굴을 스칠락 말락 했다.

태영은 영락없는 짐짝이라고 생각했다. 짐짝처럼 실려 짐짝처럼 취급을 받아도 좋다고 행동하는 사람들에게 불평이 있을 수 없다. 이대로 실어다가 바닷속에 쏟아버려도 모두들 아우성은 치겠지만 반발은 안 할 것이 아닌가 생각하니, 태영은 차의 사람들에게 맹렬한 증오를 느꼈다.

콩나물시루 같은 차가 사상, 구포, 물금 등지를 지나선 약간 공간을 갖게 되고, 삼랑진에 도착했을 때는 이곳저곳 빈자리가 생겨났다. 삼랑진에서 공무원으로 보이는 국방복의 사나이 셋이 태영의 좌석 근처로 오더니, 태영 바로 앞자리에 앉은 두 사람을 다른 곳으로 가라고 공갈조로 말하고 그 자리에 앉았다. 앉기가 바쁘게 한 사람이 일본말로 말했다,

"데이모토 기테技手, 당신은 번갯불에 콩 구워 먹는 사람이다. 그 사이에 여관집 안주인을 홀딱 잡아먹었으니 대단한 기술이재."

"순창 여관집 안주인 말가?"

다른 한 사람이 이렇게 받더니,

"그럼 군청의 니시카와 군속群屬하고 데이모토 기테는 동서간이 되었구마."

하고 깔깔 웃었다.

"동혈동서 아니가."

먼저 말을 꺼낸 자가 빈정댔다.

"남이사 뭣을 하든 왜 그렇게 간섭이 많노."

이렇게 말하는 사나이가 데이모토 기테인 것 같았다.

이어

"한잔 내라."

느니

"안 내면 소문을 퍼뜨리겠다."

느니 하는 익살이 오갔다. 그리고

"맛이 어떻더냐."

는 등 얘기가 거칠어지더니 서로 경쟁하듯 음담패설을 늘어놓았다. 오가는 말의 내용을 보니, 쌀 공출을 독려하러 나갔다가 돌아가는 군청 직원이나 면 직원이었다.

화제가 살짝 바뀌었다.

"아무래도 리노이에 서기李家書記가 그 상남골 생과부를 조진 모양이던데."

"상남골 생과부? 지원병으로 나간 사람의 마누라를?"

"출정 가족을 건드렸다간 큰코다칠 긴데!"

"누가 알도록 하나 뭐. 그 리노이에 녀석은 공출 독려보다 계집 사냥이 전문 아닌가."

"그 자식, 일본인 순사부장의 마누라도 먹었다는데 참말이가."

"아니 땐 굴뚝에 연기 날까. 그런데 그 순사부장 마누라는 색골인가 보지? 면사무소 앞 문 대서文代書하고도 붙었단 말이 있거든."

"아무래도 그 부장의 물건이 시원찮은 모양이지?"

"이상도 하지. 하몬 어디서 하노."

"마산이나 김해에 나가서 하는 모양이더라."

이런 얘기를 듣고 있으니 한편 불쾌하고 한편 흥미롭기도 했는데, 그 자들은 진영에서 내려버렸다. 태영은 인간 생활의 헝클어진 내막의 일단을 새삼스럽게 느낀 것 같은 기분으로 우울했다

마산에서 탄 손님은 대부분 학생들이었다. 국방색 정복에 각반을 차고 배낭을 멘 그들은 우르르 쏟아져 들어오더니 재빠르게 빈자리를 찾아 앉았다. 태영의 앞자리에도 두 학생이 앉았다. 금장襟章에 4자가 붙

은 학생들이었다. 그들은 메었던 배낭을 벗어 무릎 위에 얹고 서슴없이 일본말로 얘기를 주고받기 시작했다. 분명히 조선인 학생들인데 서로 부르는 이름은 일본식이었다.

"오이, 안토."

하면

"나니카, 가네다."

하는 투로 주고받는 꼴이 아니꼽기 짝이 없었다. 태영은, 국방색 정복을 입지 않겠다는 문제와 창씨 개명을 하지 않겠다는 문제로 심한 반발을 하다가 드디어 퇴학을 당한 자기의 중학 시절을 상기하며, 중학생의 기풍이 이처럼 달라졌나 하는 감회에 젖었다. 참으로 기막힐 노릇이라고 할 수도 있었다. 하지만 중학생들의 그런 언동을 비난할 건더기가 없었다. 대세가 그렇게 흐르고 있고, 어른들이 그렇게 가르치고 있으니 말이다. 뿐만 아니라, 명색이 고등 교육을 받는 전문학교, 대학의 학생이 일본의 용병 노릇을 하겠다고 강제에 못 이겨 지원을 하는 판국이 아닌가. 태영은 팔짱을 끼고 눈을 감아버렸다. 가능하다면 귀까지 막아버리고 싶었다.

"에가와는 소년 항공병으로 간다 하더라."

"나는 요카렌豫科練이 좋을 것 같애. 이왕 항공병으로 갈라면······."

"조금 더 있다 육군사관학교에 가지."

"나는 해군병학교에 가고 싶어. 그 정복, 멋이 있거든."

"어딜 가나 천황 폐하께 충성만 다하면 될 것 아닌가."

"그야 그렇지."

"사쿠라처럼 활짝 피었다가 활짝 져버리는 야마토 다마시."

태영은 아무리 감정을 억누르려고 해도 참을 수가 없었다. 눈을 날카롭게 뜨고 앞자리의 중학생들을 노려보다가, 그러나 격하지 않게 목소리를 죽이고 입을 열었다.

"학생들은 그토록 일본의 천황 폐하에게 충성을 다하고 싶소?"

"물론 그렇습니다."

하나가 태영의 초라한 모습을 경멸이 찬 눈초리로 훑어보면서 일본말로 대답했다.

"당신들은 우리말 할 줄 모르오?"

"왜 몰라요?"

역시 일본말로 다른 하나가 말했다.

"그렇다면 우리말로 물었을 때는 우리말로 대답하는 게 어떻소."

"고쿠고 조요國語常用를 해야 하니까 조선말은 안 합니다."

"고쿠고라니, 일본말이 고쿠고란 말이오?"

"물론 그렇소."

"그럼 학생은 집에 가도 일본말만 하겠네요?"

"물론이오. 우리 집은 고쿠고 조요노 이에國語常用之家니까."

하고 그는 제법 뽐내며 말했다. 태영은 버럭 고함을 질러 그들을 힐난하고 싶었다. 그러나 꾹 참고 물었다.

"학생들은 어느 학교에 다닙니까?"

"마산중학교요."

태영은

'그럼 그렇지.'

하고 고개를 끄덕였다. 마산중학교는 태영이 중학교에 입학할 무렵 신설된 일본인 중심의 학교이며, 정원의 3~4할은 조선인 학생으로 충당한다는 사실을 알고 있었기 때문이다. 그렇다고 치더라도 너무나 해괴

하다는 생각이 들었다.

'더욱이 고쿠고 조요노 이에가 뭐꼬…….'

그 무렵 일본어를 상용시키기 위해 그런 집 문간에 표창하는 뜻으로 '고쿠고 조요노 이에'란 간판을 붙이기로 되어 있다는 얘기를 들은 적이 있었지만, 차마 그처럼 뻔뻔스런 사람이 있으리라곤 상상하지도 않았던 것이다. 태영은 도저히 그냥 지나쳐버릴 수 없다는 울분에 사로잡혔다.

"그럼 학생들은 우리말을 영영 버릴 작정이구먼요."

태영은 흥분을 가라앉히고 조용히 물었다. 하나가 대뜸 대답했다.

"내선일체 일시동인에 방해가 되는 그런 말은 마땅히 버려야 하죠."

태영은 뱃속부터 떨리기 시작하는 자기 자신을 느꼈다. 폭발시키지 않곤 견딜 수 없는 감정이란 예감도 솟았다. 하지만 어디까지나 참아야 했다. 태영은 다시 물었다

"혹시 우리말이 필요할 땐 어떻게 할 건데요?"

"그런 때는 없을걸요."

다른 하나의 대답이었다.

"그렇다면 학생들은 이번 전쟁에 일본이 꼭 이길 것이라고 믿고 있소?"

"이기고말고요. 신슈 후메쓰神州不滅인걸요."

하나가 단호하게 말했다.

"신코쿠 닛폰神國日本이 기치쿠 베에이鬼畜米英에 질 턱이 있소?"

다른 하나도 역시 단호하게 말했다.

장소와 시간이 적당하기만 하면 이런 따위를 도저히 그냥 둘 순 없지만 기차간에선 불가능한 일이었다. 태영은 화제를 돌렸다.

"학생들, 요즘 영어를 배우오?"

"일주일에 두 시간쯤 해요."

"착실히 배워두시오."

"원수의 말을 배워서 무엇하게요?"

태영은 이미 상대하기도 싫은 기분이 되어 있었다. 그러나 말을 꺼내놓고 호락호락 후퇴해버린다는 건 그의 성격이 용서하지 않았다. 태영은 차근차근 설명할 작정을 세웠다.

"첫째, 세계가 넓다는 걸 알아야 하지 않소. 둘째, 세계엔 여러 나라가 있다는 걸 알아야 하지 않소. 셋째, 영어를 통해야만 배울 수 있는 문명과 사상이 있다는 걸 알아야 하지 않소. 그리고 일본이 이기지 못할지도 모르는 일 아니오, 그러니까 우리말도 버리지 말아야 하는 거요."

"뭐라구요?"

학생 하나가 날카롭게 물었다.

"일본이 이기지 못한다구요?"

"일본이 꼭 승리할 것이란 보증은 아무 데도 없소."

그러자 그 학생은 벌떡 일어서더니 손가락으로 태영을 겨누며

"당신은 히코쿠민非國民이오."

하고 고함을 질렀다. 기차 바퀴 소리와 찻간의 시끄러운 말소리를 울려퍼질 만한 큰 소리였다. 찻간의 시선이 일제히 태영의 좌석 쪽으로 쏠렸다. 일순, 일체의 음향이 멎은 것 같았다. 태영은 순식간에 각오했다. 그리고 뱉듯이 말했다.

"너는 비인간이다."

"히코쿠민이 무슨 소리를 하느냐."

그 학생이 다시 한 번 고함을 질렀다. 태영이 그 학생의 뺨을 갈기고

싶은 충동으로 벌떡 일어서려는데 저쪽에서 성큼성큼 걸어오는 키 큰 학생의 모습이 시야에 들어왔다. 이미 각오를 한 태영은 우선 걸어오는 학생을 기다리기로 했다.

키 큰 학생이 태영의 좌석 곁에 와 멎더니 고함을 지른 학생을 보고 조용히 물었다. 조선말이었다.

"너, 지금 막 뭐라 했노?"

"이 사람이 일본이 질지도 모른다고 하잖아요. 그래서 히코쿠민이라고 했습니다."

고함을 지른 학생이 이렇게 말하자, 그 큰 학생은

"앉아서 얘기해."

하고 그 학생을 앉히고, 자기도 그 자리에 비집고 앉으며 태영을 말끄러미 바라보고 물었다.

"당신은 뭣하는 사람이오?"

"나는 대학생이오."

태영은 침착하게 대답했다.

"나는 마산상업고등학교에 다니는 학생입니다."

하고 모자를 벗고 앉은 채로 꾸벅 인사한 뒤, 비난을 섞은 투로 말했다.

"철없는 애들한테 그런 말을 하면 씁니까."

"나는 이 학생들을 나와 같은 동포라고 보고 말한 겁니다."

"이 학생들은 기차 통학을 하는 학생 가운데서는 애국 소년으로 이름나 있는 학생들입니다. 그런 학생들에 대해서 당신은 대단한 잘못을 범한 겁니다."

하고 상업학교 학생은 중학생들을 돌아보며

"선배 되시는 분이 실수를 했다고 해서 고함을 지르면 쓰나. 사과해."

하고 나직이 나무랐다. 그러나 고함을 지른 학생은 시무룩한 표정을 풀지 않은 채 입을 열지 않았다. 키 큰 상업학교 학생은 안타까운 표정으로 비좁은 자리에 그냥 앉아 말을 할까 말까 망설이는 듯했다.

기차는 따분한 찻간의 분위기를 그대로 안은 채 계속 달리고 있었다.

"이 찻간에 경찰관이나 그 끄나풀이 없어서 다행이지 큰일날 뻔했어."

상업학교 학생은 이렇게 중얼거리고, 이어 중학생들을 보고 말했다.

"다행은 너희들이 다행이야. 만일 이 대학생이 붙들리기라도 해봐라. 너희들이 고자질한 탓으로 안 되겠나. 그렇게 되면 너희들은 애국 소년이기에 앞서 비열한 인간이 되는 거다. 애국자일수록 떳떳해야지, 비열한 애국자는 대접을 못 받는다."

태영은 그 상업학교 학생이 자기를 위해 무척 신경을 쓰고 있다는 것을 느꼈다. 그래서 몇 마디 중학생들에게 쏘아주고 싶은 말을 참았다. 모처럼 탈 없이 수습하려는 그 학생의 노력을 헛되게 하기가 싫어서였다.

그런 일이 있고 30분쯤 뒤에 기차는 함안에 도착했다. 앞자리의 중학생들과 상업학교 학생이 대부분의 학생과 더불어 기차에서 내렸다. 거의 비다시피 한 찻간을 둘러보며 태영이 아까의 사건을 돌이켜보려는데, 뒤에서 상업학교 학생이 불쑥 나타났다. 그리고

"그애들 걱정은 마십시오. 뒷일은 없을 겁니다."

하고 황급히 내려가는데, 서로 주소와 이름이나 알아두자고 태영이 그를 만류했다. 그는 함안읍에서 사는 안명제란 이름의 학생이었다. 태영은 그의 주소와 이름을 수첩에 적고,

"박이라고만 적힌 편지가 가거든 내가 보낸 것으로 아시오."

하는 말과 더불어 악수를 청했다. 그와 헤어지고 움직이기 시작한 기차 속에서 태영은 속으로 중얼거렸다.

'늑장을 부리는 기차도 쓸모가 있구나!'

함안 다음이 군북이다. 군북을 지나니 찻간은 다섯 사람을 남기고 빈 칸이 되었다. 갑자기 한기가 심해졌다.

'조선인이 타는 기차엔 스팀도 소용없다.'

라고 뇌까림직한 일본인의 약삭빠른 표정이 눈앞에 어른거렸다. 태영은 추위를 잊기 위해서라도 아까의 사건을 돌이켜보기로 했다.

"당신은 히코쿠민이오."

하고 손가락질하며 고함을 지른 그놈의 뺨을 보기 좋게 갈겨주지 못한 것이 아무래도 원통했다. 상업학교 학생이 나타나지 않았으면 태영은 상대방의 면상을 후려갈겼을 것이다. 만일 그렇게 되었더라면 싸움이 벌어졌을 것이고, 그 결과 태영은 경찰 신세를 지게 되었을지 몰랐다. 그렇게 생각하니 등골이 오싹했다. 안명제란 학생에게 곧 감사의 편지를 써야겠다는 마음이 일었다.

'그러나저러나 앞으론 절대로 장소와 시간을 가리는 신중성을 잃어선 안 되겠다.'

무나카와의 말이 되살아났다.

"혁명가는 붙들려선 안 된다. 붙잡힌다는 건 가장 너그러운 뜻으로 포로가 된다는 말이고, 포로가 되면 행동력을 잃는다. 행동력 없는 혁명가는 난센스다. 최악의 경우에 죽음이 있고, 결정적인 패배로 통한다. 정신 무장이란 사소한 실수도 하지 않겠다는 각오다."

한기가 심하면 생각의 맥락이 헝클어진다. 태영은 서너 줄 앞의 의자에 때 묻은 흰 두루마기를 입고 보기에도 민망스럽게 추운 모습으로 웅크리고 있는 노인을 보고 그리로 자리를 옮겼다.

자기의 맞은편에 낯선 청년이 와 앉아도 무표정한 얼굴로 오들오들

떨고 있는 노인에게 태영은 말을 걸었다.

"어른께선 어디까지 가십니꺼?"

시골 노인을 만나면 태영의 말은 순진한 사투리로 변한다.

"덕산까지 가오."

노인의 음성엔 가래가 말려 있었다.

"덕산이 고향입니꺼?"

"그렇소."

덕산이란 바로 산청 쪽 지리산 밑에 있는 마을 이름이다. 태영은 그 노인이 덕산에 집을 가지고 있다는 사실에 관심을 가졌다. 그러나 노골적으로 그런 관심을 표명할 수는 없어 다시 물었다.

"그린디 어딜 가셨다가 오십니꺼."

"나남 갔다 오는 길이오."

"나남이라니, 함경도 나남 말입니꺼?"

"그렇소."

"나남은 왜 갔습니꺼?"

"내 막내놈이 나남의 군대에 있소."

"지원병으로 간 기구만요."

"지원병인지 뭔지 하이간 거기 있소."

노인은 쿨룩거리더니 가래를 뱉었다. 숨이 가쁜 듯했다. 태영은 한참 동안 사이를 두고 다시 말을 건넸다.

"면회하러 가신 기로구만요. 그린디 아드님은 잘 있습디꺼."

"잘 있으몬 오죽이나 좋겠소, 성찮은 걸 보고 왔는디……."

노인은 한숨을 섞어 말했다. 성찮다는 말은 건강하지 않다는 뜻이다.

"그라몬 병원에 있겠네요?"

"그기 병원인가, 부대의 병실에 있다쿱니다."

노인은 울먹였다.

"걱정이 되시겠습니다."

"조금쯤 아푼 기 무어 걱정이겄소, 풍문으로 들응깨 그 부대가 곧 어디로, 남쪽인지 북쪽인지 아직 모르긴 해도 가는 모양인디, 그 아픈 애를 우짜할 낀고, 그기 걱정인디……. 그렇다고 우짜겄소. 하는 수 있소?"

'하는 수 있소?'라는 노인의 말투는 처량했다.

'하는 수 있소?'

단군 이래 우리 백성이 수없이 되풀이해온 말이다. 전 세계의 노예들이 입에 담아온 말이다.

'하는 수 있소?'

태영은 생각했다. 하늘이 무너지고 땅이 꺼져도 자기는 이 말만은 입 밖에 내선 안 된다고 다짐했다. 태영은 새삼스럽게 일본의 병정으로 나가지 않겠다고 한 자기의 결심이 썩 잘 된 것이라고 느꼈다. 그러나 화제를 바꿀 필요가 있었다.

"금년 농사는 풍년이라지요?"

"풍년?"

하고 노인은 쿨룩거렸다. 그리고 가래가 맺힌 소리로 중얼거렸다.

"풍년이몬 뭣 하겄소. 수 물고, 공출 내고, 빈 빗자리 울러메고 타작 마당에서 돌아오는 팔잔디."

태영은 차곡차곡 노인의 가정 사정을 물었다. 노인은 일곱 두락을 소작하고 있었다. 금년 추수는 15석이었다. 그런데 소작료로 7석 반을 물어야 하고, 공출로 3석을 내야 했다. 그러니 계산상으론 4석 반이 남는 셈이지만, 계곡契穀을 비롯한 잡부금을 떨고 나니 쌀 한 톨 남지 않은 형편이 되었다고 한다. 그리고 그 노인이 사는 마을 소작인 전체의 사정이 이와 같다고 덧붙였다. 그 노인이 사는 마을만이 아니라 반도 전체 소작인의 사정일 것이라고 태영은 짐작했다.

"그럼 뭘 묵고 삽니꺼."

"못 죽어서 사는 기지. 하나, 우리 집은 나은 편이오. 내 큰아들이 반머슴살일 한께 그 사경 덕에 굶진 않는 형편이오."

반머슴이란 하루 걸러 머슴살이를 하는 사람을 말한다.

"쌀 공출만 해도 버급한디, 요새는 송탄유 짜 내놔라, 놋그릇 내놔라, 안 내놓으란 기 없응깨."

"놋그릇도 내놓으라쿱니까."

"놋그릇뿐인가배. 순갈도 젓가락도 대야도 요강까지도 다 내놓는 판인디……. 그런디 선부 사는 동네가 어딘디 그런 것도 모르요?"

"전 일본에 있었습니다."

"일본에는 공출이 없소?"

"있겠죠. 그러나 놋그릇 공출 말은 못 들었는디요."

농촌 사정을 태영인들 모를 까닭이 없었지만, 연방 쿨룩거리며 신음하는 노인의 입을 통해 듣고 보니 더욱 비참한 빛깔이 짙었다.

태영은 자기의 상의를 벗어 노인의 어깨를 덮어주고 잠깐만이라도 잠을 청하라고 일렀다. 그리고 생각에 잠겼다.

'이와 같은 가난에서 백성을 구해내는 방법은 없을까.'

'아무리 이 나라가 가난하다 해도, 일본놈의 수탈만 없으면 굶어 죽는 사람은 없앨 수 있지 않을까.'

'수확의 반을 거둬가는 그 가혹한 소작 제도를 어떻게 하면 개량할 수 있을까.'

태영은 자기의 문제와 포부가 결국 여기에 있다고 재확인하고, 이 문제에 충실한 한, 결코 고독하지 않을 것이라고 믿었다.

시모노세키의 부두에서 헤어진 김숙자의 모습이 눈앞에 되살아났다. 그 모습을 눈앞에 그리고 있으면 용기가 난다.

기차가 터널 속으로 기어들었다. 높은 기적 소리와 함께 터널에서 빠져 나가자, 진주의 불빛이 시야에 들어섰다. 드디어 종착역에 도착한 것이다. 태영은 노인을 부축하고 개찰구로 나왔다. 대합실에 걸린 시계가 열한 시 반을 가리키고 있었다.

'종착역에 밤 열한 시 반 도착!'

태영은 감회가 다시 한 번 종착역이라는 데 서성거렸다. 훗날 박태영은 비통한 마음으로 이 종착역이란 의식을 되씹게 된다.

노인은 이름이 강대원이라고 하고, 집은 덕산 대원사大源寺 건넛마을에 있다고 했다. 태영은 그 노인을 옥봉동 고갯마루에 있는 그의 딸 집에까지 데려다주고 서봉동 하영근 씨 집으로 향했다. 밤중에 남의 집을 찾는 게 실례되는 줄은 알지만, 혹시나 여관 같은 데서 자다가 임검에라도 걸리면 곤란해서 실례를 무릅쓰기로 한 것이다.

하영근 씨 집 대문 앞에 섰을 때 어디선가 울려오는 열두 점을 치는 시계의 종소리를 들었다. 그 종소리를 다 헤아리고 나서 태영은 대문을 두드렸다. 좀처럼 반응이 없었다.

"하 선생님."

하고 소리를 높이고 대문을 좀더 강하게 두드렸을 때, 안채로 통하는 문이 열리고 불빛이 어두운 뜰로 흘러내리는 것이 대문 틈으로 보였다. 조금 기다리고 있으니 왼쪽 행랑채에서 누군가가 나와 대문 안쪽에 서서

"누구십니꺼?"

하고 물었다. 소리의 주인은 태영도 잘 아는 '금쇠애비'라고 불리는 늙은 하인이었다.

"내요, 박태영이란 학생이오."

대문의 빗장을 뽑는 소리와 함께 문이 열렸다.

"학생이 밤중에 웬일이오?"

금쇠애비가 태영을 알아보고 이렇게 말했다. 태영이 인사 겸 물었다.

"그동안 잘 있었소? 선생님은 계십니까?"

"서방님은 주무시고 계십니다."

금쇠애비가 대문의 빗장을 지르고 있을 때 사랑채에서 불이 켜졌다. 대문간에서 나는 소리를 하영근 씨가 들은 모양이었다.

잠옷 바람이었지만 하영근 씨는 태영을 반갑게 맞이했다. 태영은 인사를 끝내고 밤늦게 찾은 이유를 변명 삼아 말했다. 하영근 씨는 잘 왔다면서 물어보지도 않고 저녁 식사 준비를 하라고 하인에게 일렀다.

식사를 전후해서 태영은 자기가 취할 바 태도와 앞날의 계획을 모조리 털어놓았다. 하영근 씨는 태영의 말을 끝까지 듣더니 조용히 말했다.

"나는 박군의 사상을 잘 이해한다. 그런데 한 가지 이해할 수 없는 점이 있다."

태영이 다음에 이어질 영근의 말을 기다렸다.

"왜 그렇게 조급하게 서두르는지 알 수가 없단 말이다. 무엇 때문에 그처럼 숨가쁘게 덤비느냐 말이다."

"옳으냐 그르냐가 문제이지, 서두는 게 어디 문제가 되겠습니까. 옳은 일이라면 서둘러야지요. 덤벼야죠."

태영은 침착하게 말했다.

"아무리 옳은 일이라도 서둘러서 될 일이 있고 서둘렀기 때문에 망쳐지는 일이 있는 법이다. 지금 자네에게 가장 소중한 일은 자네 자신을 잘 간수하는 것이다."

"저 자신을 잘 간수하기 위해서 지리산으로 갈라쿠는 것 아닙니꺼."

"지리산에 가서 신선이 될 수양을 할 참인가?"

하영근 씨의 말이 약간 빈정대는 투로 되었다. 태영은 슬그머니 화가 났다.

"일본 병정 노릇을 하느니보다 화전민이 되겠다 이 말씀입니다."

"꼭 지리산으로 가야만 병정을 피하나?"

"그밖에 무슨 도리가 있겠습니까?"

"좀더 생각해보면 방법이 있겠지. 만주로 간다든가, 중국으로 간다든가……."

"여러 가지 다 생각해보았습니다. 그런 후에 지리산으로 가기로 작정했습니다. 세상 누구가 반대해도 선생님의 동의만은 얻고 싶습니다."

태영은 성의를 다해 말했다.

"세상 사람 모두가 찬성해도 내만은 찬성할 수 없다."

하영근 씨는 무겁게 말했다.

어색한 침묵이 흘렀다. 하영근 씨는 자기가 한 말이 지나쳤다고 생각했는지 어조를 부드럽게 해서 다음과 같이 말했다.

"나는 박군이 평범하게 살아주었으면 싶어. 결정적인 파탄이 있기까진 세상의 상식을 지키며 되도록 모가 나지 않도록 살아주었으면 좋겠다. 박군의 재능은 앞으로 우리 민족을 위해서 커다란 재산이 될 것이라고 믿기 때문에 하는 소리다. 비범한 인물의 가치를 나타내기 위해선 평범하게 살아야 하는 법이다. 이건 역설 같지만 진실이다. 모난 돌이

정 맞는다는 속담이 있잖나. 나는 박군의 거동을 보니 그저 위태로워. 너무나 모가 나 있기 때문에 정을 맞지 않을까 해서……. 지금 박군은 나이가 겨우 스물 아닌가. 스무 살 청년처럼 행동하면 될 게 아닌가. 비범한 빛깔은 저절로 광채를 발휘하는 법이다. 자기 자신의 진실을 지키며 세상 따라 산다, 그게 나는 최고의 지혜라고 생각한다. 대기만성大器晚成이란 말이 있다. 그런데 그 말은, 큰 인물은 늦게야 된다는 말이 아니라고 나는 생각한다. 큰 인물은 늦게까지, 나이가 많아 늙을 때까지도 성장한다는 뜻이라고 나는 생각해. 나는 박군이 지금 당장 무슨 보람을 이룩하기보다 30, 40, 50, 60, 70세까지 성장하는 큰 인물로서 보람이 나타나도록 했으면 좋겠다."

"그러기 위해선 세상 따라 일본 병정 노릇을 해도 좋단 말씀입니까?"

태영은 하영근 씨의 언제나 도학자연한 설교에 발끈 반발하는 습성이 있어서 이렇게 말했다.

"아냐, 병정을 피하기 위해 지리산에까지 들어가진 않아도 무방하지 않을까 해서 한 말이다."

"지리산에 가는 게 뭐 나쁩니까."

"나쁘다는 게 아니라 극한적인 방법을 지레 쓸 필요는 없단 말이다."

"전 극한적인 방법을 써야 할 극한적 상황에 있는 사람입니다."

"그런 걸 피해망상증이라고 하는 기다."

"저는 현재의 상황에서 극한적 상황을 느끼지 않는 사람들을 노예근성 소유자로 봅니다."

태영이 자기도 모르게 격한 소리를 했다. 하영근 씨는 힘없이 웃었다.

"자네 같은 고집쟁이를 설복시키려고 한 내가 잘못이지."

그러고는 일본의 이번 전쟁에 있어서의 승패가 화제로 되었다. 하영근 씨도 일본의 패배를 예견하고 있었다. 그러나 그 예견은 어디까지나 관념적인 것으로, 실감으로 성숙되어 있는 것이 아니란 사실을 박태영은 간파했다. 박태영은 무나카와의 의견을 인용하여 일본이 3년 이내에 패배할 것이란 주장을 내세웠다. 그리고

"일본이 패배하면 카이로 선언에 의해서 우리나라는 독립되는 겁니다. 그때까지 저는 지리산에 숨어 살자는 겁니다."
하고 열을 띠어 덧붙였다.

"일본이 결정적으로 패배하지 않고 어느 정도에서 강화講和할 수도 있으니까 카이로 선언대로 되지 않을 경우도 예상해야지."

태영은 하영근의 이 말이 타당성이 없다고 생각하진 않았으나 불쾌감을 느꼈다.

"그렇게 되었을 땐 우리 민중이 봉기하면 될 것 아닙니까. 3·1운동 같은 운동을 전개한단 말입니다. 카이로 선언까지 해놓고 연합국이 우리의 의사를 무시할 까닭은 없지 않습니까."

"3·1운동도 민족자결 선언에 편승한 운동이었지. 그런데도 미국은 일본 편을 들었지, 우리 편을 들었나?"

"하 선생님도 전에 말씀하시지 않았습니까. 민중의 지도력과 조직력에 결함이 있어서 실패했다고."

"지금 그런 결함을 시정할 수 있는 무슨 힘이 있는 줄 아나? 지금은 그때보다 더 어려워졌어."

"그러니까 전 지리산으로 갈라쿠는 깁니다. 거기서 조직력의 기틀을 잡는단 말입니다. 우리가 거기다 기틀만 잡아놓으면 뜻있는 사람들이 합세할 것 아닙니까. 일사불란한 계획을 세울 수도 있지 않겠습니까. 말하자면 지리산에 민족의 지도부를 만들자는 겁니다."

하영근 씨는 깔깔 웃었다.

"박군은 보기보다 로맨티스트로구나. 내가 보기엔 지금 우리 대중은 아무리 피리를 불어도 춤출 신명을 잃은 것 같은데⋯⋯. 보다도 일본놈들에게 겁을 먹고 있단 말이다. 겁을 먹은 대중은 일어설 수가 없지."

태영은 기차간에서 있었던 일을 상기했다. 일본이 질지도 모른다는 말을 했다고 해서 '당신은 히코쿠민'이라고 힐난한 그 학생이 오늘날 조선 학생의 대부분을 대표한다면 하영근 씨의 말 그대로 아무리 피리를 불고 나팔을 불어도 소용없을 것이다. 그러나 태영은 버티지 않을 수 없었다.

"민중의 정열을 그처럼 과소평가해선 안 됩니다. 일본이 열세에 몰려 강화한다면 우리 민족은 그 틈을 놓치지 않을 겁니다. 일본의 세력을 꺾어놓기 위해서도 연합국은 우리와 합세할 겁니다."

"만주를 포기한다는 것과 조선의 계속 영유를 교환 조건으로 할 염려도 없지 않으니까."

이 말을 듣자 박태영은 하영근이 자기의 본심을 말하는 것이 아니라 태영의 견식을 테스트하기 위해 일부러 말을 꾸미고 있지 않나 하는 의혹을 가졌다. 그래 태영은 단호하게 말했다.

"이번 전쟁은 일본의 무조건 항복으로 끝을 맺지, 어중간한 강화 따위로 끝나진 않을 겁니다. 선생님, 내기라도 합시다."

아니나다를까, 하영근은

"내기를 할 정도로는 내 의견에 자신이 없다."
하고 피식 웃었다. 이어 하영근 씨는

"역사의 방향을 예견하고 어느 정도의 방침을 세우는 건 좋지만, 그 예견에 일체를 거는 건 무모한 짓이다."

라고 하고, 태영이 지리산으로 들어가는 것만은 그만두라고 타일렀다. 그리고 이런 제안을 했다. 만일 태영이 응하기만 하면 어떤 절에 연락해둘 테니 한 삼 년 중이 되어 도피하는 방법이 있다는 것이다.

"책이나 양식은 부족 없이 대줄 테니까 한 삼 년 공부나 하고 지내면 어떨까. 어쩌다 경찰에 탄로되더라도 중대 범인이 아니니 기껏 징용이나 보내려 할 정도 아니겠나. 그때는 그런대로 손을 쓸 수도 있고……."

"저 때문에 또 일본놈에게 비행기 헌납하게요?"

태영으로선 이렇게 말하여 하영근 씨에게 빈정댄 셈이었다.

"지독한 사람!"

하영근은 쓴웃음을 웃고 물었다.

"헌데 이규 군은 더러 만났나? 이군은 어쩔 작정이던가?"

"동경을 떠나기 며칠 전에 만났습니다. 같이 지리산으로 들어가자고 했는데 싫은 모양이죠. 지원을 하겠다, 안 하겠다, 명백한 의견은 듣지 못했습니다."

"그렇다면 이규 군의 동태를 알아가지고, 만일 이군도 지원하지 않을 작정이라면 같이 행동하는 게 어떨까."

"지리산으론 안 가겠다고 그는 태도로 밝힌 셈인데요."

"지리산으로 안 가는 방향으로 행동을 통일하면 어떠냐는 말이다, 내 말은."

"지원 안 하고 버티고 있으면 징용 갈 것이 뻔한데요. 저는 징용도 안 갈 작정입니다."

하영근은 답답한 심정인 것 같았다.

"혼자서 행동한다는 건 좋지 못한데……. 지리산으로 혼자 간다는 건 아무래도 안 돼. 조급하게 서둘지 말고, ……이를테면 징용 영장이 나온 뒤에 간다든가……."

"선생님, 걱정하지 마십시오. 저 혼자 가는 건 아닙니다."

"같이 가는 사람이 있단 말인가?"

"그렇습니다. 하준규란 선배와 같이 가기로 했습니다."

"하준규라면?"

"함양의 하준규, 혹시 선생님 일가가 아닙니까?"

"촌수는 멀지만 우리 친척이다. 언젠가 꼭 한 번 본 적이 있지. 그런데 그 사람이?"

"아주 훌륭한 분입니다. 생각이 똑바로 서 있는 분입니다."

"싸움쟁이로 소문난 사람인데……."

하영근 씨는 납득이 안 되는 눈치였다.

"옛날엔 그런 소문이 있던 선배죠. 가라테를 5단이나 하니까 그저 그런 사람으로 알지만 내용은 다릅니다. 전 그분과 같은 뚜렷한 견식의 소유자를 아직 본 적이 없습니다."

"자네와 의견이 맞았던 모양이지?"

"그것만이 아닙니다. 참으로 훌륭해요."

하영근은 잠깐 입맛을 다시더니,

"무술 선수와 날카로운 수재. 어쩌면 좋은 콤비가 될지도 모르겠구나."

하고 또박 말했다. 그리고 우연히 생각났다는 듯 물었다.

"박군은 정준영 군을 알지?"

"예, 압니다."

"그럼 내일 아침, 아니 오늘이라도 날이 새거든 그 사람을 한번 만나보도록 하면 어때."

"그 사람은 지원을 했죠?"

"지원했다고 며칠 전에 내게 인사하러 왔더라."

"그런데 왜 만나보라고 하십니까."

"지원한 사람의 얘기도 한 번쯤 들어보는 게 좋을 거다."

정준영은 동경제대에서 조선 역사를 전공하고 있는 학생이었다. 태영에겐 중학교 2년 선배였다. 수재로 이름이 높고 품행이 단정해서, 그 지방 출신 유학생의 대표적인 인물로 꼽히는 사람이기도 했다. 태영은 그와 안면을 익힌 사이이긴 했으나, 단둘이 대화를 나눠본 적은 없다. 이 기회에 한 번쯤 만나보는 것은 어떤 뜻에서도 의미가 있다고 생각하고, 하영근 씨 집에서 아침밥을 먹고 정준영을 찾아보기로 했다.

정준영은 자기 집 사랑의 아버지 방인 듯한 곳에서 태영을 맞이했다. 그런데 인사말이 있곤 입을 다문 채 묵묵히 앉아 있을 뿐이었다. 태영에게 지원을 했느냐고 묻지도 않고, 어떻게 지내느냐는 의례적인 물음마저 없었다. 보기에 따라선, 할 말이 있으면 빨리 하고 돌아가라는 쌀쌀한 태도였다. 태영은 되레 그런 태도가 좋다고 생각하고 말을 꺼냈다.

"정 선배께선 지원을 하셨다죠?"

"했소."

멋쩍은 질문에 멋쩍은 대답이었다.

"무슨 동기라도 있습니까?"

태영이 어물어물 물었다.

"동기랄 게 있겠소. 하라니까 했지."

명색이 대학에서 조선 역사를 공부한다는 사람이 강제한다고 해서 호락호락 응한다는 그런 짓이 있을 수 있느냐고 면박이라도 주고 싶은 충동을 태영은 겨우 억누르고, 그 대신

"지원하지 않는 방법도 있지 않았겠습니까?"

하고 말해보았다. 그때에야 정준영은 태영의 눈을 정면으로 보았다.

"어떤 방법이 있단 말요."

준영이 부드러운 어조로 말했다. 태영은 준영의 슬픔을 느꼈다.

'이 사람의 가슴엔 터질 듯한 울분이 있다. 그 울분을 어떻게 할지 몰라 손님을 제대로 대접할 줄도 모르는 것이다.'

이런 생각하자, 태영은 수월하게 자기의 소신을 말할 수 있었다. 하준규 선배의 의견도 자기의 의견과 똑같다고 덧붙였다. 정준영은 고개를 떨어뜨리고 한참 뭔가를 생각하는 눈치더니 입을 열었다.

"하 선배는 지금 어디 있소?"

"어제 나와 부산에서 헤어져 서울로 갔습니다."

"진주엔 안 온다고 합디까?"

"진주에 오면 붙잡히지 않겠습니까. 지원한 사람들이 떠난 뒤 지리산에서 만나기로 장소와 시간을 약속했습니다."

준영은 멍하니 앉아 있더니 나직이 말했다.

"만나거든 안부나 전해주소."

태영은 그 미지근한 준영의 태도가 답답해서 견딜 수 없었다. 같이 지리산으로 들어가자고 권해보고 싶기까지 했다. 그러나 섣불리 그런 말을 꺼낼 수는 없었다. 태영은 이것만은 물어보아야겠다고 마음먹었다.

"정 선배는 일본이 이번 전쟁에 승리할 것이라고 생각하십니까?"

"……."

"내 생각으론 꼭 질 거로 보는데요."

준영의 표정이 굳어졌다.

"일본이 이기건 지건 지금의 형편과는 관계없는 일 아뇨. 나는, 나 혼자 잘난 척하기 싫어서 지원했소."

묘한 말이었다. 정직한 심정의 토로 같기도 하고, 태영 자신이나 준규에 대한 비난 같기도 한 말이었다.

태영은 부글부글 괴는 듯한 가슴속의 반발을 억누르고 자리에서 일어섰다. 준영은 만류하지 않았다. 그러나 대문간까지 따라 나와서 악수를 청하며 다음과 같이 말했다.

"신중히 하시오. 그런데 오늘 밤, 학병으로 가는 친구들이 군현관이란 요릿집에서 모이기로 했소. 그 자리에 오도록 하시오. 태영 씨의 동기생들도 몇 사람 있을 거요."

태영은 그 권유를 거절할 수가 없었다. 그래 그날 밤, 태영은 그 자리에 참석했는데, 참석하자마자 그는 후회했다.

모두들 태영을 지사志士로 대접했다. 그러나 그것은 존경하는 태도가 아니라 빈정대는 수작이었다. 그들은 매일처럼 술자리를 돌아다니는 모양으로, 퍽이나 익숙하게 술자리를 꾸려나가고 기생을 다루기도 했는데, 그런 분위기부터가 태영에겐 불쾌했다. 술자리가 진행됨에 따라 유행가, 군가가 쏟아져 나올 무렵엔 태영은 그 클럽에서 완전히 소외되어 있는 스스로를 발견했다. 태영은 자리가 난잡해진 틈을 타서 밖으로 빠져나왔다. 차가운 밤 바람을 쐬고 하영근 씨 집으로 돌아오며 태영은 걷잡을 수 없는 울분을 다음과 같이 되뇌었다.

"그들이 하는 짓은 자학도 아니다. 그들이 하는 짓은 절망의 몸부림도 아니다. 그들이 하는 짓은 고민을 잊고자 하는 도피의 노릇도 아니다. 그들은 절망할 줄도 고민할 줄도 슬퍼할 줄도 모르는, 그저 반사 신경만 가지고 있는 곤충과 같은 존재에 불과하다. 그런 자리에서 일본의 군가가 합당한가. 이런 겨를에 기생과의 음탕한 수작이 있을 수 있는

가. 대학생이란 게 뭐냐. 덩치가 큰 학생이면 대학생이란 말인가……. 나는 결코 그들을 용서하지 않을 것이다. 어떤 일이 있어도 용서할 수 없다. 용서하지 못한다…….”

돌아와 하영근 씨에게 이런 말을 했더니, 그는 슬픈 눈빛으로 다음과 같은 얘기를 했다.

옥황상제가 잠을 자려고 했다. 아랫마을이 시끄러워 잠을 이룰 수가 없었다. 그래 벼락 대신을 불러 아랫마을을 조용하게 하라고 분부했다. 벼락 대신이 내려가자마자 아랫마을은 조용하게 되었다. 하도 신기해서, 잠에서 깬 즉시 옥황상제는 벼락 대신에게 그 까닭을 물었다. 벼락 대신의 대답은 이랬다.

"아랫마을은 백 호로 된 동네인데, 한 집만이 정직하고 선량하고 나머지 99호는 모두 도둑놈들이었습니다. 어젯밤 시끄러웠던 것은 그 99호의 사람들이 모여 한 집 선량한 사람을 내쫓으려는 의논을 하느라고 그랬던 것입니다. 99호를 없애려면 시간과 노력이 들고 한 집 선량한 사람을 없애는 건 간단했기 때문에 그 한 집을 벼락으로 때려 없앴습니다. 그랬더니 조용하게 되었습니다."

옥황상제는 벼락 대신이 한 것을
"아주 잘했다."
고 칭찬하고 후한 상금까지 주었다.

하영근 씨가 만류하는 대로 박태영은 그 집에서 일주일을 묵었다.

지리산으로 떠나기 전날 밤, 하영근이 태영을 조용히 불렀다.

"자네가 지리산으로 가는 건 나는 지금도 반대다. 그러나 자네의 각오가 그렇다니 할 수 없구나."

하고 갖가지 약이며 산 생활에 필요한 물건들을 벽장에서 꺼내놓았다. 지난 일주일 동안 하영근 씨가 마음먹고 모은 물건들임이 틀림없었다.

"대강 등산할 때의 요량으로 준비했는데, 부족한 것이 있으면 내일 구하도록 하자."

이어 하영근 씨는 두 장의 모포를 꺼냈다.

"이건 내가 상해에서 산 건데, 가벼우면서도 따뜻하기가 기막히는 물건이다. 이걸로 둘둘 말고 자면 눈 속에서도 동사하지 않는단다. 실험해보지는 않았으나 대강 틀림이 없을 거다."

태영은 손을 내밀어 그 붉은 모포를 만져보았다. 손끝에서 녹아버릴 것 같은 부드러운 감촉이었다. 그 감촉이 하영근이란 사람의 따뜻하고 부드러운 친절을 닮았다고 느끼자 눈시울이 뜨거워졌다.

"그리고 이건 돈이다."

하고 하영근은 한 묶음의 두툼한 지폐 뭉치를 태영 앞에 놓았다.

"두툼하긴 해도 얼마 안 되는 돈이다. 5백 원인데, 산속에서 쓰려면 큰 돈이 불편할 것 같아서 1원짜리만 모으니까 이렇게 부풀어졌다."

5백 원이란 돈은 엄청난 돈이었다. 태영은 그것만은 사양하기로 했다.

"산에서 무슨 돈이 필요하겠습니까. 돈은 받을 수 없습니다."

"세상 모르는 소리 말게. 그런 곳일수록 돈이 긴요하게 쓰일 게다. 식량을 구하기 위해서나 사람을 심부름시키기 위해서나……. 그리고 언젠가 자네의 학비를 대줄려고 했더니 이다음에 독립운동 자금을 대달라고 하잖았나. 이건 독립운동 자금이다. 떳떳하게 받아주게……."

태영은 다시 할 말이 없었다.

"그리고 필요한 책이 있거든 내 서재에서 마음대로 골라서 가져라. 책은 좀 많이 가지고 가는 게 좋지 않을까 싶다. 무거운 짐이 되면 일꾼을 딸려 보내줄 테니까."

그밖에 하영근은 무슨 방법으로든 종종 연락을 취하라는 것과 돈이나 약이 모자라면 서슴없이 통지해달라는 것과 산속에서 조심해야 할 일, 건강상 주의해야 할 일들을 자상하게 설명하고,

"정 딱하게 되면 주저 말고 내게로 오너라. 무슨 죄인도 아니고 쫓기는 사람도 아니니 겁낼 건 없다. 그리고 한때 좌절했다고 해서 실망할 필요도 없다, 박군은 아직 젊다. 얼마든지 인생을 고쳐 시작할 수 있지 않은가. 무망한 줄 알면서 어쭙잖은 자존심으로 한 가지 일에 집착하다가 인생을 망치는 예가 많다. 인생은 슬기롭게 살아야 한다."

또 이렇게 말했다.

"박군이 가려는 길이 결코 무모한 길이 아니라는 것을 이제야 말해둔다. 지금 지리산엔 그리 많지는 않지만 몇몇 지사들이 숨어 살고 있는 줄로 안다. 아직 아무에게도 말은 안 했지만, 이규 군의 둘째 큰아버지도 지리산에 있다. 가끔 연락이 있어 부족한 대로 내가 돕고 있는데, 그곳이 어디쯤인진 알 수가 없다."

하영근은, 이왕 그 길로 나서는 마당이니 항일 독립운동에 관해서 자기가 아는 대로는 설명해 주어야겠다면서 다음과 같이 말했다.

"안창호安昌浩 선생이 돌아가신 후 국내에서의 활동은 별로 들먹일 것이 없다. 대부분의 지도자들이 형무소 생활을 하고 있거나 감시를 받고 있거나 총독부와 타협해버린 생활을 하고 있거나 하는 상황이다. 그러나 눈에 띄진 않지만 독립에 대한 민족적인 정열마저 없어진 건 아니다. 한편 해외에선 항일 독립운동이 비교적 활발하다. 만주의 독립군은 만주국의 건국과 더불어 주력을 잃은 모양이지만, 잔류 조직은 끈덕진 활약을 하고 있다. 중경엔 한국 임시정부가 있다. 김구 선생, 김규식 선

생, 조소앙 선생, 장건상 선생 등이 중심 인물이다. 임시정부의 조직으로 광복군이 있다. 그 주동 인물은 이청천, 이범석 씨 등이다. 연안에선 김두봉 선생을 비롯해서 최창익, 한빈 씨 등이 독립 동맹을 결성하고 있고, 무정, 박효삼, 박일우 씨 등이 영도하는 의용군이 있다. 미국에선 이승만 박사가 임시정부 주미 위원회를 만들어 활약 중이다. 그 밑의 알아둠직한 인물은 임병직, 한길수 씨 등이 아닐까 한다."

태영은, 하영근이 어떻게 그런 정보를 알고 있을까 하는 놀라움을 감출 수가 없었다.

"이태리가 항복하고 독일은 스탈린그라드에서 패배해 후퇴 중이라고 하니, 전쟁은 거의 끝장이 가까워진 것 같다. 거기다 지난 달 카이로 선언이 있고 했으니까 항일운동은 더욱 활발해질 것이다. 그런 점 저런 점으로 해서 박군이 가는 길은 결코 고독한 길이 아니니, 마음 단단히 먹고 자중하도록 하면 영광은 그렇게 멀리 있는 것이 아닐 거다……."

그날 밤 태영은 잠을 이룰 수가 없었다. 뜬눈으로 꼬박 밤을 새우고, 하영근 씨에게 짤막한 글을 남겨놓고 새벽에 그 집에서 빠져나왔다.

동트기 직전인 회명晦明의 하늘 저쪽에서 새벽의 별빛이 유난히 큰 광망光芒으로 빛나고 있었다. 태영은 그 별빛을 향해 심호흡과 더불어 맹세를 했다.

"영광의 그날까지 나는 결코 굴하지 않으리라."

태영은 지리산을 향해 힘찬 발걸음을 옮겨놓기 시작했다.

하나의 길

진주에서 산청까진 90리, 함양까진 150리. 덕유산으로 가려면 함양과 거창으로 갈리는 갈림길에서 거창 쪽으로 가다가 북상면에서 북쪽으로 꺾어져 약 50리 길의 고개와 고빗길을 돌아야 한다. 자동차 편을 이용하고, 지리를 잘 알고 있다고 해도 하룻길로는 감당하지 못할 거리다.

박태영은 장꾼들과 같이 트럭을 탔는데, 원지 장터에서 내려 주막집에 들러 아침 요기를 했다. 묵직한 배낭을 멘 품이 장꾼을 닮아 편리했다. 요기를 한 후 태영은 주막집 방의 훈훈한 온돌방에 앉아 벽에 붙어 있는 달력의 일자를 수첩에 기입했다.

1943년 12월 24일 토요일. 음력으론 계미년 11월 27일.

수첩에 적혀진 그 기록을 보며 태영은, 나폴레옹이 코르시카를 떠나 프랑스에 도착한 날짜만큼의 의미는 있어야 할 것이라는 생각을 하고 속으로 웃었다.

그리고 이어 덕유산 은신골로 갈 수 있는 노순路順을 정해보기로 했다. 자기 고향인 마천면을 통해서 갈 수도 있고, 그 앞의 휴천면에서도 갈 수 있고, 그밖에도 몇 가지 노순이 있었다. 그런데 하준규와 약속한

지점인 수동면을 통하는 길만은 알지 못했다. 태영은

'미리 그 지점을 알아 놓고 덕유산으로 들어가기로 할까? 은신골에 들어간 후 알아보도록 할까?'

하고 망설였다. 그러다가 하준규가 그곳으로 오기까진 한 달 남짓 시간이 있다는 생각에 이르자, 미리 그곳에 가 있을 것이 아니라, 지리산 이곳저곳을 탐색하다가 1월 25일 그날 약속한 지점으로 가서 함께 은신골로 들어가는 게 좋지 않을까 생각했다.

덕유산 은신골은 피차가 알고 있는 곳이기 때문에 우선 거기서 만나기로 정했을 뿐이고, 오랫동안 산 생활을 하자면 지리산으로 들어가야 할 것이기 때문에 사전에 지리산 공부를 해둘 필요가 있기도 했다. 태영은 문득 휴천면에서 중학 동기인 임홍태林洪泰가 국민학교 교사 노릇을 하고 있다는 것을 상기하고 먼저 그를 찾기로 결정했다. 박태영이 알고 있는 임홍태는 문학 소년이었다. 그런데 기특한 것은, 그는 관심의 중점을 조선 문학(한국 문학)에 두고 있다는 점이었다. 일본 문학을 읽지 않는 바는 아니었지만, 그는 애써 우리말로 된 우리의 문학을 읽었다.

박태영이 김동인金東仁의 「감자」, 「광염 소나타」, 「발가락이 닮았다」 등 작품을 읽은 것도, 김유정金裕貞의 「봄봄」을 읽은 것도, 이상의 존재를 알게 된 것도 임홍태를 통해서였다.

트럭의 짐 위에서 겨울의 찬바람을 쐬며 백 리 길을 달렸는데도 태영이 그다지 고통을 느끼지 않은 것은, 임홍태를 생각하고 그를 곧 만날 수 있으리란 기대 때문이었다.

함양으로 가는 도중에 트럭에서 내려 십 리 길을 걸어 휴천국민학교의 정문에 섰을 때는 짧은 겨울 해가 백설에 덮인 지리 연봉의 하나에 걸려 있을 무렵이었다. 아이들의 그림자도 없는 텅 빈 교정을 걸어 들어가자, 종이 달린 쪽의 창문을 열어젖히고 밖을 내다보는 국민복 차림의 사나이가 있었다. 임홍태였다.

임홍태는 박태영의 모습을 보자 반기며 현관을 통해 뛰어나왔다.

"이거 웬일이고?"

임홍태는 덥석 태영의 손목을 잡으며 말했다.

"네가 보고 싶어 안 왔나."

태영은 왠지 눈시울이 뜨거워졌다.

"조금 있거라."

하더니 임홍태는 아까 열어놓은 창문으로 안에 있는 사환인 듯한 사람에게,

"내 집에 있을게 무슨 일이 있거든 연락해줘."

하고, 다짜고짜 태영의 배낭을 벗겨 자기의 어깨에 걸쳤다.

"자, 우리 집에 가자. 바로 저기다."

홍태는 턱으로 학교 왼쪽에 있는 어느 초가집을 가리켰다. 태영과 임홍태는 나란히 교정에서 걸어 나왔다. 오늘 방학을 했는데도 임홍태는 일직日直이어서 그때까지 남아 있었다는 것이었다.

임홍태는 조그마한 초가집을 빌려 들어 있었는데, 방 두 칸을 쓰고 있었다. 서재로 쓰는 방으로 태영을 안내해놓고 마누라를 불렀다. 옆방에선 어린애의 보채는 소리가 났다.

"언제 결혼했노?"

"한 삼 년 됐다."

"그럼 중학교 졸업하고 곧?"

"아냐, 사범 연습과를 나오고 했어."

"애는?"

"반년 전에 낳았지, 머슴앤디."

"의젓한 애비가 됐구나."

"애비가 됐다는 게 어쩐지 간지러워."

임홍태의 아내가 나타났다. 순박하기 짝이 없는 인상의 여인이었다. 수인사를 하자, 홍태가 태영을 소개했다.

"내 친구인데, 이름난 천재 박태영이다. 내 종종 얘기 안 하드나. 그런 친구가 여기까지 날 찾아왔으니 기막힐 일 아니가."

그러고는 자기 아내를,

"그렇게 훌륭한 아내는 아니지만 나보단 두 배쯤 나은 여자다. 자네, 날 잘 봐주라고 부탁해주게."

하는 투로 소개했다.

이웃에서 일손까지 빌려온 모양으로, 성찬을 차린 밥상이 들어왔다. 점심을 거른 탓도 있어 태영은 맛있게 먹었다.

"내 평생 이렇게 맛있는 식사를 해보긴 처음이다."

상을 물리며 태영은 진심으로 말했다.

그리고 태영은 자기의 사정과 앞으로의 할 일을 간단하게 설명했다.

"장한 결심이다."

하고 홍태는 심각한 표정을 지었다. 결심은 장하지만 행하기는 어렵다는 생각이 짙은 표정이었다. 그러나 홍태로선 뭐라고 말할 수가 없었다. 그만큼 걱정이 벅찼다. 친구의 심하게 걱정하는 빛을 보자 태영이 말했다.

"자넨 일본이 꼭 진다고 생각 않나?"

"꼭 져야 할 끼라고 생각해."

"져야 한다고는 생각하지만, 꼭 질 것이란 예상은 할 수 없단 말이지?"

"……."

태영은 자기가 아는 대로 세계 정세를 설명했다. 그리고 일본의 패망은 시간 문제이며, 과학적인 판단의 결과라고 덧붙였다.

"자넨 시대를 앞지르며 살 수 있는 인물이니까."

하고 임홍태는 한숨을 쉬었다.

"그런데 그 한숨은 뭐꼬?"

태영이 웃으며 말했다.

"시대를 앞지르며 사는 인물들의 고민을 생각하니 한숨이 나오누만."

하고 임홍태도 웃었다.

"나는 자네도 시대에 앞선 사람이라고 생각하는데……."

"무슨 소릴 그렇게 하나, 박군. 나는 시대에 뒤떨어져 살 작정을 한 사람인데……."

하고 임홍태는 어린이 교육을 통한 문학, 문학을 통한 교육이란 사업에 일생을 바칠 것이라고 자기의 소신을 말했다.

"교육이란, 옳고 바른 일을 위해선 생명이라도 바쳐야 한다는 신념의 전달이 아니겠나. 그렇다면……."

박태영이 이렇게 말하자, 임홍태는

"나는 그런 엄청난 건 생각지 않아."

하고 웃으며 말했다.

"어린이들과 종달새처럼 노래하며 글을 익히게 하고, 토끼처럼 뛰놀면서 셈을 가르치며, 하늘과 산과 들과 이웃을 사랑하도록 지도하는 게 교육이라고 나는 생각하고 있을 뿐이다."

"옳고 나쁜 것의 분별은?"

"그들이 커가지고 스스로 구별할 수 있도록 할 뿐이지."

"덴노 헤이카를 들먹이고 황국 신민 서사를 외게 하고 하는데 모순을 느끼지 않아?"

"느끼기야 하지."

"그리고 그뿐야?"

"인생엔 많은 제약이 있지 않나. 이 고장을 첩첩이 둘러싼 산들은 자연의 제약 아닌가. 일본의 통치니 뭐니 하는 건 사회의 제약 아닌가. 그런 제약의 하나라고 보고 견디는 거지, 별 도리가 있나."

"악한 제약에 대한 반항은 가르치지 않고?"

"반항을 가르쳐서 될 일이 아니거든. 그런 걸 가르칠 수 있는 상황도 아니고……."

"그래가지고 옳은 교육이 될까?"

"옳은 교육을 하자는 게 아니라 가능한 교육을 하려는 거지."

홍태의 그 말에 진실이 있다고 태영은 느꼈다. 김동인의 「감자」에 눈물짓고, 이상의 도착된 세계에서 이지러진 민족의식을 민감하게 감수한 임홍태가 이른바 황민 교육의 제일선에서 느끼는 고통이란 제삼자가 원칙론만을 갖고 왈가왈부할 문제를 넘어 있으리란 짐작을 할 수 있었다.

"옳은 교육이 아니라 가능한 교육! 나는 좋은 말을 들었네."

"그럴 수밖에 없잖나. 가장 약한 게 교육자이고, 가장 강렬하게 일본의 지배 풍조가 불어 닥치는 곳이 학곤데……. 그러나 나는 실망하지 않는다. 그 좋은 예가 박군 자네 아닌가. 자넨 국민학교에서 반항을 가르치는 선생을 만났나? 중학교에서 그런 교육을 받았나? 우리와 똑같은 황민 교육 아니었던가? 그래도 자네 같은 인물이 나타나지 않았나."

"나 같은 인물이라니, 그런 이빨이 시어오르는 말은 그만 하게."

"아냐. 교육의 효과에 대해서 예를 들자니 그런 얘기가 된단 말이다."

태영은 부산에서 진주로 오는 도중 기차 안에서 있었던 일을 얘기하고, 교육이 얼마나 무서운 것인가에 관한 본보기로 제시했다.

"하여간 나는 원대한 포부란 건 없고, 먼 훗날 내가 가르친 제자들로부터 '그 선생님을 만났기 때문에 큰 손해를 봤다'는 푸념만은 받지 않을 그런 선생이나 될 수 있었으면 좋겠어."

이어 두 사람이 겪은 선생들에 관한 비교 논의가 나왔다. 그리고 어떤 선생이든 그런 선생을 만났기 때문에 손해봤다는 판정을 받을 선생은 없었다는 결론을 얻었다. 하라다 교장으로부턴 훌륭한 감화를 받았고, 수침 명태 사이토 교장에게선 전형적인 일본인의 편협성을 인식하게 되었으니, 어떤 인간으로부터도 역설적 교육자로서의 가치는 발견할 수 있다는 의견이었다.

하루를 더 임홍태의 집에서 묵고 박태영은 벽송사碧松寺로 갔다. 임홍태도 거기서 며칠을 지낼 요량으로 따라왔다. 벽송사에 간 목적은, 그 절에 지리산의 지리에 밝은 노인이 있다는 소식을 들었기 때문이었다.

벽송사는 함양군 마천면 추성리의 산골, 남으로 하봉·중봉을 배경으로 하고 국골 칠선 계곡을 건너다보는 양지쪽에 자리 잡은 고색이 창연한 절이다. 규모는 크지 않지만, 심심산곡의 유수함에 연못을 끼어, 아득히 속세를 단절한 느낌으로 그윽한 곳이다. 이조 때 서산 대사西山大師의 스승인 벽송 대사碧松大師가 창건했다는 유래를 지닌 절이기도 했다.

임홍태의 집에서 거기까진 산길 30리여서, 추운 날씨인데 벽송사에 도착했을 땐 온몸이 흥건히 땀에 젖어 있었다. 노승 하나가 벽송사 뒤

쪽에 있는 연못가의 암자로 둘을 안내했다. 암자라고 해서 절 모양의 건물이었지만, 불상을 안치한 곳도 없는 여염집이었다. 절을 찾는 일반인을 재우기 위해 마련한 집으로 보였다.

대신 짊어진 배낭을 대청마루에 벗어놓으며 임홍태가 물었다.

"절에 순사들이 가끔 옵니까?"

임홍태와 친면이 있어 보이는 노승은,

"선생님이 순사를 묻는 걸 보니 수상한데?"

해놓고, 경찰관은 일 년에 한 번 올까 말까 한다고 말하고 덧붙였다.

"경방단원警防團員이 가끔 드나들긴 하지만 겨울철엔 통 나타나지 않아요."

임홍태는 박태영을 자기 친구이며 철 그른 시절 등산하러 온 사람이라고만 소개하고, 한 달쯤 머물게 해달라고 부탁하고 물었다.

"신선 되겠다는 영감님 아직 계시오?"

"있습니다. 오늘도 산중에 들어간 모양인디 곧 올 거요."

신선 되겠다는 영감이란, 지리산의 지리에 밝다는 그 노인이었다.

노승은 방 하나를 정해주고, 아이를 시켜 곧 불을 지피도록 하겠다며 법당 쪽으로 돌아갔다. 방이 따뜻하게 될 때까지 근처를 구경할 셈으로 태영과 홍태는 칠성각 쪽을 돌아 사리탑 있는 곳으로 갔다.

사리탑은 수백 년 이끼를 쓴 채 5층으로 다소곳한 모습을 세우고 있었다. 높게 가지를 드리운 전나무 숲에 둘러싸여 돌과 이끼의 표정 그대로 묵묵한 채 있었으나, 밝힐 수 없는 역사의 비애가 그냥 탑으로 되어버린 것 같은 감회를 자아냈다.

"이 탑 밑에 벽송 대사의 사리가 들어 있는가."

태영이 중얼거렸다.

"그렇겠지. 그렇지 않고서야 이 산속에 이처럼 정교한 탑을 쌓았을 라고…….."

홍태는 탑의 표면을 덮은 이끼를 쓰다듬었다.

"벽송 대사를 연구해본 적이 없나?"

하고 태영이 물었다. 홍태가 대답했다.

"연구라니, 그런 건 안 했어. 이 절에 남아 있는 기록 정도는 알고 있지만 그 이상은 몰라."

"기록이 어떻게 돼 있어?"

"아까의 그 노승에게 물으면 자세하겠지. 내가 알고 있긴, 세조와 중종 대에 걸쳐 사신 분이니, 15세기에서 16세기 초두의 인물이지. 초년엔 군인이었던 모양으로 여진족과 싸워 공을 세운 일이 있다고 되어 있고, 중년에 불문에 들어 만년에 이곳으로 와서 절을 지어 제자를 가르쳤다고 되어 있더구만."

"이 절의 건물이 바로 그때의 것인가?"

"그건 몰라. 그러나 이 사리탑만은 벽송 대사가 죽은 뒤 곧 만든 게 그냥 남아 있는 거라고 보아야 안 되겠나."

태영은 그 사리탑을 볼수록 감회가 짙어지는 사적이라고 느꼈다. 줄잡아 5백 년의 세월을 겪은 고인의 흔적을 실감해본다는 건 아무래도 야릇한 심정이었다.

"우리가 지나가고도 또 5백 년의 세월이 흐르겠지."

태영이 중얼거렸다.

"어디 5백 년뿐인가? 5천 년, 5억 년도 흐를 것을……."

홍태도 감개무량한 투로 말했다.

'내가 죽어 5백 년, 이 사리탑 한 개만한 흔적이나 남을까!'

왠지 태영은 이런 감상적인 기분이 되었다.

'아마 흔적도 없이 사라질 것이다. 흔적이 있건 없건 그것이 무슨 소용일까……. 인생이란 따지고 보면 허망하기 짝이 없다.'

이런 태영의 기분이 말이 되었다.

"인생! 이 허망한 것."

"'인생은 불가사의다'라고 써놓고 폭포에 빠져 죽은 놈이 안 있나. 후지무라 미사오篠村操란 자."

"그자는 엉터리야. 인생이 불가사의하다는 건 태양이 동쪽에서 떠서 서쪽으로 진다는 말과 꼭 안 같나. 인생의 불가사의에 빠져버릴 것이 아니라, 자기의 가능을 시험해보는 게 현명하지 않을까."

"이런 것 저런 것이 다 허망하다고 느껴지면?"

"글쎄."

하고 박태영은 팔짱을 끼었다.

"이 탑을 보니 자꾸만 허무감이 들어. 허무를 말하기 위해 여기 정교한 탑을 세우다!"

"그러나 하나의 의사가 여기 이렇게 5백 년의 풍설을 견디고 서 있지 않나."

박태영은 어떠한 상념보다도 먼저 허무감을 이겨내야만 했다.

"지리산의 주민이 되겠다고요?"

60인지 70인지 연령을 분간할 수 없는 노인은, 언저리를 덥수룩한 수염으로 덮은 입을 놀려 이렇게 말했다.

"예, 그렇습니다."

태영은 정중하게 대답했다. 성이 최씨라고 하는 그 노인은 상투 쪽으로 흐트러진 머리카락을 연방 왼손으로 쓰다듬어 올리면서 박태영의 얼굴을 자세히 보았다. 지금 솟아오른 태양이 종이 바른 창을 정면으로 비춰, 방 안은 먼지 하나의 행방도 찾아볼 수 있게 밝았다. 그 밝은 빛 속에서 최 노인은 태영의 상相을 보려는 참이었던 것이다. 노인은 신선이 되겠다는 발심發心으로 삼십 년 남짓한 세월을, 지리산 속에 있다고 전해져오는 청학동 찾기에 골몰하고 있었다.

청학동에 들어가기만 하면 신선으로서 불로장생할 수 있다는 전설을 그대로 믿고 있는 터라, 최 노인은 박태영도 그 신선 지망생으로 보고 관상을 보려는 것임이 틀림없었다. 이를테면 신선이 될 수 있는 그릇인지 아닌지를 미리 판단해야 되겠다는 것이다.

한동안 얼굴을 살피고 나더니 양손을 펴보라고 했다. 손을 펴 보이니, 이젠 일어서보라고 했다. 태영은 시키는 대로 했다. 최 노인은 태영더러 다시 앉으라고 이르고,

"갑자년에 났다고 했지?"

하고 이어 생월 생일 생시를 물었다.

"음력 시월 이일입니다."

최 노인은 손가락을 꼽더니 간단히 번역했다.

"갑술월 갑인일이고."

하고 물었다.

"시는?"

"오전 여덟 시라고 하던데요."

최 노인은 다시 손가락을 꼽아보더니

"갑진시."

라며 무릎을 탁 치고 눈을 허공으로 떴다. 그리고 중얼거렸다.

"이 사주는 굉장허다. 갑자년, 갑술월, 갑인일, 갑진시가 아닌가."

최 노인은 한동안 묵념을 올리는 듯 입 속으로 중얼중얼하곤,

"학생이 지리산을 찾아온 것은 참 잘 됐소. 학생은 전쟁에 나서기만 하면 죽을 사주를 가지고 있소. 전쟁만 피하면 대인이 되는 사주요. 전쟁을 피하는 덴 이 지리산을 두고 어디 있겠소. 참말로 잘 왔소. 어떤 도사가 인도를 합디까?"

하고 물었다. 태영은 자기의 의사로 왔노라고 말했다.

"그렇다면 당신은 영웅이오. 전쟁터에 끌려가면 죽을 팔잔디, 밖에 있으면 언제 전쟁터로 끌려나갈지 모를 일 아니겠소. 참말로 잘 왔소. 전쟁만 피하면 30세에 재상이 될 수 있는 상이오. 그러나 아무리 보아도 신선이 될 그릇은 아니오. 출장입상出將入相할 상이오."

"전쟁터에 나가면 안 된다고 하고서 출장은 또 뭡니까?"

임홍태가 물었다.

"삼십 세까지 전쟁을 피하면 그렇게 된단 말이오."

박태영이나 임홍태는 최 노인의 그 허풍 섞인 말을 곧이듣진 않았지만, 좋다는 말이 불쾌할 까닭이 없었다.

그날부터 최 노인의 지리산 산수 설명이 시작되었다. 최 노인의 설명은 신화와 전설에 중점을 두었는데, 그것을 자기의 취미에 맞도록 아전인수하고 견강부회하는 바람에 거의 반쯤은 흘려들어야 했으나, 박태영은 자기가 필요로 하는 골자만을 파악하려고 애썼다.

그러나 30년 지리산을 연구한 결과로 최 노인의 지식은 대단했다. 그 지식을 통해, 지리산을 하나의 산이 아니라 무수한 신비를 간직한 하나의 우주라고 보아야 한다는 것도 알았다.

최 노인의 설명에 의하면, 지리산의 별칭으로서 두류산, 방장산, 삼신산 등이 있다고 했다.

"두류산은 백두 산맥이 순하게 풀려와서 천왕봉을 이루었다는 뜻에서 부르는 이름이요, 방장方丈은 불명佛名으로 불리는 이름이며, 지리산이란 이 태조가 등극할 뜻을 품고 각 산신들께 기도를 올렸는데 백두산·금강산의 양산신은 승낙을 했지만 두류산신만은 반대했다고 하여 산신의 위를 낮추고 그 후 반역자들을 이곳에 귀양보냈은즉 훗날 이조를 몰아낼 지식인이 이곳에서 배출되리라는 뜻으로 불린 이름이며, 삼신산은 진시황이 구하려고 한 불로장생의 약이 이곳에 있다고 해서 불린 이름이니, 지리산은⋯⋯."

최 노인의 지리산 설명은 청산 유수로 시작해서 끝 간 데를 몰랐다.

"5천 척 이상의 봉우리가 18봉이요, 3천 척 이상이 22봉이요, 2천 척 이상이 20여 봉이니, 고만高巒이 도합 60이요, 중만中巒·저만低巒으로 말하면 1천여 개이니, 소위 산지대왕山之大王 아닐손가. 강으로 말하면 칠개 강천七個江川이 흐르고, 계곡은 수십 개로 기관명승奇觀名勝이 절가絶佳하니, 풍우 순조하면 비옥한 땅일레라, 가히 신선이 노니는 선경仙境을 짐작할 수 있느니라."

얘기책을 읽는 것 같은 그 투가 우습기도 했지만 흥미롭기도 해서 임홍태와 박태영은 사흘 낮, 사흘 밤을 최 노인과 같이 지냈다.

일주일쯤 후에 다시 오기로 하고 떠나면서 임홍태가 말했다.

"구주 대학 연습림 관리 사무소에 지리산을 과학적으로 연구하는 사람이 있다. 그 사람을 찾아 자료를 얻어오지. 그것하고 최 노인 얘기를 통합하면 지리산에 관한 사전 지식은 갖추어질 거다."

가도 가도 산이고 산이다. 짧게 또는 넓게 주름 잡힌 산과 산, 때론 너그럽고 때론 가파르게 비탈진 산과 산. 개서나무·저나무·굴참나무 등

교목과 노린재나무·쑥백나무·산초나무 등 관목이 원시림 상태로 얽혀 있는 사이로 알아볼 수 있을 듯 말듯 이어져 있는 산길.

수동 고개에서 출발한 건 점심때였는데, 거의 해질 무렵이 되어서야 은신골 근처에 왔다. 어릴 때 아버지를 따라 사냥을 다녔기 때문에 이 근처의 지리를 알고 있다고 하준규가 말했는데, 박태영은 하준규의 기억력이 대단하다고 느꼈다.

"이 고개를 넘으면 은신골일 긴데……."

모색暮色이 짙어져가는 가파른 산비탈을 쳐다보며 하준규는 이렇게 말하고, 우선 얼굴을 씻고 잠깐 쉬자고 했다.

얼굴은 땀이 흘렀지만, 개울은 살얼음이 섞여 차가웠다.

"눈이 안 온 게 다행이다."

하준규가 말했다. 지리산 연봉 높은 곳은 이미 눈에 덮여 있었지만, 덕유산 근처에선 아직 눈을 볼 수 없었다.

"가보자."

하준규가 일어섰다. 그리고 부산에서 같이 온 노동식을 보고 말했다.

"쌀 무겁지?"

"견딜 만해."

하준규는 어젯밤 노동식을 데리고 자기 집에 들렀다. 거기서 눈을 붙이는 둥 마는 둥 하고 쌀 서 말씩을 짊어지고 새벽길을 나선 것이다. 함양에서 집으로 가는 도중에 트럭 위에서 형사를 만났는데, 아무래도 오늘쯤은 집에 경찰들이 들이닥쳤을 것이라고 말할 때의 준규의 얼굴은 우울했다.

산 중복쯤에서 여남은 살밖에 안 돼 보이는 초동樵童이 나뭇짐을 지고 내려오고 있었다.

'이런 곳에서도 사람이 사는가.'
하여 마음이 놓였다.

준규가 물었다.

"여기가 덕유산이지?"

"예, 그래요."

초동이 또록또록 대답했다.

"네 집은 어디 있니?"

"저 산모랭이에 있습니더."

초동은 지게 받침 막대기를 들어 가리켰는데, 그 방향엔 벌써 저녁놀이 짙어져 있었다.

드디어 산마루에 섰다. 주위의 어둠이 짙어져갔다.

"은신골은 저 방향인데……."

하고 하준규가 가리키는 손가락을 따라 시선을 옮겼을 때, 그 방향에 깜빡깜빡하는 등불이 보였다.

"등불이다!"

태영이 소리질렀다.

"그렇다, 등불이다. 집이 있는 모양이다."

하고 하준규가 앞장을 섰다. 오르막은 힘겨워도 내리막은 수월하다. 관목이 얽혀 아랫도리를 놀리기가 불편했지만, 길을 따질 겨를도 없이 등불을 목표로 하여 바삐 걸었다. 삼십 분쯤 걸려 그 등불 가까이 갔다. 조그만 화전막火田幕이 있는데, 부엌으로 보이는 곳에서 젊은 아낙네가 저녁을 짓고 있었다.

"폐가 되겠습니다만, 하룻밤 묵고 가야겠습니다."

준규가 정중히 말했다. 젊은 아낙네는 일행 세 사람의 풍채를 더듬어

보는 눈치더니 상냥하게 말했다.
"이 근처엔 우리 집밖에 없응깨요, 방으로 듭시오."
그들은 방으로 들어가 짐을 내렸다. 방바닥엔 거적때기 하나가 깔려 있을 뿐이고, 바람벽은 황토흙이다. 벽 한 곳에 호롱불을 걸어주고 나가는 젊은 아낙네의 발엔 신도 없고 버선도 없었다. 겨울인데도 그런 걸 갖추어 신을 여유가 없는 모양이었다.
"대체 이 집이 뭣을 하는 집일까?"
"식구도 없어 보이는데……."
"이 첩첩산중에서 젊은 여인이 혼자 산단 말인가?"
"여우가 둔갑한 건 분명 아니고……."
이런 말을 소곤대고 있었으나, 태영의 마음은 흡사 집에 돌아온 것처럼 흐뭇하고 포근했다. 준규나 동식의 마음도 비슷한 것 같았다. 세 사람은 뜨끈뜨끈한 방바닥 위에 다리를 쭉 뻗었다.
그럴 무렵이었다. 밖이 떠들썩해지는 것 같더니 사나이들의 억센 말소리가 들려왔다. 옛이야기에 나오는 도둑놈 소굴을 생각해보지 않을 수 없었다.
지게문이 열리더니 서른 살 내외로 보이는 사람과 마흔 살 안팎으로 보이는 사람이 들어오고, 맨 나중에 노인 한 분이 들어왔다. 서른 살로 보이는 사람이 김 서방이라고 자기소개를 했는데, 그 화전막의 주인이었고, 아까의 젊은 아낙네는 그의 마누라였다. 마흔 살로 보이는 사람은 김 서방의 형, 노인은 아버지라고 했다. 김 서방의 형은 상처喪妻를 해서 열여섯 살 먹은 딸을 데리고 홀아비로 있다는 것이었다. 딸의 이름은 순이順伊라고 했다.
하준규가 날이 저물어 그들을 찾은 연유와, 앞으로 당분간 이 산속에서 살아야 될 것 같다는 얘기를 했다. 그들은 묵묵히 듣고 있더니, 풍문으로 들은 세상 얘기를 저희들끼리 주고받고 하다가 김 서방이 말했다.

"그렇거든 내일부터라도 이 근처에 산막을 하나 지으소."

하룻밤을 자고 나니 주위가 온통 은세계로 변해 있었다. 소나무, 전나무, 참나무 가지마다 꽃이 피고, 땅도 풀밭도 은색으로 치장했다.

"어제 오길 잘했지."

하준규가 동식과 태영을 돌아보며 말했다.

"우리가 덕유산 은신골로 온 것을 환영하는 것 같네."

동식이 이렇게 말하고 웃었다.

아침 식사를 마치자, 그들은 화전막 주인 김 서방과 같이 나섰다. 나무를 찍어 넘기기 위해서였다. 도끼로 나무를 찍어 넘겨 톱으로 썰었다. 그리고 적당한 자리를 골라 그 나무를 우물정#자로 쌓아올렸다. 거기다가 눈 속의 흙을 파서 벽칠을 하니 바람벽이 되고, 그 위에 또 나무를 가로 걸쳐 짚을 이으니 지붕이 되었다. 온돌 구들도 놓고 부엌도 만들었다.

하루 만에 집의 외형을 만들고, 이틀째엔 내부 구조를 만들고, 사흘째엔 불을 지펴 말렸다. 그리하여 나흘째에 그들은 버젓이 새 집에 입주할 수 있게 되었다.

'이것이 우리 집이다.'

싶으니 그 기쁨이란 말할 수가 없었다.

그들과 김 서방네 집은 한 가족 같았다. 한 가족이 바로 이웃에 새 집을 지어 분가했다는 그런 기분이었다. 그들 셋은, 잠은 새로 지은 집에서 자고, 밥은 김 서방네 집에서 같이 먹었다. 그러니 저녁엔 식사가 끝난 후에 밤이 깊도록 같이 얘기꽃을 피울 수 있었다.

그러한 밤, 하준규가 이런 제안을 했다. '김 서방 김 서방' 하고 부르기가 사나우니까 김 참봉으로 하고, 그의 형은 김 주사로 하고, 노인은 김 진사로 하자고……. 그리고 덧붙였다.

"산속에서 어느 누구도 탓하지 않을 것이니 이름 호사나 합시다."

그랬더니 김 서방, 아니 김 참봉의 마누라가 불쑥 이런 말을 했다.

"그라몬 우리도 인자 양반이 됐응깨, 생질녀 순이는 정 도령과 혼인할 수 있겠네요."

이 말에 방 가득히 웃음꽃이 피었다. 정 도령이란 하준규의 별명이다. 그들 삼인은 덕유산으로 올 때 각각 별명을 지어, 화전막 가족들에겐 그 별명을 말했던 것이다. 하준규는 정무일鄭武一, 노동식은 홍문화洪文和, 박태영은 전창全昌이라고 했다. 그래서 화전막 가족들은 그들 세 사람을 각각 정 도령, 홍 도령, 전 도령이라고 불렀다.

김 참봉 부인의 말에 하준규, 즉 정 도령은 얼굴을 붉혔으나, 김 주사의 열여섯 살 난 딸 순이는 천연스럽게 다음과 같이 받아 넘겼다.

"아주마니, 정 도령을 오라범이라고 부르고 있재? 그렁깨 나와 정 도령이 내외가 되몬 나는 아주마니의 오라범댁이 되는 긴디, 그라몬 아주마니는 날 보고 언니라고 불러야 되겠네."

만좌는 순이의 이 말에 또 깔깔 웃었다. 아닌 게 아니라 순이는 세 도령에게 골고루 친절했지만, 특히 하준규한텐 소녀다운 연정을 품고 있는 눈치로 보였다.

그날 밤 그들의 산막으로 돌아와 하준규가 말했다.

"내겐 이미 아내가 있고 전 도령에게도 애인이 있으니, 예쁜 순이는 홍 도령의 애인으로 했으면 좋겠는디, 홍 도령 의사는 어때?"

"싱거운 소리 말게. 미남인 정 도령에게 홀려버린 순이의 마음을 추남 홍 도령이 어떻게 돌이키나. 난 순이를 누이동생으로서 사랑할란다."

그들은 일과를 정했다.

새벽에 일어나 아침 식사 때까지 두 시간쯤 하준규의 지도로 무술 훈련을 했다.

"중국 고래로 십팔기라는 게 있다. 십팔기에 통하면 돌 한 개, 막대기 한 개, 죽창 하나가 기막힌 무기로 변한다. 그 십팔기의 기본이 당수다. 당수는 공방攻防 양면에 걸쳐 민첩하게 응할 수 있게 신체를 단련시킬 뿐 아니라, 한 손으로 적을 때려눕히는 기술을 가꾸어주기도 한다."

하준규는 당수 훈련부터 시작했다. 이 무술 훈련엔 순이도 끼였다.

아침밥을 먹고 나면 도끼를 들고 나무를 찍으러 나선다. 박태영은 얼마 안 가 나무찍기에 익숙해졌을 뿐 아니라 흥미조차 느꼈다. 도끼를 힘껏 내리치면 '쩡' 하고 산울림이 울려 퍼지고, 전신의 혈관의 피가 여울물처럼 굽이쳐 흐른다. 무거웠던 마음의 짐이 거뜬히 사라지고, 새로운 삶이, 새로운 세계가 다가서는 느낌이란 황홀감조차 있었다. 내리치는 도끼에 산산이 조각나는 것이 왜적같이 환각되기도 했다.

점심을 먹곤 두어 시간 공부를 한다. 그리고 다시 작업, 저녁밥 후엔 가족들이 모여 잡담, 이어 두 시간쯤 책을 읽는다. 순이에게 언문諺文을 가르치는 일도 일과에 넣었다.

이렇게 해서 나날을 지내고 김 참봉네 식구와 정이 두터워져갔는데 식량 문제가 닥쳐왔다. 식욕 나는 대로 먹었기 때문에 당초 지고 간 쌀이 바닥났다. 김 참봉네 집인들 풍부할 까닭이 없다. 김 참봉네는 쌀이 없어 감자, 무, 도토리 등으로 끼니를 잇는 형편이었다. 거기에 그들이 덧붙어 살 수는 없었다.

박태영이 하영근에게서 받은 돈을 꺼내 쌀을 사먹자고 제안했다. 그런데 하준규는, 언제 긴박한 일이 있을지 모르니 돈은 쓰지 않기로 하자면서 그 제의를 물리쳤다. 그 대신 하준규는 어느 날 밤 김 참봉을 데리고 자기 집으로 가서 얼마간의 쌀과 엽총을 가지고 왔다.

아버지를 따라 어릴 적부터 엽총을 다루어온 까닭이라고 하지만, 어쨌건 하준규는 천성의 명사수였다. 탄환을 아껴야 하기 때문에 섣불리 쏘아대지 않았기 때문도 있겠지만, 하준규의 사격은 백발백중이었다. 매일처럼 노루와 산돼지 한 마리씩은 잡았으니, 고기는 먹고도 남았다. 그 남은 것을 김 진사란 칭호를 받은 노인이 30~40리 떨어진 마을로 가지고 가서 쌀이나 보리와 바꾸어 왔다.

이렇게 식량에 대한 걱정이 없어지고 순이의 언문 실력이 늘고 태영과 동식의 무술 실력도 나날이 진보했다.

"학병 간 놈들, 훈련받느라고 요즘 똥 빠지겠구나."

어느 날 밤, 준규가 문득 이런 말을 꺼냈다.

"자업자득이지 뭐."

노동식이 대꾸했다.

"간 놈들 가운덴 정신 상태가 돼먹지 않은 놈도 끼여 있지만, 대강은 나름대로의 의미를 그 가운데서라도 찾고 있을 끼라."

준규의 말투엔 멀어져간 친구들을 그리워하는 정이 흐르고 있었다. 태영은 이규를 생각했다.

'규가 여기 왔더라면 얼마나 좋았을까.'

태영은 무엇보다도 규의 그 후의 거취가 궁금했다.

그래 임홍태에게 자기 집에 연락해달라는 말과 함께 규의 소식을 알아달라고 부탁했었는데…….

"라디오라도 있으면 좋을 텐데……."

노동식의 말이다.

"집에 빽빽 군소리가 나는 라디오가 있어 엽총 가지러 갔을 때 그거라도 들고 올까 했는데 그만뒀지. 당분간 세상 일은 모르고 살아야지. 딱 일 년 동안만 세상 일을 알려고 하지 말고 지내자. 그게 마음 편할 끼다. 일 년 지내고 보면 무슨 판이 나 있든지 날라고 하든지 할 끼 아니가."

하준규의 말이 옳았다. 전세戰勢의 토막 소식을 알아가지고 일희일비해가며 신경을 쓸 필요가 없는 것이다.

"경찰이 우리가 여기 있는 줄 알면 추적해 오겠지."

노동식이 묻는 것도 중얼거리는 것도 아닌 투로 말했다.

"해동이나 되면 몰라도 지금은 안 올 끼다. 설사 몇 놈 와본들, 넓고 깊은 산속에 꽁꽁 숨어버리면 그만일 끼다. 그렁깨 걱정할 것 없어."

하준규의 말이었다.

"겁이 나서 그러는 게 아니라, 지나치게 늘어진 팔자가 두려워서……. 이대로 전쟁이 끝날 때까지 지낼 수 있다면, 그건 거짓말 같은 팔자가 아닐까 해서 말이다."

노동식의 말에 태영은 공감했다. 다음다음으로 닥칠 곤란을 예상했는데, 평화롭게 일하고 무도 수련도 하고 책도 읽고 하며 지낼 수 있다는 게 아무래도 거짓말같이 느껴졌기 때문이다.

"좋은 일만 있을 순 없겠지. 어떤 형태로 밀어닥칠진 모르나, 앞으로 무수한 난관이 있다고 보아야 할 끼다."

하준규가 이런 말을 하고 잠잘 채비를 하는데, 밖에서 순이의 말소리가 들렸다.

"도토리묵 안 묵을라요?"

문을 열어젖혔다. 찬바람과 함께 순이의 예쁜 얼굴이 묵이 든 사발을 들고 웃고 있었다.

"들어와."

하며 노동식이 사발을 받아 들었다.

"본께 불이 켜져 있대. 그래 내일 아침 드릴라카던 걸 가지고 왔어."

산촌 외딴 집에서 홀로 자란 탓인지 순이에겐 밉살스럽게 느껴지는 부끄러움이 없다. 구김살 없이 말하고 웃고 하는 순진함이 들국화 같다.

한밤중에 먹는 도토리묵은 이를 데 없이 맛있다. 순이를 끼워 화원처럼 된 방에서 젊은 웃음이 화려하게 폭발했다.

덕유산의 밤은 젊은이들의 웃음을 반주로 하고 장중하게 깊어만 갔다.

하준규, 노동식, 박태영이 그곳으로 온 지 거의 두 달쯤 되었을 때였다. 장정 세 사람이 산막으로 찾아왔다. 각기 얼마간의 양식을 메고 왔는데, 연유를 물으니 징용을 피해온 사람들이었다.

"동지는 많을수록 좋다."

하며 하준규가 먼저 반겼다.

정가 성을 가진 장정 하나가 방에 들어 앉기가 바쁘게 물었다.

"여기, 전창이란 사람이 있습니꺼."

전창이란 별명을 아는 사람은 태영 자신과 하준규, 노동식, 그리고 김 참봉 일가 외엔, 수동재에서 별명을 지을 때에 참석했던 임홍태밖엔 있을 까닭이 없었다. 태영은 그 사람이 임홍태로부터 무슨 전갈을 가져온 것이라고 짐작하고 자기가 전창이라고 했다. 아니나 다를까 그 장정은

"임홍태 선생님이 주드만요."

하며 소매 끝의 실밥을 뽑더니 구겨진 한 통의 편지를 꺼냈다.

"자네가 부탁한 대로 자네의 집을 찾아가 할아버지를 만났다. 상세히 설명을 했더니 상심하는 마음 같았으나 한편 안심도 하는 모양이더라. 이다음 기회 있는 대로 또 연락하겠노라고 했다. 이규 군은 학병에 안 갔다. 연령이 모자란다는 핑계로 버틴 모양이다. 지금 동경에 그냥 눌러 있다는 얘기다. 자네의 안부를 간단하게 전했다. 고향으로 돌아오게 되면 한 번쯤 나를 찾으라고 해두었다. 사정만 허락한다면 규와 같이 자네 있는 곳을 찾아갈 작정이다. 그리고 이 편지를 가지고 가는 장정들은 모두 믿음직한 사람들이니 하 선배님께 말씀드려 같이 지내도록 해주면 고맙겠다. 산 생활에 익숙한 사람들이 돼서 도움이 될 거다. 징용을 피해야겠다고 내게 의논하러 왔기에, 생각한 끝에 그리로 보내기로 한 것이니 양해하기 바란다. 자네의 말을 듣고 시국을 조심스럽게 관찰한 결과, 자네의 예언이 적중되리라는 자신을 가졌다. 그 자신 때문에 세 사람을 그리로 가라고 권하기도 한 것이다. 몇 해 후일지는 모르나 세상은 자네의 뜻대로 되어갈 것이니 자중자애, 충실한 나날을 보내길 빈다. 고생하는 자네에게 이렇다 할 힘이 되지 못하는 것이 섭섭하구나. 조선 역사책을 이것저것 구해보려고 했으나 최남선의 『조선 역사』가 가장 무방할 것이란 생각이 들어 우선 그것을 보낸다. 하 선배와 노 선배에게도 안부 전해라……."

미리 넓게 잡은 방이라서 장정 세 사람이 더 끼여도 불편함이 없었다.

세 사람은 최, 정, 곽이라고 했는데, 하준규는 그들에게 별명을 선사했다. 최를 이라고 하고 정은 박이라고 하고 곽은 차라고 했다. 그리고 성 다음에 도령을 붙여 부르기로 했다. 소문이 나면 가족이 무슨 화를 당할지 몰라 취한 방책이었다. 이래서 덕유산에는 세 도령이 불어난 셈이 되었다. 덕유산 여섯 도령은 해동을 기다려, 김 참봉네 일가의 지도를 받아 대대적인 개간 사업을 할 계획을 세웠다.

눈이 녹기 시작하더니 어느덧 봄이 찾아들었다. 산골의 봄은 더디다. 그러나 찾아들었다 싶었을 땐 봄은 갑작스럽게 서둘렀다. 마른 나뭇가지에 물이 배어오르고, 마른 잡초가 창졸간에 파릇파릇하게 된다. 소문도 없이 꽃이 피기도 하고, 비둘기 소리를 비롯한 새소리가 윤기를 띤다.

겨울 동안 나무를 찍어 넘기고 뿌리를 뽑아 치운 땅을 괭이로 파헤치면 물씬한 냄새와 더불어 검은 흙이 나온다. 비옥한 그 땅에서 작물이 성장하지 않을 까닭이 없다. 그들은 밭을 넓히고 이랑을 돋우어, 준비한 대로 씨앗을 뿌리고 감자도 심었다.

그런데 이 나라 고래의 고질인 춘궁이 닥쳐왔다. 산돼지와 노루들은 봄이 되자 먹이를 찾아 딴 곳으로 간 모양이고, 간혹 잡는다고 해도 건장한 여섯 도령과 김 참봉 일가의 먹이를 충족시킬 정도는 못 되었다. 그것을 아껴 남겨 인근 마을로 가져가보았자, 산촌 어느 곳도 춘궁에 휩싸여 고기와 바꿔 먹을 양식을 가지고 있지 않았다. 돈을 가지고 간다고 해도 배급제가 되어 있어 양식을 구하기가 어려웠다.

드디어 어느 날, 하준규가 이런 결정을 했다. 박태영 혼자만 남겨두고 각기 집으로 가서 얼마간의 식량을 가지고 오자는 것이었다. 조금이라도 많이 가지고 오기 위해서 노동식은 하준규를 따라가기로 했다.

낮엔 아무래도 위험하다고 해서 해질 무렵 행동을 개시했다. 덕유산 저쪽까진 같이 가고, 거기서 헤어져 각기 집으로 갔다가 돌아올 땐 새벽 세 시쯤에 칠석 고개에서 만나기로 약속했다. 왕복 팔십 리 길을 밤 사이에 갔다 오자는 얘기니 대단한 강행군이라고 아니할 수 없다.

그런데 그 이튿날 새벽에 사고가 일어났다. 하준규와 노동식이 쌀을 짊어지고 약속한 장소에 이르러 기다리고 있는데, 세 도령이 그 시간에 나타나지 않았다. 불길한 예감이 들어 하준규와 노동식은 쌀을 숲에 숨겨놓고 동지들이 올 방향으로 거슬러 가보았다. 그랬더니 어느 동구 앞에서 세 도령이 순사 둘과 경방단원 세 사람에게 체포되어 이제 곧 포승줄에 묶일 찰나였다. 하준규는 주저할 수가 없었다. 들고 있는 막대기를 휘두르며 그 장소를 덮쳤다. 일본인 순사는,

"너희놈들 잘 걸렸다. 은신골에 징용 기피자들이 숨어 있다고 하더니 헛소문이 아니로구나."

하면서 곤봉을 들고 덤볐다.

하준규는 당수 선수일 뿐 아니라 검도가 5단이다. 그런 하준규에게 순사 둘과 경방단원 셋은 적수가 아니었다. 준규는 순사를 때려눕혀 실신케 하고, 경방단원을 혼비백산하게 하여 쫓아버리고, 세 도령을 데리고 그곳에서 빠져나왔다. 물론 쌀 자루도 잊지 않고 챙겼다.

일행이 산막에 도착했을 때는 오전 여섯 시가 지나 있었다. 그들이 오는 것이 늦어 걱정하며 산마루까지 나가 있던 순이는 돌아오는 하준규에게 매달리듯 하며 좋아했다.

"정 도령님은 귀신 같대. 일본놈 순사 한 놈과 조선 순사 한 놈, 두 놈이 꿈쩍도 못 하더마. 일본놈 사무라이 활동사진 보는 것 같더라."

세 도령은 입의 침을 말려가며 번갈아 하준규의 무술을 칭찬했다. 그 얘기에 열심히 귀를 기울이는 순이의 눈에선, 위대한 영웅을 자기의 애인으로 한 여자의 자랑스러움과 애정이 아름다운 구슬처럼 빛나고 있었다.

밥을 먹으면서도 밥을 먹고 나서도 세 도령은 하준규의 뛰어난 무술

에 대해 번갈아가며 감탄했다.

"손에 번쩍 들었다 싶을 땐 한 놈이 거꾸러지고, 발을 올렸다 싶을 땐 또 한 놈이 거꾸러지고……."

"귀신 같애, 귀신 같았어."

"같은 기 뭐꼬. 바로 귀신이드만."

"그래서요?"

하고 순이가 얘기를 재촉하자, 그들은 더욱 신이 나서 지껄여댔다.

우울한 표정을 짓고 듣는 척도 않던 하준규가

"인자 그런 얘긴 그만 하고 한숨 자기로 합시다. 졸려 죽겠어."

하고, 태영에게는

"전 도령은 순이 글공부나 시키시오."

하며 잠 잘 채비를 했다. 하룻밤을 꼬박 세우고 활극까지 벌였으니 졸릴 만도 할 것이다.

태영은 순이를 데리고 밖으로 나왔다. 이른 봄의 맑게 갠 산의 오전이다. 태영은 심호흡을 하고 기지개를 켰다. 태양이 거의 중천에 있는데도 동산 기슭엔 아직 놀이 걷히지 않았다. 바람결에선 차가운 가시가 느껴졌지만 햇볕은 따스하다. 태영은 김 참봉의 산막 바로 앞에 있는 소나무 밑, 태양을 정면으로 받는 쪽에 자리를 잡으면서 순이더러 책과 공책과 연필을 가지고 오라고 일렀다.

지게문을 비집고 막사로 들어간 순이가 책과 공책을 들고 나와 태영의 맞은쪽에 앉았다. 밀 빛깔로 살큼 그슬린 듯한 순이의 얼굴이 오늘 따라 신선한 매력으로 빛나고 있었다. 젖가슴이 눈에 띄게 불룩해진 것 같다고 느끼며 태영은 얼른 시선을 딴 곳으로 돌렸다.

"꼭 여자같이 생겼는디 우째서 그리 심이 셀꼬예."

순이는 하준규의 무술을, 아니 하준규를 생각하는 눈치였다.
태영은 속으로 웃으며 말했다.
"그런 걸 외유내강外柔內剛이라고 하는 거다."
"외유내강이 뭡니꺼?"
순이의 초롱초롱한 눈이 빛났다.
"겉으론 부드럽고 속으론 강하다는 뜻이지."
"겉으론 부드럽고 속으론 강하다."
순이는 태영이 한 말을 조용히 중얼거렸다.
"남자는, 아니 남자 여자 할 것 없이 사람은 외유내강해야 해."
"정 도령처럼?"
순이는 얼굴을 붉혔다.
"누구나 정 도령같이 될 수야 있나. 그러나 그렇게 되도록 노력해야지."

이렇게 말하면서 태영은, 순이가 지금 위험한 사춘기에 있다는 데 생각이 미쳤다. 순이의 하준규에 대한 모정慕情은 자칫 잘못하면 커다란 비극의 씨앗이 될 염려도 있다고 생각했다. 하준규도 순이를 좋아하지만, 그건 어디까지나 오빠의 누이동생에 대한 감정 이상의 것이 아니다. 그런데 순이는 이성으로서 하준규에게 애정을 느끼고 있음이 틀림없었다. 그러니 자기의 사랑이 끝내 이루어지지 못하리란 것을 알았을 때, 이 산골의 소녀는 어떻게 될 것인가? 하준규도 그런 느낌이 들어 되도록이면 순이와 같이 있길 피하고, 아직 결혼하지 않은 차 도령과 순이를 가까이해주려고 신경을 쓰는 모양이지만, 그게 그다지 효과가 있는 것처럼 보이진 않았다.

"오늘은 받아쓰길 해볼까?"

태영이 순이한테서 책을 받아 들고 물었다.

"받아쓰긴 어렵던디."

하면서도 순이는 공책을 무릎 위에 폈다. 태영은 책 속에 있는 글귀를 부르려다 말고 일렀다.

"'덕유산'이라고 써봐."

순이는 연필에 침을 묻히고 또박또박 '덕유산'이라고 썼다.

"순이는 머리가 좋아. 글공부 시작한 지 석 달 남짓한데 벌써 그렇게 쓸 줄 아니 대단한데."

"우리가 있는 곳인디 그런 것도 못 쓸까?"

"그럼 '은신골'이라고 써봐."

순이는 그것도 정확하게 썼다. 태영은 슬그머니 장난기가 생겼다. 그래 다음과 같이 불렀다.

"열여섯 살 난, 사랑합니다, 꽃처럼, 봄에 피어난, 소녀입니다, 나는, 내 가슴에, 행복에 대한, 동경이, 피었습니다, 지극히, 정 도령을, 아내, 그러나, 그에겐, 있습니다, 넘은, 생각은, 분수에, 말아야지, 오빠로서, 평생토록, 섬겨야지."

띄엄띄엄 불렀기 때문에 순이는 태영의 속셈도 모르고 받아써 내려갔다. 태영은 순이의 공책을 받아 들고 챙겨보았다. 예닐곱 자가 틀리고 그밖엔 모두 맞았다. 태영이 틀린 곳을 고쳐주고 일렀다.

"인제 이 글자들을 말이 되도록 순서대로 맞추어봐라."

그러나 그것이 그렇게 쉬운 게 아닌 모양으로, 순이는 기를 썼지만 잘 되지 않았다. 태영은 공책을 도로 받아 들고 아라비아 숫자로 순서를 써넣어주었다. 그리고 그 순서대로 읽어보라고 했다. 순이는 더듬거리면서도 다음과 같이 읽었다.

"나는 열여섯 살 난 소녀입니다. 봄에 피어난 꽃처럼 행복에 대한 동경이 내 가슴에 피었습니다. 정 도령을 지극히 사랑합니다. 그러나 그에겐 아내가 있습니다. 분수에 넘는 생각은 말아야지. 평생토록 오빠로서 섬겨야지."

마지막까지 읽고는 그 뜻을 알아차린 모양으로, 순이는 고개를 숙인 채 얼굴을 들지 않았다. 무슨 말이라도 예사로 하고 부끄럼이란 전연 모르던 순이가 갑자기 귀밑까지 빨갛게 되었다. 태영은 지나친 장난을 했구나 하고 곧 후회했지만 때는 이미 늦었다.

"순이야, 그렇지 않아? 정 도령을 오빠처럼 여겨야 해."

순이가 얼굴을 들었다. 눈에 어슴푸레 이슬이 맺혀 있었다. 그리고 입이 뾰루퉁해지더니 말만은 활달하게 했다.

"누가 오빠겉이 안 모실라 했나 뭐."

그러나 순이의 얼굴에 쾌활함은 되돌아오지 않았다. 슬픈 소녀의 마음엔 슬픈 얘기가 된다고 생각한 태영은

"오늘 공부는 그만 하고 내가 얘기 하나 할까?"

하고 마음을 끌어보았다.

"얘기해줘. 전 도령 얘기는 운제나 재밌어."

순이는 순이대로 태영이 미안해하는 감정을 이해한 것 같았다.

태영은 테니슨의 『이녹 아든』 얘기를 했다. 『이녹 아든』은 태영이 중학교 시절 영어 선생인 구사마로부터 부독본으로 배워 아직껏 생생한 감동과 더불어 상세하게 외고 있는 터였다.

얘기는 한 시간 남짓 걸렸다. 그동안 순이는 다소곳한 자세로 몸부림 한 번 안 치고 귀를 기울였다.

아든이 죽는 장면에 이르자 순이는 눈을 가렸다. 자기도 모르게 눈물

이 쏟아진 까닭이다.

"그런 슬픈 얘기는 와 하노."

손으로 눈을 가린 채 순이가 말했다. 태영에겐 할 말이 없었다. 그 얘기 때문이 아니라, 태영도 갑자기 가슴속에 슬픔이 조수처럼 밀려오는 것을 느꼈다. 김숙자의 얼굴이 눈앞에 아른거렸다.

'지금 무엇을 하고 있을까?'

조용하고 부드러운 여자! 천연두 흔적을 이마에 하나, 코 오른쪽에 하나, 왼쪽 귀 근처에 하나를 새기고, 그렇다고 해서 자기를 못난이라고 생각하고 있던 이 세상에서 가장 아름다운 여자! 이녹 아든의 절해고도에서의 고독을 닮은 고독이 엷은 보랏빛 하늘을 금지우며 둘러친 산의 능선 가득히 꽉 차는 느낌이 들어 태영은 현기증을 느꼈다.

'인생이란 무엇이냐.'

'앞으로의 나의 인생은 어떻게 될 것인가.'

'다시 숙자를 만날 수 있을까.'

고향을 지척에 놓고, 거기 어머니, 아버지, 할아버지를 두고 찾아갈 생각조차 않는 스스로의 비정함이 쓰디쓴 후회가 되었다. 이런 후회는 태영으로선 처음 느껴보는 감정이었다. 잇달아, 평범한 생애를 택해야 했을 것이 아닌가 하는 생각도 솟았다. 그러나 태영은 얼른 그런 상념을 지워버렸다. 순이는 태영에게 등을 돌린 자세로 고쳐 앉아 먼 산을 바라보고 있었다. 순이도 소녀다운 생각에 잠겨 있는 모양이었다.

'종달새에게도 사상이 있을까.'

종달새 소리 같은 새소리를 들으며, 순이에게 사상이 있다면 그건 종달새 같은 사상일 것이라고 태영은 생각했다.

"나란히 앉아 뭘 보고 있소이?"

김 참봉의 아내가 앳된 얼굴에 웃음을 띠고 가까이에 있었다. 바구니에 쑥, 돈냉이 등 봄 나물이 가득 차 있었다. 나물 캐고 돌아오는 길이었다.

"봄을 보고 있소."

태영이 웃으며 털고 일어섰다. 순이도 벌떡 일어나더니

"나도 나물 캐러 갈란다."

라며 막사 쪽으로 뛰어가버렸다.

"모두 어디로 가고 전 도령 혼자만 있소이."

김 참봉 아내가 도령들의 막사를 돌아보며 물었다.

"한잠 자는 중입니다."

"어젯밤 밤샘을 했을 긍께 잠도 오겠구만."

김 참봉의 아내가 바구니를 들고 나오는 순이에게 무슨 말인가를 건네며 지게문 안으로 사라졌다.

그날 오후, 여섯 도령은 회의를 열었다. 새벽에 있은 사건으로 일본 경찰이 조만간 행동을 개시할 것이니 대책을 강구해야 하기 때문이었다.

"그렇다고 해서 놈들이 곧 수색전을 시작할까?"

노동식의 말이다.

"해동은 됐다지만 산길이 워낙 험하고 길이 질기도 하니 곧이야 안 할 테지만, 하여간 놈들이 가만있진 않을 끼거든."

하고 준규는

"그러나 철통 같은 경비 태세는 취할 필요가 있다."

라며 다음과 같은 제안을 했다.

"앞으로 쓸데없는 충돌은 절대로 피한다. 놈들이 나타나면 우리는 도망친다. 멋지게 도망쳐서 놈들의 병력을 피로하게 하는 것도 좋은 일이다. 내일부터 한 사람씩 저 산봉우리에 보초를 선다. 그리고 장날마다 김 참봉네 식구 가운데 누군가를 장에 보내 정세를 수소문한다. 한편 우리들은 언제든지 출동할 수 있게 짐을 정돈해둔다. 밤엔 놈들이 이 산골에서 행동하지 못할 거니까 걱정은 없지만, 김 참봉 집에도 말해서 등불 빛이 밖으로 새지 않도록 창에 포장을 두르게 한다. 그리고 밤이 되면 길목을 통나무 몇 개쯤으로 막아놓는다……."

누군들 이의가 있을 까닭이 없었다. 준규의 제안은 그대로 지시로 실시되었고, 긴장된 나날을 보냈다. 무술 훈련에 모두 열을 올렸다. 종전의 배쯤 되는 시간을 무술 훈련에 소비하도록 합의를 보고 그렇게 실행하기로 했다.

그러고도 안심이 안 되었던지, 준규는 어느 날 밤 이런 말을 꺼냈다.

"우리는 철저하게 놈들과 정면 충돌은 피해야 하지만, 피하더라도 여유 있는 마음을 갖고 피하는 것과 겁에 질려 피하는 것은 다르다. 여유 있는 마음을 갖고 행동하자면 우리에게도 무기가 있어야 한다. 놈들이 수색전을 시작할 양이면 대규모의 병력을 동원할 끼거든. 그렇다고 해서 지금 그들의 사정으로 봐서 군대까지 동원할 순 없겠지만, 경찰을 주력으로 하고 재향 군인이니 경방단원들을 동원한 꽤 큰 규모로 시작할 건 틀림없어. 이런 경우, 총성 일발은 대포만큼 위력을 가진다. 그런데 엽총 한 자루로선 아무래도 부족해. 엽총이라도 좋으니까 서너 자루 모을 수 없을까. 엽총 서너 자루만 있으면 오합지졸 백 명쯤에게 쫓겨본들 마음 든든하거든. 간혹 한 방씩 사방에서 쏘면 놈들이 선불리 설치지 못할 것이니 말야."

준규의 의견은 옳았다. 그러나 엽총을 어디서 구하느냐 말이다.

"이 도령, 박 도령, 차 도령, 당신네 동네에 엽총 가진 사람 없었소?"

준규가 물었다. 그러나 모두들 없다는 대답이었다. 아닌 게 아니라 가난뱅이들만 사는 산촌에 엽총을 가진 호사스런 사람이 있을 까닭이 없었다. 엽총을 가질 만한 사람들은 적어도 천 석쯤 하는 부자들이다.

태영은 어느 해 봄철 하영근 씨가 대청마루에 두 자루인가 세 자루의 엽총을 꺼내놓고 손질하는 광경을 보았다. 그러나 그곳은 아득히 멀다. 게다가 하영근 씨에게 그런 부탁까지 할 수는 도저히 없기도 했다.

하준규가 말한 모처럼의 의견도 결국 그림의 떡이 되고 말았다. 쓴 뒷맛을 다시며 화제를 딴 것으로 옮기고 말았다. 태영의 가슴엔 아쉬움이 남았다. 그 아쉬움으로 해서 태영은 잠자리에 들며 옆에 누워 있는 준규에게 하영근 씨가 가진 엽총 얘기를 했다. 준규는 그 말을 듣더니

"전 도령, 어떻게 하든 하영근 씨의 엽총을 빌려오도록 합시다."

하고 자리에서 일어나 앉았다. 태영도 일어났다.

"내일에라도 우리가 연명連名으로 편지를 써서 김 참봉을 진주로 보냅시다."

하고 하준규는 자기의 생각을 다짐하는 듯한 입버릇으로 말을 이었다.

"미안하긴 하지만, 수고스럽더라도 하영근 씨더러 엽총을 가지고 벽송사까지 오시도록 하지 뭐. 자기 총을 기지고 오는 덴 누구도 탓할 사람이 없을 테니까. 벽송사에 언제쯤 오신다는 것만 알면 밤에 우리가 가서 가져오면 되잖소."

준규는 수월하게 이렇게 말했으나, 태영은 그렇게까지 하영근 씨를 괴롭힐 수 있을까 하는 생각이 들었다.

"하영근 씨는 몸이 약한데……."

"몸이 약하다지만 그만한 부자니까 자동차를 전세 내기라도 할 수

있지 않겠소."

"허기야 일본놈 군대에 비행기까지 헌납한 사람이니 우리에게 엽총 몇 자루 못 주겠소만……."

태영이 이렇게 말하면서 자기의 결심을 굳혔다.

태영은 곧 간곡한 편지를 썼다.

일본 경찰에 대항하기 위해서란 대목은 일절 빼버리고, 산속에서 살자니 사냥이라도 해야 끼니를 이어나가겠다는 애원을 섞었다. 그리고 총은 다다익선多多益善이라고 썼다. 동지가 여섯이란 사실을 밝히기도 했다.

그 편지와 노자 10원을 가지고 김 참봉이 진주로 떠났다.

떠난 지 사흘 만의 밤중, 김 참봉은 은신골로 돌아와 육중한 등짐을 도령들의 막사에 풀어놓았다. 그 속엔 엽총 세 자루와 탄약이 담뿍 들어 있고, 라디오도 한 대 끼여 있었다. 너무도 신기한 일이라서 태영이 물었다.

"간도 크지. 이걸 김 참봉이 진주서 지고 왔소?"

"숨 좀 쉬고 얘기합시더."

김 참봉은 한 사발의 찬물을 들이켜고 띄엄띄엄 다음과 같이 설명했다.

하영근 씨는 편지를 읽더니, 벽송사에 가고 오고 할 필요없다고 해놓고, 이튿날 사냥하러 가자고 친구 둘을 꾀었다. 세 사람이 각각 엽총과 탄약대를 메고 전세 낸 자동차를 타고 북상면까지 왔다. 거기서 이곳저곳을 헤매며 사냥하는 척 꾸며 밤이 되길 기다려 그 엽총과 탄약을 김 참봉에게 짊어지게 하여 보냈다는 것이다.

"날씬하구만."

노동식이 감탄 섞인 한숨을 쉬었다.

"고마운 일이다."

준규는 세 자루의 엽총을 번갈아 만지며 눈물이 글썽해져서,

"이건 윈체스터란 총이고, 이건 레밍턴, 이건 지퍼……. 모두 엽총 가운데선 귀족에 속하는 것들인데."

하고 다음과 같이 말을 이었다.

"여러 도령들 들어보소. 이 엽총을 준 건 쉬운 일 같으면서 쉬운 일이 아니오. 이 엽총이 만일 왜놈들의 손에 넘어가면 이 총을 우리에게 보내준 사람은 죽소. 총엔 번호가 있는데, 그 번호를 알면 당장 총 주인을 찾아낼 수 있거든요. 그런 위험까지 무릅쓰고 보내준 총이오. 우리들을 위해서 그이는 배수의 진을 친 거요."

태영은 하영근 씨의 편지를 읽었다.

"……모든 것을 믿고 박군과 하군이 청하는 대로 총을 보낸다. 사냥하는 총으로 알고 보내니 용도에 각별한 조심이 있길 바란다. 어떤 일이 있어도 서둘지 말라. 지금 박군이나 하군, 그리고 그곳에 있는 다른 사람들이 할 일은 생명을 건전하게 보전하는 것이다. 그 목적 이외의 행동은 일절 삼가라. 그런 처지에서 생명을 건전하게 보전하는 일만 해도 커다란 공적이 되는 것이다. 그리고 혼자만 사는 세상이 아니고, 몇몇의 뜻대로 될 수 있는 세상도 아니다. 틀림없고 명백한 진리인데도 그것이 발성發聲된 지 3천 년이 지나도 아직 그 보람을 얻지 못한 사례가 우리의 주변에 수두룩하지 않으냐. 옳은 일이 옳게 보람이 다해지기 위해선 하늘과 땅과 사람이 공동하는 섭리의 작용을 기다려야 하는 것이다.

커다란 일이 이루어지려면 천시天時, 지리地理, 인화人和의 조화가 있어야 한다.『삼국지』는 케케묵은 얘기지만, 이 지혜는 아직도 새롭다.

생명의 보전 이외의 일은 일절 서둘지 말도록 거듭 부탁하며 노상에서의 난필을 이만 줄인다. 라디오가 없다기에 하나 보낸다. 세상 돌아가는 꼴을 대강이라도 알아야 할 게 아닌가. 또 무슨 일이 있거든 망설이지 말고 이번에 온 분을 보내라. 내가 할 수 있는 일이면 뭐든 할 작정이다. 자중자애하길 간절히 부탁한다."

태영이 편지 읽는 소리를 끝내자, 방 안엔 물을 뿌린 듯 적막이 감돌았다. 그만큼 심각한 감동이 도령들의 가슴에 충격을 준 것이다.

김 참봉의 형 김 주사와 순이가 들어오는 바람에 방 안은 떠들썩하게 되었다.

"야아, 이거 뭐꼬."

순이가 총을 들었다.

"매끌매끌한 게 참말로 예쁘네."

순이는 장난감을 안은 어린애처럼 좋아했다. 준규가 그런 순이를 귀엽다는 듯이 바라보며 말했다.

"순이야, 내 총 쏘는 법 네게 가르쳐줄까?"

"여자가 총을 쏴서 뭣해."

뽀루퉁해진 순이는 총을 방바닥에 놓았다.

"아, 순이는 여자였구나. 난 선머슴애로 알았는디."

준규가 익살을 부렸다.

"참말로 얄궂다이. 정 도령은 눈도 없소? 내가 치마 입은 것 보지도 못 했는가배."

"선머슴애가 치마 입은 줄 알았지."

노동식이 거들었다.

"점잖으신 홍 도령님이 왜 이러노."

순이는 노동식을 흘겨봤다.

밤참을 먹으라면서 김 참봉의 아내가 음식을 이고 들어섰다.

꿩고기를 넣은 쑥국, 산나물 무침, 도토리묵, 조와 팥과 보리와 쌀을 섞은 잡곡밥, 쓴 냉이 김치……. 그야말로 진수성찬이었다.

"여기 막걸리나 한 사발 있으몬 만석꾼 안 부럽겠는디."

술을 좋아하는 이 도령이 한 마디 했다.

"누룩을 디디갖고 술도 한번 맹글아볼까에."

참봉의 아내가 말했다.

"일본놈이 꺼꾸러지기 전엔 술 안 먹기로 했잖소."

하준규가 말했다.

"일주일에 한 번쯤, 막걸리 한 사발쯤은 먹는 게 좋잖을까."

노동식이 한 말이다.

"조금 식량이 넉넉하다 싶으니까 엉뚱한 생각이 나는 모양이구만."

하준규가 웃으며 말했다.

술 얘기가 나오자, 박 도령과 차 도령도 군침이 도는 모양이었다.

"꼭 한 사발만 마셨으면……."

하는 말을 몇 번이고 했다.

"술보다 은신골 물이 기막히게 맛있던데."

하고 준규가 말했다.

"그럼 술 마시고 싶은 사람 손을 한번 들어보소."

태영과 준규를 빼놓고 모두 손을 들었다. 순이까지 손을 들었다.

"순이 너는 언제 술맛을 배웠니?"

노동식이 물었다.

"할아부지 따라 장에 갔을 때 묵어봤지. 째릿째릿한 게 맛있던디."

순이가 구김살 없이 말했다.

"그렇다면 종다수 가결이라고 하니까, 아주머니, 술을 한 말쯤만 비벼넣어 보이소, 김 진사 영감도 계시니 어른 대접도 해야 할 끼고……."

이렇게 준규가 결정을 내렸다.

"그만한 여유가 있는 게 좋을 것 같애. 우리들의 생활이 너무나 팽팽하거든."

노동식이 넌지시 말했다.

"난 순이의 결혼날에나 술 한 잔 얻어 먹을까 했는디, 호박이 구른 셈인디."

하고 박 도령이 웃었다.

"박 도령도 얄궂대이. 내 운제 시집간다 하드노."

순이가 볼멘소리를 했다.

술 얘기가 나오자 갑작스럽게 자리가 어울려지는 게 이상했다. 박태영은 막걸리 한 사발쯤은 자기도 마실 수 있을 것이라고 생각하고 은근히 그날이 기다려지는 심정이 되었다.

거의 한 달이 지났는데도 토벌대는 오지 않았다. 그런 징조마저 없었다. 김 참봉의 아버지 김 진사가 어느 날 장터에서 수소문한 바에 의하면, 은신골에 수십 명의 장정이 모여 매일 무술 훈련을 하며 지낸다는 소문이 일대에 쫙 퍼져, 대대적인 토벌 작전을 벌이지 않을 수 없을 것으로 알고 경찰이 정세를 관망하는 태도를 취하고 있는 것 같다는 것이었다.

"이왕이면 수백 명 모였다고 할 것이지, 왜 수십 명이고! 일당백할 장정이 여섯이나 모였는데."

준규는 깔깔 웃었다.

그들의 매일매일은 그런 풍문으로 해서 더욱 즐거웠다. 게다가 라디오를 통해 듣는 정세가 또한 그들의 신을 돋우었다. 하영근이 보낸 라디오는 고성능이어서 단파를 통해 미군 방송을 들을 수 있었다. 일본의 태평양 함대는 거의 전멸한 상태였고, 태평양의 섬들도 차례차례 미군의 수중으로 들어가 일본군은 필리핀에서 전전긍긍한 꼴을 겨우 가누고 있다는 것이니, 일본군의 패망은 눈앞에 다다라 있는 거나 마찬가지였다.

일본 본토에 대한 미 공군의 폭격이 치열해져가는 것으로 보였다.

스탈린그라드에서 타격을 받은 독일군이 소련 영토로부터 밀려나와 동유럽으로 퇴각하고 있다는 소식도 들었다.

이런 가운데 봄을 지내고 여름이 되었다. 그들이 밭을 일궈 심은 감자가 어느덧 무성하게 자라 짙은 녹색의 잎사귀를 바람결에 하늘거리기 시작했다. 여름이 짙어져갈수록 그 빛깔도 짙어져갔다. 흙 속에서 감자가 열심히 알을 뱄다. 바람과 비와 햇빛이 감자 알을 무럭무럭 자라게 했다.

그들은 또 참외와 수박도 심었는데, 참외는 노란빛으로 탐스러웠고, 수박의 빛깔도 탐스러웠다. 그들은 열심히 김을 매고, 늘어지게 낮잠을 자기도 했다. 그리고 찬 개울물에 담가두었던 참외와 수박을 먹었다.

그러나 두통거리도 있었다. 감자가 클 때쯤 되니까 난데없이 산돼지란 놈이 설치기 시작한 것이다. 명사수 하준규가 총을 쏘기만 한다면 산돼지 풍년을 만나기도 하겠지만, 비상사태를 위해 한 발의 탄환이라도 아껴야 해서 부득불 돼지막을 짓고 불침번을 서며 산돼지를 쫓아야 했다.

산돼지를 사로잡을 갖가지 궁리를 했다. 산돼지가 술을 좋아한다는 말이 있어, 커다랗게 함정을 파놓고 밑바닥에 술을 뿌려놓아 보았다. 그러나 산돼지는 그들의 꾀에 넘어가지 않고 감자밭만 뒤집어놓고 사라지곤 했다. 어느 때는 새끼를 꼬아 그물을 만들어 사로잡을 계교를 부려 보았으나 효과가 없었다. 산돼지는 우둔해 보이면서도 영리하고 민첩하다. 게다가 힘도 세다. 웬만한 그물쯤은 뚫고 달아나고, 웬만한 함정쯤은 단번에 알아차리고 뛰어넘든지 돌아가든지 한다. 총을 쏴서 잡지 못할 바에야 끈기 있게 지켜보다가 소리를 질러 쫓을 수밖에 없었다.

돼지막을 짓고 산돼지를 쫓는 일이 고통스럽기만 한 것은 아니다. 달이 있는 밤이면 달빛 아래서, 달이 없는 밤이면 별빛 아래서 화톳불을 가운데 놓고 떠들며 밤을 지새우는 것도, 그리고 수박이나 참외를 밤참으로 먹어가며 노는 것도 즐거운 일에 속한다. 어쩌다 순이가 섞이면 분위기는 한층 더 번거로운 빛깔을 띤다. 어느 날 밤엔 이런 일이 있었다.

언제나 능청맞고 익살을 잘 떠는 박 도령이 순이를 구슬르기 시작했다.

"순이는 어떤 신랑한테 시집갈래?"

"시집은 벌써 무슨 시집이란 말이고."

"벌써라니, 순이 나이 열여섯 아니냐. 열여섯이면 느그 아주머니 시집온 나이 아닌가."

"그래도 난 시집 안 가."

"그러지 말고 내 말 들어봐. 나 같은 총각은 마음에 안 들어?"

"아이구, 저런 늙은 총각."

"나이 서른이 늙었나? 느그 아저씨도 서른 살에 열여섯 난 느그 아주머니와 결혼 안 했나."

"아저씨는 아저씨고 아주머니는 아주머닌데, 와 자꾸 남의 일만 들먹이노.”

"순이가 철없는 소릴 한깨 그러는 것 아닌가. 어때, 나한테 시집올 생각 없나?”

"죽어도 박 도령 같은 능글맞은 사람헌텐 시집 안 가!”

"이 도령은 어떻노?”

"이 도령도 싫어. 꽁생원이 돼서······.”

"차 도령은?”

"차 도령도 싫어. 무뚝뚝해서······.”

"홍 도령은?”

"홍 도령도 싫어. 너무 점잖애.”

"전 도령은?”

"전 도령도 싫어, 가끔 날 슬프게 한깨.”

"오올치, 꼭 정 도령만 마음에 든단 말이로고나.”

"정 도령?”

하고 순이는 하준규의 얼굴을 뚫어지게 바라보더니

"정 도령도 싫어.”

하고 풀이 죽은 말을 했다.

"정 도령은 왜 싫지?”

박 도령이 거듭 물었다

"정 도령은 여상女相이거든. 난 여상 가진 사람 싫어.”

이렇게 말해놓고 순이는 벌떡 일어나더니 막사를 향해 달아나버렸다.

"이렇게 되고 보니 우리 모두 미끄러졌구만.”

박 도령이 큰 소리로 순이의 등을 향해 말하고 '핫하' 하고 웃었다.

"아무래도 정 도령 큰일 났소. 순진한 처녀 병들게 하겠어.”

노동식이 말했다.

"아까 순이가 전 도령은 가끔 슬프게 해서 싫다고 말했는데, 그거 무슨 뜻이지?"

하준규가 물었다.

박태영이 언젠가 순이에게 받아쓰기를 시켰을 때 얘기를 했다. 그 얘길 듣고 모두들 웃었다. 준규만이 심각한 표정으로 말했다.

"순이의 감정이 모두들 느끼고 있는 것처럼 그렇다면 큰일인데. 전 도령은 그애에게 글을 가르칠 때마다 아까 그런 형식으로 타이르도록 하시오. 그렇게라도 해서 마음을 잡도록 해야지……."

"안 되겠습디다. 꼭 한 번쯤 해볼 일이지, 두 번 다시 할 일은 못 돼요. 그 글을 붙여 읽자마자 순이의 얼굴이 질려버린 것같이 되던데, 어디 참혹해서 또 그런 짓을 되풀이할 수 있겠어요?"

박태영이 짐짓 난처한 문제라고 생각하며 말했다.

"훠어이."

하고 돼지 쫓는 시늉을 한 소리에 이어 자지러지게 웃어대는 순이의 앳된 웃음소리가 깊은 밤의 적막을 찢고 감자밭 건너 쪽에서 들려왔다.

태영은 등이 오싹해짐을 느꼈다. 그건 미친 여자의 웃음소리 같았다. 순정이 끝내 보람을 보지 못하면 순이는 정말로 미쳐버릴 것이 아닌가 싶었다. 그러나 그런 말을 입 밖에 낼 순 없었다.

검은 흙 속에서 감자가 알알이 나타났다. 땅이 정성껏 잉태해서 길러놓은 생명을 파낸다는 신성한 감동이 가슴에 서렸다. 대지의 신비가 새삼스럽게 피부로 혈맥으로 두뇌로 느껴지는 그런 기분이었다.

감자를 심으면 감자를 낸다. 참외를 심으면 참외를 낸다. 수박을 심으면 수박을 낸다. 콩을 심으면 콩이 나고, 팥을 심으면 팥이 난다. 이 아무렇지도 않은 일상의 상식이 어떻게 이처럼 감동이 되는 것일까.

태영은 흙이 곧 조국이란 사상을 익혀보았다. 모든 생명이 흙에서 나서 흙으로 돌아간다. 흙은 신성하다. 이 신성한 흙이 강토의 규모가 되면 거기 조국이 생긴다. 흙이 신성한 것처럼 조국도 신성하다. 사람은 조국의 신성을 더욱 신성하게 하기 위해 아쉬움 없이 목숨을 바칠 수가 있다. 목숨을 조국을 위해 바친다는 것은 조국의 생명에 스스로의 생명을 귀일시킨다는 뜻이 된다.

그런데 이 조국을 외적이 유린하고 있다 이것은 어떤 민족의식, 어떤 사회학적 관념, 어떤 정치적 이념에도 위배될 뿐 아니라, 아니 그런 논의에 앞서 반자연反自然인 것이다. 인생이 자연에 반역하고 살 수 있을 까닭이 없다. 반자연을 용인하는 의식과 정신이 온전할 까닭이 없다. 조국을 유린하는 세력과 싸우는 것은 그러니 반자연적 방향을 자연적 방향으로 시정하는 노력일 뿐이다. 이러한 노력을 게을리하는 자, 외면하는 자는 이미 사람이 아니다. 그건 노예다. 노예라는 이름의 동물이다.

태영은 뙤약볕을 받아 땀을 흥건히 흘려가며 감자알을 캐면서, 그 한 알 한 알의 감자가 무슨 계시인 것처럼 황홀했다.

자기가 자기의 주인일 수 있는 자유, 자기가 자기의 주인일 수 있는 환경, 덕유산 은신골은 은신골이 아니라 자유의 골이었다. 태영은 밤이 되어 잠자리에 들 때 이 감동을 하준규와 노동식, 그밖의 도령들에게 말해보리라 마음먹었다.

1944년 8월 중순에 접어들었다. 미군 방송은 괌도를 탈환했다는 보도와 함께 태평양 전역에 걸쳐 일대 공세에 들어갔다고 전했다. 한편, 일본 대본영의 발표는 퇴각을 전진이라고 하고, 전멸을 옥쇄라고 하는 등 허장성세를 일삼고 있었으나, 그 퇴세頹勢는 만회할 길이 없는 것으로 느껴졌다.

"하두 지독한 놈들이니까, 앞으로 2년은 더 지탱하겠지."

하준규의 의견이었다.

"그렇다면 산중 생활 2개년 계획을 세워야겠구나."

노동식이 말했다.

"3년쯤으로 해야지."

하준규가 말하자,

"그라몬 참말로 늙은 총각 되것는디."

하고 박 도령이 너털웃음을 웃었다.

"3년 아니라 5년이라도 이대로 같으면 너끈히 살겠구마. 자꾸 밭을 맹글어야지. 그라몬 식량 걱정도 없을 기고."

차 도령은 항상 이렇게 낙천적이다.

"미군이 조선에도 상륙할까."

노동식이 중얼거렸다.

"미군이 상륙하기만 하면 우리도 호응해야지. 배후에서 게릴라전을 하면 미군의 작전을 크게 도울 수 있을 기다."

하준규는 만만한 투지를 보였다.

"상륙하려면 일본 본토에나 하지, 조선에까지 상륙할 필요가 있겠습니까."

태영이 자기의 의견을 말했다.

"그야 그렇겠지. 그러나 만일이란 것도 안 있겠소."

하준규는 미군이 상륙했을 경우의 게릴라전을 예상하고 제법 재미있는 작전 계획을 피로했다.

박태영은, 산중 생활 3년을 잡는다면 계통적인 학문을 시작해야겠다고 마음먹었다. 그러자면 하영근 씨의 힘을 빌려 독서 계획을 짜야 하고, 거기에 맞추어 책도 하영근 씨의 서재에서 빌려야 했다. 그렇게 하려면 우선 임홍태와 연락을 해야 했다. 태영이 준규와 의논해서 김 진사를 임홍태에게 보내려는 참인데, 임홍태 본인이 등산복 차림으로 어느 날 해질 무렵 태영의 산막 앞에 나타났다. 태영뿐 아니라 도령들은 이 진객珍客의 방문을 마음으로 환영했다.

임홍태는, 8월 초순 이규가 자기를 찾아와 며칠 묵고 갔다면서 규의 편지를 태영에게 전했다. 태영은 가슴이 설렜다.

"박태영 군, 임군을 통해 군의 소식은 대강 들었다. 몸과 마음이 고루 건전하게 지내고 있다니, 그 이상 반가운 일은 없다. 나도 덕택에 편히 있으니 안심하게. 편히 있다고 했는데, 그건 육체뿐이고 마음은 허전하다. 너의 굳은 의지와 결단력이 부러울 뿐이다. 나는 하마터면 자네가 그처럼 반대했던 학병에 끌려갈 뻔했다. 일본놈의 병역 연령에 수개월 미달된 것을 기화로 버티어―그렇게 버티는 덴 대학 교수 한 분의 도움이 있었다―나는 겨우 그 수모의 생활을 면하게 되었다. 그러나 내년이면 빠져나갈 도리가 없을 것 같은데, 그때 가서 자네가 있는 곳으로 갈까 하는 생각도 해본다. 이처럼 우유부단한 놈은 그저 폐스럽기만 하겠지만, 관대하게 봐주기 바란다. 세계의 대세는 자네가 생각한 그대로 움직여가고 있는 것 같다. 그런데도 거기 따른 결단을 내릴 수 없으니 더욱 딱한 일이다. 나뿐만이 아니라 나의 주변에 있는 사람이 모두 그런 꼴이다. 이것을 현실이라고 해버리면 그만일 줄 모르나, 그러니까 자네 같은 지도자의 존재 이유가 있는 것이 아닌가도 싶다. 여하간 자네의 존재는, 자네를 알고 있는 사람들에겐 커다란 의미를 가지고 있다. 일본의 억압에 굴하려다가도 박태영 같은 인식 방법, 박태영 같은 행동 방식이 있다는 걸 깨달으면 정신이 차려지곤 하니 말이다. 학병으로 간 친구들로부터도 그런 뜻의 편지를 많이 받았다. 검열이 있기 때문에 생각 전부를 쓸 수 없어 불분명한 대목도 있었지만, '영의 존재가 기막힌 위치를 내 가슴속에서 차지하고 있다'는 등의 말이 바로 그런 뜻이 아니겠나. 시대 인식에 있어서 자네 같은 존재는 우유부단한 우리에게도 큰 도움이 된다는 사실을 알리고 싶단 얘기다. 인간으로서나 사상으로서나 대성할 자네를 기대한다. 건강에 조심하고, 내가 자네를 위해 할 수 있는 일이 있거든 임홍태 군을 통해 알려달라. 최선을 다하겠다. 임군이 한 번쯤 자네를 찾는다기에 나도 동행하기로 했으나, 임군의 사정으로 시일을 끌 것 같아서 이 편지만 남기고 나는 집으로 돌아간다. 일본은 공습이 심해 당분간 나는 집에 있을 작정이다. 기회가 있으면 금년이나 내년에 꼭 자네를 찾겠다."

규의 편지를 읽고 넋을 잃고 있는 태영을 보고, 준규는 그 편지를 읽게 해달라고 했다. 태영은 편지를 준규에게 넘겨주었다. 준규는 한참 동안 편지를 읽더니 불쑥 말했다.

"이렇저렇 소리 말고 이규 군에게 빨리 이곳으로 오라고 편지하시오."

태영도 그럴 작정이라고 했다.

배낭에서 쌀 한 말을 꺼내놓고 임홍태는 산막에서 사흘을 묵었다.

"나도 여기 와서 같이 살고 싶은데……."

이렇게 말한 임홍태는 짐짓 진심으로 그런 것 같았다.

"하늘이 자기 빛으로 펼쳐져 있고

산들도 자기 모습대로 앉아 있고

도령들은 신선한 공기를 들이켜곤 향기를 토한다.

아름다운 시도 너절하게 보이는 이곳에선, 사람들이 바로 걸어다니는 꽃이다. 진정 사람일 수 있는 사람이 얼마나 아름다운가를 느끼게 하는 덕유산의 도령들!"

해놓고 임홍태는

"하 선배님, 이렇게 서툰 즉흥시가 되었습니다."

하고 수줍게 웃었다.

"서툴구만. 하늘이 자기 빛으로 펼쳐져 있고 산들도 자기 모습대로 앉아 있다는 것까진 좋은데, 신선한 공기를 마시고 도령들이 향기를 토한단 대목은 틀렸어. 모두들 감자를 잡수시고 꾸린 방귀만 뀌어젖히는 덴 질색이거든. 감자방귀란 건 지독해."

하고 준규는 껄껄 웃었다.

임홍태는, 한 달에 한 번 김 참봉과 만나 연락할 장소와 시간을 의논해놓고 떠났다. 떠나는 마당에 태영은 임홍태에게, 하영근 씨와 김숙자에게 보내는 편지를 부탁했고, 하준규와 노동식도 각각 자신의 정체를 숨긴 편지를 위탁했다. 그리고 임홍태에게 '준도령'準道令의 칭호를 주기로 만장일치로 결의했다.

임홍태가 떠난 바로 그날, 징용 기피자 둘이 은신골로 찾아들었다. 식구가 둘이 분 셈이다. 그랬는데 일주일쯤 지나 또 징용 기피 장정 세 사람이 찾아왔다.

"산막을 하나 더 지어야겠다."

도령들은 즐거운 비명을 올렸다.

"앞으로 자꾸 올 깁니더."

하고 새로 온 도령들이 말했다. 징용으로 몰아세우는 경찰의 횡포가 심해간다는 것은 임홍태를 통해서도 들은 터였다.

"은신골에 징용을 기피한 장정들이 수십 명 모여 재미있게 살고 있다는 소문이 쫙 펴져 있거든요."

하고 한 사람이 말했다.

그러니까

"앞으로 자꾸 올 깁니더."

한 모양인데, 그렇게 될 경우를 예상하고 근본적인 대책을 미리 강구해 둘 필요가 생겼다.

첫째는 식량 확보를 위한 개간 계획을 알맞게 세워야 하고, 둘째는 산막을 짓는 일이고, 셋째는 엄한 규율을 세워야 했다. 도령이 여섯이었을 때는 같은 방에서 자고 먹고 할 수 있었고, 다행히 모두 성품이 좋은 사람들이어서 한 번도 불화나 마찰 같은 것이 없었지만, 열 명 이상의 권속으로 불어나면 피차의 도의적인 태도에만 기대할 순 없었다. 게다가 그들의 말 그대로 징용 기피자가 자꾸 모여들면 일본 경찰도 가만 있지 못할 것이니 거기 따른 대비도 있어야 했다.

먼저 여섯 도령의 회의가 있었다. 그 결과, 하준규를 최고의 두령으로 하고, 노동식은 작업 감독, 박태영은 교양 지도의 역할을 맡았다. 박 도령, 이 도령은 새로 온 사람들 틈에 끼여 이곳에서의 생활에 관한 지도를 하기로 했다. 그리고 전체 회의를 열어, 새로 온 사람 가운데 하나는 본래 있던 산막에 기거시키기로 하고, 남은 네 사람이 든 새로 지은 산막으로 박 도령과 이 도령이 옮아가기로 했다. 차 도령은 준규 일행과 같은 산막에 남아 연락 책임을 지기로 했다.

개간을 서둘러 서리가 오기까지의 시기에 수확할 수 있는 작물을 심기로 하는 한편, 산에 있는 도라지, 칡뿌리, 개암, 산능금 등 사람이 먹을 수 있는 초근·목피·목실木實·나물을 부지런히 거둬들이기로 했다. 노루나 산돼지, 비둘기, 꿩 등을 잡으면 포로 떠서 말리기로 했다. 겨울을 앞두고 서둘 대로 서둘러야 했다.

그런데 8월 말쯤까지 식구가 열셋이 더 불었다. 합계 24명이 된 것이다. 그렇게 되니 개간 계획만으론 겨울을 넘길 식량 확보 방법이 될 수 없었다. 그들이 가지고 온 식량으로 두 달을 지탱하고, 이미 마련되어 있는 감자나 잡곡으로 한 달을 넘긴다고 해도, 명년 봄까지 석 달 동안의 식량이 깡그리 부족한 셈이다. 춘궁기를 넘겨본 경험이 있는 준규나 태영은 이 문제를 범연히 넘겨버릴 수가 없었다. 초근목피와 산나물의 수집을 계속하고 철저히 절식운동을 하는 수밖에 없었다. 그런 만큼 규율을 엄하게 세워야 되었다.

"규율이 엄하다고 해서 벌칙을 가혹하게 할 순 없다. 법칙은 타이르는 방법 외엔 없다. 타이르고 타이르고 끝까지 타이르는 길밖에 없다."

이것이 하준규가 내세운 방책이었다.

무술 훈련까지 겹쳐 일이 고된데 절식을 해야 하니, 자연 분위기가 거칠어졌다. 할 수 없이 일주일에 한 번쯤은 실컷 먹는 날로 정하기로 했는데, 그로써 거친 분위기를 완화할 순 없었다. 그러자 사고가 생겼다.

비상사태, 즉 이리 쫓기고 저리 쫓길 경우를 예상하고 찰떡을 잘게 만들어 말려 소위 비상 식품이란 명목으로 한 섬가량 비축하고 있었는데, 어느 날 그것이 5분의 1쯤 줄어져 있는 것을 발견했다. 그것을 도둑질할 사람이 있을 것이라곤 아무도 상상하지 못했던 만큼 그 사건의 충격은 컸다. 그러나 범인을 잡아내어 처벌한다는 건 상상도 못 할 일이었다. 그렇다고 해서 방치할 수도 없었다. 준규는 전원을 모아놓고 다음과 같은 훈시를 했다.

"우리는 누가 시켜서 이곳에 있는 것도 아닙니다. 억지로 끌려와 이곳에 있는 것도 아닙니다. 우리들 스스로 자기의 뜻으로 이곳에 모인 것입니다. 왜 이곳에 모였느냐. 어려운 말 할 필요도 없이, 왜놈들의 더러운 꼴 보지 않고 우리의 생명을 보전할 목적으로 모인 것입니다. 혼자선 위험하니 이런 단체가 되었습니다. 그러니 이 단체가 잘 돼나가야 우리의 생명이 보전될 것입니다. 앞으로 반드시 경찰의 추적이 있을 것입니다. 우리가 그 추적에서 이겨 남자면 우리의 단체가 튼튼해야 합니다. 금이 가선 안 됩니다. 그런데 조그마한 배고픔을 참지 못해, 우리가 아주 심한 곤경에 빠졌을 때 그것을 가지고 연명해야 할 생명의 양식을 훔친 사람이 있습니다. 이건 될 말이 아닙니다. 우리가 지금 배고프다고 해도, 참지 못할 정도는 아닙니다. 장래를 생각해서 절식하는 거지, 식량이 없어서 절식하는 건 아닙니다. 말하자면 자발적으로 하고 있는 겁니다. 여러분이 징용 갔더라면 태평양의 고기밥이 되었을지도 모르고, 탄광에서 죽었을지도 모릅니다. 죽진 않더라도, 지금 우리가 먹고 있는 정도의 음식도 못 먹을지 모릅니다. 지금 바깥에서는 식량이 모자라 콩깻묵을 섞어 먹는다고 하지 않습니까. 우리는 아직 콩깻묵을 먹진 않습니다. 그럼에도 불구하고 이 조그마한 고통을 참지 못한다면 앞으로 동지가 될 수 없습니다. 그런 사람 하나 때문에 우리의 단체에 금이 가게 할 수도 있습니다. 여러분, 앞으로 다시는 이런 일이 없도록 해주십시오. 만일 꼭 그런 버릇을 고치지 못하겠거든 우리 단체에서 떠나주십시오. 가지고 온 식량은 그대로 돌려드리고, 아무런 싫은 소리도 않겠습니다. 우리를 위해서 제발 떠나주이소. 앞으로 다시 이런 일이 있으면 나는 도저히 그냥 있을 수 없을 겁니다."

하준규는 울먹거리며 말을 끊었다. 다시는 그런 일이 없을 것이라고 모두 맹세했다.

그랬는데 불상사가 바로 그 이튿날 다시 발생했다. 이번엔 그 비상식품의 거의 반이 없어진 것이다. 개간 작업과 산나물 수집을 하고 돌아오니 그렇게 돼 있었는데, 범인은 곧 추측할 수 있었다. 땔나무를 하게 하려고 새로 온 도령들 가운데서 여가餘哥라는 사람과 백가白哥란 사람을 산막에 남겨두었는데, 그 두 사람 가운데 한 사람이거나 두 사람의 공모이거나 했을 것이란 점에 의심할 여지가 없었다.

하준규는 두령으로서 중대한 결의를 하지 않을 수 없게 되었다. 덕유산 은신골에서 처음으로 닥친 위기이며 시련이었다.

만월滿月이 되려면 아직 2~3일을 더 기다려야 하는 8월 하순의 어느 날 밤이다. 하준규는 도령들이 잠든 시간을 기다려 여섯 도령만을 깨워 산막에서 약간 떨어진 곳에 있는 원두막에 모이도록 했다. 비상 식량 도난 사건 처리책을 강구하기 위해서였다.

심심산골의 달밤엔 귀기鬼氣가 있다. 가끔 바람 소리가 일고, 개울물 소리가 낮아졌다 높아졌다 하며 들려온다. 풀벌레의 울음소리는 합창처럼 고조되었다가 솔로로 가냘퍼지기도 한다. 적막 속에서일수록 생명을 보다 강하게 느낄 수 있다는 건, 달그림자를 안고 웅크린 바위마저 지금이라도 곧 그 오랜 침묵을 깨뜨리고 발언이라도 할 듯 가다듬은 자세로 보이기 때문이다.

"아무래도 근본적으로 대책을 세우지 않고 그냥 넘어갈 수는 없어."

하준규는 이렇게 말하고 얼굴을 들었다. 달빛이 그의 하얀 이마를,

스포트라이트를 비춘 것처럼 비쳤다. 그러나 움푹 팬 눈 언저리는 그늘이 되어, 그의 눈 표정을 알 수는 없었다. 하준규는 수일 동안 그 문제를 두고 고민하고 있는 터였다.

모두 당장 뭐라고 말할 수가 없었다. 개울물 소리만 한결 높이 들렸다.

"인화人和를 깨지 않는 방법으로 처리할 묘책이 없을까."

준규는 다시 한 번 중얼거렸다.

"먼저 두령이 생각한 방법이 있거든 그것부터 말씀해보시오."

노동식이 말했다.

"아무리 생각해도 좋은 방법이 떠오르지 않아. 인화를 생각하면 이 문제를 불문에 부쳐야겠고, 모임의 질서에 중점을 두자면 철저히 방책을 강구해야겠고……."

준규의 음성은 침통했다.

"제기랄, 그 백가란 놈하고 여가란 놈을 불러 추달을 받아봅시다."

박 도령이 말했다.

"추측만으로 그럴 수 있소?"

준규의 말이었다.

"추측이고 뭐고, 그놈들 수작 아니면 여기 홍길동이 왔단 말입니꺼."

박 도령이 볼멘소리를 했다.

"백, 여 두 사람을 나가라고 합시다. 확실히 증거는 없다쿠더라도 께름한깨, 그런 사람들만 없애버리면 될 게 아닙니꺼. 네가 도둑질을 했응깨 우쩐다느니 해갖고 시끄럽게 떠들 것도 없이 말입니더."

이건 이 도령의 의견이었다.

"그 방법도 생각해봤소. 그러나 안 돼. 그 사람들이 범인이라고 해도 그럴 순 없어. 이 산속에서 어떻게 하라고 그들을 내보내겠소."

하준규가 잘라 말했다.

"그라몬 우짤 깁니꺼. 추달을 받는 것도 안 된다, 내보내는 것도 안 된다……. 이거 곤란한 문제 아닙니꺼."

박 도령이 투덜댔다.

"곤란한 문제니까 이렇게 모여 의논하는 것 아뇨."

노동식이 웃으며 말했다.

"내한테 맥겨주이소."

차 도령이 나섰다.

"우쩔 긴디?"

이 도령이 물었다.

"살살 꾀어가지고 훔친 걸 도로 토해놓고 두령님께 사죄드리도록 해볼 낍께요."

차 도령은 자신 있게 말했다.

"도둑을 잡아 도둑맞은 물건을 찾아내는 데 문제가 있는 게 아니니까."

준규가 난색을 표했다.

"그렇다고 짧은 밤에 미영만 잣고 있을 껍니꺼."

차 도령이 불만스럽게 말했다.

"요는 앞으로 그런 일이 없도록 해야 하는데, 나쁜 짓을 한 그들이 진심으로 반성하고 앞으로 그런 짓을 안 하도록 할 뿐 아니라, 그들 자신이 어색하지 않도록, 말하자면 떳떳이 공동 생활을 할 수 있도록 하는 방법이 있을까 하는 데 문제가 있단 말이오."

태영은 하준규의 진심을 알았다. 그런 까닭에 준규는 그만큼 고민도 컸던 것이다. 태영이 며칠을 두고 생각한 것을 말해보리라 결심했다.

"아까 두령께서 말씀하신 대로 요는 인화와 단결을 유지해나갈 수 있도록 문제를 해결해야 하지 않겠습니까. 그러자면 우선 원칙을 세워야 하지 않겠습니까."

"말해보시오."

하준규가 재촉했다.

"우리의 이 모임을 단순한 도망자의 집단으로만 생각해선 안 되겠다는 말입니다. 무슨 뚜렷한 목적을 가진 단체로 조직해서 그 취지에 찬동하는 사람은 각자 서약을 통해 이 단체에 남고, 서약을 못 할 사람은 당분간 여기서 같은 생활을 하기로 하되 별도의 모임으로 구별하자는 겁니다. 단체를 조직하면 반드시 규율을 정해야 하고, 서약하고도 그 규율에 복종하지 않는 사람에겐 응당 벌을 주는 식으로 되어야 할 줄 압니다. 이런 원칙이 없으면 이번 사건은 단순한 도난 사건밖에 안 되는 것 아닙니까. 단순한 도난 사건으로 치면 문제는 간단합니다. 좀 손해를 본 셈 치고 덮어버리고 앞으론 도둑맞지 않도록 주의하면 되는 겁니다."

"무슨 목적의 단체이면 좋겠소?"

하준규가 물었다.

"조국의 독립을 위해 왜적을 비롯한 원수들과 싸운다는 걸 목적으로 하면 좋겠죠."

태영이 서슴없이 말했다. 모두들 신중하게 귀를 기울였다.

태영이 말을 계속했다.

"그러니 도둑맞은 일은 일단 보류해놓고 조직부터 먼저 만듭시다. 이왕 정 도령을 우리의 두령으로서 받들었고 몇 달 같이 사는 동안 서로의 사상도 대강 알게 되었으니, 두령을 중심으로 철통 같은 독립 결사를 만듭시다. 그리고 그 조직에 의해 훈련하고 수양하고 명령하고 복종하고 건의하고 책벌하도록 합시다. 이렇게 원칙이 서거든 그때 도난 사건을 처리하는 방책을 세웁시다."

"좋은 의견이오."

노동식이 찬성했다. 잇달아 이 도령, 박 도령, 차 도령도 동조했다. 그런데 하준규는 주저하는 태도를 보였다.

"전 도령의 의견은 옳소. 그러나 나라의 독립을 위해 왜적과 싸우자고 강요할 순 없지 않을까. 사상과 신념의 문제이고 생사에 관한 문제이니……. 일단 조직이 이루어지면 죽음을 맹세하고 그 조직을 지켜야 할 것 아니오. 그런데 어떻게 간단하게 할 수가 있겠소."

"그러니까 하는 말입니다. 각자 자유롭게 아무런 강제도 없이 서약을 하자는 겁니다. 서약을 한 사람으로 조직을 만들고, 서약하지 않은 사람들은 별도로 모여 살도록 하는데, 측면에서 협조하고 친목은 지켜 가도록 하면 되잖을까 하는 말입니다."

태영이 이렇게 말하자, 준규는

"그러나 전 도령, 이 산속에서 그런 말을 내놓으면 아무도 반대하지 못할 것 아뇨. 강제를 하지 않더라도 이 분위기 자체가 강제성을 띠게 된단 말이오. 진심으로 마음이 내키지도 않은데 서약을 하는 사람도 나올 거란 말요. 그렇게 되면 딱한 일이 생길지도 모르고……."

하며 계속 망설였다.

"방법이 있겠지."

하고 노동식이 다음과 같이 말했다.

"공개 석상에서 제안하는 식으로 하지 말고 자유로운 기분으로 친구로서 이야기하는 가운데 서로의 진의를 알아보면 될 게 아니겠소. 그래 가지고 서약 문제를 꺼내면 되지 않을까 하는데요. 뜻이 없어 뵈는 사람은 그만두고, 서약도 공개적으로 할 게 아니라 두령에게만 개인적으로 비밀로 하기로 하고……."

"그래가지고 이 이상 서약할 사람이 없다고 짐작되었을 때 조직을 하고, 뒤에 나타나는 사람이 있으면 그 조직에 끼워주고……."

박태영이 보충 설명을 했다.

"좋은 의견이긴 하나, 여기 모인 여섯 도령부터가 문젠데……."
하고 하준규가 웃었다.

"난 어떤 서약이라도 하겠십니더."

이 도령이 말했다.

"나도요."

"나도 그래요."

하고 박 도령, 차 도령이 말했다.

"그렇게 급히 서둘 건 없지 않소. 도령들이 서약하지 않는다고 해서 우리들의 우의가 끊어질 것도 아닌데……."

하준규가 주저주저하며 말했다.

"아무래도 두령은 우릴 믿지 못하는 모양입디……. 우린 은신골로 피해 올 때 벌써 각오를 한 겁니더. ……나라의 독립을 위해 싸운다느니 하는 명백한 생각까진 가지지 못해도예, 일본놈들관 어울려 살지 못한다는 생각쯤은 안 했겠습니꺼. 우리들의 생각이 약간 모자라더라도 두령님이나 전 도령, 홍 도령께서 깨우쳐주면 될 끼 아닙니꺼. 지금 지각이 모자란다캐서 누구는 서약을 하고 누구는 안 해도 좋고 하는 식은 절대 안 됩니더. 지금 이 은신골에 있는 도령들만은 한 덩어리가 되어야 합니더. 싫어하는 놈은 끌고 가야 합니더."

차 도령이 제법 웅변 같은 소리를 했다.

"차 도령이 훌륭한 말을 했소. 두령, 주저할 것 없이 조직을 만듭시다. 강철 같은 조직을……."

노동식이 열을 띠고 말했다.

"그럼 구체적으로 생각해보기로 합시다. 도난 사건 문제는 당분간 보류하기로 하고, 오늘 밤엔 헤어지기로 합시다."

이 말을 남기고 준규는 자리에서 일어섰다.

은신골의 밤은 깊어 있었다.

조직의 준비 작업은 박태영을 중심으로 착착 진행되었다.

모임의 목적은

'조국 독립의 그날까지 심신을 단련하고 동지 상호간 절차탁마切磋琢磨하며 왜적을 비롯한 민족의 적에 결사 항거 투쟁한다.'

고 정했다.

조직은, 두령을 받들고 총무책, 훈련책, 작전책으로 부서를 정하기로 하고, 단원이 50명 이내일 경우엔 그 인원을 평등하게 삼분해서 총무책, 훈련책, 작전책의 관장하에 두되, 책임자 아래에 부책임자를 두어 부대장의 임무를 맡기기로 했다.

조직의 당면 과업은 식량 확보와 훈련에 두는데, 훈련은 사상 훈련과 전술 훈련으로 나누기로 했다. 사상 훈련의 내용과 전술 훈련의 요령은 계속 연구·검토하기로 했다. 그리고 규칙, 규율은 가장 합리적으로 연구·검토해서 조직원 전원의 찬동을 얻어 실시키로 했다.

서약의 내용은 다음과 같이 하기로 여섯 도령 사이에 합의가 있었다.

"나 ○○○는 이 조국에 태어난 백성의 한 사람으로서 조국에 충성할 것을 다짐하고, 두령의 명령과 우리가 결정한 바 규칙에 절대 복종

할 것을 두령 앞에 서약한다."

　조직의 이름은 두령의 제안대로 '보광당'普光黨으로 정했다. '보광'이란 널리 나라의 빛이 되자는 뜻을 밝히기 위한 것이고, 끝에 '당'黨이라고 한 것은 조직의 의미를 강하게 하기 위해서였다.

　도령들 설득은 은연중에 하고, 전원에 미쳐야 하고, 설득이 끝나면 차례대로 두령에게 단독 서약을 하기로 했다. 단독 서약이 끝나기를 기다려 두령은 날짜를 정해 집단 서약과 함께 보광당의 발족식을 올리기로 했다.

　그리고 비상 식품 도난 사건 처리는 보광당 발족식 전에 해야 한다고 의견이 합쳐지고, 그 처리 방식은 두령에게 일임하기로 했다. 지저분한 일을 깨끗이 하고 발족식을 청량한 기분으로 거행하자는 것이다.

　만사는 순조롭게 진행되었다. 전원이 보광당의 취지에 찬동하여 두령에게 단독 서약을 끝냈다. 내일 발족식을 거행하자는 전갈과 동시에 그날 오후 감자밭 옆의 언덕에 전원이 모이도록 두령의 지시가 있었다.

　잔서殘暑는 아직 가시지 않았으나 언덕을 비추는 태양의 빛깔은 마음 탓인지 벌써 추색秋色으로 물들어 있었다. 그 햇빛을 등에 받으며 언덕에 모여 앉은 도령들의 얼굴엔 긴장감이 감돌고 있었다.

　조금 높다란 곳에서 하준규는 침울한 표정을 짓고 일동을 바라보더니 드디어 다음과 같이 말했다.

　"비상 식량 도난 사건은 참으로 불유쾌한 사건입니다. 그래서 나는 철저하게 범인을 찾아내어 엄벌에 처할 각오를 했습니다. 동지들의 비상 식량을 노략질하는 놈은 어떤 경우 동지를 팔 수 있는 놈이며, 자기의 조그만 욕심을 채우기 위해 동지들을 사지死地에 몰아넣을 수도 있는 놈입니다. 이런 놈을 그냥 두곤 우리는 한 발짝도 전진할 수가 없습니다. 내일 보광당이 발족한다고 하지만, 이런 자를 우리의 내부에 두고는 당은커녕 친목 단체로서도 보람을 이룰 수가 없습니다. 우리는 도둑놈의 소굴을 만들려고 모인 것은 아닙니다. 우리의 적 일본놈을 피해 온 것입니다. 말하자면 부정하고 불합리한 사회를 피해 착한 생활을 하며 우리의 생명을 보전하기 위해 이처럼 모인 것입니다. 그런데 여기 와서 우리가 부정을 행하고 악을 행하고 동지를 배신하는 행위를 한다면 악한 사회를 피해 온 보람이 송두리째 없어지는 것입니다. 그런 뜻에서, 우리는 비상 식량을 훔친 놈을 용서할 수가 없습니다. 나는 철저하게 범인을 찾아내려고 애썼습니다. 그 결과, 나는 범인을 알아냈습니다."

준규는 여기서 말을 끊었다. 일순, 공기가 감전한 것처럼 떨었다. 이어 삼엄한 정적이 엄습해온 느낌이었다. 새 우는 소리마저 없었다. 바람도 그 숨소리를 멎었다. 개울물도 뚝 흐름을 멈췄다.

잠시 후, 그 정적과 긴장을 헤치고 두령의 입이 열렸다.

"나는 범인을 알아냈습니다. 알아낸 결과, 그 범인은……."

하고 두령은 잠깐 눈을 감고 있더니 비통한 어조로

"바로 그 범인은 다름 아닌 나였습니다. 이 정 도령이었습니다."

하곤,

"그러니 그 범인에게 지금 공개적으로 벌을 주겠습니다."

하며 호주머니에서 뭔가를 꺼냈다. 그것은 예리하게 끝을 다듬은 한 자루의 송곳이었다. 산막을 지을 때 쓰던 송곳이었다. 송곳 자루를 오른손으로 쥐었다. 그 끝에서 태양이 '번쩍' 했다. 두령은 좌우의 양손을 번쩍 들더니 오른손으로 쥔 송곳으로 자기의 왼손등을 '앗' 하는 기합과 동시에 찔렀다. 송곳이 꽤 깊이 박힌 모양으로 송곳을 빼낼 때 다시 한 번 기합 소리가 있었다. 검붉은 피가 손등으로부터 철철 흘러 떨어졌다.

하나의 길

순식간의 일이었다. 곁에서 누가 어떻게 할 시간의 여유가 없었다.

"악!"

하는 비명 소리와 함께 산막으로 달려가는 순이의 모습이 보였다. 노동식이 두령 곁으로 가서 손수건으로 두령의 손등을 싸맸다. 그러는 동안 순이가 헝겊과 된장을 가지고 와서 상처에 된장을 바르고 마른 쑥을 덮고 헝겊으로 다시 손등을 쌌다.

무거운 침묵이 은신골을 억누르는 듯했다.

한참 만에야 두령은 고개를 들어 천천히, 그리고 부드럽게 말했다.

"이 정도의 벌로 내 죄가 씻어지리라곤 믿지 않지만, 여러 도령들, 나를 용서해주십시오. 앞으론 그런 일이 절대로 없을 것이며, 있어서는 안 될 것입니다. 그러니 나를 용서한다는 뜻으로 그 사건은 이 순간부터 말쑥이 잊기로 합시다. 다신 그 문제를 거론하지 맙시다. 없었던 일로 칩시다. 내일은 우리가 새로 출발하는 날입니다. 깨끗한 백지로 출발합시다. 다들 산막으로 돌아가 푹 쉬며 내일을 기다리기로 합시다."

도령들은 도깨비에게 홀린 기분에서 깨어나 산막으로 돌아갔다. 박태영은 얼떨떨했다. 그의 차가운 눈으로 보면 하준규의 행동이 조금 지나친 연극처럼 느껴지지 않은 바는 아니었으나, 그의 성의와 정열을 의심할 수는 없는 이상 존경하는 마음을 한층 더 가다듬지 않을 수 없었다. 노동식은, 두령의 손은 은신골을 보호하는 요새와 같은 것인데 함부로 훼상한다는 건 있을 수 없는 일이라고 투덜댔지만, 그로서도 만만치 않은 감동을 얻은 모양이었다. 하여간 그날의 행동은 은신골 도령들에게 만만찮은 감동을 주어, 두령으로서의 관록을 확립하는 또 하나의 계기가 된 것만은 사실이었다.

그날 밤, 백과 여 두 사람은 뒷산 바위 틈에 숨겨두었던 비상 식량을 갖고 두령의 산막을 찾아와서 눈물을 흘리며 사과했다. 앞날이 불안해서 엉뚱한 생각을 했다며 다신 그런 죄를 저지르지 않겠노라고 맹세하기도 했다. 두령은

"도령들이 나와 공범이더라도 벌은 내가 대표해서 받았으니 해결된 일이 아니냐."

라고 타이르고,

"다신 이 문제를 거론하지 말자고 했는데 왜 이러느냐."

하고 그들을 돌려보냈다.

1944년 9월 1일.

덕유산 은신골에서 보광당의 발족식이 있었다. 그때의 광경을 박태영은 다음과 같이 기록했다.

"구름 한 점 없이 창천은 우리의 머리 위에 무한했다. 그 무한한 창천을 금지은 덕유산의 능선은 우리의 의식을 위해 둘러친 장엄한 병풍이 되었다. 산언덕을 장식한 그윽한 향기의 가을꽃들은 조국과 민족이 우리에게 보낸 축복으로 아름다웠다. 아아, 태양! 우리들의 정열처럼 빛나고 강렬한 그 빛! 그 태양의 빛 아래 펼쳐 보여 한 가닥 부끄럼이 없는 가슴을 안고 모인 24명의 도령들, 앞으로 2천4백만의 생명으로 부풀어나갈 신념과 정열의 핵심임을 자각하고 여기에 모였다. 먼저 두령 하준규의 서약이 있었다. '나는 내 몸과 정신을 바쳐 조국의 독립을 기약하는 보광당을 위해 모든 정성을 다할 것이며, 어떠한 위난을 무릅쓰고라도 동지들의 선두에 서서 기어이 우리의 소원을 성취하도록 노력할 것을 굳게 서약한다.' 이어 노동식, 박태영의 차례로 23명의 도령들이 두령 앞에 엄숙히 서약했다. 서약이 끝난 후 두령으로부터 편제 발

표와 간부의 구두 임명이 있었다. 작전책은 두령이 겸하기로 하고, 총무책 및 제1조장은 노동식, 훈련책 및 제2조장은 박태영, 두령의 비서는 차 도령, 제1조 부장은 이 도령, 제2조 부장은 박 도령으로 정했다. 이어 총무책 노동식으로부터 규칙 발표가 있고, 훈련책 박태영의 과업 수행에 관한 방침 발표가 있었다. ……한 방울의 물이 모여 대해를 이루고, 조그마한 불씨가 요원의 불길을 이뤘다. 여기 이 덕유산 골짜기에 모인 24명의 의지가 조국과 민족에 영광을 마련하는 근원임을 믿어 마지않는다. 덕유산 은신골, 1944년 9월 1일! 오늘 이곳이야말로 빛나는 시간, 빛나는 고장이라고 아니할 수 없다. 보광당은 길이 민족을 보광하는 당이 되리라."

바로 그날, 보광당 발족식이 있었던 날의 해질 무렵이었다. 어떤 소년이 한 마리의 소를 몰고 와서 산막 앞에서 서성거렸다. 처음 발견한 박 도령이 물었다.

"너, 길을 잃어버린 것 아니가?"

"아닙니더."

소년은 또박또박 대답했다.

"그라몬 우찌 여기까지 왔네?"

"일부러 찾아온 겁니더."

"일부러 찾아왔다? 누굴 찾아왔노?"

"누굴 찾아온 건 아닙니더. 그냥 왔십니더."

"그냥 오다니? 그런디 그 소는 뭐꼬?"

"내 솝니더."

소년은 삼베 고이 적삼을 입고 발은 맨발이었다. 가시덩굴에 긁혀 정강이에 이곳저곳 상처가 나 있었다.

"소를 저 소나무에 매놓고 이리로 들어오니라."

이렇게 이르고 박 도령은 산막 속에 있는 도령들에게 소년이 소를 몰고 찾아왔다는 사실을 알렸다.

소년은 박 도령이 가리킨 소나무에 소를 매어놓고 산막으로 들어왔다.

차 도령은 세숫대야에 물을 떠와 우선 소년이 손발을 씻도록 해주고,

"산길을 맨발로 오다니 어지간한 놈이로구나."

하고 머리를 쓰다듬어주었다. 땀과 먼지에 절어 얼굴은 꾀죄죄했으나 이목구비는 반듯한, 영리해 보이는 생김새였다.

"두령님께 인사디려라."

차 도령이 하준규를 가리키자, 소년은 꾸벅하고 땅바닥에 꿇어앉았다. 준규는 소년을 편히 앉도록 하고 물었다.

"네 이름이 뭐꼬?"

"강태수라고 합니더."

"나이는?"

"열여섯 살입니더."

"학교는 다녔나?"

"국민학교를 졸업했습니더."

"네 집은?"

"병곡면에 있습니더."

하준규는 찔끔한 표정을 순간 지었다. 병곡면이 바로 하준규의 출신 면인 것이다.

"그런데 어떻게 이곳에 올 생각을 했나?"

"소를 뺏기기 싫어서 왔습니더."

"누가 소를 뺏는데?"

"면소에서 공출을 하라고 안 쿱니꺼."

"소를 공출하라고 한단 말이지?"

"예."

그러자 박 도령이 자기 집에서도 소 공출을 했다는 얘기를 꺼냈다. 소 공출 문제가 화제에 올랐다. 총독부에서 이미 파악하고 있는 수를 토대로 각 면으로부터 현재 각 면이 보유하고 있는 두수頭數의 3할쯤을 공출하라는 지시를 했는데, 공출하라는 그 수가 각 면이 보유하고 있는 수를 상회해서 농민들이 딱한 처지에 놓여 있다는 것이다.

"어떻게 해서 그런 꼴이 됐을까?"

농촌의 실정을 잘 모르는 부산 출신 노동식의 말이었다.

"면 서기들이 거짓 보고를 해서 그렇게 된 기 아닙니꺼."

차 도령이 말했다.

"그런 것까지 왜 거짓 보고를 하노?"

노동식이 다시 물었다. 차 도령이 말했다.

"총독부에선 가끔 면사무소 관내에 소가 몇 마리, 돼지가 몇 마리, 닭이 몇 마리 있느냐고 보고를 시키는 모양입니다. 면 서기들은 실제로 조사해보지도 않고 그저 책상 위에서 마음대로 수를 적어 보냈던 모양입니다. 하기야 우찌 일일이 집을 찾아댕기며 그런 걸 조사할 수 있겠습니꺼. 그래놓응깨 실제의 수보다 엄청나게 많아진 겁니더. 총독부는 그 요량 하고 공출을 매기는디, 면 서기놈들은 거짓말을 했다 소리도 못 하고 마구재비 소를 몰고 갈라쿠는 거 아닙니꺼."

"너는 꼭 네 소를 내놓기 싫었단 말이지?"

준규는 다시 소년에게 물었다.

"아부지는 자꾸 내놓을라꼬 안 합니꺼. 면 서기와 구장이 하도 야단을 칭깨 할 수 없어서 그러지만, 나는, 나는……."

하고 소년은 울먹거렸다. 울먹거리며 소년은 다음과 같은 얘기를 했다.

소년은 열 살 되던 해에 자기의 책임으로 배냇소를 한 마리 빌려 기르게 되었다. 배내란, 소를 길러주는데 새끼를 낳으면 첫 새끼는 주인의 것으로 하고 둘째 새끼는 자기 몫으로 하는 풍속을 말한다. 그렇게 해서 소년은 재작년 자기 몫의 송아지를 가지게 되었다. 소년은 그 송아지를 정성 들여 길렀다. 송아진 무럭무럭 자라 제법 큰 소가 되었다. 그랬는데 그 소를 공출하라는 명령이 내려진 것이다. 재산으로서의 소가 아깝기도 했지만, 그보다 소년은 그 소에 정이 들 대로 들어 있었다.

"죽으면 죽었지, 전 소를 공출할 순 없었지요."

나름대로 각오를 했다는 것이 소년의 표정과 말에 나타나 있었다.

"소가 없어지면 느그 아부지가 야단을 만날 낀데, 그라몬 우짤 끼고?"

차 도령이 물었다.

"그기 걱정인디, 걱정이지만 없는 소를 공출하진 못할 것 아닙니꺼. ……그러나 아부지를 생각하몬……."

소년은 다시 울먹거리기 시작했다.

"네 말이 옳다. 야단을 만나도 없는 소를 내줄 수는 없겠지. 그리고 야단이랬자 한때겠지. 징역을 살리지도 못할 끼고. 그러니 울지 마라."

준규는 이렇게 소년을 타이르고 나서 물었다.

"너, 병곡면이라고 했지? 그럼 하준규란 이름을 들어본 적이 있나?"

"하 부자 큰아들 아닙니꺼?"

소년은 또렷이 대답했다.

"그런데 그 사람에게 관한 무슨 소문이 없더냐?"

"작년인가, 그 사람이 어디론가 도망쳐버렸다고 떠들썩한 소문이 돌았는디, 요새는 별 말 못 들었습니다."

준규는 빙그레 웃었다. 감쪽같이 보안 조치가 돼 있어서 흐뭇했다.

준규는 그날부터 강태수 소년을 곁에 두기로 했다. 그리고 그의 교육을 박태영에게 맡겼다.

평온하게 가을의 나날은 깊어갔다.

보광당으로 발족한 이래 엄한 규율이 과해졌지만, 당원들은 그 규율 속에서도 즐겁게 지냈다. 하루 두 번의 점호가 있고, 낮과 밤에 빠짐없이 보초를 서기도 했으며, 학습, 군사 훈련, 식량 확보를 위한 작업 등, 시간이 꽉 차게 작업이 짜여졌는데도 누구 하나 불평하는 사람이 없었다. 게다가 강태수 소년이 끼인 것이 모임에 활기를 더했다.

태수가 하는 일은 두령의 잔심부름과 자기의 소를 먹이는 것과 태영에게서 특별 지도를 받는 것 외엔 개울에 가서 가재를 잡아와 찬거리에 이채를 더하는 것밖에 없었다. 그리고 그는 영리했기 때문에 태영이 가르쳐주는 교양을 요령 있게 소화할 수 있었다.

"이대로 3년만 하면 태수에게 중학 졸업 이상의 학력을 붙일 수 있겠습니다."

태영이 이렇게 말했을 때 준규는 눈을 가늘게 뜨고 웃으며 만족해했다. 같은 면 출신이라고 해서만이 아니라, 그는 태수를 친동생처럼, 아니 그 이상으로 귀여워했다. 어느 날 준규가 물었다.

"태수야, 너 커서 어떤 사람이 되고 싶으냐?"

"두령님 같은 사람이 되었으믄 합니더."

"나 같은 사람? 그게 무슨 소리고?"

"그냥 그렇게 생각합니더."

"그러지 말고 똑바로 얘기해봐라."

"똑바로 얘기한 깁니더. 두령님처럼 재주가 좋고 두령님처럼 정이 있고 두령님처럼 똑똑한 사람이면 그 이상 바랠 것이 있겠습니꺼."

"그런 뜻이 아니고, 네가 학교 다닐 때 어떤 사람이 되었으면 했나?"

"높은 학교를 갈 수 없응깨 높은 사람 되긴 틀렸고, 순사나 됐으면 했습니더."

"순사?"

"예."

"칼 차고 사람 잡아가는 게 그렇게 보기 좋드나?"

"전 순사가 돼갖고 가난한 사람들을 도와주고 나쁜 짓 하는 면 서기나 구장 잡아갔으몬 해서예."

"순사가 면 서기나 구장을 잡아갈 수 있다고 생각하나?"

"와 못 잡아가예. 나쁜 짓 하는 놈은 잡아갈 수 있을 낀다."

"순사는 나쁜 짓 안 하더냐? 느그 동네에 와서 호통 치고 닭 잡아먹고 죄 없는 사람을 데리고 가서 때리고 하는 것 안 봤나?"

"전 순사는 나쁜 짓 안 하는 것으로 알고 있었습니더."

"그랬다면 태수가 잘못 생각했다. 구장이나 면 서기가 큰소리치고 나쁜 짓을 하는 것은, 뒤에서 순사가 도와주기 때문이다. 가난한 사람이 면 서기나 구장에게 반항이라도 해봐라. 묶어가는 놈은 순사다. 면 서기나 구장이나 순사는 모두 한통속이란 말이다. 그리고 네가 순사가 되었다고 하자. 순사가 되기만 하면 넌 싫거나 좋거나 왜놈의 앞잡이가 돼서 우리 동포를 괴롭히는 일을 해야 하는 기다. 그래도 순사가 되고 싶나?"

"지금은 그런 생각 안 합니더. 국민학교에 댕길 때 그런 생각을 해봤다는 겁니더."

"전 도령 말을 들으니 앞으로 3년만 잘 공부하면 넌 중학교 졸업 정도의 실력을 갖게 될 끼란다. 그러니까 전 도령의 가르침을 열심히 받아라. 전 도령은 이 세상에 둘도 없는 수재다. 네가 아무리 좋은 학교에 간다고 해도 그런 선생을 만나기란 어려울 끼다. 그리고 몇 년 지내면 우리나라가 독립이 될지 모른다. 독립이 되거든 넌 대학에 가야 한다. 대학을 나와 진짜 우리나라의 훌륭한 일꾼이 되는 거다. 그때 가서 경찰이 되어도 좋다. 진정한 우리의 경찰 말이다."

"독립이 되면 우찌 되는 겁니꺼?"

준규는 나름대로 설명을 해줄까 하다가 주춤했다. 그 소박한 질문에 대답하기에도 너무나 준비가 없는 자기 자신을 발견했기 때문이다.

"그건 전 도령에게 물어봐라. 전 도령이 잘 가르쳐줄 끼다."

준규는 이렇게 말하고 이어 물었다.

"집에 가고 싶지 않으냐?"

"가고 싶지 않습니더."

태수는 명백하게 대답했다.

"집 걱정은 말아라. 걱정한대서 될 일이 아니다. 네가 여기서 훌륭하게 자라고 있으면 그것이 아버지 어머니를 위하는 것이 된다. 그럼 가서 네 일을 보아라."

태수는 일어서더니 껑충껑충 토끼처럼 뛰어 외양간 쪽을 향해 갔다. 며칠 전 태수의 소를 위해 제법 깔끔한 외양간을 지어주었던 것이다.

준규는 태수의 뒷모습을 보며 한동안 우울증에 사로잡혔다.

"독립이 되몬 우찌 되는 겁니꺼?"

태수의 질문이 되돌아왔다. 독립이 될지 안 될지 모르는 이 시점에 이런 질문을 제기한다는 건 쑥스러운 노릇 같기도 하지만, 어떤 방식으로 어떤 내용으로 독립을 해야 할 것인가는 미리미리 연구해둘 필요가 있다고 준규는 생각했다.

'중경에 임시정부가 있으니, 그 임시정부가 지도하는 대로 따라간다.'

이것도 하나의 방법이었다.

'무수한 지하 운동자가 있다고 들었다. 그들이 합친 의견을 따른다.'

이것도 또 하나의 방법이었다.

'그러나 우리는 나름대로 방향과 내용을 설정해두어야 할 것이 아닌가. 장님 언덕 만져나가듯 할 수야 없지 않은가.'

짐짓 하준규는 이러한 사상 문제가 중대하다고 느꼈다. 그래 그날 밤 박태영, 노동식과 같이 앉은 자리에서 이 문제를 처음으로 제기했다. 그리하여 박태영이 시안을 잡고, 그 시안을 토대로 하준규, 노동식, 박태영 세 사람이 진지한 토론을 거듭하여 결론을 내고, 그 결론을 가지고 당원들을 교육시키기로 합의를 보았다.

강태수 소년을 준당원으로 하자는 제의가 두령에게서 나왔다. 당원 아닌 사람을 당의 규율에 얽맬 수도 없고, 정식 당원이 되면 태수의 교육에 지장이 있어서 생각해낸 의견이었다. 태수는 전 당원의 승인을 얻어 준당원이 되었다. 그렇게 되자 순이가 가만있질 않았다.

태수가 준당원이 된 그날 밤, 순이는 뾰루퉁한 얼굴을 하고 준규의 산막을 찾아왔다. 순이는 자리에 앉자마자 준규를 조르기 시작했다.

"나 보광당에 안 넣어줄라요?"

"순이는 안 돼."

준규는 조용히 말했다.

"와 안 됩니꺼? 머슴애라고 해서 태수는 들고 가시내라꼬 나는 안 넣어주고 그리기 있깁니꺼?"

순이는 울상을 지으면서 말했다.

"순이는 시집을 가야 해. 보광당에 들면 시집 못 간다."

"누가 시집갈라캤나? 내 시집 안 갈 낑께 넣어주소."

"시집을 가고 안 가고는 지금 결정할 문제가 아니고, 또 순이 너 혼자서만 결정할 문제가 아니잖나."

준규는 타이르듯 말했다.

"내가 안 간다쿠몬 그만이제. 우째도 나는 보광당에 들고 말 끼다."

곁에서 보고 있던 노동식이 딱한지 한 마디 했다.

"우리 순이도 준당원쯤으로 해줍시다. 순이의 공로도 대단하지 않소."

"안 돼요."

준규는 딱 잘라 말하며 정색을 했다. 두령이 정색을 하는 바람에 이때까진 약간 농담기가 섞였던 분위기가 갑자기 긴장감으로 바뀌었다. 노동식이 조금 무안해진 듯,

"꼭 안 될 거야 없지 않겠소. 순이가 그처럼 원하는데……."

하고 중얼거렸다.

"이유는 이따 얘기하겠소. 하여간 순이는 안 돼."

준규는 고집스럽게 말했다.

"내가 가시내라고 못 한 것 있었소? 밭 치우기도 잘하고, 통나무 베는 것도 잘하고, 한글도 배울 만큼 배웠고, 무술 훈련도 도령을 따라갈 만큼은 됐고, 뭐든 시키는 대로 다 한 긴디 우째서 안 된다쿠요, 두령님!"

순이는 다부지게 덤볐다.

"순이는 내 말 안 듣기로 했나?"

준규는 힐난하는 투로 말했다.

"와 내가 두령의 말을 안 들어? 그런디 두령은 내 말을 안 들어주니까 하는 말 앙이오. 내가 입때껏 두령 말 안 들은 것 있었나? 그리고 뭐라쿠더라, 앞으로 우리나라가 잘 될라몬 남자나 여자나 똑같은 대우를 받아야 한다고 안 했소? 두령도 그런 말 했고, 전 도령도 그러쿠고……. 그런디 와 나는 보광당에 들몬 안 된다쿠는 기요?"

순이는 눈물이 글썽해져 있었다.

"순이야."

준규가 조용히 불렀다. 순이는 대답 대신 눈물이 글썽한 눈으로 준규의 얼굴을 바라봤다.

"순이야, 보광당은 앞으로 엄청난 일을 해야 한다."

"엄청난 일이라도 난 하겠다고 안쿠는 깁니꺼."

"아냐, 여자 힘으론 어림도 없는 일을 해야 한다."

"여자 힘으로 안 되는 일이 무슨 일입니꺼? 그걸 말해보이소."

준규는 눈을 감았다가 다시 떴다.

"사람을 죽여야 할지도 모른다. 그러니까 이쪽도 죽을 각오를 해야 한다."

"나도 죽을 각오할 수 있어요. 누구보다도 먼저 죽을 각오할 수 있어요."

"아니다, 순이야. 내 얘길 끝까지 들어봐라. 우리 보광당, 태수까지 합쳐 25명은 모조리 한 명 남지 않고 죽어야 할 날이 올지 모른다. 그러면 그때 제사지내주는 사람 한 사람쯤은 있어야 안 되겠나. 순이 네가 남아 우리 모두의 제사를 지내줘야 되지 않겠나. 그리고 오늘 우리가 이렇게 살고 있는 모습, 앞으로 적과 싸워 죽은 모습 등을 많은 사람들에게 전해줘야 안 되겠나."

"내가 보광당에 들었다고 해서 그리 못할 낑가."

순이는 입을 삐쭉했다.

"안 되지, 그렇게는 안 돼. 보광당에 일단 들었다 하면 예외란 있을 수 없지. 모두가 죽어야 할 땐 똑같이 죽어야 한다. 자기의 숨이 끊어지는 마지막까지 끝끝내 싸워야 하니까, 여자라고 해서 남아 있을 순 없지. 똑같이 행동하고 똑같이 죽어야 한단 말이다."

"다 죽는다면 나도 죽어야지, 살아남아 있어 뭣해."

순이는 울음을 터뜨리고 말았다.

"그게 안 된단 말이다. 너만은 죽어선 안 된단 말이다. 전 도령이 네게 왜 열심히 한글을 가르쳐주는지 아나? 우리 모두의 운명을 네가 기록할 수 있도록 하기 위해서란다."

순이는 고개를 숙인 채 흐느꼈다. 준규의 말이 조용하게 이어졌다.

"지금 우리에겐 아무 일도 없지? 아무 일도 없을 것처럼 보이지? 내 일도 아무 일 없을 것 같지? 그런데 그렇지가 않단 말이다. 우리는 지금 바람의 씨앗을 심고 있는 거나 마찬가지다. 장차 큰 폭풍우를 만들기 위한 씨앗 말이다. 일본놈들이 우릴 이냥 그대로 둘 줄 아니? 어림도 없다. 놈들은 자기네에게 대항하는 놈이면 이 잡듯 하려고 덤비는 놈들이다. 그런 놈들이 우리가 여기서 놈들을 반대하는 당을 만든 걸 가만히 보고만 있을 줄 알아? 놈들은 막강한 군대를 가지고 있고, 경찰도 가지고 있고, 경방단을 가지고 있고, 대포도 가지고 있고, 비행기도 가지고 있다. 언젠가 놈들이 폭풍처럼 닥치고 소낙비처럼 덤빌 꺼다. 지금은 놈들이 우리의 존재를 대수롭게 여기지 않으니까 가만있지만, 언젠간 우리의 목숨을 다 내놓고 싸워야 할 날이 오고 말 꺼다. 그날을 위해서 우리 보광당은 준비를 해야 한다. 당원 수도 늘려야 하고, 무기도 마련해야 한다. 이 보광당을 큰 세력으로 키워나가야 한다. 나는 기어이 우리가 승리할 것이라고 믿는다. 그러나 먼 장래의 승리를 위해 우리 자신은 희생할 각오도 해야 한다. 그러니까 너만은 남겨두고 싶다. 우리가 승리하건 패배하건, 처음부터 끝까지 우리를 지켜보고 살아남을 사람이 한 사람은 있어야 되지 않겠나. 나는 그 사람으로서 순이 너를 지목한 거다. 순이는 우리를 위해서 보광당원 이상의 역할을 해주어야 한다. 너를 우리 당원 이상으로 믿기 때문에 이런 말을 하는 거다."

준규는 여기서 잠깐 말을 끊었다가 덧붙였다.

"순이야, 보광당은 장난이 아니다."

"누가 장난이라캤나 뭐."

순이는 어깨를 들먹거리며 울음 사이로 말했다.

준규는 순이의 어깨를 가볍게 두드리며 말했다.

"내 말 알아듣겠지?"

순이는 고개를 끄덕였다.

그날 밤, 태영은 순이를 산막으로 데려다주고 돌아오는 길에 별빛 찬란한 하늘을 보며 깊은 숨을 내쉬었다. 그리고 준규의 말을 되뇌어봤다.

'참으로 보광당은 장난이 아니다.'

바람과 구름과

산은 살아 있다.

어떤 생명체보다 민감하게 거창하게 풍성한 생명력과 섬세한 심미감과 마를 줄 모르는 정열을 지니고 살아 있는 것이 산이다.

산에 봄이 오면 봄의 산이 된다기보다 봄 그 자체가 된다. 여름이 오면 여름 그 자체가 되고, 가을이 오면 가을 그 자체가 되고, 겨울이 오면 겨울 그 자체가 된다. 계절이 산을 스쳐가는 것이 아니라, 산이 그 의지와 정열로써 계절을 만들어내는 것이다.

농담濃淡 갖가지로 엮은 녹일색綠一色의 여름이던 바탕에 판듯판듯 붉은 반점이 돋아나는 듯하더니 어느덧 단풍이 만산을 수놓아가는 것을 아침마다 태영은 새로운 감동으로 지켜보았다. 더욱이 그 단풍의 아름다움! 단풍의 아름다움은 청량한 가을의 태양과 대기를 붉게 물들여서 사람의 가슴에 다소곳한 애수의 그늘을 비낀다. 덕유산 은신골은 바야흐로 가을이 한창이었다.

그러나 가을의 애수나 감상에 젖어 있을 겨를이 없었다. 보광당의 도령들은 월동 준비를 서둘러야 했다.

쌀, 보리, 감자, 호박 등은 물론이고, 나무 열매, 나무 껍질, 나무 뿌리,

덩굴을 비롯해서 나물이건 풀이건 개울의 물고기건 꿩이건 산토끼건, 노루, 산돼지건, 심지어는 버섯, 메뚜기에 이르기까지 사람이 먹을 수 있는 것이라면 모을 수 있는 데까지 모아 저장할 방법을 강구해야 했다.

보광당 도령들 26명, 이에 김씨 집 식구, 태수가 끌고 온 소까지 합쳐 31명의 식구가 줄잡아 넉 달 동안 견디어야 할 식량을 확보하는 문제가 그렇게 쉬울 까닭이 없었다. 매일매일 고된 작업과 훈련으로 지샜다.

그런 가운데도 보광당의 도령들이 활기와 희망을 잃지 않은 것은, 아무리 어려운 일이라도 다름 아닌 자기 자신들을 위한 노력이란 것과 밤마다 라디오를 통해 일본이 패망해가는 과정을 비교적 소상하게 알 수 있었기 때문이다.

여름엔 사이판 섬의 일본군이 전멸했다는 소식이 있었다. 9월 들어 이와 같은 보도가 매일처럼 들어왔다. 미도키나의 일본군이 전멸했다. 토베쓰의 일본군이 전멸했다. 이어 라몽의 일본군이 전멸했다.

미군은 태평양의 섬 속에 있는 일본군을 차례차례로 섬멸하고 일본 본토를 향해 승승장구하고 있었다.

태평양에서의 미군의 승리를 보광당 도령들의 장래와 결부시켜 실감하기에 이르기엔 태평양은 너무나 멀고 은신골은 너무나 폐쇄되어 있었다. 그러나 일본이 패망하는 그날 조국의 독립이 온다는 어렴풋한 의식만은 거짓일 수가 없었다.

"한 발 한 발 일본이 망할 날이 온다, 그자?"

"아아, 그날이 오면!"

"그날이 오믄 우짤래?"

"난 예쁜 색시한테 장가갈란다."

"고작 장가갈 얘기뿐인가?"

"우선 독립된 나라의 인구부터 불아놓아야 할 끼 아니가."

"옳은 말씀이구마."

"그런디 운제쯤이몬 일본이 손을 들까?"

"두령의 말씀은, 2년은 더 기다려야 된다 안쿠더나."

어느 밤엔가 이렇게 주고받는 도령들의 얘기를 듣고 태영은 생각에 잠겼다.

'일본이 망하면 조국은 독립한다. 도령들은 각기 집으로 돌아간다. 돌아가서 할 일은, 총각들은 우선 장가갈 생각을 하겠지. ……헌데 과연 그런 화평한 세상이 올까?'

태영은 어쩐지 그것을 실감으로 느낄 수가 없었다. 이념은 확실한데 전망은 막연했다.

'모두들 장가가서 아들 낳고 딸 낳고 단란하게 살게 되는 날이 오면 얼마나 좋을까.'

태영은 감자를 캐며 차 도령으로부터 들은 얘기를 상기했다.

차 도령에겐 애인이 있었다. 같은 동네에서 사는 처녀인데, 나이는 꼭 스물이라고 했다. 시골의 풍습상 서로 애타게 사랑하는 마음만 불태울 뿐, 만나 얘기할 시간조차 갖지 못했다. 골목에서 스칠 때 수줍은 웃음을 서로 나누는 정도가 고작이었다.

징용 영장이 떨어진 날 밤이었다. 친구들과 동네 앞 주막에서 막걸리를 마시고 집으로 돌아와 사립문을 열려고 하는데, 사립문 바로 가까이에 서 있는 사람이 있었다. 차 도령이 사랑하는 그 처녀였다. 차 도령은

"냄이 아니가."

하고 다가섰다.

냄이란 처녀는 어두운 밤인데도 고개를 숙인 채 울먹거리며 말했다.
"참말로 갈 끼가?"
"가야지, 할 수 있나?"
차 도령도 울먹거렸다. 그리고 냄이의 어깨를 안아보고 싶었으나 가슴이 떨렸다. 손이라도 잡아보고 싶었으나 그것도 할 수 없었다. 그저 멍청히 서 있는데 골목에서 인기척이 났다. 냄이는 재빨리 몸을 돌려 어둠 속으로 사라지며 한 마디 말을 남겼다.
"가몬 싫어. 가지 마."
차 도령의 귀에 냄이의 그 말이 또록또록 새겨졌다. 그날 밤 잠을 이룰 수가 없었다. 이튿날 차 도령은 같이 징용 영장을 받은 이 도령과 박 도령을 데리고 휴천국민학교로 임홍태를 찾아갔다. 임홍태가 국민학교 교사이면서 청년 훈련소의 강사를 겸해, 가끔 만나는 가운데 그에게 친밀감을 갖게 된 것이다.
임홍태는 한 가지 방법밖에 없다면서 덕유산 은신골 얘기를 했다.
"앞으로 우찌 될지 알 수는 없지만, 그리로 가몬 아주 나빠도 개죽음은 면할 끼다."
세 사람은 즉석에서 은신골로 가기로 마음먹고 대충 계획을 세우고 집으로 돌아왔다. 차 도령은 어둠이 깔릴 무렵 냄이 집과 우물 사이의 길에서 서성거렸다. 자기 일이 궁금해서라도 물을 긷는다는 핑계로 냄이가 집에서 나올 것 같아서였다. 생각한 대로 냄이가 물동이를 이고 집에서 나왔다. 차 도령은 냄이를 앞세우고 골목을 빠져나오면서 중얼거렸다.
"내 징용 안 가기로 했구만. 그 대신 은신골로 도망치기로 했어. 은신골은 여기서 오십 리 남짓한 곳잉깨, 보고 싶으몬 살짝 밤에라도 와볼 수 있을 끼다. 우째도 죽진 않을 끼다. 넓고 깊은 산이니 한두 해 숨어 살 수 있을 끼다. 좋은 세상 되몬 돌아올께. 그러는 게 남방이나 북해도에 가서 개죽음 하는 것보다야 안 낫겄나."

"붙잡히몬 우짤라고."

"붙잡히긴 누가 붙잡혀. 은신골에 가몬 귀신 같은 도인이 있다쿠는디."

"누가 그러디?"

"학교 임 선생님이 그러더라."

"그라몬 운제 떠날래?"

"모레쯤 떠날란다."

"모레 운제?"

"새벽."

"오디로?"

"공동 묘지 쪽을 돌아 뒷산을 넘을 끼다."

우물 가까이서 차 도령은 냄이와 헤어졌다. 그리고 동구 앞 정자나무 그늘에 숨었다가 물을 긷고 돌아가는 냄이에게 간신히 한 마디 던졌다.

"잘 있어. 내 꼭 돌아올 낑께, 날 기다려주몬 좋겄다."

냄이는 멈칫 걸음을 멈추고 서서 어둠 속의 차 도령을 지켜보더니 무거운 물동이를 인 탓으로 고개를 돌리지도 숙여보지도 못했다.

"알았다."

라는 말을 남기고 어둠 속으로 사라졌다.

그다음다음 날 새벽, 동이 틀까 말까 한 시간에 차 도령은 집을 나섰다. 박 도령과 이 도령은 각각 다른 길을 타고 뒷산 마루로 가게 되어 있었다. 차 도령이 동네를 벗어나 공동 묘지로 이어진 길로 들어서려는데 밭 언덕 밑에 쪼그리고 앉아 있던 냄이가 일어섰다. 두 사람은 서로 말

없이 바라보고만 서 있었다. 냄이가 조그만 자루를 내밀었다.

"이것 뭐꼬?"

차 도령이 물었다.

"이따 끌러보면 알 끼다. 가져가."

냄이는 차분히 말했다. 차 도령은 그것을 받아 들고,

"그라몬 잘 있어. 나는 간다."

하고 그 자리를 떴다.

"내 기다리고 있을께."

등 뒤에서 나는 모기 소리 같은 소리에 차 도령은 뒤돌아보았다. 동이 틀까 말까 한 속에서도 냄이의 눈에 괸 눈물을 알아볼 수 있었다. 비탈진 언덕으로 기어올라 솔밭으로 들어서며 다시 돌아보았다. 냄이는 아까의 그 자리에 조그마한 모습으로 서 있었다. 차 도령은 그 모습을 향해 손을 흔들어 보이곤 입을 악물어 다신 돌아보지 않기로 하고 산을 기어올랐다.

산마루에 앉아 박 도령과 이 도령을 기다리는 사이, 냄이가 준 자루를 끌러보았다. 한 되가량의 삶은 밤과 손수건에 싼 것이 있었다. 손수건을 풀었다. 홍아 담배 세 갑과 돈 2원 50전이 나왔다.

"담배 구하기가 참말로 어려운디 우찌 세 갑이나 구했는지 몰라. 그라고 돈 2원 50전이면 보통 큰 돈이 아닌디 우찌 장만했는지."

한숨을 섞어 차 도령은 이렇게 말끝을 맺었다.

태영은 본 일이 없어도 냄이란 처녀를 선히 눈앞에 그려볼 수 있을 것 같았다. 그 모습은 순이를 닮기도 하고, 자기의 애인 김숙자를 닮기도 했을 것이다.

이 무렵 이규로부터 편지가 왔다. 장터에 마련해둔 연락처에서 김 참봉이 임홍태로부터 받아온 것이다. 세 권의 책도 같이 가지고 왔는데, 태영은 먼저 이규의 편지를 펴 들었다.

"태영아, 잘 지내고 있을 줄 믿는다. 하 선배를 비롯한 모든 친구들도 몸 성히 있는지 우선 안부를 묻는다. 나는 별수 없이 권태로운 나날을 보내고 있다. 그런데 최근 너무나 기쁜 소식이 있기에 자네와 더불어 그곳에 있는 친구들에게 알려드릴까 해서 이 편지를 쓴다. 기쁜 소식이란 다름 아니라 독일이 프랑스에 항복했다는 것이다. 9월 9일엔 드골 장군이 파리에 입성했다. 기가 막힌 경사가 아닌가. 머잖아 독일은 전면적으로 항복할 끼다. 동부 전선에서 소련이 굉장한 압박을 가하고 있다. 이미 이태리는 항복했고, 이제 또 독일이 항복하면 추축군樞軸軍은 일본만 남기고 패망한 것이 된다. 그렇게 되면 일본도 현재의 패세를 만회할 방도가 없어진다. 그야말로 시간 문제가 되었다. 조금만 더 견디면 태영이 바라고 바라던 세상이 곧 당도할 것 같다. 영민하고 의지가 강한 자네에게 무슨 충고일까만, 부디 그날까지 자중하고 자애해서 커다란 보람을 꽃피워주기 바란다. 그건 그렇고, 독일의 항복과 드골의 파리 입성에 대한 나의 감상을 들어주게. 바로 4년 전의 일이다. 1940년 6월 22일이었다. 그날 프랑스의 페탱 원수는 독일의 히틀러 앞에 무릎을 꿇었다. 히틀러는 제1차 세계대전 때의 설욕을 할 양으로 콩피에뉴에 보존되어 있는 열차 안에서 페탱의 항복 문서를 받았다. 그런데 나의 감상은 그 사실 자체보다 그 사실이 우리의 교실에 미친 파문 때문에 더욱 선명한 기억을 띠고 나타난 것이다. 그날 H란 윤리학 교수는 프랑스의 항복을 빛나는 세계사의 순간이라고 풀이하고 위대한 독일 정신이 퇴폐한 프랑스를 무찌른 것이라고 지껄이며 기세를 올렸다. 학생들은 문과 을류 독일어를 전공하는 학생까지도 합세해서 전원이 H 교수에게 반발하고 수업을 거부하겠다고 나섰다. 그다음 시간은 I 교수의 프랑스어 문법 시간이었는데, 우리들에게 그날의 감상을 적으라고 했다. 그때 나는 치졸한 프랑스어로 다음과 같이 썼다. '프랑스가 독일군 앞에 항복했다. 그런데 하나의 나라가 다른 나라에 항복한다는 뜻이 무엇일까. 우리나라는 30년 전에 일본에 항복했다. 그런데 내가 프랑스말을 배우려고 시작한 그 프랑스가 이번엔 독일에 항복했다. 그러나 나는 프랑스가 독일에 항복했다고 쓰고 싶지 않다. 프랑스의 군대가 독일의 군대에 항복했다는 것으로 이해하고 싶다. 군대의 힘이 약하다고 해서 나라 전체가 노예 상태에 놓인다는 것은 쓸쓸한 일이다. 독일군이 지배하는 파리에선 앞으로 독일어를 사용하게 될지 모른다. 그러나 나는 프랑스어를 배우기 시작한 것을 후회하지 않을 것이다…….' 대충 이러한 내용이었는데, 뜻밖에도 I 교수는 나의 이름을 밝히지는 않았으나 내 작문에 공감하는 뜻을 말했다. 지금 생각하니, 치졸한 글을 엮으면서도 내 가슴속에선 통곡 직전의 감정이 회오리바람을 일으키고 있었지 않았나 싶다. 그다음 시간은 역시 K 교수의 프랑스어 시간이었는데, K 교수는 프랑스의 항복에 관한 의견을 말하는 대신 「라마르세예즈」 노래를 가르쳐주었다. 프랑스가 항복한 바로 그날 우리 교실에선 「라마르세예즈」의 우렁찬 제창이 울려 퍼졌던 것이다. 지금 독일의 항복을 받고 프랑스가 그 본연의 영광을 되찾았다는 소식을 들으니 4년 전의 그 교실이 강렬한 색채로 내 기억 속에 떠오르는구나. 나는 지금 그 감격으로 해서 모든 시름을 잊었다. 역사를 믿고 싶은 간절한 마음이 솟기도 한다. 바른 일, 옳은 일을 위해서는 생명마저 아끼지 말아야 한다는 정열이 끓기도 한다. 어느 누구보다도 박태영의 의지를 배워야 한다는 다짐이 굳어지기도 한다. 태영이! 나는 자네를 존경한다. 사랑한다. 나는 프랑스의 승리와 더불어 솔직하게 말해서 자네를 재발견한 느낌이다. 나는 진실로 진실로 자네를 친구로 갖게 된 것을 자랑으로 생각한다(I am proud of you, really, really.). 너는 위대한 사상가인 동시에 위대한 행동인이 되고, 나는 빈약하나마 그 증인, 증언자가 되고 싶다. 머지않아 드골 같은 영자英姿로 우리 민족 앞에 나타날 자네의 장래를 생각하니 지금부터 피가 끓는 느낌이다. 나도 자네 곁으로 갈 날이 있을 것으로 믿는다. 김숙자 씨와는 연락이 있었다. 요즘 편지는 위험하기 때문에 편지를 쓰지 않고 직접 건너올 모양이더라. 오면 우선 나를 찾기로 했다. 그러면 나는 숙자 씨를 임홍태 군 집으로 대동할 예정이다. 헤겔의 『논리학』과 『역사 철학』, 그리고 니체의 『차라투스트라』원서를 보내니 여가 있으면 읽어주기 바란다. 지나친 흥분을 한 것 같애서 부끄럽지만 고치지 않고 그냥 보낸다. 다시 만날 때까지 안녕! 이규배."

편지를 읽고 태영도 흥분했다. 어떻게 된 일인지 저녁마다 두 시간씩 라디오를 듣는데도 독일이 프랑스에 항복했다는 보도는 놓쳤던 것이다.

태영은 즉각 이 사실을 두령과 노동식에게 알렸다. 그리고 전원을 모아놓고 이규의 편지를 피로하는 동시에, 세계 정세를 아는 대로 설명했다.

밤늦게 자리에 들어 두령이 말했다.

"드골이란 사람이 어떤 인물인지 알고 싶은데……. 임홍태 군에게 연락해서 그에 관한 소상한 지식을 공급해달라고 하지."

태영은 그렇게 하겠다고 말하고

"이규의 편지에 드골 같은 영자 운운한 구절이 있었는데, 그건 내게 해당되는 말이 아니라 두령에게 꼭 들어맞는 얘깁니다."
했더니,
"드골이 어떤 사림인질 알아야 누구를 닮았다든가 안 닮았다든가 할 게 아니오."
하고 두령이 웃었다. 그러고는 말을 바꿔
"일본놈들 손들 때도 됐는데……."
하고 중얼거렸다. 이어, 일본이 손을 들었을 때의 상황이 화제에 올랐다.
"카이로 선언이 있었으니까 우리나라가 독립될 건 틀림없겠지."
노동식의 말이었다.
"독립이야 되겠지. 되겠지만 어떤 형태로 될까 하는 게 문제 아닌가."
두령이 말했다.
"설마 이조李朝가 다시 시작되진 않겠지."
노동식이 웃으며 말했다.
"이조란 말이 나왔으니 말인데, 독립이 되면, 아니 독립이 되기 전에라도 또 당파 싸움이 벌어지지나 않을지……."
두령이 말꼬리를 흐렸다.
지난번 역사 학습 때의 제목이 이조의 사색 당쟁이어서, 두령이 그것을 상기한 때문에 그런 말을 하는 것이라고 태영은 짐작했다.
"국체國體와 정체政體는 선진국의 것을 우리가 실정에 맞도록 취사선택하면 되겠지만, 요는 지도 세력이 일체의 당파 싸움을 방지할 수 있도록 충분히 강력해야 할 텐데 그것이 완전히 엑스 상태에 있으니 답을 낼 도리가 있어야죠."
박태영의 말이다.
"영민한 천재 전 도령으로서도 그리 풀지 못하나?"

두령이 안타깝다는 듯 말했다.

"우선 방정식조차 성립시킬 수 없으니 엑스를 해결할 수가 있습니까."

"보광당을 인수因數로 해서 방정식을 성립시킬 순 없나?"

노동식이 웃으며 말했다.

"보광당을 인수로 방정식을 만들 수야 있죠."

"잡지도 못한 호랑이 가죽 흥정이란 말이 있지 왜."

두령은 껄껄대고

"하여튼 전 도령이 방정식을 만들어보소. 풀 때는 같이 풀기로 하고……."

하더니 코를 골기 시작했다. 그러나 박태영은 쉽사리 잠을 이룰 수가 없었다. 앞으로 이룩될 나라의 형식과 내용에 대해서 두고두고 생각해왔지만 아직껏 그 구심점조차 파악할 수 없었던 것이다.

'지도자, 그렇다, 지도자가 문제다.'

어떠한 정체, 어떠한 제도를 구상하더라도 구체적인 지도자상을 파악하지 못하는 한, 한갓 공상이 되고 마는 것이다.

무나카와는 일본의 장래를 계급 혁명에 직결시키고 있었다. 하지만 조선의 경우, 전 동포가 이제 막 노예 상태에서 풀려난 상황에서는 하나의 계급을 우선시키는 혁명은 너무나 성급하지 않은가. 계급을 대립적으로 보고 나라의 방향을 처방하는 것보다는 계급의 협조에 주안점을 두고 나라의 방향을 정하는 게 좋지 않을까?

박태영의 사고는 이 문제를 두고 줄곧 암중모색하고 있었던 것이다.

'정치학을 철저하게 공부해야겠다. 그러자면 하영근 씨의 책을 빌려야겠는데, 이규에게 보낼 답장에 그 사연을 쓰자.'

이런 생각과 더불어 박태영도 잠에 빠져들었다.

9월 28일 밤이었다. '미국의 소리' 방송은 괌과 테니앙의 일본군을 전멸시켰다고 전했다. 괌은 국민학교를 졸업한 정도의 사람이면 알고 있는 섬이어서 실감이 나는지 도령들은 축배라도 올려야겠다면서 떠들썩했다. 그런데 최 도령만은 멍청한 표정으로 안절부절못하는 눈치였다. 눈치 빠른 박 도령이 물었다.

"최 도령, 와 그러노?"

"괌이라면 일본의 위임 통치지 가운데 그곳만 미국 땅으로 남아 있는 셈이제?"

"그렇지. 그러나 전쟁이 시작되자마자 일본이 그 섬을 점령했던 거요."

노동식이 이렇게 깨우쳐주자, 최 도령은

"거기 내 이종 사촌이 있다쿠는디, 그라몬 내 이종 사촌도 죽었겠구만."

하고 울상이 되었다.

"전멸이라쿠몬 다 죽었다는 말 아니가?"

누군가가 말했다.

"아닌 기 아니라, 태평양 섬에서 우리 동포도 많이 죽었을 끼라. 거기 많이 갔거든. 우린 일본군이 전멸했다고만 하몬 좋아했는디, 그들에게 휩쓸려 죽은 동포가 있다는 걸 생각하몬 언짢은 기분이 드는구만."

나이가 든 이 도령은 이렇게 말하고 최 도령을 위로하는 눈빛이 되었다.

"내 이종 사촌은 우리 이모의 외동 아들인디, 우리 이모가 알몬……."

최 도령은 채 말끝을 맺지 못했다.

"전멸이라캐도 살아남는 사람도 있을 끼다. 그렁께 심하게 마음 상할 것 없다."

이 도령이 말했다.

"일본놈은 망해야겠고, 우리 동포들이 휩쓸려 죽는 건 안타깝고……."

두령이 중얼거렸다.

태영은 최 도령의 이모란 사람의 심정을 상상해봤다.

괌에서의 일본군의 전멸은 조국의 독립을 앞당긴다는 뜻으로 환영할 만한 일이다. 그러나 그 섬에 자식을 둔 어머니는 자식이 살아남길 바라는 마음으로 괌에서의 일본의 패배를 원하지 않을 것이다. 생각할수록 우리 동포는 일본놈과 너무나 깊숙이 이해관계를 맺어버린 것 같다. 적도 단순하지 않은 것처럼 동지 역시 단순하지가 않다. 그러니 아들을 생각하는 어머니의 마음으로선 결코 혁명운명이나 독립운동이 가능할 까닭이 없다. 그런데 아들을 위하는 어머니의 마음 이상으로 강력하고 순수하고 고귀한 감정이 또 있을까. 태영은 실로 오래간만에 어머니를 생각해보았다. 얼마든지 어머니를 기쁘게 해줄 기회와 실력이 있었는데도 태영은 일부러 그런 기회를 외면하고 말았다. 지나간 일은 돌이킬 수 없다고 하더라도, 지금부터 앞으로 뻗어갈 인생에 있어서는 어머니를 슬프게 하지 말았으면 하는 감정이 뭉클하게 솟아 목구멍을 틀어막았다. 태영은 꿀꺽 침을 삼키고 정신을 진정시켰다.

"태평양에서 죽어간, 또는 죽을 동포들에 대해선 안타깝지만, 그들 자신의 책임으로 돌려둡시다. 우리는 그런 개죽음을 하지 않기 위해서 이 은신골에 모인 것 아니오? 그러니까 최 도령은 지나치게 상심할 필요없이 마음을 단단히 가지시오. 우리는 지금 남을 위해 마음을 상할 수 있는 그런 여유 있는 형편에 있는 건 아니오."

우연이라고 하면 너무나 기막힌 우연의 일치였다. 남을 위해 마음을 상할 수 있는 그런 여유 있는 형편에 있는 것이 아니란 두령의 말이 막 끝났을 때, 지게문이 '탕' 하고 열리더니 김 진사라고 불리고 있는 영감이 황급히 뛰어들어왔다.

"내 지금 장에서 돌아오는 길인디유, 도령들 낭패가 생겼소."

영감은 가쁜 숨소리를 섞어 말했다.

"우선 이리로 와서 앉으시오."

두령은 노인을 편하게 앉게 하고 노인 가까이에 앉으며 물었다.

"무슨 일입니까? 말씀하이소."

"경찰이 은신골로 쳐들어온답니다."

일순, 방 안에 긴장감이 돌았다.

"차근차근 말씀해보이소."

두령이 조용히 말했다.

"장바닥에선 온통 그 소문입니다. 경찰이 은신골로 쳐들어온다고요."

"언제쯤 온답디까?"

"곧 올 끼라쿠던데."

"오늘 밤 쳐들어온답디까?"

"오늘 밤은 아니고요."

"그럼 내일?"

"소문은 나락베기가 끝나몬 쳐들어올 끼라쿱디다."

"나락베기가 끝날라면 앞으로 열흘쯤은 지내야 할 낀디. 꼭 정해진 날짜는 알 수 없었소?"

노인이 파악한 정보는 벼베기가 끝날 무렵 경찰이 은신골로 쳐들어올 것이란 풍문의 범위를 넘지 못한 것이었다.

노인을 돌려보내고 곧 회의가 열렸다.

내일이라도 다른 곳으로 옮기자는 의견이 나왔다. 그러나 이 의견은, 미리 장소를 옮기면 경찰이 그곳으로 들이닥칠 위험이 있으니 경찰의 작전 계획을 교란하기 위해서라도 그들이 행동을 개시하기 전날 또는 바로 당일 은신골에서 빠져나가는 것이 좋다는 이유로 부결되었다.

어디로 옮기느냐 하는 문제로선 미리미리 검토가 되어 있었기 때문에 그다지 시간을 끌지 않았다. 지리산으로 들어가되, 제1의 거점을 벽송사에서 10리쯤 떨어진 칠선동으로 하고, 제2의 거점은 거기서 30리를 더 간 합숫골로 정하기로 했다.

문제는 식량 운반이었다. 넉 달치로 준비한 식량을 25명이 한꺼번에 운반할 수는 없기 때문에 내일부터라도 적당한 장소에 식량을 옮겨놓는 작업을 시작해야만 했다. 그리고 한편 정보 수집도 해야 하고, 경비 태세도 강화해야 했다.

두령은 다음과 같이 명령을 내렸다. 노동식을 책임자로 하는 8명은 벽송사까지의 중간 지점으로 식량을 운반하는 작업을 맡고, 박태영을 책임자로 하는 8명은 정보 수집과 경비를 맡고, 나머지 인원은 사태의 경과를 보아가며 필요한 부서에 보충하도록 한다. 동시에 김 진사 영감을 장터에 상주시켜 경찰의 거동을 미리 알리도록 하고, 큰아들 김 주사는 임홍태 집에 보내 경찰의 계획을 사전에 알아내도록 할 것도 정했다.

위급한 사고가 되고 보니 부족한 것이 많았다. 의복, 특히 신발 같은 것을 미리 장만해놓아야 했는데 그게 그렇게 되지 못했고, 만일의 경우를 위한 의약품 준비가 전혀 되어 있지 않았다. 뿐만 아니라 다이너마이트 등 폭약을 미리미리 장만해놓았더라면 사이다병이나 맥주병을 이용해서 수제 폭탄을 만들어 적에게 위협을 줄 수도 있을 터인데 불만이 한두 가지가 아니었다.

"이게 시련이다. 이번 시련만 멋지게 이겨내면 앞으론 좀더 철저한 태세를 갖출 수 있을 게다."

두령은 이렇게 말하고 각자 맡은 바 책임에 최선을 다하자고 했다.

행동 개시 일주일쯤에 각자가 휴대할 분량을 남기고 식량 운반 작전을 끝냈다. 귀신도 모를 정도로 감쪽같이 식량을 숨겨두었다는 노동식의 말이었다. 그래 그 인원이 남아돌게 되어 등 너머에까지 보초를 파견할 수 있었는데, 그 첫 번 행동이 뜻밖의 성과를 올리게 되었다.

점심을 끝내고 그날 오후의 일을 의논하고 있을 때였다. 탐색 근무에 파견되었던 차 도령이 숨을 헐떡거리며 산막으로 달려왔다.

"정탐꾼인 듯싶은 세 놈을 잡아놨는데 우짜면 좋겠습니꺼?"

"정탐꾼을 잡았어?"

하고 조금 생각하더니 두령이 말했다.

"이리로 끌고 오면 안 되겠으니, 홍 도령이 가서 수고를 좀 해야겠소. 내가 가도 좋지만, 혹시 안면이라도 있는 놈이면 곤란하니까."

홍 도령, 즉 노동식이 엽총을 들고 차 도령을 따라 나섰다. 박태영이 나서려고 하자,

"전 도령은 안 가는 게 좋지 않을까."

두령이 이렇게 말했으나, 박태영은

"내가 경비 책임잔데 가만있을 수 있소? 안면이 있는 놈일지도 모르니 먼빛으로 확인하고 행동할 테니까 걱정 마이소."

하고 약간의 거리를 두고 홍 도령, 차 도령 뒤를 따랐다.

산마룻길을 조금 비낀 곳에 칡덩굴로 세 사람을 꽁꽁 묶어놓고, 각각

엽총을 든 박 도령과 최 도령이 그들을 지키고 있었다.

"대단한 기술인데? 이놈들을 어떻게 감쪽같이 때려잡을 수 있었소?"

노동식이 이렇게 말하자,

"홍 도령, 무슨 말씀을 그렇게 하십니꺼? 두령님한테서 배운 무술인디 이까짓 게 문제가 됩니꺼."

하고 박 도령은 깔깔 웃었다. 박태영은 숲 속에 몸을 숨기고 그들의 얼굴을 엿보았다. 안면이 있는 사람들론 보이지 않았다. 한 사람은 국방색 양복을 허술하게 입고 있었고, 두 사람은 무명베 고의 적삼 차림이었다.

"너희들, 정탐할라고 왔지?"

노동식이 물었다.

"정탐이 뭡니꺼? 약초 캐러 왔는디 붙들어놓고 이 야단인디요, 뭐."

고의 적삼 차림의 하나가 말했다.

"뻔뻔스런 소리 하지 마!"

최 도령이 버럭 고함을 질렀다.

"약초 캐러 오는 놈이 망태도 없고 호미도 없이 어슬렁어슬렁 숲 사이를 기어?"

"망태는 요 아래 나무 밑에 두고 왔거등요."

다른 하나가 말했다.

"바른 대로 말해."

노동식이 국방색 차림의 사내에게 다가서며 말했다. 고의 적삼 차림의 사내들은 당황하는 빛을 감추지 못하고 있었는데, 그 국방색 차림의 사내만은 가소롭다는 표정을 한 채 노동식을 힐끔 쳐다봤다.

"인마, 너 이름이 뭐꼬?"

노동식이 물었다.
"이름은 알아서 뭣할 끼고."
경멸이 찬 말투였다.
"이름을 알아서 뭣할 끼고? 이 녀석, 맛을 봐야 알겠나?"
노동식이 그자의 무릎을 찼다.
"내 이름을 알아야 할 권리가 있나? 무슨 권리로 우리를 묶어놓고 이지랄이지? 뒤에 후회 말고 당장 우리를 풀어라."
놈은 제법 호통을 쳤다.
노동식이 울화가 터진 모양으로 그놈의 뺨을 야무지게 갈겼다.
"이 자식이 누굴 보고 권리니 뭐니 하노. 너, 권리를 들먹이는 걸 보니 왜놈의 앞잡이로구나."
"흥, 너 말 잘 했다. 뭐? 왜놈의 앞잡이라고? 넌 그럼 후테이센진不逞鮮人이로구나."
"뭐 어째? 이놈의 자식을……."
먼빛으로 보고 있던 박태영은, 그래서는 시간만 허비할 뿐 아무런 진전이 없을 것 같아 노동식 가까이로 갔다. 그리고
"홍 도령, 얘기 좀 합시다."
하고 그들 앞에서 벗어나 귓속말을 했다.
"아무래도 저놈들을 한꺼번에 취급하면 성과가 없을 것 같습니다. 한 놈씩 떼어놓고 추탈을 받아봅시다."
"그게 좋겠소."
노동식이 응했다. 태영은 고의 적삼 차림의 한 사람을 떼어내어 뒷손 결박을 지은 채 끌고 조금 떨어진 바위 틈으로 갔다.
"형씨는 어디서 사오?"

"난 수동면에서 사요."

"이름이 뭐요?"

"이관섭이라쿠요."

"여긴 뭘할라고 왔소?"

"약초 캐러 왔소."

"바른 소릴 해도 괜찮소. 거짓말 말고 얘기하소."

"약초 캐러 왔다쿤깨요."

"형씨, 그러지 마소. 당신들은 장난 삼아 하는 짓인지 몰라도, 우린 생명을 걸어놓고 매일매일 사는 사람들이오. 형씨도 들었을 거요. 이 골짝에 징병 또는 징용을 피해 살고 있는 사람들이 있다는 걸. 그렇죠?"

"그런 말 들었소."

"우리가 바로 그 사람들이오. 우리는 경찰에 붙들리면 죽소. 우리 죄란 징병이나 징용에 가서 개죽음하기 싫다는 것뿐요. 그런데 경찰은 우리를 뚜드려 없앨라쿠는 기요. 형씨와 우리는 같은 처지에 있는 사람인디, 우리들을 동정은 못 할망정 우리를 속여서야 되겠소? 똑바로만 얘기해주면 우리는 형씨를 당장 풀어주겠소. 우리는 형씨로부터 아무 말도 안 들은 것으로 하고 미리미리 자위책을 강구할 뿐이오."

이관섭이란 사나이는 고개를 떨구고만 있었다. 태영이 말을 이었다.

"그런데 바른 말을 하지 않으면 어떤 사태가 일어날지 모르오. 바른 말 듣지 않고 우리가 당신들을 놓아 보낼 줄 아시오? 경찰은 멀고 우리의 주먹은 가까운 데 있소. 참말만 하면 당장 당신을 풀어주겠소."

이관섭은 겁에 질린 표정을 하고 주위를 살폈다.

"그라몬 내게서 무슨 말 들었다고 절대로 말 안 하겠습니꺼?"

"그렇소."

"우리는 은신골에 장정들이 몇이나 있는지, 또는 무기를 갖고 있는지, 어떻게 살고 있는지, 그걸 알기 위해 왔소. 그저께부터 이 근처에서 서성거렸는디, 차마 겁이 나서 재를 못 넘었소. 오늘도 재를 넘어볼까 말까 하고 주저하고 있었는디, 총 든 사람들에게 붙들려버린 겁니다."

"당신들은 경찰관이오?"

"아닙니더."

"그럼 뭐요?"

"경방단원입니더."

"세 사람 다?"

"국방색 양복 입은 사람은 형사고요."

"그 형사 이름은?"

"구 형사라고만 알고 있습니더."

"경찰대가 은신골로 쳐들어올 끼라고 하던데, 언제쯤 쳐들어온답디까?"

"대강 10월 15일쯤에 한다던데요."

"틀림없겠죠?"

"예. 그런디 내가 이 말 했다는 거 절대 비밀로 해주이소."

"알겠소. 그럼 여기 잠깐 있으소. 공연히 도망칠 생각은 말고요, 곧 풀어드릴 테니 안심하고 있으소."

그러나 안심이 되지 않아 박태영은 차 도령을 불러 이관섭 가까이에 있게 하고 노동식 곁으로 갔다. 노동식도 고의 적삼 차림의 또 한 사람으로부터 같은 정보를 얻어냈다고 했다.

"그런데 두 사람으로부터 정보를 얻었다고 하면 그 사람들에게 후환이 있을 것이니, 저 형사를 족쳐 실토하게 합시다."

노동식의 의견이었다. 태영이 동의했다.

노동식이 엽총의 안전 장치를 풀더니 총구를 형사의 이마에 바싹 갖다 댔다. 그러고는 최 도령에게 몸을 뒤져보라고 일렀다.

담배 꽁초, 종이 조각 등이 나왔을 뿐, 아무것도 없었다. 노동식이 다시 명령했다.

"허벅지, 겨드랑 근처를 살펴봐요."

그랬더니 최 도령은 묶인 채 몸을 비꼬는 사나이의 겨드랑에서 권총을 꺼냈다. 왼쪽 겨드랑에선 탄창이 나왔다.

"전 도령, 그 권총을 조사해보시오."

박태영은 권총을 조심스럽게 만져봤다. 탄환이 장전되어 있었다. 노동식은 쥐고 있던 엽총을 태영에게 주고 권총을 받아 들었다. 그리고

"모젤 5호구나."

하더니, 안전 장치를 풀고 총구를 형사의 정면에 갖다 대며 말했다.

"바른 말을 해. 너, 경찰관이지?"

"그렇다."

질린 표정인데 말투는 대담했다.

"그렇다면 뭣하러 여기까지 왔는지도 말해보지."

"말 못 해."

"알량한 대일본 제국의 충신이구나."

노동식이 웃으며 말했다.

"너는 알겠지만 일본은 매일 망해가고 있어. 일본이 망하면 우리나라는 독립한다. 그때 너의 충성심을 고맙게 여겨 일본놈이 너를 일본으로 데리고 갈 것 같으냐?"

"건방진 소리 하지 마. 너 따위는 내 몸에 함부로 손을 못 댄다."

바람과 구름과

사나이는 여전히 억세게 나왔다.

"너희들은 우리를 잡기만 하면 죽이겠지. 말하자면 너희들은 우리를 죽일 수 있어도 우리는 너를 죽이지 못할 거라고 하는 것 같은데, 그렇게는 안 될걸. 우리도 살기 위해서 너를 죽일 수 있어."

"나를 죽여봐라. 네놈들은 삼대 구족이 멸할 게다."

"단단히 일본의 세력을 믿고 있는 모양이구나. 그런데 너를 살려 보내든 죽이든 결과가 마찬가지라고 할 때, 우리는 어떻게 해야 하지? 바른 대로만 말하면 당장 풀어줄 테니 말해봐."

"말 못 해."

"말하지 않으면 할 수 없어. 너를 놓아주지 못할밖에. 우리의 사정도 급박하니까."

이런 식으로 한 시간 이상을 끌었으나 형사는 끝내 버텼다. 노동식은 이 상황을 그대로 알리고 두령의 지시를 받을 수밖에 없다고 생각하고 차 도령을 산막으로 보냈다. 그동안에도 옥신각신이 있었지만 성과는 없었다. 죽일 수도 살릴 수도 없는 묘한 딜레마에 빠졌다.

한 시간쯤 지나 두령이 직접 나타났다. 현재 빠져 있는 딜레마를 알리자, 두령은 형사가 묶여 있는 곳 앞에 서 있는 나무의 꽤 큰 생가지를 민첩한 동작으로 도약해서 맨손으로 꺾어 잎을 추린 뒤 그 나뭇가지로 사나이의 가슴팍을 찔렀다. 순간의 일이었다. 사나이는 실신한 것 같았다.

"사실대로 얘기만 하면 당장 풀어준다고 해도 이 모양이니, 일본놈에 대한 갸륵한 충성심을 높이 찬양해줄 필요가 있다. 이자를 꽁꽁 묶어 저 나무 위에 매달아라. 우리 손으로 피를 볼 수는 없다. 독수리에게 맡겨둘 수밖에 없다."

두령은 이렇게 명령했다.

주변에서 거둬온 칡덩굴로 사나이를 꽁꽁 묶어, 역시 칡덩굴을 이용해서 높은 나뭇가지에 끌어올려 매달았다. 실신한 채 사나이는 아무런 저항도 하지 못했다. 그래놓고 두령은 고의 적삼 차림의 두 사람에게,

"이 사람이 순순히 자백했으면 당신들은 무사히 집으로 돌아갈 수 있을 텐데 이렇게 되고 보니, 할 수 없이 당신들은 우리와 함께 가야겠소."

하고 그들을 앞세웠다. 난데없이 나타나 비호같이 몸을 날려 맨손으로 굵다란 생나뭇가지를 꺾어버린 두령의 신기한 기술에 압도당한 그들은 겁에 질려 순순히 앞장을 섰다.

보초 둘만을 근처에 남겨놓고 가다가 중복쯤에서 비명을 들었다.

"살려주소. 내 바른 말 할게요."

정신이 돌아와 나무 위에 묶여 있는 자기를 발견하고 그 대담한 사나이도 기겁을 하여 비명을 지른 모양이었다.

두령을 비롯한 도령들이 다시 그 나무 밑에 이르자 사나이는 외쳤다.

"나는 은신골 장정들의 동정을 살피러 온 함양경찰서의 구 형사올시다. 10월 15일 은신골을 경찰대가 습격하게 돼 있소. 그리고 내가 알아낸 사실은 아직 아무것도 없소."

거짓이 아니라고 확증할 수 있었다.

두령은 구 형사를 나무 위에서 끌어내려 결박을 풀어주도록 했다. 동시에 고의 적삼 차림 사나이들의 결박도 풀었다.

두령은 기진맥진 퍼져 앉은 구 형사를 보고 말했다.

"누가 옳고 그른가는 시일이 가면 알 끼다. 다만 섭섭한 것은, 똑같은 조선 사람끼리 오늘과 같은 추태를 벌인 일이다. 돌아가거든 언제든 은신골을 습격하라고 일러라. 그리고 되도록이면 일본놈들로만 습격대를 만들어주었으면 고맙겠다고 해라. 동족끼리 피를 흘리지 말았으면

바람과 구름과 245

싶지만, 일본놈과 같이 덤비는 놈은 일본놈과 똑같이 취급하지 않을 수가 없으니 그리 알아라. 은신골엔 현재 250명의 장정이 있다. 그러나, 일당 백하는 250명이니 2만 명쯤 있어야 상대가 될 끼라고 전하라. 일본놈이 지금 세도를 부리고 있으니 그것이 절대적인 줄 알아도, 조금 안목을 넓혀 생각하면 아무것도 아니란 사실을 알 수 있을 거다. 그럼 잘 돌아가라."

그러자 구 형사는 두령의 발 앞에 넘어지듯 하여 이마를 조아리며

"선생님, 제 권총을 돌려주시오. 그 권총이 없으면 전 파면당합니다. 엊그저께 서장으로부터 임시로 사용하라고 받은 건데, 돌아가면 즉시 반납해야 합니다. 제 생명을 구해주었으니 제 신분도 구해주십시오."

하고 애원했다. 두령은 싸늘한 눈초리로 구 형사를 바라보고 섰더니

"권총은 누굴 향해 쏘려는 권총이었지? 동포를 쏘기 위한 권총이라고밖에 생각할 수가 없어. 그걸 그냥 돌려줘? 우리 동포를 쏘라고? 우리 도령들을 쏘라고? 그런데 우리 손에 이 권총이 있으면 민족의 원수를 넘어뜨리는 귀중한 무기가 될 수 있어. 네 신분을 구해주기 위해 이 귀중한 무기를 동족을 죽이는 흉기로 만들 수는 없어."

하고 뒤돌아섰다.

"선생님, 제 처지가 딱합니다. 그 권총을 돌려주십시오."

통곡과 더불어 애원하는 소리가 들렸다. 두령은 뒤돌아보지도 않고,

"보광당 제1호 전리품을 돌려줘?"

하고 싱긋 웃었다. 새하얀 이가 깔리기 시작한 어둠 속에서 빛났다.

"엽총 넉 자루에 탄환 30발의 권총이 있으니 50~60명의 오합지졸이면 한번 상대해볼 만도 하겠는데……."

두령은 뜻밖의 성과에 기분이 좋은지 태영의 어깨를 두드리며 말했다.

경찰이 출동한다는 10월 15일이란 날짜에 변동이 생길지도 몰랐다. 정보가 새었다는 걸 알면 앞당길지도 모르고 약간 늦출지도 모르기 때문이었다. 권총을 빼앗긴 함양경찰서의 구 형사가 자기의 체면과 신분을 위해 단독 행동으로 기습할지 모른다는 예상도 해두어야 했다.

도령들은 두령의 지시에 따라 제1, 제2, 제3의 비상선을 폈다. 제1비상선은 산막에서 30리쯤 떨어진 등 너머에까지 나가 초계 근무를 했고, 제2비상선은 산마룻길을 사이에 두고 그 길목을 지켰다. 산막에서 20리쯤 떨어진 곳이다. 제3비상선은 산막을 중심으로 근처의 지형 지물을 이용해서 매복해 경비하기로 했다. 그리고 제2, 제3의 비상선 사이엔 암호와 신호까지 정해놓고 연락 책임자도 지명했다.

"우리를 지키는 것은 조국을 지키는 것이다. 우리는 조국의 희망이며 등불이다. 이 고비를 무사히 넘기는 것이 승리의 시작이 된다. 동지 한 사람도 희생이 있어선 안 된다. 그러자면 구김살 없는 화합과 철통같은 단결이 있어야 한다."

두령의 이와 같은 훈시도 있어, 도령들은 밤잠을 자지 못해도 불평하는 기색이 없고, 지친 표정도 없었다. 앞으로 닥칠 위험에 대한 경각심이 보광당을 강철 같은 조직으로 만들었다.

두령의 예상은 적중했다. 정탐꾼들을 돌려보낸 날로부터 이틀째 되는 날 오후 제1비상선으로부터, 권총을 빼앗긴 구 형사를 주동으로 한 7명의 기습대가 덕유산에 잠입했다는 보고가 들어왔다. 미리 정한 계획에 따라 제1비상선은 노출되지 않게 그들을 포위해서 제2비상선에서 포착하도록 했다. 7명의 기습대 가운데 3명은 99식 소총을 메고 있고, 4

명은 곤봉을 들고 있었는데, 각각 수류탄을 가지고 있는 것으로 보였다.

7명의 기습대는 조심스럽게 숲 사이로 기어들어 밤이 되길 기다리는 태세로 들어갔다. 바로 그곳이 제2비상선의 매복 장소였다. 제1비상선의 도령들이 그들의 배후로 다가가서 몽둥이를 휘둘렀다. 1대 1의 공격이었다. 기습대는 외마디 신음 소리를 내고 한꺼번에 거꾸러졌다. 소총 한 발 쏘아보지 못하고, 수류탄 한 개 던져보지 못하고 어이없이 사로잡혀버린 것이다. 도령들은 그들을 칡덩굴로 꽁꽁 묶어 산막에서 10리쯤 떨어진 동굴로 끌고 갔다.

99식 소총 석 자루와 탄환 120발, 수류탄 14개를 노획한 것은 커다란 전과였다. 그런데 문제가 남았다. 또 순순히 돌려보내면 다음부턴 안심하고 덤빌 것이니 따끔한 꼴을 보여야 한다는 것이 도령들의 일치된 의견인데, 가장 효과적인 방법을 생각해낼 수가 없었다. 만일 이편에 한 사람이라도 사상자가 났으면 죽여버릴 수도 있겠지만, 살상만은 피하고 싶은 것이 여러 도령들의 마음이었다. 결국 두령의 결단에 맡길 수밖에 없었다. 두령은, 기습해온 놈들의 주소와 성명을 정확하게 파악해놓고 또다시 이편에 불리한 짓을 했다는 사실을 알기만 하면 어떤 수단으로라도 보복할 것이라 위협하고 돌려보내자고 했다.

"그러나 10월 15일 이전에 돌려보낼 수는 없지 않겠소. 산막의 소재까진 알아채지 못했다고 해도, 대강의 지형과 우리의 전투력을 짐작했을 거니까 말입니다."

하고 노동식이 말했다. 모두들 그 의견이 옳다고 했다. 기습대 7명을 동굴 속에 감금해놓기로 작정이 되었다. 7명을 감금하려면 7명가량의 병력이 소요된다는 사정은 딱했지만 어쩔 수가 없었.

감시하는 도령들에겐 보광당이 불원 은신골에서 무주 구천동으로 옮길 것처럼 안개를 피우라는 지시도 잊지 않았다.

임홍태로부터 전갈이 왔다. 10월 15일이란 일자엔 변동이 없는 듯하다는 것이고 병력은 경찰 30명에 경방단원 70명, 도합 백 명쯤 될 모양인데, 무기는 38식 또는 99식 소총, 수류탄, 곤봉, 죽창 등등이라고 했다. 그리고 경찰관 30명은 중무장을 할 것이라고 보아야 옳을 것이라고 했다. 행동 경로는 수동면을 지나 은신골로 들어가는 길을 택할 것이 거의 확실하다고 했다. 그렇다면 그들은 계획이 이편에 누설되었다는 사실을 모르고 있는 게 분명했다.

"적을 알고 이편을 알면 백전해서 불패한다는 문자가 『손자병법』에 있다며?"

두령은 이렇게 말하고 넌지시 한번 싸워볼 의향을 비쳤다.

"엽총이 넉 자루, 99식 소총이 석 자루, 수류탄이 열네 개, 게다가 권총이 한 자루 있것다, 지형 지물을 잘 이용하면 승산이 있을 것 같다."

이어 두령은 은신골에서 30리쯤 앞으로 나아가 고개를 양쪽에서 지키고 일대一隊는 측면에서 공격하면 오합지졸 백 명쯤은 문제가 없다고 자신만만했다. 노동식이 그 의견에 솔깃한 모양이었고, 모험을 좋아하는 차 도령은 그렇게 하자고 적극적으로 나섰다. 그러자 다른 도령들도 찬성하는 방향으로 기울어지는 것 같았다. 이에 박태영만 호응하면 대세는 그렇게 결정되는 것이었다. 두령이 박태영을 돌아보았다.

"앞으로 2~3일 여유가 있으니 좀더 계획을 검토해봅시다."

박태영은 이렇게 말하며, 동굴 속에 감금해놓은 사람들을 생각했다. 만일 이곳에서 전투가 벌어지면 동굴 속에 있는 7명은 죽여야 한다. 그들을 경비하고 있는 7명의 도령을 전투에 참가시키기 위해서도 그래야만 한다. 박태영은 이 시기에 살상을 하고 싶진 않았다. 전투를 하더라도 덕유산 같은 좁고 단조로운 산에서 할 것이 아니라, 지리산 같은 데서 해야 한다고 생각했다. 두령의 말대로 덕유산에서 전투에 승리하면, 아무리 곤란한 입장에 몰려 있는 형편이라도 일본이 일개 중대쯤의 병력을 차출하기란 쉬운 일이고, 비행기 몇 대쯤을 날려 덕유산에 소이탄을 퍼부을 수도 있을 게 아닌가. 긴 안목으로 견디어나가야 하지, 성급하게 서둘 일은 아닌 것이다. 도령들이 한바탕 해보았으면 하는 생각을 가지는 것은 두령 하준규에 대한 절대적인 신뢰감과 숭배심 때문일 것이라고 태영은 짐작하고, 되도록이면 두령의 호전적인 마음의 경사傾斜를 말려야겠다고 마음먹었다. 그러나 태영은, 이와 같은 자기의 의견은 대중들 앞에 털어놓을 것이 아니라 두령에게만 얘기해야 할 것이라고 판단했다.

10월 15일 아침, 드디어 경찰이 출동했다는 정보가 들어왔다. 도령들은 정연하게 출발 준비를 완료하고 두령의 지시를 기다렸다. 동굴의 보초들에게도 전갈이 갔다.
제1진인 홍 도령이 먼저 출발했다. 제2진의 책임자는 박태영이었지만 두령과 동행하기로 하여 이 도령이 대리를 맡았다. 제3진은 동굴의 보초들을 기다려 두령이 직접 인솔하기로 했는데, 선두에 차 도령을 세웠다. 두령과 박태영은 맨 마지막에 출발할 작정이었다.
"아직 다섯 시간의 여유는 있을 거니까……"
하고 두령은 시계를 들여다보던 눈을 산막으로 옮겼다. 정이 들 대로 든 산막이었다. 두령은 한참 동안을 묵묵히 서서 이곳저곳 눈을 옮겨보고 김 참봉 산막 쪽으로 걸음을 옮겼다.
진사 영감, 참봉, 주사, 참봉의 아내가 산막 앞에 넋을 잃은 사람처럼 우두커니 서 있었다. 모두 눈에 눈물이 흥건했다. 두령은 참봉의 손목을 잡고 격한 감정을 억눌렀다. 좀처럼 말이 나오지 않는 모양이었다. 이윽고 침을 두세 번 꿀꺽거리며 삼키고 두령이 입을 열었다.

"이때까지 숨겨왔는데, 난 병곡면에서 사는 하씨 문중의 준규라고 합니다. 언젠간 좋은 날이 안 있겠습니까. 그때 꼭 찾아와서 은혜를 갚겠습니다. 우리가 나아가는 길은 결코 평탄하지 않을 것입니다만, 기어코 좋은 날을 맞이할 것입니다. 은혜는 꼭 갚고야 말겠습니다."

"은혜라니, 무슨 말입니꺼. 덕택에 우리가 잘 지냈는디."

참봉은 눈물을 뚜룩뚜룩 떨어뜨렸다.

"부디 편히, 몸 성히 지내도록 하소."

주사도 울먹거렸다.

"산신님이 돌볼 끼요. 모두 착한 도령님들잉께."

진사 영감이 눈을 껌벅껌벅하며 한숨을 섞었다. 참봉의 마누라는 눈물을 감추느라고 뒤돌아 서 있었다.

두령은 이렇게 수탄장愁嘆場만 벌이고 있을 것이 아니라고 생각했는지 자세를 똑바로 하고 말했다.

"여러분들도 당분간 저쪽 산으로 가서 숨어 있으소. 우리가 없으면 경찰은 곧 돌아갈 낍니다. 그리고 경찰들이 가고 나거든 우연히 그 앞을 지나가는 것처럼 꾸미고 요 아래 하장골 동굴로 가봐 주이소. 거게 일곱 놈을 꽁꽁 묶어 감금해두었습니다. 깜짝 놀라는 시늉을 하고 그들을 풀어주이소. 김 참봉 식구들을 그들이 알 까닭이 없으니 별 탈은 없을 겁니다. 우리에 대해 묻거든, 나무를 하다가 보니 한 떼의 장정들이 서북쪽으로 가더라고만 해두이소. 그럼 잘 계십시오."

말이 끝나기가 바쁘게 두령은 재빠른 동작으로 걷기 시작했다. 태영은 깊숙이 고개를 숙여 그들에게 절하고 두령의 뒤를 따랐다. 순이의 모습이 보이지 않는 게 이상했다. 한마디 인사를 할 수 없는 것이 안타까웠다.

단풍이 황홀한 숲 사이로, 두령이 지시한 대로 대여섯 발짝쯤 간격을 두고 사라져가는 도령들의 모습이 보였다. 두령을 뒤따라 걸으면서 태영은 가슴이 에는 듯 아팠다.

'앞으로 언제 또 이곳에 올 날이 있을까.'

10개월 동안 이곳을 보금자리로 하고 꿈을 키우고 마음을 가꾸어오지 않았는가.

비탈진 언덕을 기어올라 산마루 가까운 평평한 곳에 이르렀을 때였다. 오른쪽 숲 속에서 순이의 모습이 나타났다. 순이는 자루를 어깨에 메고 보따리를 이고 있었다.

"순이야, 너 웬일이고?"

태영이 깜짝 놀라 물었다. 두령이 돌아보더니 멈칫 섰다. 순이는 저만큼 선 채 머뭇머뭇 대답을 하지 않았다.

"작별 인사 할라고 찾았는데 네가 보이지 않아 섭섭하더라."

두령이 탁 가라앉은 소리로 말했다.

"와 작별 인사를 해요? 나도 따라갈 긴디."

순이는 성난 얼굴로 말했다.

"따라가다니, 우리가 어딜 가는디 순이가 따라온단 말이고?"

두령이 쓸쓸하게 웃었다.

"태수도 가고 소도 가는디 내라고 와 못 따라가요."

"순이야, 이리 와 얘기 좀 하자."

두령이 손짓했다. 그러나 순이는 움직이지 않고 말했다.

"따라갈 긴디 얘기는 와 할 끼고."

"안 돼."

두령이 강하게 말했다.

"순이야, 돌아가. 좋은 세상 되면 찾아올게, 두령님 모시고."

태영이 안타까워 한 마디 거들었다. 순이는 그러는 태영을 원망스럽게 바라보았다.

"갑시다."

하고 두령이 걷기 시작했다. 태영도 따라 움직였다. 순이도 뒤따랐다.

산마루에 이르러 뒤따라오는 순이를 보자, 두령은 버럭 고함을 질렀다.

"순이 너 꼭 이랄래?"

순이는 멈칫 그 자리에 섰다.

"순이야, 돌아가라. 꼭 너를 찾아올게."

두령은 울먹거렸다. 그래도 순이는 고집스러운 모습으로 서 있었다. 두령은 호주머니에서 권총을 꺼내 자기 이마에 대더니 미친 듯이 외쳤다.

"순이야, 너가 내 말을 그렇게 안 들으면 나는 이 자리에서 죽어버릴 끼다."

일순 얼굴에서 핏기가 가시는 듯하더니 순이는 풀썩 그 자리에 주저앉아 목을 놓고 울기 시작했다. 울음소리가 심심산골에 처량하게 울렸다. 하준규와 태영은 몸을 돌려 단숨에 능선을 타고 올라 숲 사이로 들어가 한숨 돌렸다. 태영이 뒤돌아보니, 아까의 모양 그대로 퍼져 앉아 울고 있는 순이의 모습이 조그맣게 보였다.

토벌대는 보광당이 떠난 지 세 시간쯤 지나 덕유산 은신골에 들이닥쳤다. 은신골엔 몇 개의 산막, 이곳저곳에 이루어놓은 화전, 그것들을 둘러싼 송림을 건너는 바람 소리만이 남아 있었다.

잔뜩 벼르고 온 토벌대의 일본인 대장은 분에 못 이겨 발을 구르며 주변의 산과 골짜기를 샅샅이 뒤지라고 호령했다. 한나절을 두고 대원들이 근처를 뒤졌으나 토끼와 꿩을 놀라게 했을 뿐 아무런 흔적도 발견하지 못했다. 산막 아궁이에 아직 불기가 남아 있는 것을 보니 바로 얼마 전까지 그곳에 사람이 있었다고 짐작할 수 있는데, 도대체 어디로 사라졌단 말인가. 참으로 귀신이 곡할 노릇이었다. 토벌대는 부득이 아무런 성과 없이 되돌아갈 수밖에 없었다.

이 소문은 삽시간에 인근의 마을에 퍼졌다. 게다가 이틀 후, 보광당에 의해 동굴 속에 감금되어 있던 구 형사를 비롯한 7명의 기습대원이 사색이 되어 풀려 나오자 소문은 풍선처럼 부풀려지고 윤색되어 장마당이나 사랑방에 심심찮은 화제를 제공하게 되었다.

은신골에 도인 청년이 살고 있다는 둥, 청년들이 모두 그 괴수의 도술을 배워 축지법도 하고 둔갑도 한다는 둥, 사뭇 얘기가 그럴싸하게 꾸며져갔다. 심지어는 백 명이 넘는 경찰대가 은신골 도인의 도술에 걸려 화석처럼 꼼짝도 못 하게 되어 수십 명이 사로잡히고 말았는데, 그 도인은 살생을 좋아하지 않아 무사히 그들을 풀어 보냈다고 얘기가 부풀어오르기까지 했다.

"바로 홍길동 같은 사람이 살고 있다."

"아니, 홍길동 이상이다."

이렇게 풍문은 꼬리에 꼬리를 물고 인근 사방으로 전파되었다. 뭔가 변화가 있고야 말 것이란 막연한 예감이 그 풍문을 들은 사람의 가슴마다 싹트기 시작했다.

'징용 영장이나 징병 영장이 나와 봐라. 나도 은신골로 갈 끼다.'

이런 다짐을 하는 청년들이 무수히 생겨난 것도 무리가 아니었다.

이와 같은 사실을 종합해볼 때, 보광당 도령들은 싸우지도 않고 당당히 승리를 거둔 셈이었다. 목적지인 칠선 계곡에 무사히 도착했을 뿐만 아니라, 일본의 경찰을 무색하게 하고, 일반 농민의 관심을 그만큼 끌었으니 말이다.

그러나 사태는 엉뚱한 방향으로 전개되었다. 7명의 포로 가운데 하준규와 박태영을 아는 사람이 있었다. 그 사람이 그런 사실을 경찰에 고해 바쳤다. 경찰은 준규의 아버지와 태영의 아버지를 체포했다. 하준규의 아버지는 자기 아들이 은신골에 있다는 사실을 알고 있었기 때문에 혹시 이런 일이 있지 않을까 예상하여 마음의 준비가 되어 있었던 모양이지만, 박태영의 아버지는 아닌 밤중에 홍두깨를 맞은 격이었다. 태영의 할아버지는 임홍태를 통해 손자의 행동을 알고 있으면서도 자기의 아들에겐 물론 집안 누구에게도 그 사실을 알리지 않았던 것이다. 게다가 박태영의 아버지는 군청의 서기였기 때문에 경찰의 추궁이 맹렬했다. 은신골 불량배들이 토벌대가 도착하기 전에 감쪽같이 도망쳐버린 것은 태영의 아버지가 미리 정보를 그들에게 준 때문일 것이라고까지 우겼다. 태영의 아버지는 심한 고문을 받고 인사불성이 되었다고도 했다. 경찰이 아무리 혹독한 고문을 해도 소득이 있을 까닭이 없었다. 드디어 경찰은 하준규의 아버지와 태영의 아버지를 인질로 해서 준규와 태영을 자수시킬 계략을 꾸몄다. 동시에 관내에서 징병이나 징용을 기피한 자들의 부형父兄들을 색출해서 붙들어 들이기 시작했다.

함양경찰서 서장은 군 내의 면장, 구장들을 모아놓고 호통을 쳤다.

"대일본 제국의 경찰을 그렇게 호락호락하게 보면 안 돼. 군민 모두가 나서서 놈들을 모조리 붙들어 오든지 자수를 시키든지 안 하면 내게도 생각이 있다……."

이런 사실을 알게 된 임홍태는 어찌해야 좋을지를 몰랐다. 곧바로 칠선골로 가서 준규와 태영에게 알려야 한다는 생각이 일기도 했지만, 그 결과를 짐작할 때 공연히 그들을 자극하든지, 그들의 의기를 저상케 하든지 할 뿐, 어떤 보람도 있을 것 같지 않았다. 그렇다고 해서 그냥 방관만 하고 있을 수도 없는 형편이었다. 임홍태는 우선 이규를 만나 의논해보아야겠다고 마음먹고 편지를 썼다. 이규는 폭격이 심한 동경을 피해, 곧 있을 징병 검사를 기다린다는 핑계로 고향에 머물고 있었다.

임홍태와 이규가 진주 하영근 씨 집에서 만난 것은 10월 하순 어느 날이었다. 그 자리엔 하영근 씨도 참석했다.

임홍태가 소상하게 사정을 설명했다. 이규는 하영근 씨의 얼굴을 바라볼 뿐, 할 말을 찾지 못했다. 그러면서도 마음속에선 격심한 소용돌이가 일고 있었다.

"이른바 연좌법이라고 하는 기로구먼. 아들의 일을 애비에게 추궁하다니……."

쓰디쓴 표정으로 이렇게 말하고 하영근 씨도 입을 다문 채 있었다. 규의 감정은, 어떤 사상이고 주의고 간에 아버지를 위해선 희생할 수밖에 없다는 빛깔로 물들어 있었다. 그러나 준규와 태영에게 거의 1년 동안의 세월을 두고 쌓아올린 그 의지의 탑을 박차버리라고 충고할 순 도저히 없을 것 같았다. 또, 그들은 그런 충고를 받아들일 사람도 아니었다. 한편, 이규는 징병 검사를 받으란 통지가 오기만 하면 태영의 곁으로 가볼까 하는 막연한 생각을 하기도 했었는데, 일이 그렇게 된다면 자기의 그런 마음은 버려야겠다는 생각을 하기도 했다.

"자수하면 어떻게 될까요?"

임홍태가 물었다.

"그 사람들이 어디 자수할 사람들인가?"

하영근이 굳은 표정으로 말했다.

"만일 그렇게 한다고 치면 말입니다."

"징용이나 징병의 기피 정도라면 문제는 간단하지. 그러나 이미 당을 만들었고, 경찰관을 구타하고 감금했고, 무기를 가지고 항거하고……. 자수한대도 만만치는 않을 거야."

한숨을 섞어 이렇게 말하고 하영근 씨는 이어 다음과 같은 얘기를 했다.

며칠 전 하영근 씨는 대구에 갔다. 독립운동을 하다가 붙들린 친구가 형무소에서 병보석으로 나왔다는 소식을 듣고 위문하러 갔다는 것이다. 그런데 하영근 씨는 거기서 비통한 얘기만 잔뜩 듣고 돌아왔다.

경산 죽창 사건이란 것이 있었다. 징병, 징용을 피한 수십 명의 청년이 죽창을 장만해 들고 산속에 몰려 있다가 추적한 경찰들과 격투한 끝에 몇 명만 제외하곤 모조리 체포되어 경찰에서 심한 고문을 받고 검사국으로 넘어갔는데, 폭동, 내란죄로 몰려 거의 사형을 받을 것이라고 했다.

원대동 사건이란 것도 있었다. 단파로 미국 방송을 듣고 그 정보를 나눠서 비밀 결사대를 만들려다가 발각된 사건인데, 주모자는 일본 중앙대학을 졸업한 사람이라고 했다.

"그밖에 요즘 대구에서만도 독립운동을 하다가 많은 사람이 붙들렸다고 하드만. 그런 사람이 대구형무소의 반을 차지하고 있다고 하니,

우리나라의 독립운동 세력도 상당하다고 볼 수 있어."

그리고 이어 하영근 씨는, 그런 가운데서도 흐뭇한 얘기라고 하며 다음과 같이 말했다.

"안동농림학교 사건으로 들어간 이승태李承太란 청년은 검사가 마지막으로 할 말이 없느냐고 물었을 때, '경찰 조서의 마지막에, 내가 풀려나가기만 하면 독립운동을 그만둘 뿐 아니라 참다운 황국 신민이 되겠다고 씌어 있는데, 그건 내 의사가 아니고 경찰관이 제멋대로 써 넣은 것이니 그것을 빼주시오' 하더라는 거야. 그래서 검사가 '그럼 너는 계속 독립운동을 할 것이냐?'고 물었더니 물론이라고 대답했다. 검사는 '넌 살아 세상에 못 나갈 터이니 그런 생각은 버려라'라고 했다. 그랬더니 그 이승태란 청년은 '살아서 못 나가면 죽어 혼백이 되어서라도 할 테니 그리 알라'고 하고, '일본 사람에게만 혼이 있는 것이 아니다'라고 덧붙였다는 얘기다."

이규는 전신이 저려옴을 느꼈다.

'내가 그런 처지에 놓이면……'

하고 생각해보았으나 도무지 어림도 없을 것 같았다.

임홍태가 입을 열었다.

"선생님이 찾아가셨다는 그분은 어떤 분입니까?"

"박동수란 사람인데, 동경에서 한동안 같이 학교에 있었지."

하고 하영근 씨는 망설이는 표정이 되었다. 얘깃거리로 하기가 거북하다는 그런 눈치였다. 그러나 하영근 씨는 말을 이었다.

"그 사람의 삼촌은 동경에서 옥사했고, 형은 북경에서 옥사했고, 아우는 지금 신경 감옥에 있고, 조카는 서울에서 고문을 받는 도중 죽었고, 아버지는 그가 대구형무소에 있는 동안 돌아가셨다는데, 참으로 어처구니없는 사정이 아닌가. 동수는 북경에 있는 형과 만주에 있는 아우를 위해 국내에서 자금을 조달하다가 붙들렸다. 그에게 협조한 다섯 사람도 같이 붙들렸다. 그런데 기막힌 얘기가 있더구만."

하영근 씨가 말하는 기막힌 얘기란 다음과 같은 것이었다.

작년 겨울, 박동수에게 협조한 김선기, 고용준, 김태수, 박태호와 동수의 조카 박희돈이 대구경찰서 유치장에서 끌려나와 고등계 형사실에서 형무소로 넘어가는 수속을 밟고 있었다. 그런데 그곳에서 사식私食집 주인인 일본 여인이 기다리고 있었다. 김선기, 박태호의 밀린 사식값을 받으러 온 것이다. 박태호는 사식집 일본 여자를 보자,

"돈 없소, 그 밥을 사먹게 만든 사람들에게서 받으소."

라고 했다. 일본 여자는 펄펄 뛰며 발악을 했다.

이번엔 김선기가 일본말로,

"시끄러워! 우리는 나가는 것이 아니고 형무소로 가니까, 우리를 끌고 온 사람들에게서 받으란 말요!"

하니, 형사들까지 폭소를 터뜨렸다. 그때 호사카保坡란 경부警部가 밥값이 얼마나 밀렸느냐고 물었다.

"아마 7백 원쯤 될 거요."

박태호의 대답이었다. 1원짜리 밥을 먹었는데 7백 원이나 밀렸다면 유치장살이가 얼마나 길었느냐 하는 증거가 된다. 유치장 생기고 처음 있는 일이라면서 호사카는 놀란 얼굴을 했다. 다시 박태호가 말했다.

"민·형사 간에 고소를 하시오. 감옥살이하는 놈, 아무래도 좋소. 그러나 두고 봐요. 우린 밥값을 떼먹지는 않을 거니까."

이번엔 김선기가, 며칠 전까지 경부보였던 호사카가 경부의 계급장이 달린 정복을 입고 있는 것을 보고,

"승진을 축하합니다."

"모두 여러분 덕택이오, 형무소에 가시더라도 몸조심하시오."

호사카도 정중히 답례를 했다. 그러자 김선기가 투덜댔다.

"머지않아 또 만날 날이 있을 거요. 잘 있으소. 전번엔 제법 독립운동을 하다가 형무소에 갔었는데, 이번엔 별로 하지도 못하고 형무소로 가니 마음이 불쾌하오."

"독립이 될 줄 아오?"

호사카가 정색을 하고 물었다. 김선기가 큰 소리로 외쳤다.

"되구말구요! 우리가 독립이 되고 일본 제국주의가 망해야만 우리나 일본인들이나 다 같이 잘살 수 있을 거요."

호사카는 쓴웃음을 지은 채 더 이상 아무 말도 안 했다.

이 얘기를 하고 하영근 씨는

"모두들 훌륭한 사람들인데……."

하고 한숨을 쉬었다.

"이상도 하지."

임홍태가 혼잣말처럼 말을 이었다.

"하 선배나 박태영 군의 행동을 보고, 또 일본의 전세가 패망하는 쪽으로 기울고 있다는 걸 알면서도 어쩐지 우리의 독립이란 것이 실감으로 느껴지지 않으니……."

이규는 임홍태의 그 기분을 이해할 수 있을 것 같았다. 사실 하준규나 박태영을 빼놓곤 주위에 독립운동을 하는 사람은 없었다. 일본의 지배 체제를 아니꼽게 여기는 사람까지도 그것을 모두 절대적인 것처럼 믿고 있는 것이 현실이었다. 그런데 형무소는 독립을 믿고 독립을 위해 생명을 걸고 노력하는 사람들이 꽉 차 있다고 하니, 그런 사람들의 눈으로 일본놈과 희희낙락 어울려 사는 사람들의 꼴을 보면 어떻게 될 것인가.

"독립운동가들은 가능성을 전제로 하고 하는 걸까요, 그저 양심의 문제로 하는 걸까요?"

임홍태가 짐짓 절실한 표정으로 물었다.

"물론 가능성이 전제가 돼 있겠지. 양심의 문제로 시작해놓으면 모든 정세 판단이 그 선에 따라 이뤄지거든. 생각해봐. 일본은 지금 망해들어가는 판 아닌가. 그런데도 우리에겐 '설마, 일본이 망할까?' 하는 의식이 한구석에 남아 있어. 그런데 박태영 군에겐 그런 회의가 없을 거다. '일본은 망해야 한다. 우리는 독립해야 한다. 제반 정세를 보니 일본은 망해가고 있다. 그러니 일본은 꼭 망한다.'—이렇게 생각이 전개될 것이거든."

"선생님 생각은 어떻습니까?"

이규가 물었다.

"내 생각도 자네들의 생각과 대동소이하겠지. 그러나 확실한 건 일본이 망한다는 사실이다. 망한다고 말하면 지나치겠지만, 이번 전쟁에서 진다. 그건 확실해. 그렇다고 해서 우리나라가 독립될 것인가 하는 데 대해선 확실한 말을 하지 못하겠어. 그런 확실한 말을 하자면 우리 스스로가 노력을 해야 하는데, 나는 그러질 못하고 있으니까."

"일본이 전쟁에 지면 정세가 어떻게 될까요."

임홍태의 질문이었다.

"그걸 잘 생각해봐. 나도 생각해볼 테니까. 한두 시간 생각해서 나올 답안도 아니고 하니, 두고두고 열심히 생각해볼 필요가 있어. 준비 없이 큰 사건을 만나는 것보다 마음의 준비를 하고 있으면 과오 없이 시대에 대처할 수 있으니까."

이런저런 얘기를 하고 있는데, 어느덧 짧은 가을 해가 저물고 있었다. 박태영과 하준규의 문제, 그 아버지들의 문제로 되돌아가지 않을 수 없었다. 태영이나 준규가 자수하지 않을 것이란 점엔 의견이 일치했다.

"만일 하 선배가 그 사실을 알면 함양경찰서를 습격하려고 하지 않을까요."

이규가 말했다.

"그렇게 되면 일이 크게 벌어질 텐데……."

임홍태도 규와 같은 의견이었다.

아무리 의논을 해도 제자리걸음을 하는 꼴 이상으로 벗어나지 못했다.

"아아, 무슨 좋은 방법이 없겠습니까. 그냥 버려두면 하 선배의 부친이나 태영의 부친은 죽어요. 경찰서를 습격하다가 준규 씨와 태영 군도 죽을지 모르구요."

임홍태가 비명에 가까운 넋두리를 했다.

하영근 씨는 무릎을 세운 위에 팔짱을 끼고 암연한 얼굴을 한 채 입을 다물고 한참 동안 생각에 빠졌다. 홍태와 규도 말문을 닫았다. 무겁고 따분한 침묵이 방 안에 꽉 찼다.

'왜 이자들은 내게 이런 딱한 문제만 가지고 오는가.'

이규는 이런 생각이 하영근 씨의 뇌리에서 감돌고 있지 않을까 하여 미안하기 짝이 없었다. 그러나 준규와 태영의 아버지들을 위해 무슨 방안이나 방책을 세우려면 하영근 씨의 힘을 빌리지 않곤 일체가 무망했다.

하영근 씨가 무릎 위의 팔짱을 풀고 조용히 입을 열었다.

"내일 내가 경성으로 가지."

두 청년은 다음 말을 기다렸다.

"너무나 중대한 문제가 돼놔서 현지에서 해결하긴 어려울 끼다. 총독부에 가서 경무국장을 찾아 한번 부탁해보자."

하영근 씨는 심중에 무슨 방안이 선 것 같았다.

'그러나 그게 가능할까.'

입 밖에 내지는 않았지만 이규는 이런 생각을 했다.

"봉건 시대도 아닌데 자식의 죄를 애비에게 따질 수가 있느냐는 명분도 있고 하니, 한번 해보는 수밖에 없지."

그래도 불안한 표정을 짓고 있는 이규와 임홍태를 돌아보며 하영근 씨는 부드럽게 말했다.

"자네들, 너무 걱정하지 말게. 국방 헌금을 하고라도 경무국장을 구워삶아 볼 테니까."

"너무 걱정을 끼쳐서 미안합니다."

하고 임홍태는 머리를 숙었다.

"걱정이 뭐꼬? 나는 자네들의 우정을 사기 위해선 무슨 짓이라도 기꺼이 할 작정이다. 그리고 이건 나의 독립운동이다. 나도 나 나름대로 독립운동을 해야 되지 않겠나. 자네들이 미안해할 건 조금도 없다."

하영근 씨는 이렇게 말하고 웃었다.

이 무렵, 칠선동에 몰려 있는 보광당의 도령들은 함양경찰서를 습격할 준비를 하고 있었다.

칠선골은 장장 30리를 심산 속에서 굴곡하고 있는 깊은 계곡이다. 계류는 흘러 크고 작은 폭포로 쏟아지기도 하고, 기암과 괴석을 스쳐 급한 흐름이 되기도 하고, 잠시 괴어서 신비의 못潭을 이루기도 한다. 계곡 언저리는 깎아 세운 듯한 절벽이기도 하고 울창한 숲이기도 하다. 지리산의 정상 천왕봉은 그 계곡을 거슬러 오른 데 있다.

보광당의 도령들이 이곳에 도착한 무렵엔 그 울창한 숲들이 화려한 단풍 빛깔로 물들어 있었다. 과연 절경이었다. 옛날 일곱 선녀가 하늘에서 내려와 목욕했다는 전설에 어울리는 운치와 풍경이었다. 그러나 이러한 경치만으로는 살아갈 수가 없었다. 경치는 절묘해도 보광당이 숨어 살기엔 적당하지 않다는 사실이 곧 밝혀졌다. 우선 산막을 지을 장소를 물색하기가 곤란했다. 절벽 위에 지을 수도 없고, 숲 속에 짓자니 숲이 너무나 울창했다. 게다가 개간을 해서 씨앗을 뿌릴 만한 땅도 없었다.

"구경 올 곳이긴 해도 살 곳은 못 된다."

모두의 판단이었다.

하지만 이왕 들어왔으니 겨울이나 그곳에서 지내자는 데 의견의 일치를 보았다. 계곡과 등산로를 피한 장소를 택해 두 채의 산막을 지었다. 마른 나무가 흔해서 겨울을 따뜻하게 지낼 수 있을 것 같았다. 산막을 짓고 정상적인 일과가 시작된 어느 날, 두 청년이 그곳을 찾아왔다. 반천골에서 피난 생활을 하고 있는 사람들이라고 했다. 이들을 응대한 사람은 박태영이었다.

"반천골엔 몇 사람이나 모여 있소?"

"70명쯤 됩니더."

"대강 어떤 사람들이오?"

"징용, 징병을 피해 모여든 사람들입니더."

"그런디 무슨 용무로 이곳에 왔소?"

"벽송사 스님으로부터 소식을 들었거든요. 이왕이면 합쳐서 사는 기 좋을 끼라고 생각하고 의논하러 왔소."

"그곳엔 식량 확보가 돼 있소?"

"몰래 집으로 돌아가서 각자 얼마썩 식량을 가지고 와서 묵는 형편입니더. 그렁깨 식량 확보란 건 없습니더."

"합치는 문제는 우리 모두가 의논한 후에 정할 문제니까 조금 시간을 주시오. 그런데 반천골 두령은 누굽니까?"

"두령이라니 뭡니꺼?"

"단체 생활을 하자면 우두머리가 있어야 하지 않습니까? 그 우두머리 되는 분이 누구냐는 말씀입니다."

"그런 거 없습니더."

두 청년을 돌려보내고 회의를 열었다. 합칠 필요성은 누구나 다 느꼈다. 그런데 문제가 많았다. 보광당은 단순한 피난 집단이 아니고 조국의 독립을 위한 결사이기 때문에 합치려면 먼저 반천골 청년들의 사상적인 공명共鳴이 있어야 하고, 식량 대책도 세워야 했다. 합치더라도 내년 봄에 하기로 하고 그 문제는 일단 보류했다.

그런데 또 며칠 지나서였다. 이번엔 거림골에 있다는 청년들이 찾아왔다. 거림골에서도 장정 50명가량이 징용을 피해 집단 생활을 하고 있다는 것이고, 가능하면 합세하자는 거였다. 반천골과는 달리 거림골은 단체로서의 조직이 되어 있는 모양으로, 차범수車範守라는 사람을 우두머리로 모시고 있다고 했다.

차범수란 이름이 나오자 곁에 있던 하준규가 물었다.

"독서회 사건으로 징역을 산 그분인가?"

"바로 그분입니다."

거림골 청년의 대답이었다. 그렇다면 차범수는 준규와 태영의 중학 선배였다. 그밖에 거림골에선 독립운동을 하다가 옥고를 치른 몇몇 애국 지사를 모시고 있다는 것이다.

"합세 문제는 다음으로 미루더라도 거림골엔 한번 가봐야겠는데."
하고 준규는 태영을 돌아보았다.

거림골 청년들과 얘기하는 가운데 줄잡아 3백 명쯤 되는 장정들이 징용을 피해 지리산 이곳저곳에 숨어 살고 있다는 사실을 알았다.

"3백 명이면 대단한 수다. 잘 조직하기만 하면 큰 병력으로 키울 수 있다. 합동 문제를 진지하게 연구해보아야겠다."

준규는 그날 밤의 모임에서 이렇게 말하고 노동식과 박태영에게 합동을 전제로 한 편제 문제, 주도권 문제, 그럴 때의 보광당의 처리 문제 등을 검토해보라고 지시했다.

"보광당으로 흡수하는 게 가장 빠른 해결 방법인데……."

노동식이 이렇게 말하자, 준규는 태도를 밝혔다.

"진정한 합동을 이룰 수만 있다면 보광당을 고집할 필요는 없소. 보다 강하고 보람 있는 조직을 위해서는 보광당을 발전적으로 해체해도 좋을 것 아뇨."

준규와 태영이 거림골의 차범수를 찾아갈 채비를 하고 있을 무렵이다. 벽송사 근처를 맴돌며 정보 수집을 하던 차 도령이 황급히 산막으로 돌아와서 준규와 태영의 아버지가 함양경찰서에 갇혔다는 소식을 전했다. 준규와 태영이 자수를 하든지 체포되든지 하지 않는 한, 그들의 아버지를 석방하지 않을 것이란 방침을 경찰 서장이 천명했다는 사실도 알렸다.

자수한다는 건 천부당만부당했다. 그렇다고 해서 아버지를 경찰서 유치장에 썩힐 수는 없다. 결론은 단 한 가지였다. 함양경찰서를 습격하는 것이다. 유치장을 부수고 아버지를 구출해야 한다.

칠선골 산막이 있는 지점에서 함양읍까진 약 오십 리의 거리다. 초저녁에 행동을 개시하면 밤중에 함양읍에 도착할 수 있다. 밤중이면 수월하게 경찰서를 습격할 수 있다. 그런 사태를 전연 예기하지 못하고 있을 것이니, 습격의 성공을 백 프로 확신할 수 있었다.

일단 의탄까지 나가서 밤이 되길 기다리는 방법도 있었다. 초저녁까지 함양읍 근처의 산에 매복해 밤이 깊어지길 기다리는 방법도 있었다. 장날 장꾼을 가장해서 일부가 미리 함양읍에 잠입해 있을 필요도 있었다.

하여간 세밀한 계획을 짜기로 하고, 사전에 함양읍의 상황을 조사하기로 했다. 그 임무를 위해 강태수 소년과 박 도령이 뽑혔다.

계획을 짜다가 보니 아무래도 25명의 인원 가지고는 모자랐다. 거림골에 있는 차범수에게 사정을 설명하고 응원을 청했다. 차범수는 즉각 하준규의 청에 응해 30명의 인원을 동원해줄 것을 약속했다.

"거사 이틀 전에 통지해주면 하루 전에 내가 거림골 청년들을 직접 인솔해서 보광당과 합류하겠다."

박 도령과 강태수 소년의 보고에 의하면, 밤 열두 시쯤엔 함양 읍내에선 거의 사람의 통행이 끊어진다는 것이며, 숙직 경찰관 8~9명만 남기고 경찰서는 텅텅 비게 된다는 것이었다. 함양 읍내 지도가 그려지고, 경찰서의 구조도 약도로 그려졌다.

계획은 대강 다음과 같이 짜여졌다.

거사일을 11월 5일로 한다. 이날은 음력 9월 20일이다. 달이 늦게 뜬다. 어두울 때 잠입해서 달이 뜰 무렵에 행동을 개시한다.

보광당은 5명을 산막에 남기고 20명이 출동하여 11월 5일 오후 여섯 시까지 함양읍을 10리 거리에 둔 산에까지 진출해서 매복한다.

차범수의 부대도 역시 11월 5일 오후 여섯 시까지 함양읍 남쪽 10리 지점까지 진출해서 매복한다. 그리고 일본 사람 집을 골라 저녁 일곱 시경에 방화한다. 경찰과 소방대가 그리로 달려가고 읍민들의 신경이 그곳으로 쏠리게 한다. 그 틈을 이용하여 반대 방향인 북쪽에서 보광당 도령들이 읍내로 들어가 경찰서 근처의 으슥한 골목 골목에 잠복한다.

불은 한 시간 동안에 진화되어야 한다. 불 끄기에 지친 경찰, 소방대, 경방단 들이 돌아와 숙직만 남기고 퇴거하는 시각을 대충 열한 시로 잡는다. 그리고 한 시간을 더 기다려 권총을 든 하준규를 선두로 경찰서에 침입한다. 경찰서에 머무는 시간이 5분을 넘어선 안 된다.

하준규가 경찰서에 뛰어드는 시각은 정확히 0시 30분으로 한다. 이 시각에 차범수의 부대는 읍내로 들어가 또 다른 일본 사람 집을 골라 방화한다. 이 혼란을 틈타 유치장에서 데리고 나온 아버지와 함께 의탄 쪽으로 퇴각한다…….

계획은 더욱 세밀히 검토되고 매일처럼 예행 연습을 하며 11월 5일을 기다렸다.

태영은 아버지가 체포되었다는 소식을 들은 때부터 밥맛을 잃었다.

태영의 아버지는 소심하기 짝이 없는 사람이었다. 아들이 자기의 비위에 어긋나게 자라고 있어도 속으로 마음만 태울 뿐 정색을 하고 나무란 적이 한 번도 없었다. 그런 만큼 직장에서도 상사나 동료들의 눈치만 보고 지냈다. 하급 관리로서의 비굴한 근성이 체질화되었다고 할 수 있었다. 그러한 아버지가 자기 때문에 심한 고문을 받고 인사불성이 되었다고 하니, 태영으로선 심한 충격이 아닐 수 없었다. 경찰서 습격 계획 같은 건 신중한 태영으로선 응당 말려야 했지만, 누구보다도 적극적으로 그 계획을 추진하게 된 것은 이러한 충격 때문이었다.

태영의 아버지는 머리가 좋은 아들에게 은근한 기대를 가졌었다. 장차 고등 문관 시험에 합격하든지, 그러지 않으면 고등농림학교를 졸업해서 군수라도 한자리할 수 있는 방향을 택할 것을 원했다.

태영은 이러한 아버지의 꿈을 산산이 부숴놓았을 뿐만 아니라 아버지를 철창 신세까지 지게 해놓았다. 태영은 경찰서에 끌려간 아버지가 얼마나 비굴하게 손발을 모아 빌었을까 생각하니 눈앞이 캄캄했다. 자기가 겪는 고생이라면 그 천 배, 만 배도 견디어낼 자신이 있었다. 그런데 아버지가 자기 대신 곤욕을 치르고 있다고 생각하니 태영은 도무지 견디어 낼 용기가 없었다.

'돌아가시지 않고 살아 계시기만 하면……!'

태영은 혹시 아버지가 돌아가셨을지도 모른다는 생각에 전율했다.

'서둘러야 한다, 서둘러야. 그리고 경찰서 습격은 꼭 성공해야 한다.'

태영은 총부리를 유치장 간수의 가슴팍에 들이대고 유치장 문을 열게 하는 장면을 상상하고 흥분했다.

'그때 아버지는 뭐라고 하실까.'

태영은 문득, 아버지가 유치장에서 순순히 걸어 나오지 않을 것이란 생각을 했다.

'그렇다, 아버지는 유치장 속에 그냥 남아 있길 고집하실 거다. 철저하게 일본의 체제를 믿고 있는 아버지는 우리들의 행동을 되레 귀찮게 여길 것이다. 뼛속까지 노예근성이 스며 있는 사람!'

태영은 함양경찰서 습격이 성공하느냐 못 하느냐에 문제가 있는 것이 아니고, 그렇게 해서 아버지를 모시고 나을 수 있을지 없을지에 문제가 있다는 것을 깨달았다. 이것이야말로 중대한 문제였다.

'왜 이때까지 그 사실을 깨닫지 못했을까.'

태영은 거사를 사흘 앞둔 날 두령에게 이와 같은 문제를 제기했다. 하준규도 '아차' 하는 표정을 지었다.

"두령의 아버님께선 우리가 유치장을 부수고 나가시라고 하면 순순히 동의하실까요?"

준규는 잠자코 있었다.

"제 아버지는 아무래도 안 나올라고 버틸 것 같아요. 유치장에서 빠져나왔다고 해서 근본 문제가 해결되는 것은 아니라고 생각하실 거예요."

태영은 아무리 생각해도 그럴 것만 같았다.

"안 나오시겠다는 걸 억지로 끌어내지도 못할 것이고, ……그 때문에 옥신각신 시간만 끌면……. 경찰서 밖에까지 모시고 나온다고 해도 거기서 또 버티시면……."

"울 아부지도 그러실 것 같애."

준규는 이렇게 말하고 침울한 표정이 되었다. 덕유산으로 들어갈 무렵 아버지한테서 들은 다음의 말을 상기한 것이다.

"네 소신대로 하는 걸 말리진 않겠다. 그러나 너만이 사는 건 아니라는 사실을 잊지 말아라. 네 동생도 있고 친척도 있다. 너 때문에 온 집안이 못살게 될지도 모르니 조심해서 행동해라. 내일 좋은 날이 있을지 모르지만, 오늘은 일본놈의 천하다. 경거망동은 삼가야 한다."

그런 아버지니, 아들이 유치장을 부수고 같이 도망가잔다고 순순히 따라 나설 까닭이 없지 않은가. 준규는

"전 도령, 잘 생각했소. 경찰서 습격이 문제가 아니라, 바로 그 점이

문제요. 어떻게 해야 좋겠소?"
하고 물었다.

"경찰서를 습격하고도 아버지를 모셔내올 수 없다면 화근만 만드는 셈이 되는데……. 그렇다고 해서 가만있을 수도 없고……."

태영은 참으로 딱한 문제라고 생각하고 다음과 같이 말했다.

"거사하는 그날까지 아무 말 말고 준비나 철저하게 합시다. 그리고 차범수 씨에겐 사람을 보내, 별도로 연락이 있을 때까지 행동하지 말라고 일러둡시다."

준규는 자세를 고쳐 앉으며 말했다.

"차범수 씨에게 연락하기 전, 우리 다른 각도로 생각해봅시다."

"일본이 망할 날을 우리 세밀하게 계산해봅시다. 만일 일 년 이내에 꼭 망할 것이란 확신이 서면 계획대로 결행해서 아버지가 응하시건 안 응하시건 억지로 모셔내 오기로 하고, 일 년 이상 걸린다는 계산이 나오면 계획을 포기합시다."

세밀하게 계산한다는 건 어쩌자는 것인가. 무슨 근거로 계산을 하잔 말인가. 오죽 딱해서 두령이 그런 말을 할까 싶었지만, 태영으로선 우스운 얘기였다.

"두령님, 계산을 할 것이 아니라, 점을 쳐야죠. 그보다도 그건 신념의 문제이지 계산할 문제가 아닌걸요."

"그건 나도 아오. 그러나 신념 갖고는 아버지가 납득하시질 않을 거란 말요. 일 년 내에 일본이 망한다는 계산을 해내면 아버지가 납득하실 게 아뇨. 울 아부지는 내가 확신을 가지고 말하면 들으십니다."

"제 아버지는 제가 아무리 확신을 가지고 말해도 듣지 않을 겁니다. 워낙 하급 관리로서의 노예근성이 뿌리박혀 있어서요."

"확신만 서면 어떻게라도 할 수 있지 않을까."

준규는 '어떻게라도 할 수 있을 것'이라고 했지만, 그렇게 될 수 없는 일이었다. 한 대 쳐서 기절을 시켜 업고 나올 수도 없을 것이니 말이다.

그러나 태영은 이런 말을 하지 않고

"아직 시일이 있으니 좀더 생각해봅시다."

하고 그 문제는 일단 보류하기로 했다.

그날 밤이었다. 벽송사 근처를 맴돌며 정보 수집을 하는 차 도령이 돌아와 준규와 태영의 아버지가 풀려 나왔다는 소식을 전했다.

"이상한데? 놈들이 우리의 습격 계획을 탐지하고 지레 겁을 먹고 한 짓일까?"

"아무튼 이상한 일이다."

하영근 씨의 진력盡力을 알 바 없는 하준규도 이렇게 중얼거렸다.

"공연한 소문인지도 모르죠."

박태영은 내일 벽곡면 쪽으로 강태수를 보내보자고 했다.

강태수는 민첩하고 눈치가 빠르고 게다가 나이가 아직 어리고 해서 그런 심부름을 시키는 덴 안성맞춤이었다. 강태수 자신이 그런 일을 맡아 하는 데 나름대로 자부를 가지고 있기도 했다.

"두 분의 아부님께서 풀리셨다면 경찰서 습격은 그만두어야겠네요."

노동식이 말했다.

하준규는 두 분이 나오셨으니까 거리낌없이 해볼 만한 일이라고 했다.

"울 아부지들은 나오셨다고 해도 도령들의 부형 가운데 아직 붙들려 있는 사람이 있을 것 아뇨. 이왕 세운 계획이니 결행하도록 합시다."

"두령의 의사가 그러시다면 별 문제지만……."

하고 노동식은, 그러나 평지에 풍파를 일으킬 필요는 없지 않느냐는 신중론을 폈다.

"우리는 일본놈이 망하는 그날까지 살아남기만 해도 승리하는 겁니다. 연합군이 상륙이라도 하면 그때 가서 정면 투쟁을 하도록 준비나 하는 게 좋지 않을까요."

"그 말이 옳소. 내일 태수를 시켜 알아보고 아버지가 나오셨다는 게 사실이라면 이번 작전은 그만둡시다. 그만둔다고 해서 포기는 아니오. 무기 연기요."

하고 하준규는 오랜만에 명랑한 웃음을 웃었다.

준규와 태영의 아버지가 풀려 나온 건 사실이었다. 며칠 전 벽송사를 통해서 들어온 신문에서 진주의 하영근 씨가 일금 5만 원의 국방 헌금을 했다는 보도를 읽고 박태영은 석연찮은 감정을 가졌었는데, 그 기사와 자기 아버지의 일이 결부되어 있으리라곤 꿈에도 상상할 수 없었던 것이다.

태영의 주된 임무는 단파 방송을 듣는 것이었다. 꽤 리스닝이 익숙해져서 영어 방송을 직접 들을 수 있어, 전국戰局 전반에 걸친 광범위한 정보를 모을 수 있었다.

필리핀 근처의 해전에선 일본 함대가 거의 전멸했고, 레이테에 상륙한 미군은 착착 필리핀을 탈환하고 있었다. 태평양 전역에 걸쳐 일본군의 전투력이 거의 마비 상태에 있다는 상황을 소상하게 알 수 있었다. 신풍 특공대가 당랑螳螂의 도끼를 쳐들고 철벽을 향해 자살 비행을 거듭하고 있다는 것을 아나운서가 유머러스하게 보도하기도 했다.

10월에 이어 11월부터 미군기에 의한 일본 본토 공습이 아연 열기를 띠기 시작했다. 이때의 태영의 메모는 다음과 같다.

　10월 25일 B29 100기 구주 서부 폭격

　11월 11일 B29 80기 구주 서부 폭격

　11월 21일 B29 80기 구주 서부 폭격

　11월 24일 마리아나 기지의 B29 동경을 처음으로 공습

　11월 27일 B29 40기 동경을 폭격

　11월 30일 B29 20기 동경 야간 공습

　12월 3일 B29 70기 동경 폭격

　……

　이어 나고야, 대판 지방에도 대대적인 공습이 있었다.

　미군은 일본의 중공업 지대를 중점적으로 파괴함으로써 전력의 바탕이 되는 공업 생산을 마비시킬 의도를 갖고 있는 모양이었다.

　태영은 라디오를 통해서 일본 본토가 아비규환의 생지옥을 이루고 있음을 상상할 수 있었다. 자기의 희망적 관측으로 기울어지는 마음의 경향을 충분히 감안하고 보더라도 일본의 패망은 명확했다. 그리고 그 날이 눈앞에 다다른 느낌이었다. 태영은 일본의 패망이 아무리 늦게 보더라도 1945년을 넘기지 못할 것이라고 판단했다.

　미군의 일본 폭격 상황을 메모하면서 박태영은 김숙자를 생각했다.

　'그 가열한 폭격을 받는 속에서 김숙자는 어떻게 지내고 있을까.'

　태영은 간혹 넋을 잃고 숙자의 모습을 뇌리에서 좇다가 그녀에게 불의의 사고가 없기를 비는 마음이 되기도 했다. 숙자를 그리며 가슴을 졸이는 순간도 있었다. 그러나 이런 감상에 젖어 있을 수 없다는 벅찬 감정이 솟구치기도 했다. 위대한 새 역사의 동이 트고 있는 것이다. 위대한 역사가 다가오고 있다는 느낌처럼 감동적인 것이 있을까. 태영은

그날을 위해서 준비해야 한다고 마음을 다졌다.

'그날이 오면 우리는 이 국토를 보물처럼 아끼고 사랑해야 한다. 벌거벗은 산에 나무를 심어 울창한 푸르름으로 옷을 입히고, 쇠잔한 노인의 주름처럼 번거롭고 꾸불꾸불한 논밭을 정연한 형태로 정리해야 하며, 쓰러질 듯한 집들을 새로 세워야 한다. 만백성이 서로 사랑하고 서로 웃음으로 대하고 화기애애하게 의논해서 나라를 세우고 같이 나라일을 걱정한다. 누구도 이 땅에서 박해를 받는 일이 없고, 이 땅에서 굶주리는 사람이 있어서도 안 된다. 올바른 계획으로 만민이 평등하게 잘 살 수 있는 기틀을 만들고, 백성 한 사람 한 사람이 요새가 되어 다시는 외적의 침범을 받지 않는 나라로 만들어야 한다. 계획과 창의만 있으면 참으로 이 나라를 아름답고 씩씩하게 가꿀 수 있으리라. 백두산에서 한라산에 이르기까지 그야말로 무궁화가 만발하게 장식한 3천 리 근역을 만들 수 있으리라. 우리 민족이 겪은 이때까지의 설움을 기필 슬기로 만들어야 한다. 설움을 잊지 않는 것, 이것이 곧 지혜다……'

태영은 이런 공상에 잠기다가 어느덧 먼 훗날 숙자와 더불어 덕유산 은신골과 이 칠선골을 찾을 것을 생각하며 흐뭇하게 웃었다.

덕유산을 생각하니 순이의 모습이 나타났다.

'순이는 지금 뭣을 하고 있을까.'

은신골을 떠난 날 풀밭에 퍼져 앉아 통곡을 터뜨린 순이의 모습이 뇌리를 스치자, 태영의 마음은 어두운 빛깔이 되었다. 순이의 모습은 바로 이 땅의 소녀들의 모습이었다. 가난하고 불행한 나라의 소녀들, 그 소녀들의 행복을 위해서라도 위대한 새 역사가 시작되어야 하며, 그 새 역사를 보람되게 하기 위해 노력해야 한다.

"아무래도 두령님의 꿈은 이뤄지지 않을 것 같습니다."

태영이 말했다.

준규의 꿈은, 미군이 상륙하면 그들과 호응해서 일본놈을 격멸하는 작전을 벌인다는 것이었다.

"미군이 상륙하지 않을 것 같소?"

"비행기만 갖고도 일본 본토를 쑥밭으로 만들고 있는데 조선에까지 상륙하겠습니까."

"미군이 꼭 올라와야 하는디."

"일본이 지면 그만이지, 미군이 조선에 상륙해야 할 까닭이 없잖습니까."

"우리의 해방은 우리 손으로 해야 되오. 우리가 거들 사이도 없이 일본이 망해버리면 그만큼 발언권이 줄어들 것 아니오? 안 그렇소?"

"일리 있는 말씀입니다."

"일본이 지면 연합군이 올 것 아닙니까. 이대로 있다가 그런 꼴이 되면 연합군은 우리들을 패전 국민으로 취급할 것 아니겠소."

"그렇게야 되겠습니까."

"왜 그렇게 안 된단 말이오. 강제로 끌려 나갔다고는 하나, 그건 핑계밖엔 안 될 것이고, 우리 동포도 일본군에 끼여 총부리를 그들에게 돌리고 있는 형편 아뇨. 우리 동포가 쏜 탄환에 죽은 미군 병사도 많을 것 아뇨. 게다가 농부는 식량 공출을 해서 일본을 도왔고……. 독립운동을 한 사실은 그늘에서 한 것이고 또 그 규모가 작아 눈에 뜨이지 않고 일본에 협조한 사실만 클로즈업될 것이니, 미국이 우리를 적국인시하지 않는다고 어떻게 보장헌단 말이오."

준규의 말엔 일리도 있고 이리도 있었다. 그러나 그건 너무 비관적인 관측이었다.

"카이로 선언이 있잖습니까. 조선 인민의 노예 상태에 유의하고 독립하도록 하겠다는…… 두령님은 자나치게 비관적인 것 같습니다."

"그렇게 생각해보아야 한단 말을 했을 뿐이오. 우리가 독립하는 것과 그들이 시켜주는 것은 다르지 않겠소. 그래 나는 일본이 항복하기 전에 미군이 상륙했으면 하는 거요. 미군이 상륙하기만 하면 뼛속까지 썩은 놈이 아닌 담에야 미군 편에 서서 일본놈과 싸우지 않겠소."

"진주에 한번 갔다 왔으면 합니다."

"진주엔 왜?"

"하영근 씨의 서재를 뒤져 참고할 서적을 얻어 왔으면 해서요."

"불심 검문이나 당하면 어떻게 할라구. 그런 위험한 짓은 하지 마시오. 편지를 써서 임홍태 씨를 시키도록 하고, 우린 거림골 차범수 씨를 찾아봅시다. 거겐 애국 지사들도 몇 분 계신다고 하니, 그분들의 가르침도 받을 겸……."

칠선골에서 거림골로 지름길로 가자면 천왕봉을 넘어야 한다. 천왕봉에서 삼희샘까지가 십 리, 촛대봉까지가 십 리 반, 거기서 세석평전細石平田을 거쳐 거림골까지 이십 리, 도합 사십오 리의 산길이니 하루의 노정으로선 단단하다.

12월 중순 어느 날 아침 일찍, 준규와 태영은 일행 8명을 데리고 거림골로 향했다. 험난한 지형이었지만 등산로가 비교적 잘 다듬어져 있어서 별 곤란 없이 천왕봉에 오를 수 있었다. 천왕봉은 해발 1915미터, 지리산의 최고봉이다. 헤아릴 수 없이 무수한 지맥들이 각각 능선을 이루고 사방으로 뻗쳐 있는 중심부의 천왕봉은 기려한 모습으로 옷깃을

바람과 구름과 277

여미게 한다. 사방으로 탁 트인 절묘한 조망과 산정의 늠렬한 대기는 그것만으로도 위대한 감동이 아닐 수 없었다.

일행은 동반한 안내인의 설명에 경건하게 귀를 기울였다.

동쪽으론 구곡 능선, 조개 능선, 성불 능선, 달뜨기 능선이 주된 능선이라고 했다. 남쪽으론 삼진 능선, 팔백 능선, 불무장 능선, 왕시루 능선, 형제 능선이 주된 능선이라고 하는데, 그 능선 저쪽에 다도해를 이룬 한려수도와 태평양의 수평선이 보였다. 서쪽으론 서일 능선, 간미불 능선, 덕두 능선, 그리고 아득히 소백산맥에 속한 첩첩한 산파山波가 있고, 북쪽으로 뻗은 능선이 상투 능선, 삼정 능선이라고 했다.

태영은 일제와의 타협을 거부하고 지리산 주민으로서 살고 있다는 새삼스러운 자부를 느끼며 다짐했다.

'이 위대한 지리산을 더욱 영광스럽게 하기 위해서도 분발해야겠다.'

강한 추위인데도 넋을 잃고 조망을 즐기는 일행을 준규는 돌아보며,

"등산이 목적이 아니니까."

하고 길을 재촉했다. 내림길은 훨씬 수월했다. 한 시간쯤으로 삼희샘에 도착하고, 두 시간쯤 해서 세석평전으로 빠졌다.

이 세석평전의 풍경이 또한 웅장하다. 세석평전은 촛대봉과 영신대 사이에 위치한, 해발 1천5백~1천6백 미터에 경사도 15도, 면적 2킬로평방의 지리산 제일의 고원이다. 안내원의 말에 의하면, 겨울을 빼고 봄, 여름, 가을엔 철쭉을 비롯한 갖가지의 산화山花로 그럴 수 없이 아름답다고 했다. 그러나 겨울 풍경에도 기막힌 운치가 있었다. 북쪽으론 하신 계곡, 남쪽으론 화갯골과 거림골을 굽어볼 수 있었고, 병풍을 이룬 듯한 세 갯골의 절벽, 석간봉, 시리봉의 모습이 절묘한 아취를 이루었다.

거기서 거림골까지는 8킬로미터, 두 시간이면 갈 수 있는 거리다. 오후 세 시쯤에 일행은 거림골 어귀에 도착했다. 미리 연락이 돼 있어, 차범수 씨를 비롯한 거림골 청년들이 마중 나와 있었다.

차범수는 준규 일행을, 백년지기를 맞이하는 것처럼 반겼다. 저녁 밥상엔 청주가 나오고, 꿩고기, 산돼지고기 등 성찬을 준비하기도 했다.

붉은 칸델라를 켜고 있었다.

청년들의 차범수를 대하는 태도, 손님들을 대하는 태도로 보아 꽤 조직적인 훈련이 되어 있는 것 같았다.

"이렇게 만나고 보니, 꼭 『수호지』水滸誌의 두령들이 모인 것 같구만."

차범수가 사뭇 유쾌하게 웃었다.

서로 각기 겪어온 일들에 관한 얘기를 주고받거나, 앞날의 방향에 관한 얘기를 주고받았다. 화제는 칠선골 청년들과 거림골 청년들의 합동 문제로 옮아가고, 지리산 일대에 있는 청년 전부를 하나의 조직으로 묶자는 데까지 발전했다. 이 자리에서 하준규는 보광당 문제를 언급하고, 진정한 합동이 이루어져 조직의 보람을 나타낼 수 있게만 된다면 보광당을 해체하고 그 조직 속에 들겠노라고 말했다.

차범수는 보광당의 취지와 목적 등을 묻더니 즉석에서 "보광당을 해체할 것이 아니라 그 조직 속에 우리가 들도록 합시다. 취지와 목적이 우리의 뜻에 그대로 들어맞으니, 해체하고 별도의 조직을 만들 필요가 없지 않소."

하고 자기의 동지를 인솔하고 보광당에 입당하겠다는 제의를 했다.

태영은 차범수의 제의가 너무나 성급하게 보였다. 그런데 차범수의 다음과 같은 말을 듣고 그 성급한 제의의 이유를 알았다.

"내가 존경하는 어른들을 몇 분 모시고 있는데, 그분들을 내일 소개

해드리겠소만, 그 가운데 한 분이 우리 단체의 명칭을 기어이 공산당 지리산 당부로 해야 한다고 우기고 계십니다. 때가 오면 정식으로 인정받도록 하겠다면서 말입니다. 그러나 나는 그러기가 싫어요. 장차 광범하게 민중의 의사를 모아야 할 때가 올 긴데, 미리 그런 간판을 붙여놓으면 아무래도 불리할 것 같아서요. 민족주의적인 세력은 공산당이라고 하면 서로 이해하기도 전에 경계할 것도 같고요. 여러 방면의 책을 읽어보고 얘길 듣기도 했는데, 해외에 있는 독립운동가 사이엔 공산당 문제 때문에 심각한 분열과 대립이 있는 것 같습니다. 그런데 그분의 의견을 들으면 전적으로 반대할 수도 없단 말입니다. 그러니 보광당에 입당한다고 해버리면 무난하게 수습할 수 있을 것 같애요."

준규는 그 문제에 대해선 언급을 피하고 다음과 같이 말했다.

"하여간 내년 봄에 딴 곳으로 옮아갈 계획이니, 합동 문제는 그때 가서 다시 의논합시다."

다음날 아침, 차범수는 애국 지사들이 살고 있다는 산막으로 준규와 태영을 안내했다. 준규와 태영이 인사를 드리고 좌정했을 때, 어른들은 차례로 자기소개를 했다.

석石이라고 한 사람은 마흔 살 남짓했고, 서徐라고 한 사람과 박이라고 한 사람은 쉰이 넘어 보였다. 한 사람 예순을 넘은 노인이 있었는데, 그는 자기를 성한주라고 하고,

"이분들의 이름은 모두 가명이오만, 내 이름 성한주는 가명이 아니니 그리 아시오."

하고 웃었다. 모두 가명을 말했다고 해서 불쾌할 까닭이 없었다. 하준규는 정무일이라 했고, 박태영도 전창이란 가명을 말했던 것이다.

세계 정세에 관한 얘기가 오가고, 일본의 패망이 결정적이란 얘기도 나왔다. 하준규는, 이 전쟁이 조선 사람의 노력이 가해지지 않은 채 끝나면 독립이 된다고 하더라도 조선 인민의 뜻과는 어긋나는 방향으로 되지 않을까 겁난다는 얘기를 하고 어른들의 의견을 물었다.

석이라는 사람이 무릎을 치며

"바로 그것이 문제다. 젊은 동지는 사태의 진상을 파악하고 있구먼."

하고 다음과 같이 말했다.

"일본이 패했다고 해서 곧 독립이 되는 것은 아니여. 미국이 독립시켜준다고 해도, 그것을 그냥 믿어도 안 되는 거여. 독립은 우리의 힘으로, 우리의 뜻으로 쟁취해야 하는 거여. 그러나 우리의 독립이라고 해서 우리의 문제만으로 끝나는 것은 아냐. 세계 속의 우리의 독립이니까 그만큼 국제성을 띠는 거여. 말하자면 국제적 조류를 올바르게 파악한 위에 자주적인 노력이 있어야 되는 거여. 미국은 자기네들이 뭐라고 해도 제국주의적 국가여. 영토에 대한 야심은 없을지 몰라도, 시장을 지배하려는 경제적 야심은 대단한 나라거든. 일본과의 싸움은 제국주의 국가 상호간의 투쟁이라고 풀이할 수 있지. 그러니 미국의 도움으로 되는 독립은 내실이 없는 형식만의 독립이 될 공산이 크다 이 말이여. 우리가 진정한 독립을 하려면 그런 야심을 분쇄해야 하는데, 다행히 소비에트 연방이 연합군의 일원으로 끼여 있으니 그 세력을 이용하면 미국의 야심을 분쇄하기가 그렇게 어렵진 않을 거여. 요는 우리 인민의 단결에 있는 거지. 앞으로의 독립운동은 식민지 정책의 잔재를 없애는 정신운동이라야 하며, 인구의 절대 다수를 차지하고 있는 노동자, 농민의 권익을 단연코 보장하는 혁명운동이라야 하는 거여. 역사는 후퇴하지 않아. 제1차 세계대전은 소비에트 연방을 낳았어. 제2차 세계대전 역시 그러한 진보 세력을 낳을 거여. 이 역사적인 방향을 직시하고 인민을 위한다는 대원칙에 충실하면 우리의 앞날에 영광이 있을 거란 말여."

태영은, 바로 이 사람이 차범수의 단체에 공산당 간판을 붙이라고 권한 사람일 거라고 짐작했다. 태영은, 태산같이 믿고 있는 미국을 경계해야 한다는 석의 말을 이해할 수 있을 것 같으면서도 석연하게 받아들일 수 없었다.

석이란 사람은 이어 역사상의 크고 작은 사건을 예로 들어 공산주의가 기필 득세하리란 결론을 내놓기도 했다.

석의 말이 뜸한 틈을 타서 태영이 물었다.

"혹시 여기 계신 어른들 가운데 이규 군의 둘째 큰아버지 되시는 분이 계시지 않습니까?"

아까 박이라고 자기소개를 했던 쉰 살이 넘어 보이는 사람이 몸을 꿈틀하는 것 같더니 되물었다.

"이규를 잘 아시오?"

태영은, 아까 전창이라고 한 것은 가명이고, 자기의 이름은 박태영이라고 하고, 이규와 친한 친구 사이라고 말했다. 그랬더니 그 사람은 태영의 손을 덥석 잡고 눈물을 흘렸다.

"내가 이규의 둘째 큰아버지요. 박태영 군의 이름은 이규를 통해 몇 번인가 들었소."

그 산막을 하직하고 돌아올 때 이규의 둘째 큰아버지는 태영을 따라와 이규의 소식을 소상하게 묻고 석이란 사람의 정체를 밝혀주었다.

"석이란 사람의 본명은 이현상李鉉相이다. 조선공산당 창립에 참가한 사람이지. 대전형무소에서 징역살이를 하다가 병보석이 된 틈을 타서 작년에 지리산으로 왔지. 전쟁이 곧 끝난다고 하니 각별히 몸조심하소. 아까 석이 한 말은 반쯤으로 들어두면 될 거요."

준규 일행은 거림골에서 하루를 더 묵고 곡점을 돌아 법계사를 거쳐 칠선골로 돌아왔다. 눈이 펄펄 휘날리는 저녁 나절이었다. 그런데 준규와 태영의 가슴엔 '미국 불신', 그리고 '공산당'이라고 하는 커다란 문제가 안겨져 있었다. 일본의 패망은 하나의 고비일 뿐이란 인식이 쓰디쓴 약을 먹은 것 같은 느낌을 입 속에 남겼다.

지리산에 눈이 날린다. 지리산에 눈이 쌓인다. 드디어 지리산의 봉우리란 봉우리, 골짜기란 골짜기에는 하얗고 두툼하게 눈이 쌓였다. 지리산의 동면이 시작된 것이다.

지리산은 동면해도 그 속에서 사는 사람들은 동면할 수 없다. 보광당의 도령들은 눈 속에서도 적극적으로 움직여야 했다. 훈련을 겸한 뜻도 있었지만, 토끼 사냥은 그들의 영양을 위해 빼놓을 수 없는 일과가 되었다. 게으른 토끼는 식량을 저장하지 않는다. 그래서 눈 속에서도 먹이를 찾아 나설 수밖에 없다. 그러다가 되레 먹이가 되기도 하는데, 눈 속에서 토끼를 잡는 일은 거의 곡예사의 기술을 필요로 한다.

한 마리의 토끼를 잡으면 그날의 전과는 대단한 것이 된다. 동시에 구성진 향연으로 번진다. 토끼 한 마리를 36명의 도령들이 먹자면 물의 양을 늘려야 하는데, 끓여놓은 국물을 누가 명명했는지 토끼 십리 허탕十里許湯이라고 했다. 십 리 밖에서 토끼가 지나간 흔적이 있다는 뜻이다. 그래도 우거지와 소금만으로 끓인 국에 비하면 단연 우월한 진미이다.

지리산의 동면이 시작될 무렵부터 음식의 양을 종전의 반으로 줄였다. 쌀 한 톨 보급할 방도가 막힌데다가 돌아오는 봄을 위해 비축해두어야 할 필요가 있었던 것이다. 춘궁은 어느 곳에서보다 지리산에서 가혹한 것이고, 게다가 내년엔 곳을 바꾸어 대대적으로 화전을 개간할 계획도 있어, 그 몫으로 식량을 남겨두어야 했다.

이러한 목적과 명분이 있기에 감내하긴 하지만, 언제나 시장기가 도는 도령들은 모여 앉기만 하면 먹는 것 타령을 했다.

"저 눈이 쌀가루 같으몬, 그지?"

"쌀가루가 아니고 밀가루라도 좋겄다."

"시루떡을 한 시루 쪄서 말이다, 뼁 둘러앉아 묵기 대회 하는 기라. 얼음이 바삭바삭 씹히는 김칫국을 마셔가며 말이다."

"가오리란 놈을 쪄서 묵으면 참 맛있대이. 새콤한 맛이 나는 거 말이다."

"이왕 쪄서 묵을라몬 대구를 쪄 묵으몬 어떻노. 피득피득 반쯤 말린 놈을 양념을 쳐서 찌몬, 참말로 둘이서 묵다가 한 놈 죽어도 모른대이."

"고상한 얘기 하네. 대구 아니라 명태라도 뜯어 묵었으몬 좋겠다야."

"요새는 대구철인디 함양 장에도 대구가 안 나왔다쿠더래이. 우찌 된 일꼬."

"바다에 나가몬 배가 침몰당할 긴디, 겁이 나서 고기잡이하러 누가 나갈 끼고."

"나가재도 배가 없다쿠더라. 모두 징발당해버려서……."

"쬐그만 배도 징발하능가?"

"쬐그만 배 갖고 대구잽이가 되나?"

"대구고 명태고 뭐고, ……쑥떡이라도 한 바가지 있으몬 좋겄다."

이런 얘기들이 오가는데, 익살꾼 박 도령이 슬그머니 한 마디 했다.

"뱀은 동면하러 들어갈 때 무슨 돌에 주둥이를 쓱싹 부빈다더라. 그래놓으몬 겨울 내내 안 묵고도 지내게 되는 기라. 그 돌을 찾기만 하몬 갖고 와서 우리 도령들 입을 비비놓을 긴다……. 아무것도 안 묵어도 되도록 말이다. 그놈의 묵는 것 소리 때문에 군침이 돌아 견딜 수가 있나."

그러자 차 도령이 받았다.

"건디기 힘드는 것을 견디고, 묵고 싶은 걸 참고, 말하고 싶은 걸 안 하는 기 우리 보광당 당원의 수양인 기라."

"보광당 당원은 안 묵어도 된단 말이가."

누군가가 볼멘소리를 했다.

"누가 안 묵어도 된다쿠나. 참아야 된다캤지."

"너는 매일처럼 벽암사에 가서 불공 밥을 잔뜩 얻어묵고 있응깨 배가 불러서 그런 소릴 하는 기다."

황 도령이 불쑥 이런 소리를 했다.

"뭐라꼬? 내가 불공 밥을 얻어묵고 배가 부르다꼬?"

차 도령은 화를 내어 말했다.

"절에 가몬 불공 밥이 안 있나. 밥이 없으몬 떡이라도 있을 끼고."

황 도령이 토를 달았다.

"너 참말로 그런 소리 할 끼가?"

차 도령이 황 도령을 노려봤다.

"참말이고 거짓말이고 있나. 그럴 끼다 싶어서 한 소린디."

"그럴 끼다 싶다는 추측만 갖고 함부로 주둥아리 놀리지 마라."

"뭐라캤노? 주둥아리가 뭐꼬."

"그따위 소릴 하는 건 주둥아리다. 그런디도 입님이라쿨까?"

"니 혼자 점잖은 척하지 마. 너도 배때기가 고파보로몬. 묵는 것 소리

안 하는가."

"내가 너희들보다 많이 묵는 기 뭐꼬? 너희들하고 똑같이 묵는디. 더 묵는 것 하나도 없다야."

"그라몬 절에 가서 떡 조각 한 개도 안 얻어묵었단 말이가?"

"그렇다."

"불공을 하는디도 떡 한 쪼가리 안 주더나."

"요새는 불공도 없다. 얻어먹을 떡 쪼가리도 없고······."

"거짓말 되게 하네."

"거짓말한다고? 이 자식을 그냥······."

"이 자식? 배가 불러놓응깨 눈에 뵈는 게 없이 도도해졌구만."

먼저 멱살을 잡은 사람은 차 도령이었다. 박 도령이 말리려 들었다.

"차 도령, 와 이러노? 견디기 힘드는 것이 당원의 수양이라쿤 사람이 누꼬?"

그 말에 기가 질려 차 도령은 황 도령의 멱살을 놓았는데, 황 도령이

"그렁깨 제 혼자만 점잖은 척하는 거짓말쟁이라 안쿠나."

하는 바람에 본격적인 싸움이 되고 말았다. 그런데 황 도령은 자기의 입만큼 주먹의 힘은 세지 않았다. 육박전은 황 도령이 코피를 흘리는 바람에 끝났다.

이 사건을 위쪽 산막에 있는 두령과 박태영이 알게 된 것은 30분쯤 지나서였다. 보광당 발족 이래 처음으로 발생한 사고인 만큼 그들은 당황하지 않을 수 없었다. 성미가 급한 두령은 당장에라도 황 도령을 불러 상위자에 대한 불손한 행동을 따지고 벌을 주어야겠다고 나섰다.

그것을 말린 사람은 노동식이다.

"모두들 배가 고파 신경이 들떠 있습니다. 그리고 차 도령을 두령이

특별히 총애하고 있다는 걸 모두들 알고 있습니다. 상위자에 대한 불손을 따진다고 해도 다들 그렇게 생각하지 않을 겁니다. 자칫 그릇된 오해라도 생기면 큰일납니다. 좀더 신중히 생각해서 처리하도록 합시다."

"차 도령은 그냥 두고 황 도령만 나무라겠다는 건 아니오. 사건의 진상을 밝히기 전에 먼저, 상위자에 대한 하위자의 불손한 행동만은 따져야겠소. 그러지 않으면 우리 당을 지탱해나갈 방도가 없는 것 아니오?"

두령은 강경했다. 두령도 시장기 때문에 신경이 날카로워져 있었던 것이다. 박태영이 노동식의 의견에 동조하자, 두령은 버럭 고함을 질렀다.

"뻔한 일인데 신중을 기해서 어쩌자는 얘기요? 이 사고를 덮어두란 말요? 이 경우에 있어서의 신중이란 우유부단밖에 더 될 것이 없소. 그렇다고 해서 신중히 하지 않겠다는 얘기는 아니오. 여러 말 말고 전 도령이 가서 그 두 놈을 이리로 불러오시오."

박태영은 말없이 일어서서 밖으로 나왔다. 아래쪽 산막까지의 길은 눈을 치워놓았기 때문에 먹칠을 한 것 같은 밤인데도 곤란이 없었으나 태영은 천천히 걸었다. 두령이 태영을 향해 고함을 지른 것도 처음이고, 도령을 두고 '놈'자를 붙인 것도 처음이었다. 분명히 두령의 신경은 과민 상태였다. 그 원인 역시 식량을 반으로 줄인 데 있다고 보아야 했다. 항상 배가 고픈 상태처럼 고통스러운 건 없다. 그 고통을 정신력으로 극복해야 하는데, 보광당의 도령들에게 그런 정신력을 요구한다는 건 아무래도 무리다. 당장의 해결책은 배불리 먹이는 것밖에 없다. 그런데 오늘의 위험을 덜기 위해 앞으로 닥칠 절체절명의 궁지를 자초할 순 없다.

태영은 아래 산막의 불빛이 보이기 시작한 곳에서 걸음을 멈췄다. 하늘을 우러러 별빛을 찾았다. 구름이 낀 탓인지 나뭇가지가 덮여 있는 탓인지 별을 찾을 수가 없었다. 두꺼운 얼음 밑으로 숨을 죽여 흐르는 듯한 개울물 소리에 섞여 나뭇가지에서 눈 더미가 떨어지는 '푹석' 소리가 섞였다. 처량하게 끝을 끄는 짐승의 울음소리가 아득히 먼 곳에서 들려 왔다.

여우도 배가 고파 운다.

'내일은 여우 사냥을 해야지.'

태영은 정신을 가다듬고 산막으로 가서 지게문을 열었다. 방 안의 온기가 물씬 태영의 얼굴을 스쳤다.

"차 도령과 황 도령, 내 좀 봅시다."

태영은 무표정한 투로 말했다. 저쪽 구석에서 차 도령이, 이쪽 구석에서 황 도령이 일어서는 것이 보였다. 태영은 말없이 돌아섰다. 천천히 비탈길을 걸어 올라갔다. 등 뒤에 차 도령과 황 도령이 걸어오는 기척이 느껴졌다. 두령 앞에 그들을 세우기 전에 무슨 말을 할까 하다가 그만두었다. 만사는 두령이 알아서 할 것이니, 쓸데없는 의견을 섞을 필요가 없었다.

꿇어앉은 두 도령을 한참 노려보더니 두령이 입을 열었다.

"황 도령."

"예."

"황 도령은 차 도령을 뭘로 알지?"

"……"

"그보다도 보광당을 어떻게 알지?"

"……"

"보광당을 장난인 줄 아나?"

"아닙니더."

"아니라면 왜 당의 규칙을 어겼나?"

"……."

"보광당의 규칙에 어떻게 돼 있지? 아랫사람이 윗사람을 어떻게 받들어야 하게 돼 있지?"

"존경하고 복종하기로 돼 있습니더."

"그럼 오늘 밤 황 도령은 차 도령을 존경하는 행동을 했나?"

"……."

"바른대로 말해봐!"

"차 도령이 제 멱살을 안 잡습니꺼."

"그래서 어떻게 했나?"

"거짓말쟁이라고 했습니더."

"차 도령이 거짓말하는 걸 봤나?"

"……."

"왜 말을 못 해? 그런 말을 할 땐 뭔가 증거가 있어서가 아니겠나."

"멱살을 잡기에 그저……."

"상위자에게 멱살을 잡혔다고 함부로 그런 모욕적인 말을 해?"

"견디기 힘드는 걸 견디는 기 보광당 당원의 수양이라 캐놓고 남의 멱살을 잡응께 말이 그리 되었습니더."

"황 도령이 가만있는데 차 도령이 멱살을 잡더냐?"

"……."

"가만있는데 멱살을 잡더냔 말이다!"

"벽암사에서 불공 밥 얻어묵고 배가 부릉께 점잖은 척한다 캤습니더."

"얻어먹는 걸 봤나?"

"그럴 것이라고 생각했습니다."

"그게 상위자에게 할 말이야?"

"아닙니더."

"그렇다면 황 도령은 분명히 당의 규칙을 어긴 것 아닌가."

"……."

"어겼다고 생각하지 않나?"

"어겼다고 생각합니더."

"당의 규칙을 어기고도 당을 장난으로 생각하지 않았다는 게 말이 되나?"

"……."

"당이 곧 규칙이다. 규칙을 어긴 건 바로 당을 무시한 거나 다름없어."

"……."

"당을 무시하면 어떤 벌을 받는지 알고 있지?"

"예."

두령은 지친 모양으로 숨을 몰아쉬고, 이번엔 차 도령을 향해 앉았다.

"차 도령은 당을 장난으로 아나?"

"아닙니더."

"상하 관계에 있어 당의 규칙이 어떻게 돼 있지?"

"상위자는 하위자를 친동생처럼 보호하고 지도해야 한다고 되어 있습니더."

"그것뿐인가?"

"만일 징벌을 해야 할 경우엔 당의 지도부에 보고해서 당의 명의로 해야 하며, 개인적인 징벌은 할 수 없다고 되어 있습니더."

"그걸 알면서 왜 황 도령의 멱살을 잡았지? 왜 황 도령을 때렸지?"

"왈칵 성이 나서 절제를 잃었습니다, 무슨 벌이라도 받겠습니다."

"견디기 힘드는 걸 견딜 줄 아는 것이 당원의 수양이라고 했다며?"

"예."

"그래놓고 손찌검이야? 뻔뻔스럽게……. 그래가지고 상위자의 자격이 있다고 생각하나?"

"죄송합니다."

"그런데 솔직하게 거짓 하나 없이 대답해봐. 벽암사에 파견 근무를 할 땐 점심을 싸가지고 가지?"

"예."

"싸가지고 간 것만 먹었나?"

"……."

"왜 대답을 못 해?"

"밥은 싸가지고 간 것만 묵었습니다."

"밥은? 그밖에 얻어먹은 게 있나?"

"점심 먹을 때, 하두 밥이 차가워 따신 물을 얻어묵는디, 가끔 국을 얻어묵은 일이 있습니다."

"그밖엔 아무것도 얻어먹은 게 없단 말이지?"

"……."

"있단 말인가?"

"지난 동짓날 팥죽 한 그릇 얻어묵은 일이 있습니다."

두령은 말을 거기서 끊고 우두커니 두 사람을 바라보기만 했다. 그건 노려보는 것이 아니라 그저 보고 있는 표정이었다. 태영은 두령의 난처한 심리를 상상할 수 있었다. 한참 만에야 두령은 두 도령을 향해 말했다.

"돌아가 자. 돌아가서 반성을 해. 벌은 내일 아침 발표한다."

벌의 결정은 간단하게 합의를 보았다. 보광당에서는 밤 열두 시까지 두 시간씩 보초를 세우고 있었는데, 차 도령과 황 도령을 한 조를 해서 일주일 동안 심야 보초를 계속 시키기로 한 것이다.

그런데 보다 중요한 문제가 남았다. 절식을 그 이상 계속하면 또 무슨 사고가 날지 모르니 이에 적절한 대응책을 세워야 하는 것이었다. 문제는 식량을 어떻게 구하느냐는 데 집중되었다.

첫째 안은 도령들을 수단껏 집으로 돌려보내 각기 얼마쯤 식량을 가져오게 하자는 것이고, 둘째 안은 가까운 마을로 내려가서 사정을 설명하고 식량을 구걸해보자는 것이고, 셋째 안은 비상금 가운데서 얼만가를 내어 벽암사 주지에게 맡기고 식량 조달을 간청해보자는 것이다.

첫째, 둘째 안은 기회를 보아가며 다음에 채택하기로 하고, 우선 비상금 가운데서 백 원을 내어 벽암사 주지에게 맡기자는 결론에 이르렀다.

이튿날 아침, 도령들을 모아놓고 두령의 발표가 있었다.

"……나는 여러분들을 너무나 지나치게 평가하고 있었던 것 같습니다. 배가 약간 고픈 것쯤은 능히 견디어낼 수 있을 것이라고 믿었던 내가 잘못이었습니다. 내일 모레 어떻게 될지 모르더라도 오늘은 식량이 있는데 양껏 먹지 못한다는 것이 더욱 괴롭다는 걸 뒤미처 느끼게 된 것입니다. 그래서 굶을 땐 굶더라도 있을 땐 양껏 먹기로 했습니다. 식량이 딱 끊어지고 나서 우리 본격적으로 굶는 훈련을 하기로 하고, 오늘 아침부터 식사를 종전의 상태로 돌리겠습니다. 그리고 여러분은 배가 고프면 사람이 어떻게 된다는 것을 이번의 절식운동을 통해서 아셨으리라고 생각합니다. 그러나 배가 고픈 상태를 참지 못하고서는 큰일을 하긴 틀렸다는 사실도 알아주었으면 합니다. 그러니 지금부터 우리는 먼저 마음의 수양부터 해야겠습니다. 마음의 수양이 없는데 절식운동을 시작한 것이 잘못이니, 마음의 수양부터 시작하자는 것입니다."

여기에서 일단 말을 끊었다가 두령은 다시 이었다.

"어젯밤 우리 당 내에서 불미한 사건이 발생했습니다. 차 도령과 황 도령이 중대한 과오를 범했습니다. 여러분들은 그것을 단순한 싸움으로 보고 예사롭게 여길지 모르나, 이러한 싸움이 당을 파괴하는 결과를 만듭니다. 아니, 어젯밤 차 도령과 황 도령이 싸울 때 우리 당은 사실상 파괴된 것입니다. 그러니 지금부터 우리는 당을 재건해야 하겠습니다. 그런 뜻으로 차 도령과 황 도령에게 다음과 같은 벌을 과하겠습니다. 차 도령과 황 도령은 한 조가 되어 앞으로 일주일 동안 심야 보초 근무를 하라는 명령을 내립니다. 이렇게 관대한 처분을 하는 것은, 사고의 첫째 원인이 배고픈 데 있었다는 것을 인정했기 때문입니다. 만일 앞으로 이런 일이 또 발생할 때는 엄벌에 처할 것을 미리 선언해둡니다. 차 도령과 황 도령은 여기 나와 동지들에게 사과하고, 다신 그런 과오를 범하지 않겠다고 맹세하십시오."

차 도령은

"죽을죄를 지었습니다. 앞으로는 절대로 그런 일이 없도록 목숨을 걸고 맹세하겠습니다."

하고 머리를 숙였고, 황 도령도 비슷한 말을 하면서 울먹거렸다.

이윽고 태양이 솟아올라, 눈빛 찬란한 세계가 그들을 둘러봤다.

"자, 아침밥을 배불리 먹읍시다. 그리고 오늘은 호랑이 사냥을 합시다. 배불리 먹고도 호랑이를 못 잡으면 우리는 똥 만드는 기계밖에 더 될 것이 없지 않소."

두령의 말에 젊은 폭소가 터졌다. 그 폭소의 빛깔도 눈빛이었다.

그리고 며칠 후의 일이다 함양경찰서와 산청경찰서가 도 경찰부의 협력을 얻어 지리산에 몰려 있는 기피자들을 소탕하기 위한 합동 작전을 계획하고 있다는 정보가 흘러들었다.

"이 눈 속에서 토벌 작전을 하겠다는 건, 바보가 하는 짓이 아니면 대규모의 계획이라고 생각할 수 있소."

두령은 이렇게 판단했다.

"아무리 대규모라고 해도 정도 문제가 있을 텐데⋯⋯. 그들이 이 첩첩산속의 눈을 헤치고 무슨 재주로 덤빈다는 얘길까요? 정보가 잘못됐다고 생각하는데요."

이건 노동식의 의견이었다.

"2~3천 명의 병력으로 비행기의 원호를 받고 화염 방사기 같은 신무기를 장비하면 충분히 가능한 일이 아니겠소. 그만한 준비도 없이 덤빈다면 그들이 바보일 게고."

두령은 이렇게 말했다. 곧 그런 사태가 있을 것으로 보고 어떤 대책을 세워야 할까 하는 의론으로 번졌다.

"이번엔 대항을 합시다."

두령이 단호하게 말했다.

"저쪽의 규모를 알고 난 뒤에 대항하든가 안 하든가 결론짓는 것이 어떻겠소."

노동식의 의견이었다.

"대항하지 않는다면 어디 딴 곳으로 피하자는 얘기가 되지 않겠소? 그런데 습격해 오는 놈들의 세력이 강대해서 우리가 여기서 대항을 못 할 정도라면 어디로 피해도 마찬가지란 말이오. 눈 속에선 보행이 곤란한데다가 흔적이 남기도 하거든. 그만한 규모로 대든다면 끝내 추격할 것이 뻔하지 않소. 그러니까 우리가 차지하고 있는 지형과 눈을 이용해서 일당백의 성과를 목표로 대항하자는 거요."

동식과 태영은 묵묵히 듣고만 있었다. 두령은 말을 이었다.

"반천골과 거림골에도 연락을 해서 안전 태세를 짭시다. 미리 적의 동태를 살펴놓고 길목의 요소를 지켜 기습하면, 산과 눈에 익숙지 못한 놈들을 무난하게 격퇴할 수 있을 거니까."

두령은 지리산의 지도를 펴놓고 경찰대의 진로를 대강 예상해보자고 했다. 칠선골의 보광당을 주목표로 한다면 그 진로는 뻔했다. 의탄 쪽에서 들어오는 길과 천왕봉을 넘어서 들어오는 길이 있고, 그밖에 두세 개의 산로山路가 있을 뿐이다. 그런데 그 산로는 눈에 덮인 지금의 상황으로선 지리산에 익숙한 사람이라도 찾아낼 수 없을 것이라고 판단할 수 있었다. 그리고 천왕봉을 넘어온다는 것은 예측할 필요조차 없었다. 그러니 결국 의탄 쪽의 길만 경계하면 되었다.

그런 조건을 파악하고 노동식이 두령의 의견에 동의했다. 그러나 박태영은 간단하게 태도를 정할 수가 없었다. 이 깊은 눈 가운데서 작전을 일으킨다면, 두령의 말대로 그들이 바보가 아닌 담에야 무슨 준비가 되어 있다고 봐야 했다. 설사 이쪽의 승리를 확실시할 수 있다고 쳐도 문제가 남았다. 싸움의 승패에 문제가 있는 것이 아니라, 동지 가운데 한 사람이라도 희생이 있어선 안 된다는 것이 가장 중요한 문제라고 태영은 생각했다. 대항한다면 줄잡아 몇 사람의 희생은 각오해야 한다. 그런데 태영은 그 각오를 할 수가 없었다. 그 싸움이 바로 나라의 독립과 연결되고 일본놈을 이 땅에서 추방하기 위한 전과와 직결될 수 있다면 또 모른다. 그런데 도령들의 당분간의 목적은 어느 시기까진 단결해서 살아남자는 데 있다. 살아남기 위해선 넓고 깊은 지리산의 지형을 이용해서 대항을 피하는 게 가장 현명한 방책이 아닐까. 대항하지 않고 피하는 것이 이 경우엔 싸우지 않고 이기는 결과가 되기도 한다. 희생을 각오하고라도 싸움을 해야 하느냐, 한 사람의 희생자도 내지 않기 위해 싸움을 피하느냐, 이렇게 문제를 세워야 한다는 생각도 들었다. 만부득이한 희생은 변명할 수도 있고 자위할 수도 있다. 그러나 충분히 피할 수 있는데도 피하지 않아서 희생자를 내는 경우가 있다면 변명도 위로도 있을 수가 없다.

이런 생각을 하며 묵묵히 앉아 있는 태영을 보고 두령인 준규가 물었다.

"전 도령은 아무 말도 하지 않는데, 무슨 의견이 없소?"

"정확한 정보를 파악하는 것이 가장 중요한데, 그 방법이 없을까 생각하는 중입니다."

태영은 자기의 본심을 털어놓을 시기가 아니라고 생각하고 우선 이렇게 얼버무렸다.

"정보는 정확하게 파악해야지. 그러나 벽암사에 파견해놓은 사람만으로도 충분한 정보 파악을 할 수 있을 거라고 보는데."

두령은 태영의 지나친 신중론에 약간 기색을 상한 것 같았다. 태영은 그것을 느꼈으나 어조를 강하게 하여 말했다.

"사태가 중대한 만큼 그런 정도 가지고는 안 될 줄 압니다. 함양읍에 정탐꾼을 잠입시킬 필요가 있습니다. 구체적인 정보를 알아야 효과적인 대책이 설 것 아닙니까."

이 제안으로 함양읍에 누구를 파견해야 하느냐가 토의의 중점이 되었다. 좀처럼 명안이 떠오르지 않았다. 태영이 나섰다.

"내가 가겠습니다."

"전 도령이? 쓸데없는 소리 하지 마시오!"

두령의 어조가 의외로 거칠었다.

"내가 뭐 대담한 사람은 아닙니다만, 이 일은 내가 꼭 했으면 합니다."

태영은 조용히 말했다.

"전 도령은 위험해요. 붙들리기나 해보소. 어찌 될 긴지 알 것 아니오."

"붙들리면 내가 아니라도 위험합니다. 우리 동지 가운데 누구든 위험을 무릅써야 할 일이니까 내가 그 일을 맡겠다는 겁니다."

"전 도령은 우리 당에 없어선 안 될 사람인데 하필이면 그런 일을 맡고 나설라고 하는기요?"

노동식이 한 마디 했다. 박태영은 웃었다.

"내 행동을 붙들릴 것을 전제로 얘기하는 것 같은데, 난 절대로 붙들리지 않을 테니까 걱정하지 마시오."

"어디서 그런 자신이 생겼소?"

두령은 그때에야 굳은 표정을 풀었다.

"두령님의 수제자 아닙니까. 장난으로 무술을 배운 줄 압니꺼?"

"그러나 전 도령은 안 돼. 다른 사람을 물색해봅시다."

하고 두령은 화제를 딴 방향으로 돌리려고 했다. 그러나 박태영은 굴하지 않았다. 정보 수집도 중요하지만, 자칫하면 희생자를 낼지도 모르는 싸움을 피하기 위해서는 자기 자신이 정보 수집의 일선에 나서야겠다는 굳은 각오가 되어 있었던 것이다. 두령은 할 수 없이 태영의 제안을 승낙했다.

"전 도령의 고집도 어지간하이."

오후 세 시쯤, 박태영은 이 도령과 강태수 소년을 데리고 산막을 떠났다. 벽암사에서 하룻밤 묵으며 함양읍에 잠입하는 구체적인 계획을 짤 생각이었다. 벽송사에 도착했을 때는 이미 해가 저물어 있었다. 태영은 살금살금 주지 스님의 방으로 다가갔다.

"누구요?"

귀에 익은 주지 스님의 소리가 들렸다.

"칠선골에서 왔습니다."

문 앞에서 태영이 나직이 말했다.

문이 열렸다. 주지 스님이 일어서서 태영 일행을 방 안으로 맞아들였다. 그런데 그 방에 낯선 사람의 얼굴이 보였다. 태영은 내심으로 약간 당황했다. 낯선 사람은 한복 차림의 40세가 훨씬 넘어 보이는, 품위가 있어 보이는 인상을 풍겼다. 태영과 그 일행은 주저주저하면서 자리에 앉았다.

"마침 잘됐소. 내가 소개하리다."

하고 주지는 낯선 손님을 가리키며 말했다.

"이분은 칠선골 도령들을 찾아오셨소. 내일 칠선골로 안내할 요량을 하고 오늘 밤엔 절에서 모시기로 했소."

태영은 얼떨떨했다. 그리고 그 까닭을 묻는 표정이 되었는데, 주지는

"사정 얘기는 이따 하기로 하고, 우선 소개부터 해야지."

하고 태영을 가리키며 말했다.

"이 청년은 칠선골 도령 가운데 제2인자라고 할 수 있는 전 도령이오."

다음엔 태영이 이 도령과 강태수 소년을 소개했다.

"나는 권창혁이란 사람이오."

그 손님은 나직한, 그러나 묵직한 소리로 말을 이었다.

"여러분들, 얼마나 수고하고 있소."

태영이 물었다.

"칠선골을 찾으시는 사정이 뭡니까?"

"거기 박태영이란 청년이 있다고 듣고 그 청년을 찾아볼 참입니다."

박태영은 가슴이 두근거렸다.

'도대체 어떻게 된 까닭일까? 이 사람이 누구일까?'

박태영의 마음의 동요를 간파했는지, 권창혁이란 사람이 말했다.

"나는 칠선골 청년들에게 해를 끼칠 사람이 아닙니다. 안심하시오."

태영은 자기가 바로 그 박태영이란 사실을 밝힐까 말까 망설였는데, 좀더 시간을 두고 보는 것이 낫겠다고 판단했다.

"그런디 전 도령은 이 밤중에 웬일이오?"

주지가 물었다.

"내일 함양읍으로 나가볼까 해서요."

"함양읍에? 무슨 일로?"

태영은 주지에겐 못 할 말이 없었지만, 권창혁이란 존재가 방해했다.

"전 도령, 이 어른 앞에선 무슨 말을 해도 좋소. 아까 설명하길 잊었는데, 이분은 사상운동을 하다가 옥살이까지 한, 그 사회에선 알아 모시는 어른이오. 그러니까 당신들을 찾아오기로 한 기요."

태영은 함양읍으로 가게 된 이유를 대강 설명했다. 그랬더니 권창혁이 말했다.

"그 문제 같으면 함양읍에 갈 필요는 없을 거요. 토벌 작전을 벌인다고 경찰들이 함양읍에 집결해 있다가, 눈길이 험해 효과적인 작전을 못할 거라고 판단하고 어제 해산해 돌아가는 것을 내 눈으로 보고 왔소."

태영은 그 말을 믿어야 할지 어째야 할지 모르겠다는 심정이 되었는데, 그것이 표정으로 나타난 모양이었다.
"내가 칠선골 여러분을 찾아오는 길인데, 오죽 단단히 알고 왔겠소. 트럭을 타고 경찰들이 떠나는 걸 보고도 각 방면에 수소문해서 작전 중지를 확인했소. 눈이 녹을 때까진 그런 일이 없다고 봐도 좋을 거요."
이어, 권창혁은 다음과 같은 설명까지 보충했다.
"본래 토벌 작전 계획은 현지 사정을 잘 모르는 도 경찰부의 압력으로 짜여진 모양입니다. 지리산의 사정을 잘 알고 있는 함양경찰서나 산청경찰서는 불가능한 일인 줄 알았지만 도경道警의 협력이 있다니까 서둘러본 것입니다. 그런데 막상 도착한 도경의 후원대를 보고, 그 정도 가지곤 어림도 없다는 결론을 내린 것 같애요. 당초에 커다란 규모의 후원을 예상했던 모양이죠. 도경의 경찰부장이 직접 함양과 산청을 둘러보고 토벌 작전 중지를 명령했다고 합디다."
이러한 설명까지 듣고도 의심할 필요는 없었다. 더구나 그런 말을 한 사람이 칠선골의 산막을 찾아가는 사람이고 보니 더더구나 의심할 필요는 없었다. 그렇다면 그 문제는 끝난 것으로 되었으니, 주지에게 부탁한 식량 문제로 화제를 돌렸다. 그러자 주지는
"어느 곳이나 식량 사정은 딱해. 우리 절에서도 쌀 몇 알을 넣은 우거지 죽을 끓여 먹는 형편이니까. 그러나 안심해요. 우리가 굶는 한이 있더라도 칠선골 도령들을 굶기진 않을 기니까."
하고 백방으로 쌀을 구하러 중들을 내보냈다는 얘기를 했다.
"한 되가 못 되면 반 되라도 좋으니, 탁발이 아니고 돈을 주고 구해오라고 했소. 그리고 절과 인연이 있는 집마다 돌아다니며 부처님을 위해 다만 얼마라도 시주해달라도 부탁도 해놓고, 구장들에게 돈을 갖다 맡겨놓고 했으니 걱정할 것 없을 거요."

대정 연간大正年間에 일본의 불교 대학에서 수학한 경력이 있다는 주지는 정 도령과 전 도령을 알게 되자 곧 의기상투해서 칠선골 일이라면 발 벗고 나서서 돕고 있었다.

"갑갑한 가슴에 구멍이 뚫린 것 같애. 칠선골 도령들을 보고 있으면 말이오. 요샛말로 하면 희망이 있다, 그런 느낌인가 보지."

주지는 이렇게 말하기도 했다.

"경찰이, 우리를 돕는 줄 알고 주지 스님을 잡아가면 어떻게 할 거요?"

언젠가 태영이 이런 질문을 하자 주지는 너털웃음을 웃었다.

"대자대비大慈大悲가 중들의 직업인디 즈그가 우쩔 끼고. 정 급하면 나도 보광당에 들어가 무술을 배우지 뭐."

이튿날 새벽, 태영 일행은 권창혁이란 사람을 데리고 칠선골의 산막을 향해 되돌아섰다. 무거운 임무를 띠고 나왔다가 안심시킬 수 있는 정보를 가지고 돌아간다는 것은 유쾌한 일이다. 눈은 끝없이 청정하고 하늘은 한없이 맑았다. 태영은 휘파람이라도 불고 싶을 정도로 마음이 가벼웠다. 그러나 권창혁이란 존재가 마음에 걸려 심각한 얼굴을 하고 눈길을 조심조심 걸었다. 권창혁의 짐을 맡아 둘러멘 이 도령과 강태수를 얼마쯤 거리로 앞세워놓고 태영이 물었다.

"산속의 눈 풍경, 마음에 안 드십니까?"

창혁은 대답 없이 웃기만 했다.

태영은 대답 없이 웃기만 하는 창혁의 태도가 마음에 들었다. 그래서, 산막으로 돌아가 두령을 끼우지 않곤 심각한 화제로 들어가지 않을 뿐 아니라 자기의 본명을 밝히지도 않을 요량이었지만, 어쩌면 그런 태도가 먼 길을 찾아온 손님에 대해서 실례가 되지 않을까 하는 생각에 사로잡혔다.

"칠선골의 존재를 어떻게 아셨습니까?"

"친구를 통해 알았소."

"박태영이란 사람의 이름은 어떻게 아셨습니까?"

"그것도 그 친구를 통해서 알았소."

"그분의 이름을 밝힐 순 없습니까?"

"박태영 군을 만나면 밝혀야겠죠."

"혹시 이규 군을 아십니까?"

"이규 군? 이름은 들었소."

태영은 어젯밤부터 하고 있던 짐작이 십중팔구 들어맞을 거라고 확신했다. 권창혁은 하영근 씨의 친구일 거라고 짐작했던 것이다. 그런데 왠지 하영근 씨의 이름을 불쑥 꺼내기가 싫었다.

"박태영에게 무슨 전할 말이 있습니까?"

태영은 다시 물었다.

"전할 말이 있기도 하구…… 그보다도 같이 지내볼까 해서 왔소."

"같이 지내다니, 칠선골 산막에서요?"

태영은 놀라서 물었다.

"승낙만 한다면 그럴 작정이오. 나도 당신들이 필요하고, 당신들도 나를 필요로 할 것 같아서 결심하고 오는 길이오."

태영은 그 말의 뜻을 선뜻 이해할 수가 없었다.

"청년들의 모임에 나이 많은 사람 하나쯤은 끼여 있어야 하는 거요."

권창혁이 혼잣말처럼 중얼거렸다.

태영은 그 말은 알 것 같았다. 동시에 하영근 씨의 배려로 이 사람이 우리를 찾아오는 것이란 짐작을 굳게 했다.

"산속의 생활은 부자유하기 짝이 없습니다."

"부자유? 그 이상의 자유가 세상 어디에 있겠소. 나는 그 부자유를 자유로 알고 오는 거요. 그런데 하나 물읍시다. 당신네들의 모임을 보광당이라고 했다는데, 그 의미가 뭐지요?"

"널리 백성들의 빛이 되겠다는 그런 뜻입니다."

"그 이름을 박태영이란 사람이 지었소?"

"아닙니다. 두령인 정 도령이 지었습니다."

"당원이 모두 몇이나 됩니까?"

"사람은 35명이고, 소가 한 마리 있습니다."

"소가 있어요?"

"저 앞에서 가고 있는 강태수 소년이 몰고 온 겁니다. 우리 당의 마스코트처럼 되어 있지요."

"인도에 가면 성우聖牛라는 것이 있다는데……"

하고 창혁이 웃었다. 태영은 속으로 중얼거렸다.

'하여간 웃기도 잘 하는 어른이다.'

"전 도령이라 했지요?"

권창혁이 물었다.

"예."

"이곳에 온 동기가 뭡니까?"

"일본놈 병정이 되기 싫어서죠."

"그것뿐?"

"그것뿐입니다."

태영은 이렇게 말해놓고, 끝내 본명을 숨긴다는 것이 쑥스러워졌다. 그래 대담하게 물었다.

"선생님은 하영근 씨의 친구 되시죠?"

"그렇소."

"그럼 제 본명을 밝히겠습니다. 제가 박태영입니다."

"그런 줄 알았소."

"이때까지 숨겨서 미안합니다. 사실은 두령과 의논하지 않곤 본명을 밝힐 수 없어서 그랬던 거니 용서하십시오."

"그렇다면 끝내 밝히지 말았어야 했을 것 아닌가."

하고 권창혁은 또 웃으며 손을 잡았다.

"박군을 만나러 여기까지 왔어."

권창혁이 가지고 온 짐은 20권 남짓한 책이었다. 그 책 가운데 마르크스의 『자본론』과 『경제학 비판』이 있었고, 베른슈타인의 『수정 사회주의』, 페이비언 협회에서 발행한 논문집 등이 있었다.

창혁은 그 책 꾸러미 가운데서 두 통의 편지를 꺼냈다. 한 통은 하준규 앞으로 되어 있고 한 통은 박태영 앞으로 되어 있는 하영근 씨로부터의 편지였다. 하준규 앞으로 된 편지는

"세상을 피하기만 할 것이 아니라 새로운 세상을 위해 준비할 줄도 알아야 하지 않을까 해서 권창혁 선생을 그곳으로 보낸다. 그런 뜻에서 권 선생은 큰 도움이 될 줄 안다. 잘 모시고 지도받기를 바란다. 보광당의 앞날이 조국의 영광과 통하도록 각별히 빈다. 자중자애하기 바람."

이라고 되어 있었고, 박태영 앞으로 된 편지는 다음과 같았다.

"……권창혁 씨의 고향은 경북 안동이다. 나와는 동경외국어학교 동문인데, 권씨는 노어과를 나왔다. 그 뒤 하얼빈 학원의 강사로 초빙되

었다가 만철 조사부滿鐵調査部로 자리를 옮겼는데, 만철 재직시부터 사상운동에 가담하여 몇 번인가 옥고를 치렀다. 나와는 유일무이한 친구다. 금번 6년형을 치르고 출옥하자 곧 내게로 왔기에 태영 군 얘기를 했더니, 군과 같이 지냈으면 하는 의향을 비쳤다. 필요한 책과 대강의 생활비를 마련해 보내니, 모시고 열심히 공부하기 바란다. 뭣을 배운다느니보다. 같이 공부하는 데 의미가 있을 줄 안다. 자중자애하고 모든 일에 신중을 기하도록 당부하며 이만 줄인다."

권창혁이 하영근 씨의 심부름이라고 하며 내놓은 1천 원의 돈은 보광당 당원들의 마음을 든든하게 하는 데 도움이 되었다. 보광당은 권창혁을, 두령과 그 참모를 위해 지어놓은 조그마한 산막으로 모시기로 했다. 권창혁의 출현으로 보광당은 일종의 생기를 찾았다.

권창혁은 처소가 정해지자 매일 밤 하준규와 노동식, 박태영을 불러놓고 토론회를 가졌다.

첫날의 주제는 '독립의 진정한 의미'라는 것이었다.

창혁은 먼저, 무엇으로부터의 독립이라야 하느냐고 문제를 제기했다. 다음은 어떠한 방향으로 향하는 독립이라야 하는가를 문제 삼았다. 동시에 누구를 위한 독립이라야 하는가를 따져보기도 했다.

"덮어놓고 독립만 하면 된다는 의식은 불합리하고, 가능하지도 않다."
라며 창혁은 미국의 독립 투쟁사를 소상하게 설명했다. 미국의 독립운동가들은 무엇으로부터의 독립이어야 하는가를 정확하게 파악하고 있었기 때문에 영국을 적으로 하면서도 영국 안에 동맹 세력을 구축했다. 어느 방향으로의 독립이어야 하는가도 파악하고 있었기 때문에 설득력 있는 독립 선언서로 그들의 의욕을 집약할 수 있었고, 13주의 연방

정부를 성립시키는 보람을 이룰 수 있었다. 누구를 위한 독립인가도 잘 파악하고 있었기 때문에 잡다한 민족과 인종의 이해를 통분通分하고 약분約分할 수 있는 민주주의를 건설했다.

"그런데 미국은 너무나 넓고 인종이 다양했기 때문에 통분과 약분의 부족한 부분이 모순으로 축적되어 남북전쟁이 발생했다."

권창혁의 문제 제기와 설명은 감탄할 만큼 요령이 있었다. 태영은 권창혁의 얘기의 내용보다 그 얘기를 전개하는 방식에 감탄했다.

"당분간, 무엇으로부터의 독립이라야 하며 어떤 방향으로의 독립이라야 하는가, 동시에 누구를 위한 독립이라야 하는가를 제각기 생각해서 하나의 답안을 내놓고 진행합시다. 미국의 경우는 참고가 되긴 하지만 범례로 채택하긴 어려우니 그 점을 잊어선 안 됩니다."

이 말로써 첫날 밤의 토론을 끝냈는데, 하준규, 노동식, 박태영은 산막으로 돌아와서도 밤이 깊도록 권창혁으로부터 받은 감동을 얘기했다.

다음날 밤엔 첫째, 일본인으로부터의 독립이라야 하고, 둘째, 이와 유사한 세력으로부터의 독립이라야 한다는 문제 제기를 하고, 이와 유사한 세력이 무엇이냐에 관해 세계사적인 상황을 통해 문제의 핵심을 설명했다. 국제적인 역학 관계가 설명을 통해서 완연히 눈에 보이는 것 같았다.

둘째 날 밤이 끝났을 때, 권창혁은 박태영만을 남으라고 하여, 마르크스의 『자본론』을 꺼내 태영의 무릎 위에 놓았다.

"박군은 독일어를 알지?"

"배우긴 했습니다만……."

"그럼 이 책을 읽어. 독일어도 배울 겸 말야."

"읽어낼까 겁나는데요."

"모르는 게 있으면 물어."

그러고는 넌지시 웃음을 띠고 이런 말을 했다.

"내가 이곳을 찾은 것은 보광당 전체를 위하는 뜻도 있지만 사실은 박군이 목표였다. 하영근 군은 박군이 공산주의자가 될까봐 겁내고 있다. 공산주의란, 이상하게 빠져들기 시작하면 일종의 고질이 될 수 있는 것이거든. 하영근 군은 그걸 걱정하고 있어. 그래서 내가 나선 거다. 내가 절대로 박태영 군을 공산당으로 만들진 않겠다고……."

"공산당이 되면 안 될 이유가 꼭 있는 겁니까?"

"그건 차차 토론하기로 하고 우선 이 공산당의 바이블인 『자본론』을 읽어보도록 하게. 상당히 어려운 책이지만, 천재라고 소문난 박군이니까 서슴없이 권하는 거다."

"그럼 한 가지만 묻겠습니다. 선생님은 공산주의자가 아닙니까?"

"몇 해 전까지는 공산주의자였지."

"전향했습니까?"

"천만에! 나는 공산당에 가입한 적이 없어. 그리고 내가 공산주의자라고 자처한 일도 없고……. 그러니 전향이고 뭐고 할 것도 없어."

"그렇다면 지금은 무슨 주의잡니까."

권창혁은 또 웃었다.

"꼭 무슨 주의자라야 한다면 허무주의자쯤으로 해두지."

"허무주의?"

"그렇지. 니힐리스트야."

'니힐리스트가 그처럼 잘 웃을 수 있을까? 항상 웃기만 하는 허무주의자가 있을 수 있을까?'

태영은 이런 생각을 하고 속으로 웃었다. 권창혁은 사람의 마음을 꿰

뚫어보는 신통력을 가졌는가 보았다. 다음과 같은 말을 했다.

"웃는다는 건 바보스럽지?"

"……."

'그러나 상을 찌푸리고 사는 것보다야 낫지 않겠나."

그리고 또 이런 말도 했다.

"어떤 사상도 허무주의를 당해내진 못해."

"그렇다면 권 선생님은 저를 허무주의자로 만들 작정입니까?"

태영이 농담 삼아 물었다.

"그럴는지도 모르지. 적당한 허무주의는 인생의 양념 같은 거니까."

그리고 또 권창혁은 웃었다.

아래쪽 산막이 갑자기 시끄러워진 것 같아 태영은 권창혁의 방에서 나왔다. 칸델라 불이 왔다갔다 하는 것이 아무래도 이상했다. 태영은 그 산막으로 내려가보았다.

황 도령이 아랫배를 움켜잡고 방바닥에서 뒹굴며 신음하고 있었다. 두령은 황 도령의 이마를 짚고 있었고, 다른 도령들은 질린 표정으로 둘러서서 지켜보고 있었다. 노동식이 대야의 물에 수건을 빨고 있었다.

"어찌 된 일입니꺼?"

태영이 노동식에게 물었다.

"글쎄, 분간을 못 하겠어. 황 도령이 이상하대서 내려와 보았더니 이 모양이라. 온몸이 설설 끓는 것 같애."

태영은 황 도령 곁으로 다가가서 머리를 짚어보았다. 대단한 열이었다.

"식중독 같은 게 아닐까."

태영이 중얼거렸다.

"한참 굶다가 식탐대로 묶어놓은깨 배탈이 난 기 아닌가 싶습니다."

이 도령의 말이었다.

태영은 권창혁에게로 달려가 그를 데리고 내려왔다.

"내라고 해서 무슨 도움이 되겠나."

하면서도 창혁은 황 도령의 이마와 배를 만져보더니

"위경련이나 장염전증 같은 건 아니구, 어쩌면 급성맹장염인지 모르겠는데……."

하고 낭패를 당한 것 같은 얼굴을 했다.

"맹장염이면 수술을 해야 안 됩니까."

두령이 다급하게 말했다.

"그렇다드면. 곪아 터지면 곤란하니까 그전에 처치해야 할 긴데."

하며 권창혁은 황 도령의 맹장 부분을 만졌다. 황 도령은 비명 같은 신음소리를 냅다 질렀다.

"급성맹장염이야. 틀림없는 것 같애."

권창혁이 나직이 말했다.

"의탄에 의사가 있지?"

두령이 벌떡 일어서며 말했다.

"의사 비슷한 사람이 있는 모양입니더."

차 도령이 말했다.

"의사를 데리고 와야겠어."

두령이 산막 밖으로 뛰어나갔다. 태영이 따라가보았다. 두령은 자기의 방으로 가서 옷을 챙겨 입기 시작했다.

"사십 리가 넘고, 게다가 험한 눈길을 어떻게 갈라고 그러십니까."

태영이 근심스럽게 말했다.

"사람이 죽어가는데 험한 산길이라고 해서 못 갈 것 어딨소."

두령은 옷을 챙겨 입고 가방에서 권총을 꺼내 상의 안주머니에 넣었다.

"두령, 좀 기다리시오. 나도 가겠습니다."

"전 도령은 남아 있어요."

"어쨌든 두령 혼자선 못 갈 것 아닙니까. 누구라도 따라가야 할 테니, 내가 따라가겠습니다."

"차 도령과 박 도령을 데리고 갑시다."

두령의 말이었다. 두령과 태영, 그리고 차 도령과 박 도령은 의탄을 향해 떠났다. 그때가 밤 열 시쯤이다.

의탄까지의 거리는 지도상으로 보면 사십 리라고 하지만 그건 직선을 그렸을 때의 얘길 것이고, 오르고 내리고 돌아가고 돌아 나오는 길을 그대로 측정하면 실히 육십 리는 되는 거리다. 두령 일행이 의탄에 도착한 것은 새벽 세 시 넘어서였다.

의탄에 도착하자마자 첫째 집을 깨웠다. 잠결에서 아직도 깨어나지 못한 영감을 족쳐 앞장세우고 의사 집을 찾았다.

의사라는 사람은 작달막한 키의 야무진 사나이였는데, 눈을 비비고 대문을 열긴 했지만 급한 환자가 있으니 같이 가자는 두령의 말을 들으려고 하지 않았다. 두령은, 돈은 얼마라도 드리겠다며 애원했다. 그래도 듣지 않자, 두령은 권총을 뽑아 들었다. 그리고

"생명이 아깝거든 같이 갑시다. 가지 않겠다면 나는 당신을 죽일 수밖에 없소. 우리 동지의 죽음을 보상할 참이오."

하고 권총을 이마에 들이댔다.

의사는 새파랗게 질려 부들부들 떨었다. 그리고 연방 손을 비벼댔다.

"가겠습니더, 가겠습니더."

"그럼 빨리 수술 기구, 주사약, 하여간 급성맹장염 환자에게 필요한 기구와 약품을 챙기시오."

이렇게 강제로 의사를 끌고 칠선골의 산막에 돌아왔을 땐 아침 아홉 시가 넘어 있었다. 태영이 듣기에 맹장 수술은 빠르면 3분, 늦어도 10분이면 해치운다는데, 장장 30분이 걸려 겨우 끝났다.

수술이 끝나 보광당의 도령들은 안도의 숨을 내쉬었으나, 의사는 아직 제정신이 돌아오지 않는 모양으로 수술 기구를 챙기는 손이 떨리고 있었다. 산적들 소굴로 끌려왔다는 착각에서 깨어나지 못했는가 보았다.

"나는 정이라고 하는 사람입니다. 아까는 실례했소."

하고 두령이 의사에게 사과했다.

"뭐, 실례라고 할 수 있습니꺼."

의사는 건성으로 말했다.

"치료비와 왕진비를 드려야 할 낀데, 얼마를 드릴까요?"

치료비를 준다는 소리가 뜻밖인 것 같았다.

의사는 좀 얼떨떨한 표정으로 두령의 얼굴만 바라보고 있었다.

"솔직히 말씀하시오. 보아하니 우리들을 도둑놈으로 알고 있는 모양인데 그렇지 않습니다. 말씀하이소."

"요량해서 주이소."

"요량이라니, 우리가 어떻게 요량을 하겠소. 말씀하이소."

의사는 주저주저하더니 말했다.

"대강 이럴 땐 돈 십 원 받습니다."

"좋소. 그라몬 이십 원 드리지요. 험한 산길을 걷기도 했으니까요."

두령은 이십 원을 쥐어주고, 아침 식사를 같이 하자고 권했다.

"아닙니다. 시장하지 않습니다."

하고 의사는 서둘렀다. 한시바삐 도둑놈의 소굴에서 빠져나가고 싶은 기분인 것 같았다.

"그럼 할 수 없지. 그런데 꼭 부탁해둘 일이 있소. 어젯밤 있었던 일은 아무에게도 말하지 마이소."

두령이 이렇게 말하자, 의사는 고개만 끄떡끄떡했다. 그리고 벽암사까지라도 도령들을 시켜 바래다주겠다고 해도 의사는 거절했다.

의사가 떠난 뒤 두령이 뱉듯이 말했다.

"수술을 해준 건 고맙지만, 인간미라곤 통 없는 친구구만."

"권총을 들이대는 바람에 십 년 감수를 했을 건데, 인간미를 나타낼 여유가 있었겠소."

태영이 이렇게 말하자, 두령은

"전 도령, 그런 경우 권총 안 들이대게 됐소? 권총이 있었기에 위협으로 끝났지, 만일 그게 없었더라면 한 대 후려쳤을 끼오. 괘씸한 놈, 사람이 다 죽어간다는데 명색이 의사란 놈이 밤이 깊었으니 못 가겠다고? 그건 그렇고, 전 도령, 내겐 강도 소질도 있지? 권총을 이마에 대고 '야, 돈 내놔라'―격에 맞지 않던가?"

하고 웃어젖혔다.

의사를 보낼 때 두령은 그에게 아무에게도 발설하지 말라고 했는데, 그 사나이는 집으로 돌아가자마자 경찰을 찾아 호들갑을 떤 모양이었다.

그 뒤 벽암사로 흘러들어온 소문에 의하면, 칠선골에 도둑놈들의 소굴이 있다는 것이며, 그 도둑놈들은 각기 육혈포를 가지고 있다는 것이었다. 이러한 소문과 더불어, 이때까지 단순한 기피자의 집단으로만 보고 있던 경찰이 보광당을 화적당으로 취급하여 앞으론 보다 맹렬한 추궁을 할 것이란 정보도 날아들었다.

"경찰이 우리를 어떻게 보건 그건 상관할 게 없다. 그러나 내년 눈이 녹았을 때의 대비를 지금부터 해야 한다. 하영근 씨가 보낸 돈으론 무기를 구입하기로 하자."

두령이 이런 말을 했지만, 돈은 있어도 무기를 구입할 방도는 없었다. 생각한 끝에, 광산을 찾아다니며 다이너마이트를 사서 수제 폭탄을 만들자는 데 의견의 일치를 보았다. 자원 개발로 전력을 증강한다는 정책이었기 때문에 이곳저곳 광산이 개발되고 있기도 해서 다이너마이트 입수는 비교적 용이하리라고 보았기 때문이다.

1944년이 저물어갔다. 어수선한 수술이었는데도 황 도령은 경과가 좋았다. 이윽고 완전히 건강을 회복했다.

황 도령의 건강한 모습을 보자, 두령은 기쁨을 참지 못했다.

"아닌 게 아니라 황 도령 때문에 아찔했어. 우리 보광당에서 죽은 사람이 하나라도 나봐. 어떻게 되겠어. 부모님들을 어떻게 대하겠느냐 말이다. 더욱이 황 도령의 발병은 내가 벌을 준 직후의 일이거든. 배가 고파 죽을 지경인데 심야 보초를 일주일이나 계속 시켰으니……. 나는 그게 황 도령 발병의 첫째 원인이라고 생각했거든. ……참으로 기가 막히드만. ……그러나 이젠 됐어."

"두령님 덕택에 살아난 겁니다."

황 도령은 눈물을 흘렸다.

"무슨 그런 소리를 하나."

두령은 황 도령을 돌려보내고 다시 태영과 노동식을 보고 말했다.

"앞으로 마음놓고 단체 생활을 할라몬 간호원 정도라도 좋으니 위생과 병 치료를 담당하는 사람이 있어야겠어. 당하고 보니 뜨끔하드만. ……그러고 보니 우리 보광당은 운이 좋아. 약 일 년 동안 황 도령을 제외하곤 병 같은 병을 앓은 사람이 한 사람도 없었거든. 그래서 생각도 안 했던 건데, ……앞으로는 꼭 병에 조예가 있는 사람이 필요할 것 같애. ……의전醫專이나 의과대학 다닌 사람으로서 기피자 노릇을 하는 사람이 없을까? 그런 사람이 없으면 조금 나이가 든, 간호부 경력을 가진 부인이라도 구해야겠어. 이건 절실한 문제야. 누가 언제 아플지 모르고, 언제 부상당할지도 모르고, ……내년 봄은 아무래도 무사히 지낼 수 있을 것 같지 않고……."

두령의 얘기를 들으며 태영은 김숙자를 생각했다. 대판에 있을 때 태영은 숙자로부터, 학교에서 간호 훈련을 한다는 얘기를 들은 적이 있었다.

숙자를 데려다놓으면 응급 치료쯤은 할 수 있지 않을까 생각했다.

김숙자를 데리고 올 수 있는 명분이 생긴 것 같아 박태영은 흥분했다. 사사로운 연정에 의해서가 아닌, 당을 위한 필요에 의해 데려올 수 있다면 얼마나 좋은 일인가. 태영은 곧 이규에게 그런 뜻을 알리는 편지를 쓰기로 했다.

박태영을 공산주의자로 만들지 않기 위해서 칠선골에 왔다는 권창혁의 얘기는 일시적인 기분으로 한 말도 아니고 더군다나 농담도 아니었다. 그는 나름대로 신념과 사명감을 갖고 칠선골을 찾은 것이다.

그가 5년의 형기를 끝내고 보호 감찰 대상자로서 구치소에 남지 않고 곧바로 사회에 나올 수 있었던 것은 아무런 조직에도 가담하고 있지 않았기 때문이었는데, 나오고 보니 갈 곳이 없었다. 고향 안동의 본가는 쑥밭이 되어 있었고, 서울에 있는 형의 집은 궁할 대로 궁해 몸 붙일 곳이 못 되었다. 그는 독신으로 있었던 터라 찾아가야 할 가족도 돌볼 사람도 없었다. 생각한 끝에 창혁은 하영근을 찾았다.

하영근과 며칠 지내는 동안 칠선골에 몰려 있는 보광당 얘기를 듣고 박태영이란 청년에게 흥미를 느꼈다. 박태영에게서 자기의 소년 시절을 보는 느낌이었던 것이다.

"그런데 그 청년은 아무래도 철저한 공산주의자가 될 소질이 있어."

하영근이 박태영에 관해 언급하면서 이런 말을 했다.

"나이 20에 공산주의자 아닌 사람은 바보이구, 30에 공산주의자로 있는 자도 바보란 말이 있지 않나."

창혁이 이렇게 받아 넘겼는데, 영근은 정중하게 말했다.

"그건 영국에서 하는 말이고, 우리의 사정은 다르지 않나. 박태영의 경우, 공산주의자가 된다면 아마 우리나라에선 지도급 인물이 될 거다."

"자넨 그 사람이 그렇게 되길 원하나?"

"원하고 원하지 않고가 있겠나. 각기 최선이라고 생각하는 길을 걷는 거지. 그리고 장차 우리나라엔 우수한 공산주의자가 필요하게도 될 거고……."

"정말 그 청년이 우수하나?"

"우수하다뿐인가. 게다가 래디컬한 기질이 대단하다네."

"자넨 그 청년에게 애착을 느끼고 있나?"

"물론이지. 나는 그를 친동생이나 아들처럼 생각하고 있어."

"그런데도 그 청년이 공산주의자가 돼도 좋단 말인가?"

"할 수 없지. 그건 신념 문제 아닌가. 그리고 어떤 인생 태도가 최선인가 하는 문제를 두고 나는 아직 해답을 가지고 있지 못하거든. 내 기질로선 공산주의에 일종의 회의를 품고 있지만, 지금 이 판국에 그런 회의만으로는 공산주의자를 비판할 수 없고, 더군다나 닥쳐올 앞날이 어떻게 전개될지 모르는 판이니 공산주의를 가타부타할 수 없지 않은가."

"꼭 자네의 성격을 닮은 얘기로군."

하고 창혁은 말을 이었다.

"자네가 그 청년에게 애착을 가졌다는 것이 정직한 감정이라면, 그 청년을 공산주의자로 만들어선 안 되네."

"말뜻을 잘 모르겠는데."

하며 영근은 웃었다. 권창혁은

"내가 학생 시절부터 근 10년 동안 공산주의에 미치다시피 한 사실은 자네도 잘 알지? 내가 공산당에 입당하지 않은 것은 내 아버지와 형 때문이었어. 워낙 내 신변 감시가 심했기 때문이었어. 그러나 열도熱度에 있어선 어떠한 공산당원보다도 강했을 거다. 그러한 10년 동안을 겪어보고 하는 소리다. 자네가 그 청년에게 애착을 가진 게 정직한 감정이라면 그 청년을 공산주의자로 만들어선 안 되네."

하고, 공산주의 창시자들에 의한 학문적 업적과 공산당의 전술은 엄격히 분리해서 생각해야 한다는 데서부터 이야기를 시작했다. 그리고 자기가 만철 조사부에 있을 때 수집할 수 있었던 시베리아 관계 자료를 통해 소련의 농민과 노동자가 얼마나 비참한가를 설명했다. 지식인들의 수난은 말할 수 없다고도 했다.

"그러나 그런 건 과도기의 현상이 아니겠나. 발전 과정에서의 시행착오도 있을 것이고……. 그러니 그런 이유로 공산당을 비난하는 건 지식인다운 태도가 아니라고 생각하는데…….”

하영근의 말이다.

"아니다. 과도 현상이라고 볼 수 없으니까 하는 말이지. 보다 좋은 방향으로 나가기 위한 일시적인 과도 현상하고 공산당이라는 조직이 필연적으로 범하지 않을 수 없는 과오를 구별하지 못하고 하는 소린 줄 아나? 공산당의 책임이라기보다 인간성의 문제라고 보아야 할지 모르지. 폭력 행위와 파괴 행동을 불사하고까지 혁명을 일으키려고 할 땐 그 조직은 더할 수 없이 효과적이고 강력한 조직인데, 일단 혁명이 끝나면 그런 조직은 갖가지 무리를 동반하지 않을 수 없거든. 말하자면 평화시에 전투적인 조직을 온존시키자니까 별의별 무리가 안 생기겠나. 인민을 위한 당이란 것이 그 자체의 조직을 위한 당이 되어버린 거지. 그러니까 제일의적인 뜻으로 말하자면 그 조직이 강해질수록 그만큼 타락한 셈이 되지. 결론적으로 말하면, 적을 타도하기 위한 조직으로선 공산당이 일등의 조직일지 모르지만, 백성을 잘 살리기 위한 조직으로선 위험하기 짝이 없는 조직이라고 단정할 수 있어.”

“자네 말 뜻을 알 것 같애.”

하고 하영근이 고개를 끄덕이며

“그러나 박태영을 공산주의자로 만들어선 안 되겠다는 이유는 나오지 않는데?”

하고 웃었다.

“훌륭한 소질을 가진 사람은 훌륭한 사람으로 키워야 해. 그런데 나의 의견으론, 훌륭한 인간과 훌륭한 공산주의자는 일치할 수가 없어.”

“스탈린은 훌륭한 인간이 아닌가?”

“그건 괴물이지 인간이 아냐.”

"레닌도 훌륭한 인간이 아닌가?"

"레닌은 위대한 혁명가일 순 있어도 위대한 인간이라고 할 순 없지."

"위대한 혁명가도 바람직하지 않은가."

"그러나 자네가 애착을 느끼고 있는 사람이라면 위대한 혁명가가 되길 원할 것이 아니라 위대한 인간이 되도록 해야 하지 않겠나. 인간으로서의 승리는 위대한 인간이 되는 데 있다. 이건 나의 절실한 소원이기도 하고 신념이기도 하다. 역설 같기도 하지만 내 얘기를 잘 들어주게. 참으로 위대한 혁명가가 되려면 먼저 위대한 인간이 돼야 해. 위대한 인간이 되려면 공산주의 같은 데 사로잡혀선 안 돼. 레닌이 위대한 혁명가가 될 수 있었다는 것은, 공산주의에 사로잡히지 않고 그것을 이용만 했다는 데 있다는 것을 나는 간파했어. 스탈린의 경우는 또 다른 의미를 가지고 있지만, 그도 역시 공산주의자는 아냐. 공산주의의 이상은 물론 그 목적까지도 믿지 않는 자야. 그는 공산주의자가 아니면서도 공산주의자인 척해 철저히 공산주의자를 이용하는 놈이란 말이다."

하영근은 권창혁의 얘기를 충분히 이해할 수 있었다. 창혁은 또, 차르 정권을 타도한 것까지는 의미가 있었는데 뒤이은 공산당의 정치는 거의 실패였다면서, 평균 시민이란 것을 상정할 수 있다면 지금의 소련 치하가 기왕의 차르 치하보다 나을 것이 없다는 얘기도 했다.

"그 많은 희생, 줄잡아 2천 명의 희생을 내고 그 꼴이라면 공산당, 또는 공산주의의 의미를 의심해볼 만하지 않은가."

"그러나 그 대안을 생각해봐야 하지 않겠나. 차르 붕괴 후 많은 정파 가운데서 공산당만이 살아남았다는 건, 비록 폭력 사태가 있었다고 해도, 그만큼 민중의 지지를 모을 수 있었다는 증거가 아닌가."

"증거라고 볼 수는 없어. 스탈린의 공포 정치는 되레 그와 반대되는 사실을 증명하고 있다고 봐."

"그렇더라도 독일에 대한 거국 일치적인 항거는 스탈린의 지도력이 공포 정치에만 의존한 것이 아니란 증거가 아닌가."

"그건 스탈린의 지도력이라기보다 조국애와 민족 감정이다. 그들이 이데올로기로 싸우고 있는 건 아냐."

두 사람의 토론은 독소전獨蘇戰에서 태평양 전쟁까지 돌아 다시 박태영의 문제로 돌아왔다. 하영근은 이규와 박태영을 비교해 보였다. 이규는 어디까지나 온건하고 박태영은 래디컬하다고 하자, 권창혁은

"그럼 이규라는 청년은 공산주의자로 만들어야겠구나."

하고 농담기 없이 말했다.

"자넨 줄곧 만드느니 만들면 안 된다느니 하는데, 아무리 청년의 심정이 부드럽고 감수성이 예민하기로서니 두부 모 베듯 요건 공산주의자, 요건 비공산주의자 하는 식으로 만들어질 것같이 생각하나?"

하영근의 얘기를 듣고 권창혁은 껄껄 웃었다.

"누가 만들 수 있다고 했나? 만들어야겠다고 했지. 그런데 나는 온건한 청년에겐 흥미가 없어."

"그럼, 박태영 군을 공산주의자로 만들면 안 된다고 했는데, 그 방법 얘기나 해보게."

"방법이야 간단하지. 『자본론』과 『경제학 비판』을 마스터하도록 읽히는 거야."

"그래서?"

"그래서 일단 공산주의자로 만드는 거지."

"그래가지고 개종을 시키나?"

"아니지. 『자본론』과 『경제학 비판』을 마스터시키고 『공산당 선언』

을 읽혀 곧바로 그가 주저 없이 공산주의자가 된다면 그뿐이야. 내버려 두지 뭐. 그렇게 간단한 두뇌 조직을 가지고 있는 사람은 아까울 것이 없으니까, 공산주의자가 되건 어떻게 되건 알 바 없어. 그런데 『자본론』, 『경제학 비판』, 『공산당 선언』을 읽어 공산주의의 근본을 이해하면서도 회의적인 태도를 보이고 고민하는 흔적이 있으면 그때 같이 공부를 시작할 참이다."

권창혁은, 언제부터 공산주의에 회의를 갖기 시작했느냐는 하영근의 질문엔 다음과 같이 대답했다.

"언젠가 H. G. 웰스와 스탈린이 대담한 적이 있지. 그 대담 기록을 읽은 것이 회의가 싹트기 시작한 처음이었어. 웰스는 스탈린으로부터 인간의 소리를 들으려고 하는데, 스탈린은 시종일관 녹음기 노릇을 했다. 녹음기 대 인간의 대화란 느낌이드만. 그것이 내겐 충격이었어. 역사와 사회와 인생에 녹음기처럼 교조적이고 기계적으로 대하는 것이 공산주의 최고 대표의 태도라면 생각해볼 점이 있다고 생각했지. 그다음의 충격은 부하린의 재판이다. 나는 그 재판 기록을 만철 조사부에 있는 덕택에 소상하게 읽을 수 있었다. 억울하게 누명을 씌워 죽이는 것도 뭣한데, 희생자의 입을 통해 그들의 재판을 정당화시키는 발언을 끌어내고야 마는 재판 절차에 전율을 느꼈다. 내가 특히 그 재판에 관심을 가진 것은, 변증법에 관한 기초 교양을 부하린을 통해서 얻었기 때문이다. 공산주의가 사소한 견해의 차이를 사형으로 벌해야 한다면 이건 인류의 이상일 수 없다는 결론에 이를 수밖에 없다. 그런데 나는 그런 잔인한 재판이 일시적인 과오에서 비롯된 것이 아니고 공산당의 모범이라고 할 수 있는 소련 공산당이 지닌 생리에서 필연적으로 나타난 현상이란 것을 알았지. 그때 나는 거의 공산주의에 절망하고 말았다. 그래도 노동자, 농민이 자유롭게 잘살기나 하면 또 몰라! 아서 케스틀러의 『백주의 암흑』이란 걸 읽고 나는 그걸 소련을 비방하기 위한 과장된 선전 문서 하고 생각했었는데, ……과장이 뭐야? 케스틀러는 소련의 진상을 10분의 1도 표현하지 못했어."

"그래도 그런 걸 가지고 그들의 체제를 악으로만 단정할 수 있을까? 공산주의를 사악한 사탄이라고 단정할 수 있을까?"

"공산주의의 이상까지 사악한 사상이라고 할 수는 없지. 그러나 소련은 그 이상으로부터 자꾸 멀어지기만 하고 있단 말이 아닌가. 공산당을 지탱하기 위해서 공산주의의 이상에서 멀어질 수밖에 없다면, 공산주의는 인류를 이끄는 사상으로선 파산한 게 아닌가. 스스로 이상을 배신한 공산당이 당의 이익만 추구해나가는 체제를 악이라고 단정하지 않으면 어떤 정치 체제를 악이라고 할 수 있겠나?"

"나치스도 있고 파쇼도 있지 않나. 일본의 군국주의도 있고……."

"보수 정권의 악은 오랜 세월을 두고 누적된 것이니 현재의 인물을 그 악의 탓으로 단죄할 순 없지만, 공산주의는 명색이 역사의 과학적 인식에 기초를 두었다고 자칭하는 두뇌들이 구상한 것 아닌가. 그것이 악으로 나타나고 있으니 단죄의 대상임이 뚜렷하단 말이다."

"만일 공산주의가 자네의 말대로라면 인류의 진보는 없지 않겠는가."

"천만에. 점진적으로 해나갈 방법이 얼마든지 있지 않겠나."

"그런 아이디어는 좋지만 정치력으로서 결집할 수 없는 게 치명적인 사실이라고 보는데……."

"하여간 공산주의만은 안 돼. 자네, 공산당의 조선판을 상상해보게. 규모가 작은 그만큼 소련 공산당의 악을 몇십 배 한 어처구니없는 양상으로 나타날 것이 아닌가."

"그렇다면 앞으로 우리나라가 독립하면 어떠한 방향을 취해야 되지?"

"글쎄."

이러한 토론이 있고 수일 후 권창혁은 칠선골을 찾게 된 것이다.

칠선골에서의 권창혁은 보광당 당원들의 신뢰를 한몸에 모으는 존재가 되었다. 그런데 권창혁은 주변의 정세를 해설하는 등 갖가지 계몽에 힘을 쓸 뿐, 방향 제시 같은 노력은 하지 않았다.

권창혁은 보광당을 젊은 집단으로서 일종의 학교라고 취급했지, 앞으로의 세계에 어떤 역할을 할 수 있는 조직으로선 기대하지도 않았고 그럴 수도 없었다. 그러나 그는 이런 따위의 말을 삼가고 청년들과 꿈을 나누는 듯이 꾸몄다. 창혁은 일본이 패망한 후의 조선에 관해서 결코 낙관하지 않았다. 되레 겁을 먹고 앞날의 양상을 상상했다. 공산주의에 환멸을 느낀 그의 마음의 눈으로는 어떤 대안도 찾을 수 없었다. 그것이 그의 허무주의적 기분을 더욱 짙게 했다.

그는 만철 조사부에 있어서 국내, 국외의 독립운동의 양상을 누구보다 잘 알고 있었다. 그런데 독립운동 단체들은 좌우를 막론하고 독립운동을 빙자해서 파벌 싸움만 일삼는 부질없는 집단으로 보였다. 행동은 없이 공명功名만 차지하려고 하여 그런 추잡한 당파 싸움이 되는 것도 알았다. 호랑이를 잡기도 전에 그 가죽을 두고 쟁탈전을 벌이는 그들에겐 앞으로 기대할 아무것도 없다고 단념하고 있었다. 그런데 새로운 세력을 상상할 수도 없었다. 일본놈에게 아부하고 그 세력에 편승하려고 혈안이 되어 있는 대중 가운데서 어떠한 희망을 찾을 수 있단 말인가.

권창혁이 실망을 더한 것은 이른바 학병들의 태도 때문이었다. 번연히 죽음의 길로 가는 줄 알면서 그 절망적인 상황마저 의욕적으로 이용하지 못하고 젊은 힘을 세력화하지 못했다고 볼 때, 그 젊은이들에게도 기대를 걸 수는 없었다. 지식 청년들의 꼴이 그렇다면 그밖의 청년들에 관해선 물으나마나 했다.

그러한 절망 가운데서 권창혁은 보광당 도령들을 만났다. 그들에게마저 기대할 것이 없다는 생각은 변함이 없었으나, 당당히 학병 가길 거부하고 징용 가길 기피한 청년들이 이렇게 모여 활달하게 나날을 보내고 있다는 사실이 갸륵하지 않을 수 없었다.

"박태영을 공산주의자로 만들지 않겠다."

하고 칠선골을 찾아온 권창혁은, 열심히 『자본론』을 읽고 놀랄 만한 이해력을 보이는 박태영을 지켜보며 끝내 좋은 대안이 서지 않으면 박태영을 비롯한 보광당 도령들을 모조리 공산주의자로 만들어버릴까 하는 생각을 가끔 하게 되었다.

'형편없는 혼란보다는 그편이 낫지 않을까. 소련 공산당이 범하고 있는 과오를 거울 삼아 진정한 공산주의의 이상을 살리는 당을 만들 수는 없을까!'

그러나 터무니없다고 생각하고 쓴웃음을 웃었다. 어떤 때는 아나키스트(무정부주의자)의 집단을 만들까도 했지만, 역시 마음의 허황한 장난이었다. 권창혁의 이상은 지식인의 정수를 중핵으로 한 사회 민주주의의 세계를 건설하는 데 있었는데, 어떻게 상상력을 휘둘러보아도 그럴 가망성을 이 조국의 강토에서 찾아낼 순 없었다.

울적할 땐 눈에 덮인 숲 속을 걸어 헤맸다. 눈에 덮인 숲 속은 창혁에게 그윽한 고요와 안식을 주었다. 나아가 인생의 보람을 찾지 못할 바엔 스스로 음사陰士가 되는 길밖에 없다. 그는 어느덧 미국의 철인哲人 소로를 닮아가는 심정을 익혔다.

눈은 산을 덮고 숲을 덮고 사람들의 생활을 덮기는 하지만, 사람의 마음까지 덮을 순 없다.

보광당 도령들 사이에 눈에 보일락 말락 마음의 동요가 생겨나는 것 같았다. 첩첩산골, 눈 속에 파묻혀 사는 생활은 그것이 설사 수십 명으로 이뤄진 단체 생활일지라도 고절孤絶의 기분을 가꾼다.

새해에 들어 일본의 패망이 의심할 여지 없는 징조를 나타내고 그런 전황을 매일처럼 도령들에게 알리기도 했지만, 그런 전황 설명이 종전처럼 생기를 불러일으킬 순 없었다. 이를테면 장래의 희망은 막연하고 현재의 고독이 너무나 지겨웠던 것이다.

드디어 위기가 왔다. 세 도령이 집으로 돌아가겠다고 나섰다. 너무나 뜻밖이라서 두령 하준규는 잠시 대응할 말을 잊었다. 보광당의 규칙엔 두령의 허가 없인 당을 이탈하지 못하게 돼 있다. 그러나 아무런 구체적인 일도 있지 않은 상황, 특히 뚜렷한 목적을 실감하지 못하고 그냥 나날을 무위로 넘기고 있는 상황에서 그런 규칙을 내세우긴 쑥스럽기도 했다.

"돌아가서 경찰에 붙들리면 어떻게 할 끼고?"

하준규의 첫말은 이것이었다.

"집에 살짝 돌아가서 골방에나 숨어 있을랍니다."

"집으로 안 가고 고모 집에 가서 피해 있을랍니다."

"도회지로 나가 노동일이라도 하겠습니다."

세 사람은 각기 말을 꾸몄다.

"꼭 안 붙들릴 자신이 있단 말이지?"

준규는 다시 물었다.

"우짜다가 붙들리더라도 별게 있겠습니꺼."

"설마 징역까지 살리겠습니꺼."

"기피자 정돈데, ……징용 가라쿠몬 가지예."

순순히 이런 대답이 나오는 것을 보니 오래전부터 그들은 칠선골을 뜰 작정을 세우고 있었던 것이 분명했다.

"와 이곳을 떠날라쿠노?"

한동안 대답이 없었다. 조금 있다 한 사람이 말했다.

"우리 셋이라도 없어지면 식량이 그만큼 남지 않겠습니꺼."

"식량 걱정을 해서 떠날라쿠는 기가, 그럼?"

준규의 말투에 약간 노기가 섞였다. 그러나 곧 준규는 자기의 마음을 억제하고 말했다.

"붙들리더라도 별게 없을 거라고 생각하는 모양이다만, 그렇게 호락호락하진 않을 거다. 더군다나 의탄의 의사를 불러온 후 우리들을 화적 취급하고 있다고 하니, 붙들리면 화적의 한 패로 몰릴 위험마저 있다. 그렇게 되면 징역살이까지 해야 될지 모른다."

"징역을 산다캐도 몇 해나 살겠습니꺼."

"곧 일본이 망할 끼라 안 캤습니꺼."

"절대로 안 잽히도록 조심하몬 안 되겠습니꺼."

준규는 그들의 말을 들으며, 그들이 어떤 일이 있어도 떠날 작정을 했다는 것을 알고, 서툴게 다루다간 탈출할 위험마저 있다는 것을 깨달았다. 동시에 그런 마음이 딴 도령들에게 전염될 수도 있을 것이란 짐작도 했다. 이런 생각 저런 생각이 들어 준규는 부드럽게 말했다.

"도령들의 생각은 잘 알았다. 그러나 매사를 신중하게 해야 하지 않겠나. 내일 아침까지 대답을 할 터이니 돌아가서 쉬도록 해라."

그들을 보내고 곧 간부 회의를 열었다. 간부 회의는 두령 하준규, 박태영, 노동식, 이 도령, 차 도령으로 구성되어 있었다. 옵서버 격으로 권창혁을 참석시키기로 했다.

두령　사정을 대강 알았으니까 여러분들의 의견을 말해보시오.

차 도령　규칙은 뭣할라꼬 맹글어놓은 겁니꺼. 규칙대로 하몬 안 됩니꺼.

박 도령　차 도령의 말이 옳습니다. 규칙을 내세워 결단코 막아버려야 합니다.

이 도령　우리 보광당은 군대와 같은 조직이라고 안 캤습니꺼. 군대에서 병정이 집으로 돌아가고 싶다쿤다고 '오오냐, 잘 가라' 하고 보내주겠습니꺼.

두령　나도 그들을 그냥 돌려보낼 생각은 없어. 돌려보내지 않기 위한 무슨 좋은 생각이 없느냐고 묻는 거요, 규칙을 내세울 줄 몰라서 하는 얘기가 아니라…….

노동식　그들이 마음으로부터 돌아갈 생각을 포기해야지, 억지로 만류해봤자 탈출이라도 할라고 안 들겠소.

차 도령　탈출하지 못하도록 경계를 하몬 될 거 아닙니꺼.

노동식　도둑 한 놈을 지키려면 백 명 갖고도 당하지 못한다는데, 작업도 있고 밤도 있고 한데 어떻게 탈출을 방지한단 말이오. 문제는 설득이오. 성의를 갖고 설득해봐야 별수 있겠소.

이 도령　설득을 해도 안 들으면 우쩔 깁니꺼.

노동식　탈출할라쿠는 놈을 붙들어두면 또 뭣하겠소. 그리고 탈출하는 놈을 붙들었다고 합시다. 어떻기 할 끼요? 그놈을 때리겠소, 죽이겠소?

박 도령 그러몬 탈출을 해도 할 수 없다, 이 말입니꺼?

노동식 그런 건 아니지. 어디까지나 탈출할 생각, 이탈할 생각을 안 하도록 교육을 하자는 얘기요.

박 도령 이때까진 교육을 안 했소? 두령님이나 홍 도령이나 전 도령이 얼마나 애써서 교육을 했습니꺼? 그런디도 그런 놈이 나타난 것 아닙니꺼.

이 도령 맹모삼천孟母三遷이라고, 교육만 갖곤 안 됩니다.

차 도령 도령들을 심사합시다. 그래갖고 위험성이 있을 성싶은 도령들은 우리 가운데 한 사람이 책임지고 특별 감시를 하도록 합시다.

박 도령 하여간 철저한 감시를 하도록 합시더.

두령 감시까지 해가며 이 단체를 꾸려나갈 필요가 있을까?

노동식 나도 두령과 생각이 같소. 설득을 하고 교육을 해서 한 사람의 이탈자도 없도록 노력은 하되, 갈 사람은 가고 남을 사람은 남고 하는 게 온당한 일이 아닐까 하는 생각이 드는구만.

두령 그러나 갈 사람은 가라는 식으로 해놓으면 남을 사람이 남지 못하게 되는 사정이 있거든. 가는 사람이 우리 내부의 비밀을 죄다 발설하면 가족에게 누가 미칠 뿐만 아니라, 앞으로 우리가 할 일에 선수를 당할 수도 있을 테니 하는 소리요.

박 도령 갈 사람은 가고 남을 사람은 남아라, 그래갖곤 파입니다. 보광당은 그날로 파이가 됩니다. 이탈할라쿠는 놈은 주먹다짐을 해서라도 끌고 가야지 별 도리가 없습니다.

차 도령 그러자면 감시를 철저히 해야 합니다. 감시를 하자면 도령들을 심사해서 등급을 매겨놔야 합니다.

노동식 갈 사람을 보내지 않겠다면 감시 제도를 만들어야지. 그런데 이 감시란 게 문제라. 같은 조직 속에 있으면서 누가 누구를 감시한 다는 건 아무래도 유쾌하지 못하거든.

차 도령 유쾌하지 못해도 당을 살릴라몬 할 수 없는 일 아닙니꺼.

박 도령 보광당은 앞으로 좋은 일 할라쿠는 당이 아닙니꺼. 나라와 민족을 위해 일하겠다는 당 아닙니꺼. 그렁께 우찌하드라도 우리의 보광당을 살려야 합니다. 그러기 위해선 철저하게 감시도 하고 규칙을 엄하게 시행하기도 해야 합니다.

두령 감시하는 방법은 어떻게 하면 좋겠소? 차 도령 말해보시오.

차 도령 명부를 내놓고 하나하나 검토합시다. 정 위험하다고 생각되는 사람에겐 표를 해놓고, 그 사람 하나하나를 믿을 만한 도령들을 뽑아 감시시키는 겁니다.

노동식 감시하는 사람을 또 감시하는 사람이 있어야 하지 않겠소?

차 도령 있어야 합니다.

노동식 또 그 사람을 감시하는 사람이 있어야 할 끼구.

차 도령 그렇게 해서 한 사람도 이탈하지 못하도록 합시다.

두령 그럼 우선 집으로 가겠다고 나선 아까의 세 도령은 어떻게 처리하면 되겠소?

이 도령 두령님이 불러 안 된다고 선언하시면 그만 아닙니꺼.

박 도령 앞으로 다시 그런 소릴 하면 엄벌을 준다고도 해야 할 깁니다.

두령 모두들 이의 없죠? 그런데 전 도령은 한 마디도 안 하는데, 무슨 다른 의견이 있소?

박태영 다른 의견 없습니다. 그러나 일단 이 문제를 전체 회의에서 결의하도록 합시다. 두령이 일방적으로 선언할 것이 아니라, 전체 회의의 결의를 통해 절대로 이탈할 수 없다는 것과 규칙을 엄수해야 한다는 것, 만일 어기면 벌을 내린다는 것 등을 정했으면 좋겠습니다.

노동식 전체 회의에 걸면 문제가 이상하게 되지 않을까?

차 도령 전체 회의에 걸어 전체 회의의 결의로 강행하는 게 좋다고 나도 생각합니다.

박 도령 전체 회의에 걸어 지금 우리가 합의한 것을 통과시킵시다.

이 도령 그렇게 하는 기 훨씬 효과가 있을 깁니다.

두령 그럼 전체 회의를 소집하도록 합시다. 그런데 권 선생님, 하실 말씀이 없습니까?

권창혁 별루 할 말이 없소.

그런데 권창혁은 그 회의를 지켜보는 동안 별의별 생각을 다 하고 있었다. 조직을 이끌어나가는 데 있어서 인텔리 출신인 하준규, 노동식, 박태영에 비해 차 도령, 박 도령, 이 도령이 훨씬 강경한 의견을 가지고 있다는 사실을 안 것은 확실히 하나의 수확이었다.

공산당이 핵심 되는 중간 간부를 무식한 노동자 가운데서 선발하는 까닭을 그 예를 통해서 알 수 있을 것 같았다.

감시 문제가 제기되고 그 방법이 구체적으로 모색되는 과정을 볼 수 있었던 것도 하나의 수확이었다. 어떤 조직도 감시 제도가 없으면 지탱할 수 없다는 것, 그 감시 제도는 감시하는 사람을 또 감시하는 서열의 연속으로 이루어진다는 것, 그래서 그 감시 제도가 본연의 목적에서 벗어나 그 자체로서 경화되어 엉뚱한 기능을 갖게 되는데, 그 원형 같은 것이 눈앞에 나타난 듯해서 놀랐다.

조직을 이끄는 방법 문제도 초보적이긴 하나 그 회의에서 제기되었는데, 그것이 또한 창혁으로선 수확이었다. 조직의 가장 이상적인 형태는 강압이 없는 자발적인 인화 단결이겠지만, 모든 조직이 그렇게 이상적일 수는 없다. 그러니까 강압적 수단이 병용되어야 한다. 조직과 인간의 관계는 언제 어디서나 복잡하고 미묘한 문제다. 이십여 명밖에 안 되는 보광당에 벌써 이런 문제가 발생하는데, 그 조직이 전국적 규모로 확대될 경우엔 어떻게 될까 상상을 안 해볼 수 없다. 이것으로 미루어 공산당이 허다한 모순과 무리를 범하지 않을 수 없다는 사실을 짐작할 수 있다.

'조직이란 그 자체가 모순을 낳고 무리를 범한다!'

권창혁은 조직이란 것에 대한 환멸을 그 기회를 통해 새삼스럽게 느낀 셈이었다. 그런데 무엇보다도 창혁을 놀라게 한 것은 마지막에 한 박태영의

"전체 회의의 결의로 하자."

는 발언이었다.

만일 그 발언이

"중대한 문제인만큼 전체의 의사를 물어야 한다."

는 마음에서 우러나왔다면 그 발언은 박태영의 성실성을 보증하는 증거가 되겠지만, 미리 결론을 만들어놓고 앞으로 전체를 보다 강하게 그 결정으로 구속할 목적으로, 수단으로 전체 회의를 이용하려고 했다면 공산당원적인 소질이 있는 사람으로 보지 않을 수 없다.

미리 소수가 결론을 내놓고 전체의 결정인 양 꾸미는 것은 공산당의 술책이다. 가장 민주적인 척 꾸미면서 비할 바 없이 전제적인 것이 공산당의 생리라고 볼 때, 박태영의 발언은 결과적으로 보아 그 술법을 모방한 것이 된다. 권창혁은 박태영이 그런 술수에 능한 사람이 되기보

다 술수를 모르는 인간이 되었으면 했다. 박태영의 두뇌는 에누리 없이 놀랄 만했다. 그래서 창혁은 하영근의 태영에 대한 애착을 이해할 수 있었고, 스스로도 태영에게 애착을 느끼고 있는 것이다.

그날 밤, 창혁은 태영을 조용히 자기의 산막으로 불렀다.

간부 회의에서 느낀 것은 말하지 않기로 하고 창혁이 물었다.

"박군은 에이브러햄 링컨에 관한 책을 읽은 적이 있나?"

"『페어』라고 하는 옥스퍼드 대학의 교수가 쓴 얄팍한 책을 읽은 일이 있습니다만, ……왜 그런 걸 물으시지요?"

"그의 인격을 배워볼 만하다고 생각해서 물어본 거야."

"선생님은 그런 사람에게까지도 관심이 있습니까?"

"있지. 있는 정도가 아니지. 나는 공산주의에 환멸을 느낀 뒤 미국의 정치사를 공부하기 시작했는데, 공산당 창시자들과 대비해보니 여간 흥미 있는 게 아니더군."

"선생님은 미국의 정체政體를 긍정하고 계십니까? 아니, 미국의 정체를 우리의 모범이 될 만한 것으로 보십니까?"

"모범이 될 수 있는 부분도 있고 모범이 될 수 없는 부분도 있겠지. 그런데 그것을 문제로 삼자는 것이 아니라, 공산당 창시자, 즉 레닌과 미국을 건국한 지도자들을 비교해보니 흥미가 있더란 얘기다. 더욱이 레닌은 정치가·혁명가로서 하나의 범례가 될 수 있는데, 정치를 배우는 사람은 하나의 범례만 고집해선 안 될 것 같다는 생각을 가졌지."

"당연한 일 아닙니까."

"링컨은 나라를 어느 방향으로 끌고 가야 하느냐에 대해서 뚜렷한 소신을 가지고 있었다. 그러나 그는 자신의 소신을 절대로 강요하지 않으려고 했다. 다수의 의견을 모으려고 술책을 부리지도 않았다. 어디까지나 자신의 소신을 상대방에게 이해시키려고 노력하고, 다음엔 상대방의 재량에 맡겼다. 그렇게 하고도 그는 남북전쟁을 수습하고, 국내의 행정 질서를 바로잡았다. 레닌이 천재적인 전제적 지도자였다면, 링컨은 철저한 민주적 지도자였다. 강압에 의한 지배보다 동의에 의한 해결을 구했다. 공산당 창시자들은 자기들의 목적을 위해서 인간성을 희생했지만, 링컨은 전제 또는 독재에 의한 해결은 그것이 아무리 잘 된 것이라도 해결이 아니고 문제의 시작이라고 봤다. 그 대신, 민주적인 동의에 의한 해결은 그것이 설사 졸렬한 것이라도 뒤탈이 없는 해결이 되고, 만일 그 해결이 근본적인 결함을 드러내면 다시 토의할 수 있기 때문에 폐단이 작다고 믿고 그렇게 행동한 사람이다."

"그건 미국의 사정이지, 어느 곳, 어느 시기에도 그런 방식이 통한다고 생각할 순 없지 않습니까?"

"그거야 그렇지. 그러나 링컨의 방식이 최선의 방식이란 걸 잊지는 않아야 될 줄 알아. 다시 말하면, 어떠한 무슨 목적을 위해서도 인간성을 희생시키고까지 감행한 처사는 결코 인간을 위해 유리할 까닭이 없고, 인간을 위해 유리할 까닭이 없는 처사는 어느 집단이나 개인의 야욕을 채우는 방편 이상이 될 리가 없거든."

"그럼 전쟁은 어떻게 되는 겁니까. 투쟁을 해야만 될 땐 어떻게 되는 겁니까. 승리를 위해선 인간성을 보류해야 될 경우도 있고 인간성을 희생할 경우도 있지 않겠습니까. 사람을 죽이는 것, 상내방을 패배케 하는 것은 모두 인간성을 희생시키는 것 아닙니까?"

"전쟁이나 투쟁은 비상 사태이지 정상적인 상태가 아니니까……. 그러나 어떠한 사태도 견해에 따라선 전쟁 또는 투쟁 상태로 볼 수 있는데, 그렇게 확대 해석을 함부로 하면 안 돼. 가령 지금 보광당의 상황을 예로 들면 전쟁 상태에 있다고 하겠지. 앞으로 그런 상태를 예상할 수도 있고……. 그렇다고 해서 보광당의 일을 처리하는 데 있어서 전쟁 상태에 있는 것처럼 마구 덤빌 필요는 없지 않을까."

영리한 박태영은 권창혁이 왜 그런 말을 끄집어냈는가를 단번에 알아차렸다. 그래서 웃으면서 말했다.

"아까 회의하는 것을 보고 하시는 말씀이죠?"

"그렇다고 할 수도 있지."

"그런데 그 가운데서 어떤 대목이 가장 마음에 걸렸습니까?"

권창혁은, 전체 회의에서 결정하자고 한 박태영의 발언을 지적했다. 태영은 그 말엔 언급하지 않고 물었다.

"선생님은 보광당의 장래를 어떻게 생각하십니까?"

창혁은 정직하게 대답하지 않을 수 없었다.

"징병이나 징용을 기피한 청년들이 일시 공동 생활을 하는 단체 이상도 이하도 아니라고 생각하고 있어."

"장래에 무슨 의미를 가질 수 있는 단체라고 생각할 수는 없습니까?"

"이런 공동 생활이 추억이 되어 교분을 두텁게 하는 의미는 있겠지."

"그뿐일까요?"

"솔직히 말해 보광당이 그 이상의 장래를 가지고 있다고 생각하진 않아. 물론 앞으로 닥칠 일에 좌우되겠지. 단련을 받아봐야 안다고나 할까. 생각해보게. 일본이 손을 들었다고 하자. 어떻게 될 건가. 뿔뿔이 헤어져 모두 집으로 돌아가야 하지 않겠나. 이걸 가지고 정당을 만들겠어? 무솔리니의 흑셔츠단을 만들겠어? 나치스의 친위대를 만들겠어? 공산당의 돌격대를 만들겠어? 자네 생각은 어떤가? 한번 말해보게."

"저는 이 보광당을, 언제 해산해도 당원들이 민족과 나라를 위한 정

수분자로서 각각 행동할 수 있도록 단련하는 단체로 만들고 싶습니다. 그리고 일본이 패망하여 해산하더라도 건국하는 과정에서 필요하면 전원이 모여 힘을 합할 수 있도록 했으면 좋겠다고 생각하고 있습니다."

"그 마음은 알겠어. 그러나 지금도 이탈자가 생기려는 판인데 그렇게 되겠나. 내가 바라는 것은, 이 단체를 유지하기 위해서 지나치게 신경을 쓰진 말라는 거다. 최선을 다하되, 결과에 개의치 말고 대범해야 돼. 한 가지 술책이 필요하다면 도령들이 엉뚱한 생각을 가질 수 없도록 시간표를 꽉 짜서 강행하는 거야. 새벽에 깨워 운동을 시키고, 오전 중에 학과를 가르치고, 오후엔 토끼 사냥이건 노루 사냥이건 호랑이 사냥이건 시키고, 밤엔 밤대로 반성회를 한다거나 오락회를 한다거나 해서 조금도 틈을 주지 않고 마음과 육체를 혹사하면 도주할 생각도 이탈할 생각도 없어질 게 아닌가. 감시를 이렇게 한다. 이탈을 이렇게 막는다는 등 시시한 의논을 하는 것보다 효과적인 스케줄을 짜도록 하게."

태영은 창혁의 말을 듣고 그 방법이 최상이라고 생각했다. 그래서 창혁의 산막에서 나와 곧 두령과 노동식을 찾아갔다.

전체 회의가 열렸다. 권창혁의 시사가 있기도 해서 회의의 순서를 대폭 바꿨다. 두령이 말했다.

"우리가 같이 모여 산 지 긴 사람은 일 년이 넘고 짧은 사람은 열 달이 넘었다. 보광당을 조직한 지도 어언 반년이 지났다. 우리는 장차 이 나라의 일꾼이 되기 위해서 각기 피로써 서약하고 힘을 합해 오늘날까지 별다른 사고 없이 모두 건강한 모습으로 살아왔다. 그런데 요즘 우리의 당내에 해이한 기풍이 흐르고 있는 것 같다. 이건 첫째, 두령인 내게 책임이 있다고 생각한다. 그래서 엄격한 규칙대로 강행해야겠지만,

반년이 지난 오늘 우리 당을 각자 반성해보는 뜻에서 기왕의 약속과 규칙은 일단 보류하고 우리의 앞날의 방향을 이 자리에서 다시 결정하고자 한다. 어떤 발언을 해도 문책을 받지는 않을 것이니, 모두 자기의 진정한 뜻을 말해주면 좋겠다. 그러고 나서 앞으로의 계획을 발표한다. 전 도령이 구체적으로 한 가지씩 물을 것이니, 전원이 거짓 없는 대답을 해주기 바란다."

박태영이 단 위에 서서 거짓 없는 대답을 하라는 두령의 말을 다시 한 번 되풀이하고 묻기 시작했다.

"보광당을 해산하는 것이 좋다고 생각합니까?"

이렇게 묻고 먼저 두령의 대답을 기다렸다. 두령이 일어서서 대답했다.

"나는 해산하지 않기로 했으면 좋겠습니다."

다음은 노동식의 차례다. 노동식은

"나는 해산했으면 좋겠다고 생각합니다."

하고 대답했다. 그러자 장내의 공기가 이상하게 변했다. 동요하는 공기가 피부에 느껴질 정도였다.

"그 이유를 설명할 수 있습니까?"

태영이 물었다.

"이유는 전체적인 결과를 보고 말하겠습니다."

노동식은 이렇게 대답하고 앉았다. 그런데 노동식의 이러한 대답은 도령들의 의사 표시를 자유롭게 하기 위해 미리 짠 연극이었다. 다른 도령들은 그런 내막을 알 까닭이 없었다.

이어 대답할 차례가 차 도령, 박 도령, 이 도령으로 이어져 강태수 소년에 이르러 끝났는데, 한 사람도 보광당의 해산을 원하는 사람이 없었다.

다음의 설문은

"집에 돌아가고 싶은 사람이 있으면 솔직하게 말씀하시오."

라는 것이었다. 노동식이 손을 들었다. 그리고 일어서서 말했다.

"나는 집으로 돌아갔으면 합니다."

"붙들렸을 경우엔 어떻게 할 거요?"

"경찰에 붙들려도 절대로 보광당의 비밀은 누설하지 않겠습니다."

노동식은 이렇게 미리 짠 대본대로 대답했다.

그러자 어제 두령에게 와서 집으로 가겠다고 한 도령들이 차례로 서서 같은 뜻을 말했다. 그밖에도 두 사람이 더 서서 같은 뜻의 말을 했다.

"또 없습니까?"

하고 태영은 5분의 여유를 주었다. 그러나 아무도 나서는 사람이 없었다.

두령이 태영과 자리를 바꾸었다. 두령은 다음과 같이 선언했다.

"보광당의 해산을 원하는 사람은 홍 도령 하나뿐이고, 전원이 존속을 원합니다. 그러니 보광당은 해산하지 않기로 하겠습니다."

그리고 노동식에게 물었다.

"홍 도령은 계속 해산을 원합니까?"

"다수의 의사에 따라 내 의견을 철회하겠습니다."

"다음, 집에 돌아가고 싶은 사람이 홍 도령을 비롯해서 여섯이나 되는데, 이 문제를 어떻게 하면 좋겠습니까? 각자 의견을 말씀하십시오."

차 도령이 섰다.

"절대로 돌려보내면 안 될 줄 압니다. 그 이유로서 경찰에 체포될 위험이 크며, 그렇게 되는 날에는 본인들도 불행일 뿐 아니라 우리 당을 위해서도 곤란한 일이 있을 것으로 믿기 때문입니다."

박태영이 발언했다.

"집으로 가고 싶은 사람은 보내는 것이 좋을 줄 압니다. 붙들리는 경우가 있더라도 그들은 우리 당의 비밀을 누설하지 않으리라고 믿기 때문입니다. 그리고 일단 가고 싶은 마음이 들면 여기서 하는 일이 손에 잡히지 않을 것입니다. 보내도록 합시다."

이어, 보내면 안 된다는 의견이 나오기도 하고 보내야 된다는 의견이 나오기도 했다. 표결로 결정하자는 의견도 나왔다. 표결을 하느냐 안 하느냐로 논전이 벌어졌다.

권창혁은 그런 광경을 지켜보고 있었다. 과연 전체 회의가 거리낌 없는 자유 분위기를 가졌는가 어쩐가를 냄새로 맡아볼 심산이었다.

토론은 좀처럼 끝나지 않았다. 두령이 장내를 정돈하고 말했다.

"표결은 안 하기로 하겠습니다. 그 대신 내 의견을 듣고 찬성을 하든 반대를 하든 해주시오. 나는 이렇게 했으면 합니다. 집에 돌아가고 싶어하는 도령들을 굳이 말리진 않겠습니다. 그 대신 시기를, 우리가 딴 곳으로 옮아가기 직전으로 했으면 합니다. 그 까닭은, 만일 집에 간 도령들이 붙들렸다고 할 때 경찰이 그들을 앞장세워 우리가 있는 곳을 찾아내라고 하면 불응할 수가 없을 것이고, 그렇게 되면 앞장서서 오는 도령들 때문에 우리가 마음놓고 싸울 수도 없을 것이니, 우리가 어디로 옮아갔는지 모르고 떠나는 것이 좋지 않을까 해섭니다. 늦어도 해동될 무렵, 그러니까 두 달쯤 뒤엔 어차피 이곳을 떠야 하니, 그때 돌아가도록 했으면 하는데, 여러분의 의견을 말해보시오."

모두들 그 의견이 좋다고 했다. 돌려보내면 안 된다고 주장하던 사람들까지도 두령의 의견에 찬성했다.

두령은 내일부터 강훈련이 시작될 것이라고 덧붙이고 폐회를 선언했다.

회의가 끝나자, 권창혁이 두령을 찾아 치하의 말을 했다. 회의 진행 태도며 이탈자에 대한 처리 문제가 썩 잘되었다는 것이다.
"하준규 군에겐 지도자로서의 관록이 있어."
하고 말을 이었다.
"이 모임을 꼭 유지하기 위해서라면 경찰관과 야무진 충돌을 일으킬 필요가 있지. 한번 그런 일이 있으면 죽을 때까지 뭉쳐 있어야 할 필요를 구성원 각자가 가지게 되거든. 나라의 사정이 곤란해지면 딴 곳에서 분란을 만들어내는 사례가 있는데, 작으나마 그와 같은 이치지. ……그러나 그런 짓은 되도록 피해야 한다."

이튿날부터 문자 그대로 맹훈련이 시작되었다. 기상 시간을 한 시간 앞당기고 취침 시간을 한 시간 늦추고, 휴식 시간은 오전 오후 각각 한 시간으로 정한 타이트한 스케줄에 의한 훈련이었다.

오전 중엔 꼬박 학과를 했는데, 한글과 국사는 권창혁이 맡고, 수학은 노동식이 맡고, 영어는 박태영이 맡았다. 두령은 아침의 무술 훈련을 책임졌다. 이 무술 훈련에 권창혁도 참가했다. 점심을 먹고는 사냥을 나갔다. 종전의 사냥은 한 마리 토끼를 잡지 않아도 되는, 그저 시간 채우기의 소풍 같은 것이었는데, 새로 작정한 사냥은 전연 양상을 달리했다. 노루나 토끼를 잡지 못할 경우엔 다람쥐라도 잡아야 된다고 못을 박았다. 그리고 그만한 성과가 있었다. 첫날 산돼지를 잡아 개가를 올렸다.

벽송사 근처에 호랑이가 나왔다는 소식이 전해진 것은 그 무렵이었다. 보광당은 호랑이를 잡기로 계획을 세웠다. 호랑이를 잡기 위해선 그 발자취를 따라 수일을 헤매기도 해야 한다고 듣고 그 준비까지도 서둘렀다.

매일매일을 이렇게 보내니, 아니나 다를까, 이때까지 보광당 내부에 흐르고 있던 해이한 기분이 일소되는 것 같았다. 우울한 표정이 가셔지고 동작에 활기가 띠어지기도 했다. 취침 시간이 되기가 바쁘게 잠에 빠져들어야 했으니 서로들 푸념을 나눌 사이도 없었다.

이렇게 보광당은 위기에서 벗어나 평온한 나날을 보냈으며, 간부들은 지도를 펴놓고 해동과 더불어 옮아갈 곳을 의논하기도 했다.

김숙자의 편지를 동봉한 이규로부터의 전갈이 벽송사를 통해서 왔다. 먼저 숙자의 편지를 폈다.

"이규 씨로부터 연락을 받았습니다. 제 마음은 언제나 당신 곁에 있는데, 그곳으로 오라는 말을 들으니 반갑기 한량없습니다. 그러나 출발은 다소 늦어지겠습니다. 우리가 근로 봉사대원으로 와카야마에 나가 있는 동안 대판은 대공습을 받아, 불행하게도 저의 집 근처는 집 한 채 남지 않은 황무지가 되어버렸습니다. 그 때문에 저의 아버지, 어머니가 어디로 가버렸는지 아직도 찾질 못하고 있습니다. 이웃 사람들의 말에 의하면 살아 있는 것이 확실합니다. 어쨌든 부모님을 찾게 되는 즉시 그곳으로 가겠습니다. 구급 간호에 익숙해서, 서툰 대로 봉사할 수 있지 않을까 하는 생각도 해봅니다. 되는 대로 약품도 사모을 작정입니다. 그리운 태영 씨! 당신의 말 그대로 일본은 곧 종말이 되는가 봅니다. 대판을 비롯한 대도시를 보면 이미 종말이 된 느낌입니다. 어둡고 참담하고 비통하고 고통스러운 나날이 계속되고, 식량도 제대로 얻을 수 없는 형편입니다만, 곧 다가올 빛나는 앞날을 예상하며 가슴을 부풀게 하고 있습니다. 아아, 감격스러운 새 날! 그날이 오면 그 감격을 어떻게 소화하죠? 부디 몸조심하시기를. 저와 더불어 꿈꾸던 그 보람이 꽃이 되고 열매가 될 수 있는 날을 기다립시다. 출발할 땐 이규 씨를 통해 알리겠습니다. 그럼 안녕!"

이규의 편지는 다음과 같았다.

"……이래저래 징병 검사를 치르고 말았는데 갑종 합격이라나. 갑종이 다 뭐꼬. ……일본 병정으로 써먹기에 갑종이 될 수 있는 체격과 건강을 가졌다는 증거니 그저 황송할 뿐이다. 그런데 한 가지 슬픈 소식을 전한다. 우리보다 2년 선배로 황인수란 사람이 있지 않았나. 겨울에도 양말을 신지 않고 다니는 일종의 기인 말이다. 그 선배가 중국 개봉이라는 데서 전사했다는 통보가 있었기에 어제 그의 집에 가보았다. 참담한 광경, 차마 볼 수가 없더라. 세상에 그런 비통한 일이 다시 있겠나. 누구를 위해 무슨 까닭으로 그런 죽음을 당하느냐 하는 새삼스러운 감회가 솟았다. 너나 하 선배가 지극히 현명하다는 것을 실감하기도 했다. 그래 나도 마음을 굳혔다. 입영 통지가 오기만 하면 세상이 어떻게 돌아가도 나는 너에게로 갈 작정이다. 하 선배에게도 이 뜻을 전해주게. 하영근 씨는 근래 갑자기 감시가 심해진 것 같으니, 연락자를 보내거나 하는 일은 삼가는 것이 좋을 것 같다. 하영근 씨의 친구가 찾아와서 며칠 묵고 간 모양인데, 그 사람이 행방불명이 되었대서 하영근 씨가 심한 추궁을 받았다. 그런데 혹시 다시 나타나지 않을까 하여 하영근 씨 집 근처를 감시하고 있는 모양이다. 요즘 공부는 하느냐? ……나는 요즘 소설만 읽고 있다. 톨스토이, 도스토예프스키, 지드 등 닥치는 대로 읽는데, 너도 짬이 있으면 소설을 좀 읽어라. 내 둘째 큰아버지를 만났다고 했는데, 그 소식을 아버지와 둘째 큰어머니에게 전했다. 여간 반가워하지 않으시더라. 나와 우리 집안 안부를 전해주게. 그런데 하영근 씨란 사람 참 이상도 하지. 둘째 큰아버지와 그렇게 연결이 되는데도 여태껏 말 한 마디도 없었으니 말이다. 자중자애하게……."

태영은 편지를 마저 읽고 김숙자를 생각하고 이규를 생각했다. 숙자가 오고 이규가 오면 태영의 세계는 완성되는 셈이다.

그리고 하영근 씨가 추궁을 당하게 한 사람은 권창혁일 것이라고 짐작하고, 권창혁 씨에 관한 얘길 이규에게 하지 않았다는 사실을 알고, 하영근 씨란 사람의 신중함에 새삼 감탄했다.

옛날 하준규의 아버지와 같이 사냥을 다녔다는 속칭 정 포수라는 사람이 칠선골에 왔다. 준규가 모처럼 초청한 것이다.

목적은 두말할 것 없이 호랑이 사냥을 하기 위해서다. 정 포수의 거처는 권창혁과 같은 산막으로 정했다.

"호랑이 사냥은 포수들이 평생토록 간직하는 꿈인디, 이번 기회에 내 소원 성취 한번 해볼까."

하고 정 포수는, 호랑이를 세 번 만났는데 총 한 방 쏘아보지 못하고 놓쳤다면서, 호랑이 사냥은 눈 속이 좋을지 모른다고 했다. 60이 넘은 나이인데도 얼굴이 불그스레한 동안이고, 체격도 청년처럼 다부졌다.

등산객 차림으로 준비를 하고 9명으로 편성된 호랑이 사냥단이 출발한 것은 정 포수가 칠선골에 나타난 지 사흘 후 새벽이었다. 두령과 노동식이 떠났기 때문에 박태영은 산막에 남지 않을 수 없었다. 호랑이 사냥을 하는 동안 산막에선 일절 사냥을 하지 말고 요소 요소에 연락망을 펴고 기다려야 해서 학과 시간이 지나면 잡담이나 하고 놀 수밖에 없었다.

남은 축에, 전에 집에 가고 싶다고 나선 도령 셋이 끼여 있었다. 하루는 잡담 끝에 태영이 물었다.

"아직도 집에 가고 싶소?"

그 가운데 하나가 얼굴을 붉히며 중얼거렸다.

"부끄럽구만요. 그런 말 묻지 마이소."

그러자 옆에 있던 최 도령이 말했다.

"제에미, 머할 끼라고 집에 가고 싶노. 각시가 있어 재미 보러 갈 끼가, 차반이 있어 잔치하러 갈 끼가?"

"그런 소리 마라캐도."

"해동이 되면 두령이 보내준다고 했으니까 물어본 거요."

수줍어하는 도령의 무안을 덜어줄 겸 태영이 이렇게 말했더니,

"인자 가라 캐도 안 갈 깁니더."

하고 그 도령은 말했다.

"나도 안 갈 기구만."

"나도."

돌아가길 원했던 그들은 각기 이렇게 대답했다. 그러자 익살꾼 최 도령이 또 한 마디 뱉었다.

"호랑이 고기 묵을 상싶응께 그러쿠는 거 아니가."

"그렇 기 아니랑께."

"그러고저러고 간에 호랑이 한 마리 꼭 잡아왔으몬 좋겠다."

"두령님이 마음묵고 나섰는디 못 잡아 올라꼬. 꼭 잡아올 끼다."

"물론이지. 꼭 잡아오고말고."

마침 그 자리에 어울려 있던 권창혁이 말했다.

"두령님이 마음먹고 하는 것이면 뭐든 다 된다 그 말이지?"

"그렇습니다."

"꼭 그렇게 믿나?"

"믿습니다."

"모두 다 그래?"

전부가 똑같은 대답을 했다. 권창혁은 흐뭇해하는 표정으로 고개를 끄덕이며 뭔가를 생각하는 얼굴이 되더니 태영에게 물었다.

"전 도령도 그렇게 생각하나?"

"물론이죠."

태영이 힘차게 대답했다.

호랑이를 잡았다는 소식이 체전 방식遞傳方式으로 전해져 온 것은 사냥단이 떠난 지 나흘 후였다. 고갯마루에서 연락을 받은 서 도령이 구르고 엎어지고 하여 온몸을 뻘투성이, 눈투성이가 되어가지고 헐레벌떡 고함을 지르며 산막으로 들이닥친 것이 오후 한 시쯤, 사냥단이 호랑이를 묶어 통나무에 끼워 메고 산막에 도착한 것은 오후 다섯 시경…….

칠선골 산막은 축제 기분에 휩싸였다.

호랑이를 땅바닥에 내려놓자, 누가 선창했는지 모르게 소리를 질렀다.

"두령님 만세!"

25명의 소리가 일제히 창화唱和했다.

"두령님 만세!"

영웅이 탄생하는 순간이라고 권창혁은 느꼈다.

이 얘기가 소문이 되어 인근에 퍼졌을 때는, 보광당의 두령 하준규가 맨손으로 호랑이를 때려잡았다는 얘기로 변해 있었다.

지리산 2

지은이 이병주
펴낸이 김언호

펴낸곳 (주)도서출판 한길사
등록 1976년 12월 24일 제74호
주소 10881 경기도 파주시 광인사길 37
홈페이지 www.hangilsa.co.kr
전자우편 hangilsa@hangilsa.co.kr
전화 031-955-2000~3 팩스 031-955-2005

부사장 박관순 총괄이사 김서영 관리이사 곽명호
영업이사 이경호 경영이사 김관영 편집주간 백은숙
편집 박희진 노유연 최현경 이한민 김영길
관리 이주환 문주상 이희문 원선아 이진아 마케팅 정아린
디자인 창포 031-955-2097
인쇄 예림 제책 예림바인딩

제1판 제1쇄 2006년 4월 20일
제1판 제6쇄 2022년 12월 12일

값 14,500원
ISBN 978-89-356-5925-8 04810
ISBN 978-89-356-5921-0 (전30권)

• 잘못 만들어진 책은 구입하신 서점에서 바꿔드립니다.